EDI GRAF

Verschleppt

TODESFRACHT Lene Grandel liebt den Bodensee, die Vögel, das Wollmatinger Ried. Doch was hat die alte Frau durch ihr Spektiv noch beobachtet, dass sie dafür sterben muss?

Hat ihr Tod etwas zu tun mit dem Schicksal der Nigerianerin Hadé, die von einem menschenverachtenden Schleusernetzwerk aus Afrika verschleppt wurde, um in Deutschland als Prostituierte zu arbeiten?

Welche Rolle spielt eine dubiose Firma, die tonnenweise giftigen Elektroschrott nach Afrika verschiebt?

Die Tübinger Journalistin Linda Roloff stößt bei ihren Recherchen an der deutsch-schweizerischen Grenze auf kriminelle Machenschaften und Grausamkeiten, die sie im Europa des 21. Jahrhunderts nie für möglich gehalten hätte.

Und während sie die Spuren am Bodensee verfolgt und zusammen mit Hadé versucht, deren Tochter aus den Händen der Schleuser zu befreien, fällt ihr Freund Alan Scott in Lagos militanten Rebellen in die Hände. Noch bevor Linda davon erfährt, gerät sie selbst in die Gewalt der Menschenhändler …

Seit 25 Jahren bereist Edi Graf den »schwarzen Kontinent«, die Erlebnisse und Recherchen des Journalisten finden Niederschlag in seinen Krimis, und führen seine Protagonisten Linda Roloff und Alan Scott immer wieder nach Afrika, vom Kap der Guten Hoffnung bis in die Slums von Nairobi. Edi Graf studierte Literaturwissenschaft in Tübingen und arbeitet seit 1983 als freier Redakteur.

Bisherige Veröffentlichungen im Gmeiner-Verlag:
Bombenspiel (2010)
Leopardenjagd (2008)
Elefantengold (2006)
Löwenriss (2005)
Nashornfieber (2005)

EDI GRAF

Verschleppt

Linda Roloffs sechster Fall

GMEINER *Original*

Besuchen Sie uns im Internet:
www.gmeiner-verlag.de

Im Ehnried 5, 88605 Meßkirch
Telefon 07575/2095-0
info@gmeiner-verlag.de

2. Auflage 2013

Lektorat: Claudia Senghaas, Kirchardt
Herstellung: Christoph Neubert
Umschlaggestaltung: U.O.R.G. Lutz Eberle, Stuttgart
unter Verwendung eines Fotos von: © Binkski – Fotolia.com
Druck: GGP Media GmbH, Pößneck
Printed in Germany
ISBN 978-3-8392-1310-0

Handlung und Namen sind frei erfunden.
Leider aber nicht die Hintergründe.

Die Weißen haben Afrika als illegale Einwanderer betreten, oder hatte irgendein Sklavenjäger ein Visum?
Präsident N. Adam Progress, Tamale, Ghana.

VORWORT

›Auf Herbergssuche‹ titelte die *Südwestpresse* am Heiligabend 2011 ihren BRENNPUNKT. Und weiter: ›Bootsflüchtlinge aus Afrika hoffen auf einen Platz in Europa, den sie Zuhause nennen können.‹

Zu diesem Zeitpunkt war das Manuskript für diesen Roman fertiggestellt, und mir wurde die Aktualität der Thematik bewusst.

Schätzungen der UN zufolge warteten zwischen 2006 und 2008 bis zu zwei Millionen Flüchtlinge aus Westafrika in Libyen, Tunesien, Marokko und Mauretanien auf eine Überfahrt nach Europa. Fast täglich landen Flüchtlingsboote auf den Kanaren, Malta, Sizilien und Lampedusa. Allein auf dem Weg über den *Estreco*, die Meerenge von Gibraltar, sterben nach Schätzungen des *Internationalen Zentrums für Migrationspolitikentwicklung* jedes Jahr 2000 illegale Einwanderer.

Unter den Menschen, die in Europa ein neues Zuhause suchen, sind viele Frauen, deren Wege von skrupellosen Schleusern und Menschenhändlern gelenkt werden. 79 % aller Opfer von Menschenhandel werden wegen ›Zwangsprostitution und anderen Formen sexueller Ausbeutung von Frauen und Mädchen‹ verschleppt, veranschlagt das *Büro der Vereinten Nationen für die Drogen- und Verbrechensbekämpfung*. Das *Bundeslagebild Menschenhandel* vom 26. September 2011 spricht allein in Deutschland von 470 Ermittlungsverfahren wegen ›Menschenhandels zum Zweck der sexuellen Ausbeutung‹. Die Zahl der nigerianischen Opfer stieg dabei innerhalb eines Jahres von 34 auf 46 Frauen.

Das *Bundeskriminalamt* nennt bei Opfern aus schwarzafrikanischen Ländern besondere Formen der Einschüchterung – wie Voodoorituale – die dazu führen, dass die Opfer nicht zu Aussagen bereit sind. Diese Aussagen sind jedoch von zentraler Bedeutung, um gegen die Täter überhaupt ermitteln zu können. Daher fehlen laut *UNO-Bericht über moderne Sklaverei* gesicherte Zahlen, wie die *taz* am 12. Februar 2009 schreibt.

Wer nun meint, Menschenhandel durch skrupellose Schleuserbanden und Zwangsprostitution beschränke sich auf Antwerpen, Turin, Wien und Berlin, irrt:

Wir schreiben den 18. Januar 2011: auf der Raststätte Sinsheim bei Karlsruhe bemerkt ein georgischer LKW-Fahrer Stimmen aus dem Container seines Sattelzugs und alarmiert die Polizei. Die Flüchtlinge stammen aus dem Iran und aus Afghanistan und sind stark unterkühlt. Die Kriminalpolizei ermittelt gegen türkische und iranische Schleuser.

Im Mai 2011 beleuchtet ein Fernsehbeitrag des SWR mit dem Titel »Die Menschenhändler von nebenan« Zwangsprostitution und Zuhälterei im Schwarzwald-Baar-Kreis.

So spielt meine fiktive Geschichte ›Verschleppt‹ mit dem traurig-realen Kontext eben nicht irgendwo in einer anonymen Großstadt, sondern in einer ländlichen Region, im deutsch-schweizerischen Grenzgebiet am Bodensee, im idyllischen Hegau.

Ich habe mir als Autor erlaubt – aus für die Geschichte relevanten Gründen – auf der Höri am Bodensee ein Kieswerk anzusiedeln. Jede Ähnlichkeit mit tatsächlich in der Region existierenden Betrieben ist reiner Zufall. Das ›Kieswerk Reiter GmbH & Co. KG‹ ist mit all seinen Details ein Kind meiner Phantasie, und den Ort *Gaienholzen* wird man auf der Bodenseelandkarte vergebens suchen.

31. Dezember 2011, Edi Graf

PROLOG

Die dunkelhäutige Frau sah das Land ihrer Träume zum ersten Mal durch ein schmales Fenster, das nicht größer war als der Platz, den ein Huhn zum Schlafen braucht. Es war durch eiserne Gitterstäbe geteilt, davor eine verschmutzte Glasscheibe, so dass sie ihre Arme zwar durch das Gitter hindurch stecken, nicht aber ins Freie greifen konnte. Und es befand sich so weit oben in der Wand, dass sie auf den Zehenspitzen stehen musste, um überhaupt einen Blick auf die Landschaft zu erhaschen.

Sie sah das Land ihrer Träume als Gefangene. Aus einem sicheren Versteck, wie der Schlepper es genannt hatte. Denn wenn man sie fand, hatte er gesagt – ohne Pass und Visum – würde man sie abschieben, zurück nach Hause, nach Nigeria, wo sie vor Monaten aufgebrochen war. Hier würde sie warten, bis die Männer Madames sie holten. Doch das Versteck war ein Gefängnis, denn die Tür des kahlen Containers war verriegelt.

Was sie sah, war ein grauer Himmel, wolkenverhangen, düsterer als in der Regenzeit zu Hause. Wolken, die nicht zu ziehen schienen, die keinen Regen brachten, die nur die Sonne verdunkelten, so wie sich ihre Seele verdunkelt hatte, als sie ihre wahre Bestimmung geahnt hatte.

Wenn ihr Blick das Fenster erreichte, sah sie schwarze Schatten von Bäumen, die mit hängenden Ästen wie trauernde Pfähle in den Himmel ragten, düster und bedrohlich wie die Wolken, sah die vom Wind bewegten Zweige, hörte aber nicht die raschelnden Blätter und die seltsamen Vogelstimmen, die sie nur einmal wahrgenommen hatte, als die Tür für kurze Zeit offen geblieben war, krächzende

Stimmen, die riefen, als würden sie die Menschen in ihrem Verlies verspotten.

Kein Geräusch drang bei geschlossener Tür von außen herein, und sie wusste, dass auch die Laute der Menschen in dieser Düsternis, selbst ihr Schreien und Klagen, nur als Echo in den kalten Wänden ihres Gefängnisses verhallten, und nicht ein Ton nach draußen drang.

Ihre Tränen hatten helle salzige Spuren auf ihrer fast schwarzen Haut hinterlassen, als Madames Männer ihr die große Schwester Sema aus den Armen gerissen, und sie – vor Angst schreiend und die Arme Hilfe suchend nach ihr ausgestreckt – aus dem Container gezerrt hatten.

Die anderen hatten den Kopf geschüttelt und ihr durch Gesten und Worte zu verstehen gegeben, dass ihre Schwester nicht zurückkommen würde. Doch sie hatte auf Sema gewartet, den ganzen Abend, die Nacht hindurch, den nächsten Morgen und wieder den ganzen Tag. Und eine weitere Nacht und einen weiteren Tag. Und während ihre Tränen zu salzigen Rinnsalen trockneten, die sich wie helle Schatten auf der dunklen Haut ausnahmen, vergingen weitere Nächte und Tage, und sie wurde sich darüber im Klaren, dass sie ihre Schwester nie wieder sehen würde, dass die anderen recht hatten.

Also waren sie wahr, die Geschichten, die ihr die anderen auf der Reise erzählt hatten. Geschichten, die schaurig klangen wie die düsteren Märchen ihrer Heimat, grausam und beängstigend, und doch so unwahrscheinlich, dass sie kein Wort davon geglaubt hatte.

»Ihr werdet eure Freiheit bezahlen müssen«, hatten die Männer erzählt, als sie auf dem Weg vom Meer hierher – eng zusammengepfercht wie die Ziegen auf den Transport zum Markt – über 20 Menschen zählten.

»Wir alle werden unsere Freiheit für viel Geld kaufen müssen, aber ihr werdet zahlen für uns! Ihr Frauen bezahlt für eure Männer und Kinder, für eure Brüder und Söhne!«

Geglaubt hatte sie es nicht. Sie war von zu Hause aufgebrochen, weil man ihr das Paradies versprochen hatte, im Land ihrer Träume. Sie hatte auf dem langen Weg durch die Wüste gelitten und alle Qualen und Erniedrigungen über sich ergehen lassen, um dieses Land zu erreichen, hatte in dem kleinen Boot gekauert, den Tod des Ertrinkens vor Augen und hatte, zusammengepfercht mit den anderen in diesem Versteck auf ihre Freiheit gewartet.

Versprochen hatte man ihr Arbeit – vielleicht als Kindermädchen – einen Platz zum Leben, eine Wohnung für sie und ihre Familie, die nachkommen würde, sobald sie alles geregelt hätte, dort in dem Paradies, das man Europa nannte.

So war sie voll Zuversicht aufgebrochen, hatte die Schrecken Afrikas verlassen, um die Verheißungen Europas zu erlangen, und war dort in der Hölle gelandet.

Während das Versteck leerer geworden war von Tag zu Tag, von Nacht zu Nacht, weil die Frauen ihren Leib zum Opfer brachten für die Freiheit ihrer Familien, waren die Zweifel gekommen. Sie hatte gehört von Madame, die ihren Pass in Verwahrung genommen hatte, von ihren Helfern, den Trolleys, die sie auf dem Weg durch die Wüste begleitet hatten und sie auch jetzt begleiten würden.

Und wie die anderen wartete auch sie auf ihre Stunde. Als sie kam, war der Morgen kalt und klar, die düsteren Wolken hatten sich verzogen, doch die Sonne war noch nicht aufgegangen. Madames Männer, die immer kamen, um eine von ihnen oder auch einen der Knaben abzuho-

len, öffneten die Tür des Containers, einer mit schwarzem Bart zeigte auf sie, zu zweit zerrten sie an ihren Armen, bis sie aufstand, klamm von der kalten Nacht, blind von der Dunkelheit, die auch der kleine Fensterschacht nicht besiegen konnte, und zitternd vor Angst vor dem Unbekannten, das sie erwartete.

Zwei Jahre waren seit diesem kalten Morgen vergangen. Von Sema hatte sie nie wieder etwas gehört. Sie selbst war inzwischen frei geworden. Freigekauft durch das Feilbieten ihres Körpers.

Als sie die letzten 500 Euro bezahlt hatte, um wieder selbst über sich und ihren Körper bestimmen zu können, als sie sogar noch genügend Geld gespart hatte, um endlich aus der Hölle zu entfliehen, war einer von Madames Männer zurückgekehrt. Der mit dem schwarzen Bart. Hatte sie aufgesucht in ihrem kleinen Zimmer mit den roten Wänden und ihr gesagt, dass ihre Tochter angekommen war.

Doudou!

Ihre Tochter! Ihr Leben. Alles, was sie noch hatte! Endlich! Dann hatte sich alles gelohnt, all die Qualen, die Jahre in der Hölle. Sie war frei, und ihre Tochter war gekommen. Ihre Tochter Doudou, die sie vor fast vier Jahren in ihrer Heimat zurückgelassen hatte, um sie nachzuholen, sobald sie das Paradies erreicht hätte.

Doch dann hatte der Schwarzbart gegrinst. Gelacht. Sie verhöhnt. Wir könnten deine Tochter auch selbst für uns arbeiten lassen, hatte er gesagt, ein junger Körper verkauft sich gut. Aber du bist auch tüchtig, und die Freier stehen auf dich. Warum sollen wir dir verbieten, das Geld für deine Tochter zu verdienen? Wenn du dich ranhältst, kann auch sie in ein paar Monaten frei sein!

Die Tränen waren zurückgekehrt und mit ihnen die Schatten auf ihrem Gesicht. Schatten, die sie in zwei Jahren mehr altern ließen, als die 25 Jahre, die sie in Afrika verbracht hatte. Sie hatte geweint und den Schmerz hinausgeschrieen, hatte um sich geschlagen und sich die Arme blutig gekratzt, bis sie kamen und sie in ihrem Zimmer auf das Bett banden.

Dann hatte sie den Entschluss gefasst. War zurückgekehrt. Heimlich. An den Ort, an dem sie vor zwei Jahren in Deutschland gestrandet war.

Verschleppt.

Ich nenne sie Hadé.

Dies ist ein Teil ihrer Geschichte …

1

Der Nebel hatte den See seit Tagen fest im Griff.

Für die Menschen hier war das nichts Ungewöhnliches. Man brauchte oft nur wenige Kilometer zu fahren, ins nahe Linzgau oder auf einen der Vulkanberge des Hegau, und man sah die Nebelbänke unter sich, während von oben die Frühlingssonne vom wolkenlosen Himmel schien. Doch der Nebel gab dem See sein ganz eigenes Gesicht, fand Lene Grandel.

Die alte Frau liebte die Nebelmonate. Dann hatte sie den See für sich. Die Touristen blieben fern, und außer ihr verirrte sich kaum ein Mensch ins Ried oder zu den Beobachtungsplattformen am Ufer. Höchstens die Praktikanten vom BUND, die unterwegs waren, um Vögel zu zählen oder Wege auszubessern. Oder einer der Ornithologen von Euronatur, der sich auf die Suche nach einem der seltenen Wintergäste machte, Brandgans oder Lappentaucher.

Meist jedoch war sie allein. So wie am Morgen dieses Tages, als sie zwei Stunden lang die Singschwäne – Überwinterer aus dem hohen Norden – von der Ruine am Reichenaudamm aus beobachtet hatte. Allein. Der See spiegelglatt und eisgrau, die Schilfflächen wie bizarre starre Wände aus dem trockenen Uferschlick aufragend, darüber wie ein feiner Schleier der Nebel, aus dem die schlanken Hälse und weißen Köpfe der Singschwäne ragten, wenn sie ihre Nahrungssuche unter Wasser unterbrachen und ihnen kalte Tropfen von den gelben Schnäbeln trieften. Ihr Spektiv – ein Fernrohr mit 75-facher Vergrößerung – zeigte jedes Detail der prächtigen Vögel, und sie hielt immer wieder den Atem an, wenn die Vögel mit majestätischen Bewegungen durch das Bild zogen.

Jetzt, am Abend, war sie wieder allein. Der Nebel war am Tag landeinwärts gewabert, hatte sich in den Buchen und Lärchen des Waldes verfangen, und machte den Schiener Berg zu einem Geisterwald. Außerdem war es kalt geworden.

Sie beeilte sich, denn sie wusste nicht, wie lange sie Zeit hatte, um ihren Plan umzusetzen. Der Mann, auf den sie in dem unzugänglichen Waldstück gewartet hatte, war noch nicht gekommen, und sie machte sich allein daran, den Zaun durchzuschneiden. Die Drahtschere gehorchte ihren klammen Fingern, bald war das Loch groß genug; sie schlüpfte hindurch und sah in der Dämmerung nicht die Fußspuren, die sie in der feuchten Erde hinterließ.

Die Wand des Containers schimmerte hell zwischen den kahlen Zweigen der jungen Buchen, und sie verharrte kurz, als sie das Geräusch hinter sich wahrnahm. Wahrscheinlich Jakob. Hatte er den Weg also doch noch gefunden. Sie war sich nicht sicher, ob es richtig gewesen war, ihn einzuweihen. Doch wie sollte sie es allein schaffen?

Da! Erneut das Geräusch.

Konnte es jemand anderes sein? Einer vom Kieswerk? Oder die Frau, die sie vor zwei Tagen hier gesehen hatte? Auf einmal war sie unsicher, ob es richtig war, was sie vorhatte. Warum informierte sie nicht einfach die Polizei? Nein! Das kam nicht in Frage.

Sie dachte an das Geld, das Monat für Monat auf ihrem Konto in der Schweiz gelandet war. Doch jetzt hatte sie genug. Das Spiel war ausgereizt. Sie hatte hoch genug gepokert, und gesehen, dass der andere sogar bereit war, eine sechsstellige Summe für die Bewahrung seines

Geheimnisses zu bezahlen. Das Leben Unschuldiger war mehr wert, und darum hatte sie die Aktion geplant. Aber wo blieb Jakob? Ohne ihn hatte sie keine Chance.

Fand er den Weg nicht? Sie hatte ihn doch so genau beschrieben. Vorbei an den Kieshalden, den Fuhrweg um den Baggersee herum und auf den breiten Kiesweg, der bergauf in den Wald hinein führte und wie ein Hohlweg in die enge Schlucht mündete. An der Schranke vor der Lichtung wollten sie sich treffen. Vor einer halben Stunde.

Wieder dieses Rascheln. Schritte? Jakob? Nein! Vor ihr! Plötzlich, wie aus dem Waldschatten gewachsen, eine nachtschwarze Gestalt. Sie blickte in das erstarrte Gesicht, stieß einen Schrei aus, und das Letzte, was sie sah, war der lange Gegenstand, der auf sie niederfuhr. Mit ungebremster Wucht zertrümmerte das Brecheisen ihre Schädeldecke.

Der Mann hatte gerade die Drahtschere, die am Zaun lag, aufgehoben und eingesteckt, als er den Schrei hörte. Gleich darauf noch einer, dann sah er schemenhaft die Gestalt, doch das dichte Gestrüpp und der Nebel verhinderten, dass er mehr erkannte. Als er das Motorrad aufjaulen hörte, verschwand er so schnell er konnte auf dem schmalen Pfad, den er gekommen war.

2

Die Sonne beleuchtete die Ruine des Hohenkrähen, drüben über der Autobahn Richtung Schaffhausen ragte wie ein Mahnmal der Urzeit der Vulkankegel des Hohentwiel in den Himmel, und das Sonnenlicht tauchte die alten Festungsmauern in ein gleißendes Gold. Wie ein mattgrauer Spiegel lag der Bodensee in der Ferne mit den beiden Fingern des Untersees, dem Gnadensee und dem Zeller See, dahinter die Halbinsel Höri, deren waldiger Höhenzug in nebligem Grau schimmerte.

Dort unten lag Gaienholzen, ein altes alemannisches Dorf mit leuchtendem Fachwerk, alten Höfen, einer romanischen Kapelle und einem lebendigen Ortskern mit Marktplatz und Narrenbrunnen in seiner Mitte. Am Dorfrand, Richtung Schiener Berg, wo die Eisdecke des alten Baggersees schon wieder aufgetaut war, zogen sich Streuobstwiesen an den sanften Hängen entlang, Schottische Hochlandrinder weideten auch im Winterhalbjahr auf den satten Wiesen, und in der Neubausiedlung hatten sich Anwälte aus Radolfzell und Professoren aus Konstanz ihre Eigenheime nach den Plänen moderner Architekten errichten lassen.

Oberhalb des Baggersees, gegenüber dem Kieswerk, lagen an einer Nebenstraße am Ortsrand eine Handvoll Häuser. Im Garten des letzten, das auch das älteste in der Straße zu sein schien, kauerte ein Mann neben einer regungslos am Boden ausgestreckten Frau.

Die Frau sah erstaunlich gut aus für ihr Alter, auch als Leiche, dachte der Mann. Die hellblond getönte Frisur schimmerte nur am Haaransatz leicht silbern, und die Falten im Gesicht waren durch dezentes Make-up geschickt kaschiert. Blassroter Lippenstift betonte die Linien des im letzten Atemzug leicht geöffneten Mundes, auf den Lidern lag das schwache Glitzern eines verblassenden Schattens, und die Linien der schmalen Augenbrauen waren leicht nachgezogen worden.

Er wusste, dass er das leuchtende Blau ihrer lachenden Augen nie mehr sehen, ihre näselnde Stimme nie mehr hören würde. Auch wenn sie vor ihm lag, als ob sie nur schliefe, die Lene war tot.

Das verriet nicht nur das Blut an ihrem Kopf, sondern auch die gekrümmte Haltung ihres Körpers und das fehlende Senken und Heben ihres Brustkorbs. Er hatte seine Nase und sein Ohr über ihren Mund gehalten, um den Atemhauch zu spüren, seine Finger hatten an ihrem Hals nach dem Puls getastet, dann hatte er sie für tot erklärt.

Die Lene war alt gewesen, gewiss. Aber zu jung, um zu sterben. Und dass er sie hier in ihrem eigenen Garten fand, war für ihn mehr als fragwürdig. Er nahm noch einen Schluck aus der Flasche, ging zu seiner Vespa am Gartenzaun und steckte die Pulle wieder in die Satteltasche. Dann kehrte er zu Lene zurück. Der rote Wein war einer seiner besten Freunde und half ihm auch über den seltsamen Tod der alten Frau hinweg.

Auch er war alt, immerhin 68, doch sein vernachlässigtes Äußeres trug dazu bei, dass er um Jahre älter wirkte. Die graue Haut seines Gesichts schien trocken und ledrig, tiefe Falten gruben sich wie Furchen in seine Wangen, die Backenknochen traten kantig hervor, dicke Tränensäcke hingen unter den tief in ihren Höhlen liegenden Augen. Bart und Haaren sah man an, dass sie seit Tagen kein Wasser abbekommen hatten. Aus seiner Nase wuchsen dichte

Haarbüschel, die sich mit den Haaren des ungepflegten Bartes zu einem wilden Urwald vereinigten.

Gelbe Flecken in den Mundwinkeln und an Zeige- und Mittelfinger seiner linken Hand verrieten den Kettenraucher, der flackernde Blick und das nervöse Zucken seiner Gesichtszüge waren Spuren, die der Alkohol hinterlassen hatte. Seine Haltung war gebückt, die Bewegungen langsam, fast chamäleonhaft schleichend, dabei ging sein Atem pfeifend wie bei einem Asthmatiker, unterbrochen von einem lauten, röchelnden Raucherhusten.

Schwerfällig stand er jetzt auf und sah sich um. Im Garten der Alten blühten die ersten Veilchen, und in den Beeten setzten weiße, violette und gelbe Krokusse bunte Farbtupfer. Schneeglöckchen und Märzenbecher waren schon hinüber, aber die Schlüsselblumen eroberten jetzt die kleine Wiese mit ihren gelben Blüten.

Die tief stehende Sonne, die an diesem Märzentag vom wolkenlosen Himmel über dem Hegau lachte, verstärkte die Wirkung ihrer Farben, die Wärme auf der Haut tat gut. Er hatte seinen alten Mantel über den Gartenzaun gehängt und trug nur ein zerschlissenes kariertes Wollhemd, das lose über der abgetragenen Cordhose hing. Rasiert hatte er sich seit Tagen nicht mehr und gewaschen ebenfalls nicht.

Er selbst hatte kein Problem damit. Und der Lene war das auch egal gewesen. Sie hatte die Menschen so genommen, wie sie waren. Sie hatte auch ihn so akzeptiert, wie er war und nie nach dem Warum gefragt. Das hatte er sehr an ihr gemocht. Unter anderem. Dabei hätte er ihr sogar das eine oder andere erzählt. Über sich. Über seine Vergangenheit. Sein Leben. Seine Familie. Seine Einsamkeit.

Dass er einen ordentlichen Beruf erlernt hatte und als

Schreiner in einem Betrieb in Radolfzell angefangen hatte. Dass es ihn dann aber auf den Bau zog und er Kranführer geworden war. Wie er es genossen hatte, die Welt dort von oben zu sehen. Und dann der Unfall. Manchmal hörte er das Geräusch in seinen Träumen. Wie sich die Stricke der Palette lösten und die Backsteine den Kollegen unter sich begruben. Wie sie ihm die Schuld gaben und er zu trinken anfing. Und dann Helga. Seine Frau, die sich nach dem Unfall auf dem Bau für ihn schämte und den Dorfklatsch nicht ertrug. Seine beiden Kinder, die er über alles liebte, die er vergötterte. Und die sich vor ihm versteckten, weil die anderen in der Schule schreckliche Dinge über ihn erzählten. Und die ihn schließlich hassten.

Dann sein Bruder. Dieses Schwein! Nie vergaß er das Bild.

Helga und sein Bruder Olaf.

Die Scheidung, der Unterhalt, der Ruin. Sein Selbstmordversuch. Sein Absturz. Lene hätte er das alles erzählt. Und sie wäre die Einzige gewesen.

Lene war auch die Einzige gewesen, die nie ›Pulle‹ zu ihm gesagt hatte. Und die nichts dagegen hatte, wenn er trank. Sie hatte ihn ›Herr Eberle‹ genannt. Und später Jakob und ›Sie‹. Er hatte sich nie getraut, ihr das ›Du‹ anzubieten, nicht weil er die paar Jahre jünger war. Nein, eher weil er zu schüchtern war. Vielleicht auch, weil er es genoss, dass sie ihn siezte, ihn respektierte, ›Guten Tag, Jakob, wie geht es Ihnen‹ sagte, und nicht: ›Hoi, Pulle, na wieder mal nüchtern?‹.

Er war ihr Gärtner, ihr Handwerker, und einmal im Monat ihr Bote. Der frische Strauchschnitt der letzten Tage lag zu Bündeln verschnürt noch dort, wo er ihn für sie gelagert hatte. Heute war er gekommen, um der Eibe die Krone zu nehmen und den Hibiskus zurechtzustutzen. Und er wollte ihr helfen, die Kakteen, die den Winter in der Waschküche verbracht hatten, auf die Terrasse zu tragen, wo sie sich in den nächsten trüben, aber warm angesagten Tagen ans Frühlingslicht gewöhnen sollten. So wie er ihr in den letzten Jahren immer geholfen hatte bei Dingen, die eine 75jährige im Garten allein nicht bewältigen konnte. Und auch sonst.

›Jakob, waren Sie schon auf der Bank?‹

Seine Hand tastete nach dem Umschlag in seiner Hosentasche. Das Kuvert. Sie hatte Vertrauen zu ihm. Das mochte er ebenfalls an ihr. Für sie war er kein verkommenes Subjekt, kein Säufer, der im Sommer am Ufer des Untersees schlief und sich im Winter in den Lagerschuppen des Kieswerks auf der Höri einquartierte.

Für sie war er ein Mensch. Ihr Vertrauen schmeichelte ihm, und er hätte es nie missbraucht. Der Umschlag erinnerte ihn daran. 500 Franken. Die hatte er ihr bringen wollen, wie jeden Monat. Stattdessen fand er ihre Leiche.

Konnte er das Geld jetzt behalten? Schnell verdiente Fränkli? Wie kamen sie Monat für Monat in das Bankfach in Stein? Er hatte sich das schon oft gefragt, doch es ging ihn nichts an. Würde das Geld auch im nächsten Monat noch dort sein, obwohl sie dann schon unter der Erde lag?

Er würde es herausfinden. Würde mit seiner Vespa hinfahren, über den Schiener Berg wie jeden Monat, würde über die Grenze fahren und in die Bank in Stein spazieren wie jeden Monat. Würde das Schließfach öffnen und sehen. Vielleicht hatte er ja Glück?

Er ging noch einmal die paar Meter zu seiner alten Vespa, die er am Gartenzaun abgestellt hatte, und fischte die Flasche wieder aus der versifften grauen Satteltasche. Er zog den Korken heraus und ließ sich den trockenen Schwarzriesling in großen Schlucken die Kehle hinunter laufen.

Er würde die Vespa heute stehen lassen, wie immer, wenn er trank. Eigentlich trank er fast immer. Manchmal vergaß er, die Vespa dann stehen zu lassen, doch er hatte stets Glück gehabt. Die ›Narrenzunft Grünweiß‹ hatte ihn noch nie erwischt. Grünweiß! Er kicherte. ›Blausilber‹, musste das jetzt heißen. Obwohl …? Vielleicht kehrte der neue grüne Ministerpräsident ja wieder zur grünen Polizeifarbe zurück? Er steckte den Korken in die Flasche und dachte an die alte Frau.

Sie war noch fit gewesen, erstaunlich fit sogar. Stundenlange Spaziergänge, am See und im Ried, drüben in Wollmatingen, am liebsten allein in der Natur, keck in khakifarbigen Allwetterklamotten, Thermohose und Windjacke, Schlapphut. Das Spektiv in der Umhängetasche über der Schulter, den Riemen des kleinen Fernglases um den Hals. So hatte man sie gekannt, die naturverbundene rüstige Rentnerin. Witwe seit zwölf Jahren, kinderlos, tierlieb. Von den Vogelarten im Ried kannte sie alle, konnte stundenlang von der Beobachtung eines Brachvogels schwärmen, hatte am Protest gegen die Vergrämung der Kormorane teilgenommen und alte Wollsocken als Nistmaterial für Beutelmeisen in den Weiden am Riedkanal aufgehängt.

Jetzt war sie tot. Was würde die Polizei denken? Er sah sich um. Kein Stein, keine Unebenheit im Gelände, über die sie gestürzt sein könnte. Welche anderen Möglichkeiten gab es für die Polizei? Herzinfarkt? Zusammengebrochen und dann mit dem Kopf aufgeschlagen? Der Boden war weich, die frostige Erde aufgetaut. Woher kam der Spalt in ihrem Schädel?

Sein Blick fiel auf den schmalen Gegenstand im Gras. Der Stiel einer Schaufel? Nein kürzer!

Eine Fahrradpumpe? Nein, raue Oberfläche, verrostetes Metall. Er machte die paar Schritte darauf zu.

Bückte sich.

Berührte kaltes Eisen.

Hob es hoch.

Schwer.

Ließ es wieder zu Boden fallen. Das eine Ende bohrte sich in den lockeren Rasen, dann kippte das Brecheisen und lag wieder mit seinem gesamten Gewicht eben auf der Wiese. Eine tödliche Schlagwaffe.

Hatte man ihr damit den Schädel eingeschlagen? Er dachte an die letzte Nacht.

Verdammt, durchzuckte es ihn, jetzt sind deine Fingerabdrücke da drauf!

3

»Was machsch'n do, Pulle?«, hörte er und erkannte den Mann, ohne sich umzudrehen, an seinem Dialekt und an seiner tiefen Stimme.

Michel betrieb im Ort eine kleine Autowerkstatt, in der alten Scheune eines heruntergewirtschafteten Bauernhofs. Reparierte alles, was einen Motor hatte, vom Rasenmäher über den Traktor bis zum Daimler.

Blaumann, grauer Arbeitskittel voll Ölflecken, Ärmel hochgekrempelt, die behaarten Unterarme voll Wagenschmiere, das Gesicht unrasiert, die Brille krumm, die Haare zerzaust wie eben erst aufgestanden. Michel eben. Er trat durch das niedrige Gartentor, sah die Leiche und sah zu Pulle.

»Isch die tot?«

Pulle nickte und ließ die Rotweinflasche in seiner weiten Hosentasche verschwinden. Michel tat, als bemerke er das nicht und zeigte auf die Gestalt am Boden.

»Was isch passiert?«

Pulle zuckte mit der Schulter.

»Lag so da, als ich kam. Einfach so.«

»Da isch Blut an ihrem Kopf!« Michel hatte die Leiche umrundet und war in die Hocke gegangen. »Und Glasscherben!«

»Glasscherben?« Pulle bückte sich nun ebenfalls und starrte auf die grünen Scherben, die im kurzen Rasen das Sonnenlicht reflektierten.

»Do sind no meh'!« Michel deutete in Richtung eines Blumenbeets, in der es zwischen knospenden Hyazinthen und gelb leuchtenden Osterglocken hell glitzerte. Pulle hob den grünen Flaschenhals auf und hielt ihn gegen das Licht. Das Glas formte einen seltsamen grünen Schatten unter seinem Auge. Wie durch ein Brennglas spürte er den wärmenden Strahl der Sonne. Glückspilz, dachte er, die Lene spürt schon nichts mehr!

»Die isch abbroche!«, konstatierte Michel, »der andere Teil liegt da drübe. It afasse!«

Erschrocken warf Pulle den Flaschenhals wieder ins Gras.

Der Bauch der Flasche lag unter den austreibenden

Ästen einer kleinen Zierweide. Das Etikett war deutlich zu lesen. Schwarzriesling. Pulle zuckte zusammen. Das war eine seiner Flaschen! Lene hatte immer ein paar davon im Keller. Sie hatte nichts dagegen, wenn er während der Arbeit Wein trank.

»Aber in Maßen«, pflegte sie zu sagen und legte Wert darauf, dass er die Flasche ordentlich öffnete – nicht mit seiner ›Hals-ab-Methode‹ – und ein Glas nahm. Manchmal saß sie auf der Terrasse, schaute ihm zu und trank einen Schluck mit. Daran dachte er, als er bemerkte, dass Michel sein Handy aus der Tasche zog.

»Wen rufst du an?«

»Die Bulle! – Mischt, kein Empfang!«

»Das ist hier so. Wahrscheinlich wegen der Schweiz. Lene hat mal gesagt, ihr Handy hat ständig Schweizer Netz. Auf dem Wohnzimmertisch steht das Telefon. Wart, ich hab'n Hausschlüssel.«

»Du kennsch di aber aus«, sagte Michel, nahm den Schlüssel und stieg die wenigen Stufen zur seitlichen Eingangstür hinauf.

Pulle hörte, wie Michel am Telefon etwas von Mord sagte, Lenes Adresse durchgab, dann ein paar Mal ›ja, ja, ja‹ und seinen Namen und den von Pulle nannte.

»Mir sollet warte und nix afasse«, sagte Michel, nachdem er wieder nach draußen gekommen war und Pulle den Schlüssel zurückgegeben hatte.

»Aber da sind meine Fingerabdrücke drauf!«, erwiderte Pulle und zeigte auf den Flaschenhals.

»It berühre!«, wiederholte Michel scharf und zischte: »Finger weg!«, als Pulle sich nach der Scherbe bückte. »Ich hon jo mitkriegt, dass du sie in der Hand g'habt hasch«, beruhigte ihn Michel.

An das Brecheisen dachte Pulle nicht mehr.

»Arme Lene«, murmelte er nach einer Weile. »Ausgerechnet die.«

»Es erwischt immer die Falsche«, bemerkte Michel. »Warum kunnt it mal einer und haut so 'ma Kinderschänder de Schädel ei!«

Pulle nickte. »Ich fass es wirklich nicht.«

»Wer des wohl war?«, sinnierte Michel.

»Und vor allem: warum?«, ergänzte Pulle.

»Vielleicht wollt er Geld?«

»Von der Lene? Ach wo, die hatte doch nix. Die hat doch alles dem Tierschutz gegeben.«

Pulle unterbrach sich. Er wollte nicht zu viel ausplaudern. Lene hatte ihm das mal erzählt, mit dem Testament für die Natur. Er hatte sich gefragt, wie ihre Erben wohl darauf reagieren würden. Ob sie es noch umgesetzt hatte? Und wer – außer ihm – wusste von den monatlich 500 Franken aus der Bank in Stein am Rhein?

»Was wird denn jetzt aus der ihr'm Haus? Die hat doch keine Kinder.«

»Nur 'ne Nichte.«

»Und die erbt?«

»Weiß ich doch nicht!«

»Des isch a schöns alts Haus. Und mindeschtens no zwei Bauplätz. Beschte Lage.«

»Mit Sicht ins Kieswerk«, brummelte Pulle und deutete auf die Kieshalden, Silos und Förderbänder, die den Blick zum nahen Wald und zum Höhenzug des Schiener Bergs im Süden versperrten.

Gaienholzen lag genau im Dreieck zwischen Singen am Hohentwiel, Radolfzell am Bodensee und Stein am Rhein, auf der Halbinsel Höri, die sich südlich von Radolfzell wie ein flacher Keil in den Untersee schiebt. Von hier aus war es ein Katzensprung in die Schweiz, aber auch auf die Reichenau oder nach Konstanz.

Pulle liebte den waldigen Schiener Berg mit der alten Schrotzenburg, hier hatte er sein Rückzugsgebiet in Verstecken, die er noch aus seinen Kindertagen kannte.

»Willst du mit Blick auf das Reiter-Kieswerk wohnen?«, fragte er und gab auch gleich die Antwort: »Ich nicht! Der Lene hat das auch immer gestunken. Dazu der Lärm, die vielen Lastwagen, und der Dreck.«

»Warum isch die dann überhaupt doher zoga?«

»Damals gab's das Kieswerk noch nicht. Der Reiter hat hier erst vor 20 Jahren oder so angefangen. Da hat die Lene mit ihrem Mann schon längst hier gewohnt. Das war mal ein Försterhaus, hat sie mir erzählt. Und dann wurde alles vom Reiter aufgekauft, bis runter zum Wald.«

Pulle schwieg.

»Hosch du mir 'n Schluck?«, fragte Michel. »Auf den Schreck, mein' i.«

Pulle griff nach der Flasche in seiner Hose und zog dabei auch den Umschlag mit heraus. Schnell steckte er ihn wieder zurück.

»Wo du des Zeug immer her hosch?«, raunzte Michel, nachdem er die Flasche abgesetzt hatte.

»Redlich verdient«, antwortete Pulle.

»Bei der Lene?«

Pulle nickte. »Gartenarbeit. Damit ist's jetzt vorbei.«

»Und was war in dem Umschlag, den du grad wieder in d' Hos' gsteckt hosch?«

»Welcher Umschlag?«

»Tu it so scheinheilig. Hab's genau g'sehe.«

»Der war für die Lene.«

»Und woher hosch du den?«

»Geht dich 'n Scheiß an!«

»Und was isch drin?«

»Spinnst du? Meinst du ich kuck da rein?«

Sie hörten das Martinshorn.

»Ich glaub' ich hau besser ab«, zischte Pulle, »hab kein'n Bock auf Scherereien.«

»Hosch du Schiss?«

»Ich? Schiss? Nö. Warum?«

»Vielleicht bisch du verdächtig?«

»Meinst du?«

»Na, immerhin warsch du allein bei der Leiche. Und deine Fingerabdrück sind auf dem Flaschenhals!«

»Du hast gesagt, du hast gesehen, dass ich den erst jetzt angefasst hab'! Oder willst du mich reinreiten? Ich zisch ab!« Pulle nahm seinen Mantel vom Zaun und stieg auf die Vespa. »Also? Was sagst du denen?«

Michel zögerte. »Die Wahrheit, was sonst.« Er grinste. »Möcht' nicht in deiner Haut stecken. Kennst du des Lied?«

»Welches Lied?«

»Von Stefan Sulke. ›Der Mörder isch immer der Gärtner‹?«

»Klar«, sagte Pulle. »Kenn ich. Ist aber von dem Waggershausen. Der aus Friedrichshafen. »

Als der blau-silberne Polo der Polizei die Straße entlang kam und vor dem Gartenzaun hielt, war Pulle verschwunden. Nur die Staubwolke, die er auf der geschotterten Zufahrtsstraße zum Kieswerk hinter sich herzog, verriet seinen Weg.

Zwei Beamte der Schutzpolizei stiegen aus. Auch junge Kerle, dachte Michel. Ob die überhaupt schon mal eine

Leiche gesehen haben? Er ging ihnen langsam entgegen und überlegte, was Pulle mit der Sache zu tun haben konnte. Hatte er die Tote wirklich nur gefunden? Oder hatte er – Michel – ihn auf frischer Tat ertappt? Und was hatte es mit diesem Umschlag auf sich? Na ja, sollten sich die Bullen darüber Gedanken machen …

Dass sie ihn für den Mörder halten könnten, daran dachte Pulle auf seiner Vespa nicht. Immerhin war in dem Lied ja der Butler der Mörder. ›Guter Song‹, dachte er. ›Guter Sänger, dieser Waggershausen. Kein Wunder. Stammt ja auch vom Bodensee …‹

4

Als der Erste Kriminalhauptkommissar der Kriminalpolizeiaußenstelle Singen auf der Höri eintraf, waren die Kollegen der Zentralen Kriminaltechnik bereits bei der Spurensicherung, weißrote Absperrbänder umspannten das Gelände. Thomas Reuschke, einer der Kriminaltechniker, sah auf die Uhr und schüttelte den Kopf.

»Na, Kommissar Bosch, Tatort mal wieder nicht gefunden?«, fragte er lächelnd und begrüßte den leitenden Ermittler.

»Ich glaube, mein Navi hat mal wieder was falsch verstanden. Hat mich über die B33 nach Radolfzell rein geführt, und dann bin ich auf dem Gelände von irgend so einer Schiffswerft in einer Sackgasse gelandet.«

»Und warum rufst du nicht an?«

»Hab ich ja«, sagte Hauptkommissar Jens Bosch, »aber vermutlich hast du keinen Empfang in dieser Einöde hier.«

Reuschke blickte auf sein Handy. Tot.

»Schon mal was von Landkarte gehört? Wieso fährst du von Singen über Radolfzell zum Schiener Berg?«

»Ich bin von Konstanz gekommen. Hatte den Termin beim Chef.«

»Wegen deiner Versetzung?«

Hauptkommissar Bosch nickte und verdrehte die Augen. Eigentlich wollte er nicht daran erinnert werden. War schlecht verlaufen, das Gespräch. Vermutlich würde er die nächsten Jahre noch auf der Kriminalaußenstelle Singen herumhängen. Aus der Traum von der großen Karriere beim LKA! Versetzt aus Stuttgart in die Provinz, und das mit knapp 40! Er hätte sich in den Arsch beißen können! Warum hatte er sich nicht im Griff gehabt und wegen zwei Frauen seine Ehe und seine Karriere ruiniert?

Die eine – Kollegin der Kriminalinspektion 1 im Polizeipräsidium Stuttgart – hatte ein Problem mit ihm, seit er nach einem gemeinsamen Einsatz mit ihr im Bett gelandet war und ihr danach gesagt hatte, dass es ein Fehler war, der sich nicht wiederholen dürfe. Immerhin war er zu diesem Zeitpunkt noch verheiratet gewesen und hatte den One-Night-Stand mit der Oberkommissarin als einen einmaligen Ausrutscher betrachtet.

Der anderen, einer Journalistin aus Tübingen, hatte er vertraut, weil sie sich seit langem kannten. Sie hatten sich im Polizeipräsidium Stuttgart im Dezernat für Tötungsdelikte wieder getroffen, weil sie im Verdacht stand, einen Architekten aus Südafrika erschossen zu haben. Ausgerechnet die gewisse Oberkommissarin hatte das Verhör geführt und für

Untersuchungshaft plädiert. Gegen ihren Willen hatte er die Verdächtige nach Hause geschickt, mit dem Versprechen, sich am nächsten Morgen zu einer bestimmten Zeit wieder zur Verfügung zu stellen. Fatalerweise hatte die Frau sein Vertrauen missbraucht und sich nach Südafrika abgesetzt, um – wie sich später herausgestellt hatte – auf eigene Faust zu recherchieren. Jetzt hatte ihn die Oberkommissarin ihren ganzen Hass spüren lassen und Beschwerde eingelegt.

So hatten ihm die beiden Frauen mächtig Ärger eingebracht, was zum einen die Trennung von seiner Frau zur Folge hatte, die von der Nacht mit der Stuttgarter Kollegin Wind bekommen hatte. Die andere Folge war ein Disziplinarverfahren, das gegen ihn eingeleitet worden war, der Vorwurf hatte auf versuchte Strafvereitelung im Amt gelautet.

Er hatte noch Glück gehabt, dass von einem Strafverfahren abgesehen worden war. Es hatte sich herausgestellt, dass die Journalistin die Tat in Südafrika aufgeklärt und ihre Unschuld bewiesen hatte. Trotzdem hatte das Disziplinarverfahren seine Versetzung zur Kriminalpolizeiaußenstelle Singen am Hohentwiel nach sich gezogen. Zwar hatte er als Erster Kriminalhauptkommissar deren Leitung übernommen, trotzdem war es für den nach einer Stelle beim Landeskriminalamt strebenden Beamten ein herber Rückschlag gewesen.

»Viel Spaß im Hegau«, hatte die Stuttgarter Oberkommissarin gegeifert, »ich hätte dir gewünscht, dass du die Uniform ausziehen darfst! Und zwar diesmal nicht bei mir im Bett!«

›Suspendierung vom Dienst‹ hieß das im Klartext, und er musste zugeben, dass er eigentlich sogar damit gerechnet hatte. In einem Strafverfahren hätte ihm nach § 258 des

Strafgesetzbuchs sogar Freiheitsentzug bis zu fünf Jahren oder eine Geldstrafe gedroht.

Insofern musste er sich eigentlich glücklich schätzen, jetzt im Hegau zu ermitteln, doch die Straftaten am Fuß des Hohentwiel bewegten sich zwischen ›unerlaubtem Entfernen vom Unfallort‹ und ›fahrlässiger Körperverletzung‹. Und war doch mal ›Todesfolge‹ im Spiel, schalteten sich die Kollegen der Kriminalinspektion 1 in Konstanz ein, der er direkt unterstellt war.

Auch jetzt, bei diesem Mord am Fuß des Schiener Bergs im Grenzbezirk zur Schweiz, würde er sicher nicht lange die Rolle des Leitenden Ermittlers spielen. Es würde, wie immer bei Tötungsdelikten mit unbekanntem Täter, von Konstanz aus eine Sonderkommission eingerichtet werden. Die Routinearbeit würden sie ihm und seinem Team sicher lassen, Zeugenbefragungen, ein paar Telefonate, die Überbringung der Todesnachricht an die Angehörigen. So hatte Kriminalhauptkommissar Jens Bosch nicht gerade gute Laune, als er das Gartengrundstück auf der Höri betrat. Thomas Reuschke klopfte ihm aufmunternd auf die Schulter und sagte in seinem sächsischen Akzent:

»Nu komm schon, ist doch immerhin der erste Mord, seit du im Hegau bist. Und wir haben schon ein paar recht interessante Details entdeckt.«

»Na, dann schieß mal los!«

»Komm mit zur Ärztin. Wegen der Todesursache. Klingt echt spannend!«

Eine jung wirkende Frau mit sportlicher Figur wartete neben der Leiche auf den Kommissar.

»Dr. Gründgens«, stellte sie sich vor, »ich glaube, wir kennen uns noch nicht.«

Ein sympathisches Lächeln spielte um ihre Lippen, und die Lachfältchen um ihre Augen sprachen ihn sofort an. Er ertappte sich dabei, wie er nach einem Ring an ihrer rechten Hand schielte und erfreut den kahlen Finger registrierte.

»Nein, wir hatten noch nicht das Vergnügen«, antwortete Jens Bosch und stellte sich ebenfalls vor. Ihr Händedruck war fest und eine Sekunde zu lang, aber vielleicht bildete er sich das auch nur ein. Nimm dich zusammen, rief er sich zur Räson, nicht schon wieder Weibergeschichten im Zusammenhang mit einer Straftat!

»Sieht ja übel aus«, sagte er daher und bemühte sich, seiner Stimme einen dienstlichen Ton zu geben.

»Ja, der Täter ist ziemlich brutal vorgegangen. Genaues können Ihnen natürlich erst die Kollegen der Rechtsmedizin nach der Obduktion sagen, aber die Frau ist mit Sicherheit erschlagen worden. Und sie ist schon mindestens einen halben Tag lang tot.«

»Und was spannend ist«, schaltete sich Reuschke ein, »das Wenigste, was hier das Gras so schwarzrot verfärbt hat, ist Blut!«

»Kein Blut?«, fragte Kommissar Bosch, »was denn sonst?«

»Rotwein. Riecht man eindeutig. Stammt vermutlich aus der Flasche, deren Scherben wir da drüben und auch hier gefunden haben. Dem Etikett nach ein Spätburgunder.«

»Heißt das, sie wurde mit einer Weinflasche erschlagen?«

»Ja und nein«, sagte jetzt Dr. Gründgens. »Vermutlich war der Schlag mit der Rotweinflasche nicht tödlich.«

»Der Täter hat damit nachgeholfen«, sagte Reuschke

und hob eine durchsichtige Plastiktüte hoch, in der ein schwerer länglicher Gegenstand zu sehen war.

»Eine Brechstange?«, fragte der Kommissar.

Reuschke nickte. »Schweres Eisen. Damit wurde ihr vermutlich der Schädel eingeschlagen. Die Form des Eisens passt zur Wunde auf dem Kopf. Leider ziemlich verrostet, daher wenig Hoffnung auf verwertbare Fingerabdrücke. Aber auch hier gilt: Geduld, bis wir das genauer untersucht haben.«

»Übrigens war die Rotweinflasche noch ungeöffnet, der Korken steckt noch im abgebrochenen Flaschenhals. War also ein ziemlich kräftiger Schlag! Und da haben wir eindeutig Fingerabdrücke drauf. Wenn wir uns ranhalten, kriegst du den Kerl, bevor deine Konstanzer Kollegen eine Soko bilden«, feixte Reuschke, doch Jens Bosch ging nicht auf den Scherz ein.

»Wer ist die Tote?«, fragte er ernst.

Reuschke zog seinen Notizblock aus der Jackentasche und las vor: »Lene Grandel, 75, Witwe, wohnte hier. Hat uns der Zeuge gesagt. Steht da drüben und wartet auf dich.«

»Na, dann werd' ich mal meinen Job machen.«

Kommissar Bosch wand sich zum Gehen, doch zögerte er, als einer der Mitarbeiter Reuschkes aus dem Haus kam und mit einer Weinflasche winkte.

»Wir haben den Spätburgunder im Keller gefunden. Sechs volle Kartons. Und drei leere Flaschen liegen beim Altglas.«

»Dann hat sich der Täter wohl einfach im Weinkeller seines Opfers bedient«, meinte Reuschke, »immerhin war die Haustür auf.«

»Das heißt dann aber, er müsste sich ausgekannt haben«, warf der Kommissar ein.

»Hm. Seltsam. Holt sich die Tatwaffe aus dem Weinkeller der Toten. Wenn das so wäre, wozu hat er dann noch das Brecheisen mitgebracht? Oder meinst du, so ein Eisenteil gehört zum Haushalt einer alten Frau?«

»Wir werden's rausfinden«, sagte Bosch und schritt jetzt endlich auf den Mann zu, der in einiger Entfernung die Arbeit der Leute am Tatort beobachtete.

5

»Sie haben die Polizei verständigt?«, fragte der Kommissar, nachdem er dem Mann in schmutzigem Blaumann und Arbeitskittel seinen Dienstausweis gezeigt hatte.

»Ja«, sagte der Mann eingeschüchtert, »aber i hon mit dem Mord nix zu tun.«

»Klar. Aber Sie wissen immerhin schon, dass es Mord war. Wie heißen Sie und wie stehen Sie zu der Toten?« Er vermied es bewusst, von einer ›Ermordeten‹ zu sprechen.

»Michael Schröder. Die meiste saget Michel. Ich kenn' die Frau Grandel bloß vo weitem.«

»Und wie kommen Sie dann in ihren Garten?«

»I war auf dem Weg ins Kieswerk. Do, glei über d'straß. Ein Auto vom Reiter hot'n Problem mit'm TÜV.«

»Sie sind Automechaniker?«

»Ich hon a Werkstatt im Dorf. Alles legal. Die Rente aufbessern. Nähmaschinen, mal 'n Rasenmäher und manchmal 'n Reifenwechsel oder Öl.«

»Soso. Sie wollten also ins Kieswerk, und dann?«

»Na, bevor ich abbieg', hon' ich den Pulle bei der Frau Grandel im Garten g'seha und bin num.«

»Den Pulle?«

»Ja. Heißt richtig Jakob Eberle. Au hier vom Dorf.«

»Und wo ist der jetzt? Hat er die Leiche gefunden?«

»Ich woiß it, wo der isch. Wisset Sie, Herr Hauptkommissar, der Pulle hot's it so mit dr Polizei. Wege seim Führerschein.«

»Wieso Führerschein?«

»Weil er doch trinkt. Und trotzdem Vespa fährt. Ich glaube, der hot heut au scho wieder g'nug.«

»Und was trinkt er? Vielleicht Rotwein?«

Michel nickte.

»Württemberger Spätburgunder?«

»Des woiß i it.«

»Und wo finden wir diesen Pulle?«

»Schwer zum sage. Der hot koin feschta Wohnsitz.«

Für einen Augenblick überlegte Michel, ob er dem Kommissar den Tipp mit den Lagerschuppen im Kieswerk geben sollte. Doch das konnten die Bullen auch alleine herausfinden, dachte er.

»Noch mal: dieser Pulle hat die Leiche entdeckt?«, hakte der Kommissar nach.

»Ich woiß it, ob er sie entdeckt hot. Wo ich kumme bin, isch er dort drübe gschtande und hot g'rad ebbs ins Gras g'worfe.«

»Genauer, bitte!«

»Ich glaub, des war sell Brecheise, wo do im Rasen g'lege isch.«

Der Kommissar sah ihn streng an.

»Sie wissen, dass Sie die Wahrheit sagen müssen.«

»Des tu ich ja, Herr Hauptkommissar. Und ich will den Pulle ja au it aschwärza, ehrlich. Aber es stimmt, er hot des Brecheisen in der Hand g'het, aber er hot au g'sait, dass die Lene schon so da g'lege isch, wo er sie g'funde hot«, sprudelte es aus ihm heraus, »ich hon des Blut an ihrem Kopf g'sehe. Und Glasscherbe. Pulle hot dann den Flaschehals g'funde.«

»Hat er den auch in die Hand genommen?«

Michel nickte.

»Also finden wir dort auf alle Fälle seine Fingerabdrücke, Mist!«

Michel zögerte und seine Augen zuckten nervös.

»Herr Hauptkommissar, der Pulle war des it. Der hot doch für die Lene g'schafft. Warum hätt er die umbringe solle? Der isch bloß türmt, weil er echt Schiss hot, wege dene Fingerabdrück und weil Sie ihn dann für de Mörder haltet.«

»Moment mal. Der hat für die Tote gearbeitet?«

»Mhm. Im Garte und so. Getränkekiste g'schleppt. Und en Hausschlüssel hot er au. Aber um'bracht hot er die Lene it.«

»Das werden wir ganz sicher herausfinden. Solange er sich nicht stellt, bleibt er jedenfalls verdächtig. Wenn Sie ihn sehen, sagen Sie ihm das bitte. Hier ist meine Karte. Er soll mich anrufen oder vorbeikommen. Oder sich einfach irgendwo bei der Polizei melden. Und sagen Sie ihm, es passiert ihm nichts wegen seines Führerscheins. Das geht mich nichts an.«

»Danke, Herr Hauptkommissar. Ich werd's ihm ausrichte. Kann i jetzt weiter?«

»Ja. Aber kommen Sie bitte morgen früh in die Kriminalpolizeiaußenstelle Singen. Ich muss Ihre Aussage aufnehmen und Sie müssen unterschreiben. Geht das um neun Uhr?«

Michel nickte.

Jens Bosch gab ihm noch eine Karte. »Die ist für Sie. Falls Ihnen noch etwas einfällt. Und jetzt beschreiben Sie mir bitte noch diesen Jakob Eberle. Oder gibt es ein Foto von ihm?«

»Ich hon kons. Wozu brauchet Sie des?«

»Ganz einfach«, Jens Bosch holte Luft und betonte jedes Wort. »Falls er sich bis morgen um diese Zeit nicht gemeldet hat, werden wir ihn suchen lassen. Als Zeugen natürlich. Und glauben Sie mir, wir werden ihn finden!«

Selbst wenn wir ihn am Ende zur Fahndung ausschreiben lassen, dachte er. Kriminalhauptkommissar Jens Bosch war entschlossen, diesen Fall zu lösen, und zwar so schnell wie möglich. Vielleicht half ein solcher Erfolg seiner vermasselten Karriere noch einmal auf den Sprung? Er verwies Michel an seine Kollegen, um die Personenbeschreibung aufnehmen zu lassen, und beobachtete, wie die hübsche Ärztin in ihren blauen Peugeot stieg und prägte sich die Konstanzer Autonummer ein. Vielleicht konnte er noch ein bisschen mehr über sie herausfinden.

Michel unterbrach seine Gedanken: »Der Pulle war des it, Herr Hauptkommissar. Des isch wie in sellem Lied. Sie wisset scho: der Mörder isch immer der Gärtner. Von sellem Waggershausen.«

»Ja, ich weiß«, sagte der Kommissar. »Der Mörder war wieder der Butler. Und der hat sogar den Gärtner umgebracht. Guter Song. Ist aber nicht von Waggershausen. Ist von dem Ambros.«

6

›Die Welt schielt nach Japan, Lybien und Lampedusa‹, dachte Linda Roloff. ›In Fukushima droht die nächste Reaktorkatastrophe nach Tschernobyl, Gaddafi holt zum nordafrikanischen Flächenbrand aus, vor der italienischen Mittelmeerinsel ertrinken die Flüchtlinge zu Hunderten, und du packst deinen Koffer für Namibia!‹

Die Bilder aus dem ARD-Morgenmagazin gingen der Journalistin nicht aus dem Kopf, während sie Alans Checkliste noch einmal durchging, um ja nichts zu vergessen. Waren drei T-Shirts wirklich genug für drei Wochen? Alans Liste erschien ihr doch ein wenig spartanisch, und sie zog zwei weitere Shirts aus dem Kleiderschrank. Die Unterwäsche hatte sie ohnehin schon verdoppelt. Alan würde den Kopf schütteln, aber da dachte sie halt ein wenig anders als er. Ein wenig? Welten! Immerhin war Alan Scott im Busch aufgewachsen, und sie kam als Europäerin aus Deutschland nach Afrika.

Alan Scott.

Wie lange kannten sie sich?

Sechs Jahre. Und sie würde ihre erste Begegnung nie vergessen. Damals, auf der Likoni-Fähre in Mombasa …

Sie war wie eine Touristin zur Küste gereist, gut getarnt mit großer Sonnenbrille und breitkrempigem Strohhut. Eine kleine Umhängetasche mit wenigen unentbehrlichen Dingen war ihr einziges Gepäck gewesen, ihre Koffer hatte sie im Serena-Hotel in Nairobi deponiert.

Wie alle Touristen musste auch sie auf der Likoni-Fähre von Mombasa-Island zur Südküste den Bus verlassen und stand, eingepfercht zwischen Urlaubern und Einheimischen, am Bug des altertümlichen Schiffes. Dann plötzlich der Alptraum: im allgemeinen Gedränge zwischen den stinkenden Autos und Bussen auf der Fähre entriss ihr ein jugendlicher Schwarzer in schmutzigem T-Shirt und zerschlissenen Jeans die Tasche und rannte damit zum Heck der Fähre. Linda wurde von Panik erfasst. Alles, was sie an wichtigen Dingen besaß, befand sich in der Umhängetasche.

Wenn der Dieb erst die Menschenmenge erreichte, die sich nach den Autos und Bussen noch auf die Fähre gedrängt hatte, war es unmöglich, ihn noch zu erwischen. Er würde eintauchen in dieser Masse von Hunderten Menschen, die meisten Schwarze wie er und ebenfalls mit schmutzigen T-Shirts und zerschlissenen Jeans bekleidet. Sie boxte sich schreiend durch die Gasse zwischen den qualmenden Fahrzeugen und setzte ihm nach. Durch ihre Größe überragte sie die meisten Menschen auf der Fähre und sah ihn zwischen den Autoreihen. Eine Gruppe japanischer Touristen war aus einem Nissanbus geklettert und baute sich vor ihr zu einem Erinnerungsfoto auf.

Linda stieß einen Fluch aus und schrie um Hilfe. Sie drängte den Fotografen zur Seite und zwängte sich durch die schimpfenden Japaner. Einer griff nach ihrem Hut, um sie festzuhalten. Linda fauchte und stieß ihm den Ellbogen zwischen die Rippen. Der Japaner schrie auf und rieb sich die getroffene Stelle. Lindas Hut fiel zwischen den Beinen der Japaner auf die Bohlen, doch sie setzte die Verfolgung fort.

Der Dieb hatte das Menschenknäuel am Heck der Fähre fast schon erreicht. Eben wurden die Rampen hochgefahren und die Fähre setzte sich langsam in Bewegung. Der Abstand zum Ufer vergrößerte sich rasch. Linda sah keine

Chance mehr, den Flüchtigen zu erreichen. Noch mehrere Autos versperrten ihr den Weg. Auf Höhe des letzten Wagens drehte sich der Junge grinsend nach Linda um und rannte weiter. Im selben Moment öffnete sich die Fahrertür des sandfarbenen Landcruisers. Der Junge prallte mit dem Oberkörper frontal gegen die Tür und ging taumelnd zu Boden.

Linda kletterte über die leere Ladefläche eines alten Datsun und drängte sich an einem grauen dreirädrigen Lieferwagen vorbei. Der Junge lag für einen Augenblick benommen unter der offen stehenden Wagentür. Der Fahrer des Landcruisers beugte sich heraus und ergriff Lindas Tasche. Im selben Moment kam der Dieb zu sich und sah den Fahrer mit weit aufgerissenen Augen an. Dieser gab ihm ein Zeichen, zu verschwinden, zog die Wagentür zu und beobachtete, wie der Junge sich eilends aufrappelte und zwischen schimpfenden Menschen im Gewühl verschwand. Mit einem Satz landete er im Wasser und schwamm die paar Meter ans Ufer.

Im selben Moment erreichte Linda den Landcruiser. Sie bückte sich zum Fenster und sah in ein finsteres Dreitagebartgesicht. Das Fenster war geöffnet, doch der Fahrer schien keine Notiz von ihr zu nehmen. Wortlos streckte er seinen Arm zum Fenster heraus. Von seiner Hand baumelte ihre Umhängetasche. Verdutzt sah Linda zuerst in das Gesicht des bärtigen Weißen, dann zu ihrer Tasche.

»Na, nehmen Sie schon!«, brummte er ungeduldig. Blöde Touristin, schien er zu denken.

»Vielen Dank – ich meine …«, stammelte sie.

»Sie sollten besser auf Ihre Sachen aufpassen. Das kann verdammt schief gehen in diesem Land!«

Für einen Moment hatte sie in seine Augen gesehen, die im Schatten einer Legionärsmütze lagen. Stahlblaue Augen, die nicht lachen können, hatte sie damals gedacht. So war sie Alan Scott zum ersten Mal begegnet …

Und jetzt flog sie wieder nach Afrika. Mit viel zu viel Gepäck! Na ja, den Koffer würde sie ja ohnehin allein schleppen, den Aufpreis für Übergewicht bezahlen, und sich am Ende der Reise wieder wundern, wie viel Klamotten sie umsonst mitgenommen hatte. Alan würde wieder einmal Recht behalten haben, und das ärgerte sie schon jetzt.

»Nimm nicht zu viel mit!«, hatte er sie gewarnt, »wir können auf der Farm waschen, und unterwegs kannst du auch zweimal dasselbe anziehen.«

Doch Linda hatte eben ihre eigene Vorstellung, was Kleidung im Urlaub betraf, trug auch in einer Lodge gerne mal was Schickes am Abend und schlüpfte nicht gerne zwei Tage hintereinander in dieselben verschwitzten Klamotten. Auch wenn das in Afrika keiner roch, wie Alan immer sagte. Sie roch es, und es störte sie.

Trotzdem betrachtete sie etwas genervt den Kleiderberg auf ihrem Bett. »Auszug aus Ägypten?«, würde ihre Freundin und Kollegin Babs scherzhaft fragen, wenn sie das sah. Ob das alles überhaupt in die große Reisetasche passte? Und dann noch das Beautycase und die Medikamentenbox? Die Bücher, die Schuhe, das Badetuch und der Schmuck? Linda resignierte.

Kofferpacken war noch nie ihre Stärke gewesen, und als plötzlich ihr Handy klingelte, schien es ihr wie eine Erlösung. Sie hatte ja auch noch zwei Tage Zeit, der Flug ging erst am Freitag. Sie würde alles noch einmal durchgehen und bei den Klamotten vielleicht doch noch einmal aussortieren.

Es war Babs, die anrief.

»Dienstlich«, sagte sie gleich zu Beginn entschuldigend und erzählte was von einer toten Frau auf der Höri am Bodensee. Irgendwo Richtung Schweizer Grenze.

»Du fliegst doch erst übermorgen, könntest du nicht den Beitrag noch machen? Wir sind echt knapp an guten Leuten, und für dich wäre das doch Routine. Die PK ist heute Nachmittag um zwei in der Stadthalle Singen.«

7

Linda Roloff pfiff fröhlich den Abba-Song mit – ›The Winner takes it all‹ – der gerade im Sender lief und beschloss, in der Hegau-Raststätte noch eine kleine Pause einzulegen. Sie fühlte sich immer ein bisschen wie im Urlaub, wenn sie auf der A81, dem *Spätzlehighway*, von Tübingen kommend Richtung Bodensee in den Süden fuhr.

Sie genoss jedes Mal den Anblick der Hegauvulkane – ›des Herrgotts Kegelspiel‹, wie sie der Arzt und Schriftsteller Ludwig Finckh einmal genannt hatte. Wild und schroff ragten sie in der Landschaft auf, Hohentwiel, Hohenkrähen, Mägdeberg, Hohenstoffel und Hohenhewen, letzte Zeugen einer geologischen Vergangenheit, und sie stellte sich vor, dass an ihren Hängen einst Mammuts und Wollnashörner grasten und die Menschen, die später im See in Pfahlbauten lebten, dort oben in den Wäldern ihre ersten Feuer machten.

Wann immer es ihre Zeit zuließ, gönnte sie sich in der Raststätte einen doppelten Espresso und nahm sich ihre fünf Minuten Auszeit. Sie fuhr an den Frauenparkplätzen direkt vor der Raststätte vorbei und steuerte die südlichen Stellflächen an, parkte ihren roten Renault mit der Schnauze Richtung Hohenkrähen und holte sich den Espresso an der Cafébar. Sie nahm die Tasse mit hinaus und schlürfte den heißen Wachmacher mit Blick auf die Hegauberge. Es war eine Landschaft, die auch Alan Scott ausgesprochen gut gefallen hatte. ›Hat was von Afrika, die Felsen nördlich von Isiolo‹, hatte er beim Anblick der Felskegel gesagt, und sie hatte ihm recht gegeben.

Er hatte sich seinen Traum erfüllt, dachte sie neidvoll. Jahrzehntelang war der unruhige Fuchs umhergezogen, hatte Safaris geführt, für andere in Camps und Lodges gearbeitet, desinteressierte Pauschaltouristen mit der Fauna seines Landes vertraut gemacht und für Hochseefischer Touren zum Blauen Marlin organisiert. So sehr ihm dieses wilde, unstete Leben im Busch und auf dem Ozean gefallen hatte, so sehr sehnte er sich doch nach seinem eigenen Stückchen Afrika.

Jetzt hatte er es erhalten, zwar nur eine alte, heruntergewirtschaftete Farm im Norden Namibias, zwischen dem Waterberg und Etosha, aber für Alan war es das schönste Land, das er je in Afrika gesehen hatte. Wie hatte er ihr vorgeschwärmt von den gelben Savannen und der roten Erde des Velds, von den grünen Hügeln, in deren Mopanewäldern er Elefanten und die seltenen Weißschwanzgnus ansiedeln wollte, mit welchen Worten hatte er ihr den Sonnenuntergang am Stausee geschildert, in dem er in seinen Vorstellungen schon Krokodile und Flusspferde schwimmen sah.

Alan Scott war ein sensibler Träumer, und das Unglaubliche war, dass er es schaffte, seine Träume zu leben. Manchmal hatte sie das Gefühl, ihm bei seinen Träumen eigentlich im Weg zu sein, ein Hindernis, das er aber nicht überwinden wollte, aus Liebe zu ihr. Und diese Liebe war etwas so Großartiges, Kostbares und nie da Gewesenes, dass auch sie bereit war, ihr bisheriges Leben dafür aufzugeben. Fast.

Geplant hatten sie es eigentlich anders. Alan Scott sollte nach Deutschland ziehen. Ja, er war bereit gewesen, seine große Liebe Afrika für die Liebe zu einer Frau aufzugeben. Doch dann war es zu einem unnötigen Streit gekommen, für den sich Linda heute noch verfluchte. Sie hatte auf stur geschaltet, das Tau, das ihre Liebe gehalten hatte, war zerrissen, der Traum geplatzt.

Sie hatte geglaubt, ihn sicher zu haben, ihn formen zu können, und in der Tat, der harte und coole Safariguide schmolz wie Wachs in ihren Händen, erfüllte ihr jeden Wunsch und verzichtete ihr zuliebe auf sein Leben im Busch. Aber sie war zu weit gegangen. Als ihn sein Freund in Südafrika um Hilfe gebeten hatte, hatte sie von ihm gefordert, sich endgültig zwischen Afrika und ihr zu entscheiden.

Sie hatte verloren.

Alan Scott war nie nachtragend gewesen. Obwohl sie seine Gefühle mehr als einmal mit Füßen getreten hatte, das wusste sie. Sie hatten sich wieder getroffen, in Südafrika, im Sommer der Fußball-WM. Die Erlebnisse im Zusammenhang mit einem geplanten Attentat auf das Großereignis hatten sie enger zusammengeschweißt denn je, und doch war Alan nicht mit ihr nach Deutschland zurückgekehrt. Der Tod eines entfernten Verwandten hatte ihn nach Namibia gezogen, und dort hatte er jetzt die Farm des Verstorbenen übernommen.

Ihre Kontakte waren seither auf Telefon und SMS beschränkt, und Linda hatte den geografischen und zeitlichen Abstand zum Anlass genommen, sich rar zu machen. Sie wollte ihm nicht das Gefühl geben, auf ihn zu warten, er sollte sich seinen afrikanischen Traum erfüllen, ohne den Druck einer festen Bindung in Deutschland. Und so hatten sie sich im Laufe der letzten Monate immer seltener angerufen, ihre Antworten auf seine SMS waren kurz gewesen, die Inhalte ihrer Telefongespräche sachlich und emotionslos. Zu Anfang hatte er das moniert, doch je länger er jetzt auf seiner Farm lebte, desto seltener wurden auch seine Kurznachrichten und Anrufe.

Und doch, diese Liebe war nicht auszulöschen. Nicht durch den geografischen Abstand und nicht durch die Zeit. Als er ihr vor einigen Wochen vorschlug, ihn doch auf *Ojumamuya* zu besuchen, hatte sie spontan ja gesagt. Tage später hatte er zögernd gefragt, ob sie sich denn ein Leben mit ihm in Namibia vorstellen könne, und sie hatte ausweichend geantwortet. Sie wusste, dass es für Sarah in Windhoek deutsche Schulen gab und kannte auch einen Kollegen, der mehrere Jahre bei einem deutschsprachigen Radiosender in Namibia gearbeitet hatte.

Je länger sie darüber nachdachte, desto klarer wurde ihr, dass sie eigentlich Alans Frage mit einem klaren ›ja‹ beantworten musste. Doch getan hatte sie es bis heute noch nicht. Daran dachte sie jetzt, während der Anblick der Hegauvulkane, die grau und düster im Gegenlicht lagen, sie an Afrika erinnerte.

Nur noch wenige Kilometer bis Singen, wo in einer halben Stunde die Pressekonferenz begann. Singen am Hohentwiel. Ihre Gedanken wichen noch einmal ab, und der alte Kommissar aus der Hegaustadt kam ihr in den Sinn. Sie dachte zurück an den grässlichen Tag im Krater von Ngoro-Ngoro, an dem ihr der alte Mann das Leben gerettet hatte. Jetzt ruhte er selbst am Rand der Kaldera dieses erloschenen Vulkans im Herzen Afrikas, wie es sein letzter Wunsch gewesen war. Auf dem Stadtfriedhof in Singen erinnerte nur eine Inschrift auf dem Grabstein seiner Frau an Willy Schänzle, Kriminalhauptkommissar i. R.

Linda Roloff setzte ihre Fahrt fort. Ausfahrt Singen, am Osthang des Hohentwiel mit seiner mächtigen Ruine und den Weinbergen im Süden vorbei zur Stadthalle. In einem der kleinen Säle war die Pressekonferenz angesetzt worden. Noch einmal wanderten ihre Gedanken zurück.

Die letzte Begegnung mit Jens Bosch. Der Hauptkommissar würde die PK leiten, hatte sie erfahren. Sie hatte ihn ganz schön reingeritten, damals, durch ihre Flucht nach Südafrika. Er hatte sie von der Untersuchungshaft verschont, im guten Glauben, ihr vertrauen zu können. Doch Linda hatte ihn enttäuscht, hatte sein Vertrauen missbraucht und seiner Karriere dadurch enormen Schaden zugefügt.

Sie hatten sich nicht wieder gesehen seit der letzten Begegnung im Stuttgarter Polizeipräsidium, ein knappes Jahr war das jetzt her. Später hatte sie nur gehört, dass man ihm ein Disziplinarverfahren angehängt und ihn von der Landeshauptstadt nach Singen versetzt hatte.

Ihr Herz klopfte bei dem Gedanken, ihm gleich zu begegnen.

8

Es war sein Land, soweit das Auge reichte. Fast 12 000 Hektar bestes Weideland, hatte Mary Rust ihm gesagt. Doch Rinder grasten schon lange nicht mehr auf den weiten Grassavannen von *Ojumamuya* südlich von Etosha. Johann Rust hatte die Farm heruntergewirtschaftet, bis ihm der Alkohol im wahrsten Sinn des Wortes das Genick gebrochen hatte.

Obwohl er schon eine halbe Flasche Gin geleert hatte, fühlte er sich noch in der Lage, auf die sieben Meter hohe Plattform des Wasserrads zu klettern, um eine Reparatur vorzunehmen. Der Sturz von dort oben war tödlich gewesen.

Mary und Johann hatten keine Kinder, nur einen Neffen, Sohn des verstorbenen Bruders von Mary Rust. So kam Alan Scott unverhofft in den Besitz einer echten Südwesterfarm, nachdem er sich bereit erklärt hatte, den herunter gekommenen Betrieb weiterzuführen und ihm seine Tante die Farm mit allen Ländereien überschrieben hatte. Einzige Bedingung der alten Farmersfrau: lebenslanges Wohnrecht in einem der Nebengebäude.

Alan Scott hatte sich schon bei seinem ersten Besuch in die Farm verliebt. Im Garten mit seiner gemütlichen Sitzecke, dem ungeheizten Swimmingpool und den alten Bäumen hatte ihn seine Tante mit Kaffee und Kuchen empfangen, während um sie herum Hühner scharrten und Mary Rusts Liebling, ein prächtiger Pfau, lauthals miaute.

Zum Sonnenuntergang wanderte Alan hinunter zum Damm und genoss die Stille und Einsamkeit der namibischen Wildnis. Vor ihm lag die spiegelglatte Wasserfläche des aufgestauten Sees, in dem munter die Fische sprangen, während sich am Ufer die weißen Silberreiher in den kahlen Bäumen zur Nachtruhe niederlassen. An jenem Abend hatte er Linda angerufen und ihr zum ersten Mal von *Ojumamuya* vorgeschwärmt.

Das über 110 Jahre alte Farmhaus, in dem sie wohnen würden, war aus rotem Quarzitstein erbaut, mit Wellblech, Glas und Dachbalken aus Deutschland, hatte ihm seine Tante erzählt. Im verspielt angelegten Garten mit alten Zedern und Eiben, Papyrus und Palmen, lagen ein paar Backsteinbungalows für Gäste, der gefühlte 14 Grad kalte Swimmingpool und eine halb zerfallene Laube mit Grillplatz.

Alans Onkel hatte die Farm in 30 Kamps eingeteilt, wie die Farmer in Südwest die Parzellen für ihre Rinder nannten, über 500 Stück Vieh hatten das Land zu seinen besten Zeiten beweidet. Die Kühe teilten sich das Gelände mit Kudu, Warzenschwein, Strauß und anderem Wild, das von Johann Rust gehegt und auch bejagt worden war. Geschossen wurde auf *Ojumamuya* allerdings nur für den Eigenbedarf und die einheimischen Arbeiter, die mit ihren Familien in einer Art eigenem Dorf auf dem Farmgelände, mit Hütten, Friedhof und Kapelle, lebten und eigenes Vieh und Esel besaßen.

Doch das waren die goldenen Zeiten von *Ojumamuya* gewesen, hatte ihm Mary Rust erzählt. Zu trocken und zu mager war der Boden für eine ergiebige Beweidung, zu groß die Verluste durch Seuchen, Leoparden und entlaufene Tiere. Johann Rust hatte auf Jagdbetrieb umgesattelt, die Rinder verkauft und die Leoparden zum Abschuss freigegeben. Doch die wenigen Katzen waren von gut zahlenden Großwildjägern aus Europa schnell dezimiert worden, Johann Rust hatte mit dem Geld in Nashörner investiert und Lizenzen auf Oryxantilope, Kudu, Blessbock, Elen und Springbock erworben. Die beiden Rhinos waren schon nach drei Wochen von Wilderern abgeschlachtet worden. An jenem Abend, als der Farmer die Tiere mit blutendem Schädel in der Nähe des Damms fand, begann er zu trinken, der Anfang vom Ende, wie Mary Rust sagte.

Alan Scott hatte die bedrückende Einsamkeit gespürt, als er im ehemaligen Rinderstall die verstaubten Köpfe präparierter Kudus von der Wand starren und Gerätschaften in den Schuppen vor sich hinrosten sah. An der ›Wasserstelle‹, wie der verstorbene Besitzer seine geräumige Hausbar nannte, erinnerten die Trophäen am Kamin und die Felle von Löwe und Zebra auf dem Boden noch an die guten Zeiten.

Von den Arbeitern war nur eine Handvoll geblieben, und allein war es für Mary Rust nicht möglich, die Jagdfarm zu halten. Zu groß waren allein die Probleme mit der Wilderei. Noch am Abend, bevor Alan angekommen war, waren drei Oryx auf dem Farmgelände gewildert worden, und Mary Rust hatte einen der verbliebenen Arbeiter mit der Polizei auf Patrouille geschickt. Ohne Erfolg, wie sie Alan gestanden hatte.

Später saß er mit der alten Frau, die er zuletzt als 13jähriger gesehen hatte, auf der Terrasse, und sie erzählte ihm die Geschichte der Farm, von der sie innerlich schon Abschied genommen hatte. Von den vier jungen Geparden, die sie mit der Flasche aufgezogen hatte, und von denen zwei noch auf einer Gepardenfarm lebten. Die giftige Zebraschlange, die die Katzen neben dem Pool entdeckten und die Johann auf der Terrasse erschossen hatte.

Oder von der Speikobra in der Bar, die man erst für eine zischende Sektflasche gehalten hat und die sich, in einer Gitarre versteckt, durch das Klingen der Saiten verraten hat. Oder die Schwarze Mamba, die das zahme Oryxkalb Paul getötet hatte.

Ihr Neffe Alan war ihr wie ein Rettungsengel erschienen. Ihm traute sie zu, die Farm zu führen und nahm ihn wie einen Sohn bei sich auf.

Zweimal war Alan in der nahe gelegenen Stadt Otjiwarongo unterwegs gewesen, um neue Arbeiter anzuwerben. Sie fanden Unterkunft in den Hütten, die sein Onkel wie ein kleines Dorf für seine Hirten gebaut hatte. Alan hatte genügend Geld auf der hohen Kante, um ein Jahr ohne Einnahmen zu überbrücken. Außerdem hoffte er auf die Unterstützung seiner deutschen Freundin Linda, die, falls er sich nicht falsche Hoffnungen machte, einer gemeinsamen Zukunft in Namibia nicht abgeneigt schien. Jedenfalls hatte sie ihn darin bestärkt, das Angebot seiner Tante anzunehmen.

9

Die Pressekonferenz begann unspektakulär, denn die Kriminalpolizei hielt sich zunächst äußerst bedeckt mit der Bekanntgabe von Erkenntnissen. Die Journalisten erhielten Informationen über die Identität der ermordeten Frau und einige vage Angaben über Tathergang und Tatort. Linda hörte aufmerksam zu, ihr digitales Aufnahmegerät lief. Als der Pressesprecher den Ort auf der Höri nannte, in dem die Tote gewohnt hatte, fiel Linda sofort ihre ehemalige Kollegin Käthe Besserer ein, die aus dem Hegau stammte und im Ruhestand auf die Höri zurückgezogen war. Sie hatte ihren Wohnort und die Straße in ihrem Adressbuch notiert. Gaienholzen kam ihr sofort bekannt vor. Ob Käthe die Tote kannte?

Der Pressesprecher beschrieb die möglichen Tatwaffen, ein Brecheisen und eine Weinflasche. Näheres zu den Todesumständen der alten Frau könne erst bekannt gegeben werden, wenn der abschließende Bericht der Rechtsmedizin in Freiburg vorliege. Es werde von der Kriminalpolizei Konstanz eine Sonderkommission eingerichtet, deren Leiter der Erste Kriminalhauptkommissar Jens Bosch von der Kriminalpolizeiaußenstelle Singen sein werde.

Dann bat der Pressesprecher, Aufnahmegeräte und Kameras auszuschalten. Als die ersten Journalisten mit Murren darauf reagierten, sagte Hauptkommissar Jens Bosch:

»Wir möchten Sie bitten, nicht mehr, als die von uns soeben bekannt gegebenen Ermittlungsergebnisse zu veröffentlichen, um Spekulationen zu vermeiden. Es geht nun um einen Punkt, bei dem wir auf Ihre Hilfe angewiesen sind.«

Die Pause, die er setzte, diente der Spannung. Linda fing einen kurzen Blick von ihm auf und glaubte, den Anflug eines Lächelns in seinem Gesicht zu entdecken. Er hatte sie erkannt. Hat sich nicht verändert, in dem einen Jahr, dachte sie. Jens Bosch fuhr fort:

»Wir suchen im Zusammenhang mit diesem Mord nach einem wichtigen Zeugen. Die Sache wird allerdings dadurch erschwert, dass der Gesuchte aufgrund seiner …«, er zögerte, »… sagen wir mal – eigenwilligen Beziehung zum Opfer – glauben könnte, wir hielten ihn für den Täter. In der Tat sprechen auch einige Indizien gegen ihn, aber genau das dürfen wir ihn nicht wissen lassen. Ich appelliere daher in diesem Fall ganz besonders an Ihren Ehrenkodex als Journalisten, dies bei der Veröffentlichung des nun Folgenden zu berücksichtigen. Alles andere gefährdet in hohem Maße unseren Fahndungserfolg. Können wir da mit Ihrer Hilfe rechnen?«

Es war eine ungewöhnliche Frage bei einer PK, doch die Journalisten nickten. Jens Bosch fing auch Lindas Nicken mit seinen Augen ein und sagte dann, den Blick direkt auf sie gerichtet.

»Wir ziehen Sie jetzt in unser Vertrauen, meine Damen und Herren. Und ich hoffe, dass wir uns auf Sie verlassen können. Ich habe da zwar persönlich schon sehr schlechte Erfahrungen gemacht, was das Vertrauen zu einer Kollegin aus ihrer Zunft angeht, aber schwarze Schafe gibt es ja bekanntlich in jeder Branche.«

Allgemeines Gemurmel erhob sich, und Linda hatte das Gefühl, dass sich Köpfe nach ihr umdrehten und einige Augenpaare sie zu durchbohren schienen.

»Bitte entschuldigen Sie, dass ich das so deutlich sage, aber da die betreffende Kollegin heute anwesend ist, muss ich auf Nummer sicher gehen.«

Lindas Augen suchten nach einer Falltür im Boden, in der sie versinken konnte. Ihre Beine zuckten, sie wollte aufstehen und den Saal verlassen, doch dann wären auch die Letzten noch auf sie aufmerksam geworden. Und so blieb sie geduckt wie ein Feldhase in seiner Sasse auf ihrem Platz sitzen, senkte ihren Blick zu Boden und notierte sich die Ausführungen des Kommissars. Ihr Inneres kochte vor Wut und Anspannung.

»Wir suchen im Zusammenhang mit dem Mord an Lene Grandel nach dem wohnsitzlosen Jakob Eberle, der auch ›Pulle‹ genannt wird. Hier seine Beschreibung – Sie bekommen das aber auch gleich noch schriftlich von uns: er ist etwa 70 Jahre alt, 1,65 groß und hager. Er hat lange graue Haare und einen dichten Vollbart, sein Äußeres wirkt ungepflegt. Er trägt einen abgenützten braunen Mantel, ein kariertes Wollhemd und eine Cordhose und fährt eine rote Vespa mit abgelaufenem Konstanzer Kennzeichen.

Bitte formulieren Sie das als Suche nach einem wichtigen Zeugen. Wir glauben, dass Jakob Eberle, der für die Ermordete ab und zu Besorgungen machte und ihr im Garten zur Hand ging, uns wichtige Hinweise geben kann, die zur Ergreifung des Täters führen, und bitten ihn daher dringend, sich mit uns in Verbindung zu setzen. Das gilt auch als Aufruf an die Bevölkerung. Da wir davon ausgehen müssen, dass Jakob Eberle weder Zeitung liest noch Radio hört, sind wir auf Hinweise zu seinem möglichen Aufenthaltsort angewiesen. Vielen Dank.«

Linda blieb auf ihrem Stuhl sitzen, bis sich der Saal fast geleert hatte. Einige Kollegen waren noch nach vorne gegangen, um den Pressesprecher und den Kommissar um persönliche Statements zu bitten. Als auch sie sich entfernt hatten, stand Linda langsam auf und sah stumm zu dem Rednerpult, an dem Jens Bosch seine Unterlagen in eine Tasche packte.

Jetzt blickte er auf, und sie versuchte in seinen Augen seine Stimmung auszumachen. Zorn? Feindschaft? Neutralität? Friede? Sie konnte es nicht erkennen. Ihre Wut war abgeklungen, denn ihr war klar geworden, dass sich diese Wut eigentlich gegen sie selbst richten musste. Sie war die Täterin und er das Opfer. Nicht umgekehrt.

»Zeit für einen Kaffee?«, fragte er jetzt, und seine Stimme klang förmlich. Sie nickte stumm.

»Kennst du das Polizeirevier in der Julius-Bührer-Straße? Direkt an den Bahngleisen? In einer halben Stunde dort? Dann können wir kurz in die Stadt.« Linda nickte.

Er war zum ›du‹ zurückgekehrt. Bei der letzten Begegnung, damals im Polizeipräsidium in Stuttgart, hatten sie sich gesiezt, erinnerte sie sich. Sie nahm es als ein gutes Omen und ging erleichtert hinaus.

Kommissar Jens Bosch. Ihr erstes Zusammentreffen kam ihr in den Sinn. Es war auch auf einer Pressekonferenz gewesen, drüben in Friedrichshafen. Ein mysteriöser Mordfall mit einer Leiche auf einem Baum. Vom ›Leopardenmörder‹ hatte die Presse geschrieben. Jens Bosch war damals stellvertretender Leiter der Soko ›Kastanie‹ gewesen. Ein attraktiver Mittvierziger, sportlich, ziemlich gestylt und – natürlich – verheiratet. Sie hatten sich auf Anhieb gut verstanden. Aber mehr als einen etwas zu langen Händedruck oder eine flüchtige Berührung hatte es nicht gegeben, wobei Jens – da hatte er offen gespielt – einem heißen Flirt nicht abgeneigt war.

Nach der Lösung des Falls war er befördert worden. An seinem Ermittlungserfolg war sie damals nicht ganz unschuldig gewesen. Doch seine Versetzung nach Stuttgart war nur von kurzer Dauer, es wurde nichts aus der Stelle beim Landeskriminalamt. Auch das hatte er ihr zu verdanken. Nun kreuzten sich ihre Wege zum dritten Mal. Linda beschloss, diesmal nicht für sein Schicksal verantwortlich zu sein.

10

Als sie mit ihm in dem Singener Café saß und das sympathische Lächeln sah, klopfte ihr Herz. Der Ring an seiner rechten Hand war verschwunden.

»Ich wusste, dass wir uns irgendwann noch einmal begegnen würden«, begann Jens Bosch, nachdem er für sie einen Kaffee und für sich ein Bitter Lemon bestellt hatte. »Schade, dass du zu feige warst, dich bei mir zu melden, nachdem du mir diesen bösen Streich gespielt hattest.«

»Stimmt«, sagte Linda zögernd. »Ich hatte wirklich nicht den Mut, mich bei dir zu entschuldigen. Aber ich ahnte damals auch nicht, welche Konsequenz meine Flucht nach Südafrika für dich haben würde.«

»Hättest du denn sonst anders gehandelt?«, fragte er.

»Ehrlich gesagt, ich glaube nicht. Es war die einzige Chance, meine Unschuld zu beweisen, nachdem mich deine nette Kollegin unbedingt dem Haftrichter vorführen wollte. Bist du mir noch sehr böse?«

»Nein, nicht wirklich. Ich ahnte, als ich dich gehen ließ, dass du mich belogen hattest. Aber ich hatte das einkalkuliert.«

»Wie? Heißt das, du hast mich von der Haft verschont, obwohl du wusstest, dass ich mich absetzen würde?«

Er nickte. »Mir war nur nicht klar, dass die Konsequenzen für mich so drastisch sein würden.«

»Sonst hättest du es sicher nicht gemacht.«

»Weiß nicht. Mein Traum vom LKA ist zwar geplatzt, aber dafür musstest du nicht ins Gefängnis. Und die Kriminalpolizeiaußenstelle Singen ist ja auch ganz nett!«

Er schmunzelte.

»Oh Mann, ich hatte richtig Angst, dir heute zu begegnen. Hätte ja auch wirklich Prügel verdient. Dein Vertrauen so zu missbrauchen …«

»Na ja, nun sind wir ja quitt.«

»Du meinst, deine Bloßstellung eben bei der PK?«

»Sorry, aber das musste sein. War's schlimm?«

»Gibt Schlimmeres.«

»Gut. Dann begraben wir jetzt dieses Thema. Never again?«

Da war dieses sympathische Lächeln wieder.

»Never again!«

Kurze Pause, ein Lächeln, ein tiefer Blick – fast zu lang – in seine Augen.

»Was macht Afrika?«

Sie schmunzelte. »Daheim warten die gepackten Koffer. Alan hat eine Farm in Namibia geerbt. Ich will sie mir mal ansehen. Vielleicht breche ich hier ja meine Zelte ab.«

»Was ich sehr bedauern würde.«

Sie überging seine Bemerkung und wechselte das Thema: »Noch eine Frage zu dem Fall heute. Man hat die Tote in ihrem Garten gefunden. Spricht was dagegen, wenn ich mir den Tatort mal ansehe? Nur von außen natürlich. Du weißt, dass ich mir immer gerne selbst ein Bild von den Gegebenheiten mache. Dieses Gaienholzen, wo das Opfer wohnte – wo liegt das genau?«

»Am Fuß des Schiener Bergs Richtung Zeller See, grob südlich zwischen Singen und Radolfzell. Grenzgebiet zur Schweiz. Kennst du dich hier aus?«

»Ich werd's schon finden.«

Sie verschwieg ihm schon wieder etwas. Aber weshalb

sollte sie ihm sagen, dass eine ehemalige Kollegin auf der Höri wohnte?

»Riedweg.«

Sie notierte sich die Adresse und schielte dabei in das Namensregister ihres Kalenders. Treffer! In Gaienholzen wohnte Käthe Besserer. Riedweg 22. Ehemals Redaktionsassistentin beim Sender und jetzt seit zwei Jahren im Ruhestand, Lindas Besuch bei ihr stand immer noch aus.

»Krieg ich noch ein paar exklusive O-Töne von dir?«, fragte Linda jetzt und packte ihr Aufnahmegerät aus.

»Kein Problem. Aber ich kann dir nur die offiziellen Auskünfte geben.«

»Das reicht. Sag mir einfach was zum aktuellen Stand der Ermittlungen und warum ihr diesen Wohnsitzlosen als Zeugen braucht. Den Rest bau ich mit den Tönen aus der PK drum herum.«

Nach dem Interview verabschiedete sich Linda. Sie tauschten noch rasch ihre aktuellen Kontaktdaten aus, dann trennten sie sich wie zwei alte Freunde. Lindas Herz hüpfte. Jens Bosch war ihr mehr als sympathisch, und zu wissen, dass er ihr verziehen hatte, machte sie einfach nur glücklich.

Sie sah auf die Uhr. Zeit, den Beitrag abzusetzen. Sie machte sich auf den Weg zum Büro ihres Senders nach Konstanz. Danach würde sie Käthe Besserer anrufen. Vielleicht hatte die ehemalige Kollegin ja ein paar Minuten Zeit.

11

Der Gnadensee zwischen Reichenau und Allensbach leuchtete frühlingshaft blau, auf der Gemüseinsel reflektierten die Glasdächer der Gewächshäuser das Sonnenlicht, und die Kirchtürme der berühmten Abtei grüßten zum Festland herüber. Der Wasserstand des Sees war niedrig, und zwischen den Schilfflächen des Wollmatinger Rieds ragten Schlick und Kiesbänke weit in die Wasserfläche hinein.

Als sie zwei Stunden später im Feierabendverkehr zurückfuhr, kam Wind auf, und der See hatte von leuchtendem Blau in ein mattes, von leichten Wellen gekräuseltes Grau gewechselt. Vor der Mettnau, der fingerförmigen Halbinsel, die Zellersee und Gnadensee trennt, blinkten die Leuchtfeuer der Sturmwarnung. Über Radolfzell und Moos fuhr sie Richtung Schiener Berg.

Sie fand Käthe Besserers Haus im Riedweg auf Anhieb. Nachdem sie sich begrüßt und über die ›alten Zeiten‹ geplaudert hatten, war es Käthe, die das Gespräch auf das Thema lenkte, dessentwegen Linda eigentlich gekommen war:

»Ihr habt sicher auch über den schrecklichen Mord berichtet. Stell' dir vor, die wohnte nur zwei Häuser weiter«, erzählte Käthe.

»Genau deswegen habe ich hier zu tun. Dann kanntest du sie gut?«

»Ja, sicher. Die Polizei hat mich das auch schon gefragt. Aber du, wie lange wirst du bleiben?«

»Höchstens noch ein, zwei Tage.«

»Und wo wohnst du?«

»Ich seh' mich nachher nach einem Hotel um. In Singen oder Radolfzell.«

»So ein Quatsch! Du kannst bei mir wohnen. Im Zimmer von Matze. Das Bett ist frisch überzogen.«

Linda überlegte nicht lange und nahm das Angebot dankbar an.

»Diese Lene Grandel – was war sie für ein Mensch?«

»Hm. Wie soll ich sagen. Sie war eine Einzelgängerin. Ein Naturfreak. Ja, besser kann man sie eigentlich nicht charakterisieren. War dauernd draußen unterwegs. Auch im Garten. Stundenlang. Und bei Regen saß sie am Fenster und beobachtete die Vögel mit dem Spektiv.«

»Mit dem Spektiv?«

»Ja. So ein riesen Teil, zigfache Vergrößerung – die hat sogar die Kormorane drüben am Baggersee im Kieswerk beobachtet. Sie hat eine Liste mit allen Vögeln, die sie gesehen hat. Mehrere Seiten, glaube ich.«

»Sagt dir der Name Jakob Eberle was?«

»Der Pulle? Na klar.« Sie schmunzelte. »Der ging bei Lene aus und ein. Komischer Vogel. Ja, Vogel stimmt, vielleicht konnte sie deshalb so gut mit ihm.«

»Was hat er bei ihr gemacht? Hat er dort gewohnt?«

»Pulle? Nein. Der ist abends immer gegangen. Das hätte die Lene nicht gewollt. Er hat ihr einfach nur geholfen. Getränkekisten in den Keller, rasenmähen, heckenschneiden. Hat ihr auch mal eingekauft oder fuhr für sie in die Schweiz.«

»In die Schweiz?«

»Ja. Migros. Schokolade, Nudeln, Risotto, Kaffee. Und ich glaube, sie hatte auch ein Konto in Stein.«

»Der ging für sie auch auf die Bank?«

»Sie hat mir mal erzählt, dass sie ihm blind vertrauen

konnte. ›Er holt ab und zu mal Geld für mich in der Schweiz‹, sagte sie, ›da hat noch nie auch nur ein Rappen gefehlt.‹«

»Hm. Hast du eine Ahnung, wo dieser Pulle stecken könnte?«

»Der Pulle? Nö. Das wollte die Polizei auch schon von mir wissen. Ich habe ihn noch gesehen, seine Vespa lehnte bei der Lene am Gartenzaun. Aber da muss sie schon tot gewesen sein.«

»Und wo wohnt dieser Pulle?«

»Ach Gott, der hat ja keinen festen Wohnsitz. Der treibt sich überall rum.«

»Seltsame Geschichte«, Linda überlegte. »Das mit dem Geld aus der Schweiz, weiß das die Polizei?«

»Nein. Die haben mich nicht danach gefragt. Wollten nur wissen, ob ich zur Tatzeit was gesehen oder gehört habe.«

»Und? Hast du?«

»Nein. Ich war gar nicht zu Hause. Ich war den ganzen Tag unterwegs, hab' mich mit zwei alten Schulfreundinnen getroffen. Wir sind mit dem Katamaran von Konstanz nach Friedrichshafen gefahren. Musst du unbedingt mal machen. War ja schönes Wetter. Wir haben sogar auf der Uferpromenade ein Eis gegessen und eingekauft haben wir natürlich auch«, schwärmte sie.

»Ich kenne Friedrichshafen«, sagte Linda. »Ich stamm' doch von da. Bin am See aufgewachsen und zur Schule gegangen.«

»Das wusste ich gar nicht! Ich dachte immer, du bist Tübingerin!«

»Ja, ich wohne ja auch schon 20 Jahre da. Aber meine Heimat ist der Bodensee. Und jedes Jahr am Seehasenfest bin ich in FN. Darüber müssen wir echt mal reden. Aber jetzt noch mal zu diesem Mord«, wechselte sie das Thema. »Die Lene Grandel, hatte die Kinder?«

»Nein. Nur eine entfernte Verwandte. Stefanie heißt die, Nachnamen weiß ich nicht. Hab sie aber noch nie gesehen. Soviel ich weiß, lebt sie im Ausland.«

»Und wo?«

»Oje. Du fragst mich was. Lene hat nicht oft von ihr gesprochen. Ich glaub', irgendwo in Südafrika. Aber warum willst du das alles wissen? Arbeitest du jetzt bei der Polizei?«

»Nein. Aber du weißt doch, wenn ich einen Beitrag recherchiere, mache ich das gründlich. Solange ich nur das berichte, was ich in der Pressekonferenz erfahre, mach' ich meinen Job nicht richtig. Und wir wissen doch, die meisten Verbrechen passieren innerhalb der Familie.«

Käthe Besserer nickte. Sie hatte lange genug mit Linda zusammengearbeitet, wenn auch in einer anderen Redaktion und wusste, dass sie eine außergewöhnlich gründliche Journalistin war. Eine, die ihren Beruf liebte und völlig darin aufging. Nicht umsonst hatte sie für ihre Beiträge schon einige renommierte Preise eingeheimst.

Linda dachte nach. Wo war in all den Informationen ein Hinweis auf einen Mord?

Eine Einzelgängerin, die Vögel beobachtete?

Ein Landstreicher, der bei ihr aus und ein ging?

Geldbeträge aus der Schweiz?

Eine Verwandte in Südafrika?

»Sag mal«, fragte sie zögernd, »du hast nicht zufällig einen Schlüssel für ihre Wohnung?«

»Doch. Hab' ihr manchmal die Blumen gegossen und die Fische im Aquarium gefüttert, wenn sie eine ihrer

Naturexkursionen gemacht hat. Zuletzt im Herbst, da war sie eine Woche mit Euronatur in Albanien. Die hat ständig solche verrückten Sachen gemacht. Wir können rüber gehen, wenn du willst.«

»Jetzt gleich?«

»Warum nicht?«

12

Alan Scott genoss jeden Tag auf der Farm. Meistens ging er zu Fuß, um das Gelände kennen zu lernen. Er war einem ausgetrockneten Flussbett gefolgt und dann an einigen Wasserstellen vorbei zu einer Ansammlung der urtümlichen Köcherbäume gekommen. Wie Relikte aus der Urzeit muteten diese fächerartigen Riesen an, deren raue Stämme ihn an die Kiefern aus der Heimat Lindas, ihre Wipfel dagegen an die Palmen von Diani Beach erinnerten.

Diese ›Bäume‹ waren eigentlich riesige Sukkulenten, die in großzelligen Geweben große Mengen Wasser speichern können. Buschmänner machten aus den ausgehöhlten Ästen Köcher für ihre Giftpfeile, und Alan dachte unwillkürlich an N'gaoi, den Buschmann aus der Kalahari Botswanas, der ihnen geholfen hatte, als sie den entführten Exmann Lindas im Okavangodelta gesucht hatten.

Linda. Eine Frau, von der er glaubte, sie sei die Liebe seines Lebens. Ihre Augen, ihr Mund, ihre Haare, ihr Gesicht. Wenn er ihr sagte, dass er sich so seine Traumfrau vorstellte, lachte sie und nannte ihn bekloppt.

Anfangs mochte er dieses Lachen, weil es das Schönste für ihn war, wenn Linda lachte. Doch mit der Zeit keimte in ihm der Verdacht, dass sie ihn auslachte. Er zweifelte immer wieder, ob ihre Liebe zu ihm echt und ehrlich war. Wenn sie sich küssten, und er ihre Zunge fordernd in seinem Mund spürte, waren seine Zweifel verflogen, und er fühlte sein Herz schlagen, ja hüpfen, vor Glück.

Doch schon eine halbe Stunde später, wenn er sie anrief, um ihr seine Liebe mitzuteilen, hatte er wieder das Gefühl, mit einer ganz anderen Frau zu telefonieren. Das kalte ›Ja, bitte?‹ holte ihn wieder auf den Boden zurück, versetzte ihm einen Stich, und er redete wieder mit der coolen und toughen Journalistin, ihre Rolle, die sie so gut und perfekt gab, als ob Kuss und heiße Berührung nie existiert hätten.

Mit der Zeit hatte er sich an diese raue Schale gewöhnt, doch jetzt, wo sie schon wieder seit Monaten getrennt waren, und nicht eine einzige SMS auf seinem Handy landete, ihre wenigen Anrufe sich nur darum drehten, ihm von ihrem tollen Job zu erzählen und er auf ein nettes Wort vergeblich wartete, zweifelte er wieder mehr denn je.

Auf Schritt und Tritt begegnete ihm Linda in Afrika, in den einsamen Nächten am Lagerfeuer, wie er sie mit ihr am Okavango erlebt hatte, auf einsamen Pads im offenen Jeep über die Waschbrettpisten – so waren sie tagelang durch Kenya gefahren – und auch hier auf *Ojumamuya*, wo es noch keine gemeinsame Vergangenheit gab. Von einer gemeinsamen Zukunft wagte er erst dann zu träumen, wenn sie wirklich im Flieger nach Windhoek saß.

Wilde Olivenbäume gediehen an den Hängen des Hochtals, durch das er jetzt ging, immer enger traten die Felsen rechts und links des Weges zusammen, schließlich führte der Pad – wie die Farmer die Wege nannten – hinunter zu einem schmalen, von Algen grün gefärbten Bachbett, in dem sich gut zehn Zentimeter lange Kaulquappen tummelten.

Oben an den Berghängen konnte er die murmeltierähnlichen Dassies – eigentlich auf Grund ihres Skelett- und Nervensystems die nächsten Verwandten der Elefanten – beim Sonnenbad beobachten. Im Revier dieser Klippschliefer zog eine Pavianhorde fressend und kreischend über die Bergkuppe.

Alan suchte sich einen roten Felsen, der von den Strahlen der Sonne aufgeheizt worden war und jetzt im Schatten einer großen Kameldornakazie lag. So in der Tat könnte das Paradies ausgesehen haben, bevor Adam in den Apfel biss, dachte er. Eine stille, eine friedliche Welt, deren einzige Geräusche das gleichmäßige Plätschern von Wasser aus dem nahen Bach und das Rauschen des Windes in den Blättern der Köcherbäume waren. Vor der Kulisse einer in der Abenddämmerung rot glühenden Bergkette zogen gemächlich die fünf von seinem Onkel angesiedelten jungen Elefanten zum Stausee.

13

Lene Grandels Wohnung war klein und stickig. Das Haus war in den Hang gebaut worden, der Keller reichte zur Gartenseite unter die Terrasse, der Eingang zur Wohnung lag auf der Seite, eine Treppe höher, quasi im ersten Stock.

Linda fühlte sich durch die knarrenden Dielen im Flur, die tickende Wanduhr und die düstere Tapete an die Wohnung ihrer Großmutter im Schwarzwald erinnert. Ein bisschen war sie verwundert, dass der Zugang zur Wohnung nicht durch ein Polizeisiegel versperrt war, nur im Garten hatte sie das Absperrband entdeckt.

Die Fenster schienen seit Tagen nicht geöffnet worden zu sein, es roch nach Putzmittel, ranzigem Bratenfett und altem Leder. Auch die Gerüche waren wie in Omas altem Schwarzwaldhaus. Käthe Besserer führte Linda ins Wohnzimmer. Hier war die Luft etwas besser. Ein 200-Liter-Aquarium stand als Blickfang an der Wand neben dem großen Panoramafenster. Linda entdeckte Rote Neonfische, Glühlichtsalmler und Zebraschmerlen, die sich in dem üppig bewachsenen Wohnzimmerbiotop tummelten. Antennenwelse putzten munter die Scheiben, und einige Beilbauchfische suchten die Wasseroberfläche nach Nahrung ab. Stundenlang konnte Linda zu Hause vor ihrem Aquarium sitzen und die Fische beobachten, dabei entspannen und nachdenken.

»Du kannst dich in Ruhe umsehen«, sagte Käthe Besserer. »Ich gieße solange die Blumen. Die müssen ja nicht kaputt gehen, bloß weil die Lene tot ist.«

Große Bücherwände reichten an drei Wänden vom Boden bis zur Decke. Fast eine kleine Bibliothek, dachte Linda. Die Frau musste sehr belesen gewesen sein und vielseitig interessiert, das zeigten Linda ein paar Griffe in die Regale.

Weltliteratur. Goethe, Dostojewsky, Mark Twain, Edgar Alan Poe. Krimis. Deon Meyer, Mankell, Huby, Leix. Reiseführer aus ganz Europa, Thailand, Dominikanische Republik. Überwiegend aber Naturführer und Bestimmungsbücher. Grzimeks Enzyklopädie, alle 13 Bände komplett, daneben eine Originalausgabe von *Brehms Thierleben* aus dem Jahre 1863. Vogelbücher dominierten. Allein zwei Regalbretter Ornithologie. Paul Parey in allen Variationen, die Vögel Ost- und Zentralafrikas, *Das geheime Leben der Vögel* von David Attenborough.

Fasziniert blätterte Linda darin. Argusfasanenhahn aus Südostasien in Balzpositur, Feuerkopf-Saftlecker aus Nordamerika, ein landender Mollymauk auf den Falklandinseln, Quetzal aus Guatemala, Hoatzins aus Peru – Vögel, von denen sie noch nie etwas gehört hatte, geschweige denn wusste, wie sie aussahen.

Aber auch alte Bekannte tauchten auf: Kondor im Segelflug, Strauß, Emu und Nandu, Webervögel aus Tanzania beim Nestbau, Porträts von Buchfink, Grünling, Kernbeißer, Gimpel. Ein faszinierendes Hobby, dachte sie, und irgendwie beneidete sie Lene Grandel darum.

Vor dem breiten Panoramafenster stand auf einem Dreibeinstativ ein grünes Spektiv mit Gummiarmierung direkt hinter einem bequemen Schreibtischstuhl. Das war also die private Beobachtungsplattform der begeisterten Naturfreundin. Lene Grandel hatte einen guten Überblick gehabt, da Straße und Haus erhöht lagen.

Linda blickte durch das große Fenster direkt zum Baggersee und in den Betriebshof des Kieswerks auf der anderen Straßenseite. Die Hecken, die hinter dem Maschendrahtzaun wuchsen, verwehrten nur hie und da den Blick auf das direkt hinter dem Zaun liegende Gelände. Rechter Hand ragten die Dächer mehrerer flacher Gebäude ins Bild, dazu Silos, Förderbänder, ein Kran und – ganz im Hintergrund, noch vor den Bäumen des nahen Waldes – die Spitzen der Kies- und Sandhalden.

Linker Hand schimmerte gänzlich unverbaut und frei immer wieder das Wasser des Baggersees zwischen den Sträuchern hindurch. Linda hatte von Alan den Umgang mit diesen einaugigen Fernrohren gelernt und beugte sich vorsichtig über das Okular, das am Ende des Objektivs nach oben ragte. Gestochen scharf sah sie die graublau schimmernde Oberfläche des Baggersees vor sich, der nur am gegenüberliegenden Ufer von einem schmalen Schilfgürtel gesäumt schien. Sie schwenkte das Spektiv leicht. Ein paar schwarzweiß gezeichnete Enten schwammen in der Seemitte.

Nur einige große, noch unbelaubte Bäume – Linda hielt sie für Weiden – ragten im Vordergrund in den Himmel, sonst war das Seeufer auf dieser Seite kaum von Vegetation begrenzt. Lene Grandel konnte von ihrem Wohnzimmer aus somit einen Großteil des Sees einsehen, für eine Vogelbeobachterin sicher ein genialer Posten.

Jetzt waren die Enten fort. Nein! Sie tauchten wieder auf, im wahrsten Sinn des Wortes, waren nur abgetaucht, und schon schwammen sie wieder mit schnellen Paddelbewegungen ihrer Ruderfüße auf das jenseitige Ufer zu. Mit bloßem Auge waren sie nur als kleine schwarze Punkte zu erkennen, doch durch die 75-fache Vergrößerung des Spektivs sah Linda sogar ihre weißumränderten Augen leuchten.

Käthe Besserer kam mit der gefüllten Gießkanne zurück.

»Da liegen ihre Bücher. Die Lene hat viel gelesen«, sagte sie und zeigte auf einige Bände, die auf dem Fenstersims zwischen den Blumentöpfen lagen.

Linda griff zu dem grünen Band, der zuoberst lag. *Vogelführer Deutschland.* Was für ein Wälzer! Bei den

Schwimmvögeln wurde sie rasch fündig. *Reiherenten, kleine gedrungene Tauchente, Männchen im Brutkleid mit schwarzem Körper und weißen Flanken und Bauch.*

»Und da hat sie alles aufgeschrieben«, bemerkte Käthe und deutete auf einen Spiralblock, der auf dem kleinen Tisch neben dem Stativ lag.

Der Südkurier lag daneben, eine mehrere Tage alte Ausgabe, und Linda überflog den Titel. *Flüchtlingstod im Container.* Darunter stand: *25 Afrikaner auf dem Weg durch Europa erstickt.* Das Farbbild darüber zeigte zwei Helfer einer Rettungseinheit mit einem Überlebenden.

Linda legte die Zeitung bei Seite und betrachtete den Spiralblock. Er war auf einer Seite aufgeschlagen, eine von Hand gezeichnete Tabelle, in der Lene Grandel ihre Beobachtungen eingetragen hatte. In der ersten Spalte die Namen der Vögel, dahinter das Datum, der Ort und die Anzahl. Die Beobachtungen begannen am Ersten des Monats, fast jeder Tag war seitdem mit einem Eintrag versehen. Sie erstreckten sich auf den Reiter-Baggersee, das Wollmatinger Ried, den Beobachtungsplatz Allensbach und den Reichenau-Damm.

Die Reiherenten hatten mehrere Zeilen gefüllt, ebenso Stockente, Graureiher, Kormoran und Blässhuhn. Haubentaucher und Kolbenente waren schon seltener. Nur mit einem Eintrag tauchten Rohrweihe und Spießente auf. Einige Vogelnamen waren mit einem Ausrufungszeichen versehen. *Brandgans! Singschwan! Brachvogel!* Dies schienen die besonders seltenen Beobachtungen zu sein.

Dann ein Name, mit dem sie überhaupt nichts anzufangen wusste. *Schwarze* stand da nur, und dahinter das biologische Zeichen für weiblich, ein Kreis mit einem Kreuz darunter. Eine schwarze Katze vielleicht, überlegte

Linda. Eine schwarze Ente? Oder ein schwarzer Schwan? Davon zumindest hatte sie schon gelesen. Sie blätterte im Index des Vogelbuchs. Schwarzhalstaucher, Schwarzkehlchen, Schwarzmilan, Schwarzspecht, Schwarzstirnwürger, Schwarzstorch?

Nun ja, was immer es war, es schien für Lene Grandel eine ungewöhnliche Beobachtung gewesen zu sein, denn sie hatte das Datum dick unterstrichen und mehrere Ausrufungszeichen dahinter gesetzt. 27. März 2011!!!! Das war gerade mal vor drei Tagen gewesen …

Linda notierte sich einige der Einträge. Irgendwie hatte sie das Gefühl, als könnten die Beobachtungen der alten Frau etwas mit ihrem Tod zu tun haben.

Sie setzte noch einmal ihr Auge an das Okular des Spektivs und begann, das Rohr auf dem Stativ langsam von rechts nach links zu schwenken und danach wieder zurück. Schon wollte Linda sich wieder aufrichten, als ihr Blick plötzlich an einem winzigen Detail hängen blieb, und sie in der Schwenkbewegung des Stativkopfs innehielt. Sie fokussierte noch einmal auf das Fenster der Baracke, die sie gerade gestreift hatte.

Die Dämmerung hatte eingesetzt, und jemand musste in dieser Sekunde im Innern der Hütte Licht eingeschaltet haben. Da es keine Vorhänge gab, konnte Linda erkennen, wie ein Mann sich dort bewegte, er schien zu telefonieren und dabei auf und ab zu gehen. Plötzlich blieb er stehen, blickte zu ihr herauf und schien im selben Augenblick zu erstarren. Er hatte sie entdeckt und wahrgenommen, dass sie ihn beobachtete, nahm das Handy vom Ohr, fuchtelte ihr drohend zu und verschwand aus dem von ihr einsehbaren Bereich des Raums.

Sie fuhr erschrocken zurück, fühlte sich ertappt und

beruhigte sich im selben Moment mit dem Gedanken, dass sie zwar den Mann genau gesehen, er von ihr aus der Entfernung aber nichts wahrgenommen haben konnte.

Sie versuchte, sich sein Gesicht zu merken, doch in den wenigen Sekunden, in denen er in ihre Richtung gestarrt hatte, war ihr nur sein finsterer Ausdruck aufgefallen und die kantig geschnittenen Gesichtszüge, die sie an einen Südländer erinnerten. Kroate vielleicht oder Italiener, dachte sie, vielleicht Mitte 50. Seine schwarzen Haare würden dazu passen.

Sie dachte an den Eintrag in Lenes Vogeldossier. *Schwarze* stand da nur. Sollte es *der Schwarze* heißen? Der Krimi, den sie gerade gelesen hatte, fiel ihr ein. Hier hatte *der Schwarze*, wie der Autor seinen Mörder nannte, seine Opfer im Wald mit einer Garotte, einer Drahtschlinge mit kleinen Holzgriffen, erdrosselt. Sie hatte den Autor bei einer Lesung kennen gelernt. Ein netter Kerl, Marke gemütlicher Bär mit Vollbart und im richtigen Leben Förster im Schwarzwald. Kaum zu glauben, dass er sich solche schaurigen Geschichten ausdachte. Doch beim Signieren hatte er ihr erzählt, dass das Schießen von Rehen und Wildschweinen für ihn zur beruflichen Routine zählte. Sie selbst hatte noch nie auf ein Tier geschossen.

»Sind sie froh, dass ich mir meine Geschichten nur ausdenke«, hatte er noch schmunzelnd hinzugefügt und Linda damit einen Schauer über den Rücken gejagt. Seine Augen hatten listig im vollbärtigen Gesicht geblinzelt, als er ihr das Buch mit persönlicher Widmung zurückgab. *Das Böse lauert überall …*, las sie, darunter seine Unterschrift und das Datum.

Der Schwarze. Im Buch war er ein Psychopath, der seine Mordmethode von Tat zu Tat verfeinerte und stolz auf seine Perfektion war. Das Töten als Kunst. In gewisser Weise wie beim Jäger, der größten Wert auf den gekonnt angebrachten Blattschuss legte.

Auch Alan Scott hatte ihr begeistert von der Großwildjagd erzählt. Jahrelang hatte er in Tanzania betuchte Jagdtouristen auf die Fährte von Leopard und Büffel geführt oder an Kenyas Küste Big Game Fischern zu einem Blue Marlin, dem König der Fische, verholfen. Und doch, sagte er, widerstrebte es ihm, ohne Grund auf einen Elefanten schießen zu müssen. Seine Kunden sahen das wohl anders. Linda konnte nicht begreifen, was man daran finden konnte, ein Nashorn oder einen Löwen zu schießen, sich mit dem Kadaver fotografieren zu lassen und sich ein halbes Jahr später die Trophäe ins Wohnzimmer zu hängen. Doch selbst die fünfstelligen Beträge, die man für das Erlegen eines der so genannten Big Five bezahlen musste, schienen die Großwildjäger nicht abzuhalten.

Einmal nur hatte sie Alan auf einer solchen ›Jagdsafari‹ begleitet und die Augen des Schützen leuchten sehen, als ihm die Fährtensucher den toten *Simba* vor die Füße legten. Wie stark und überlegen musste sich der Mann in diesem Augenblick fühlen?

Reh, Wildschwein, Löwe, Elefant, Mensch … wie hoch lag die Hemmschwelle, hatte sie sich damals gefragt.

Eine Bewegung auf dem Gelände des Kieswerks lenkte sie von ihren Gedanken ab. Zwar hatte die Dämmerung inzwischen die Konturen der Gebäude und Fahrzeuge zu einem düsteren Grau verschmelzen lassen, das Licht im Inneren der Baracke war erloschen, und doch bemerkte sie den Hauch eines Schattens, der sich zwischen den Kieshaufen bewegte. Gebückt huschte dort ein Mensch in Richtung einer großen Förderbandanlage, und als der

Lichtkegel der einzigen Laterne ihn streifte, die in einem schemenhaften Kreis das Gelände beleuchtete, zuckte sie zusammen.

Die langen grauen Haare und der ungepflegte Vollbart, den sie nur in Sekundenbruchteilen wahrnahm, dazu der braune Mantel und die seltsamen Bewegungen der Gestalt, das musste dieser gesuchte Wohnsitzlose sein! Schon wollte sie Käthe herbeirufen, um ihr den Mann zu zeigen, als sich die Tür an der Seite der Baracke öffnete und der Schwarzhaarige heraus trat. Die vollbärtige Gestalt duckte sich zwischen zwei Kieshalden, der Schwarzhaarige sah zu Lenes Haus herauf, schloss die Tür von außen ab und ging über das Gelände in Richtung Ausfahrt.

Alles blieb ruhig, dann sah Linda den Scheinwerfer eines Motorrads die Auffahrt vom Kieswerk herauf fahren. Der Schwarze schien Feierabend zu machen. Nervös kaute sie auf ihren Unterlippen. Was sollte sie tun? Der Gesuchte hielt sich auf dem Gelände auf, hatte sich dort womöglich versteckt. Den Kommissar anrufen? Selbst nachsehen? Die Neugier der Journalistin in ihr besiegte ihre Angst.

»Sag mal, Käthe, da drüben im Kieswerk, so ein dunkler Typ, schwarze Haare, kantige Gesichtszüge, kennst du den?«

»Hm. Der Zoto vielleicht. Reiters rechte Hand. Ich hab mit denen im Kieswerk nicht viel zu tun. Machen nur Lärm und Dreck. Aber Lene kannte die alle. Durfte sogar aufs Gelände wegen der Vögel. Ich bin übrigens fertig mit dem Gießen. Hast du alles gesehen?«

Linda nickte und dankte Käthe Besserer dafür, ihr die Wohnung gezeigt zu haben. Sie fragte, ob sie den Schlüssel noch behalten könne. Kein Problem, meinte Käthe, und sie verabredeten, dass Linda zum Übernachten bei ihr blieb.

Nachdem sie ihre kleine Reisetasche in dem ehemaligen Kinderzimmer von Käthes Sohn abgestellt hatte, eilte sie in der Dunkelheit nach draußen, durch den Garten und über die Straße Richtung Kieswerk.

14

Etwa 100 Meter die Straße abwärts bog die staubige Zufahrt zum Kieswerk Reiter GmbH & Co. KG vom Riedweg rechts ab. Dort stieß Linda Roloff auf ein breites Rolltor, das verschlossen und zusätzlich oben durch drei Reihen Stacheldraht gesichert war.

Zu beiden Seiten des Metalltors erstreckte sich ein zwei Meter hoher Maschendrahtzaun, außen von wilden Büschen und niederen Hecken gesäumt. Trotz zunehmender Dunkelheit erkannte Linda den schmalen Trampelpfad, der nach links durch eine hüfthohe Wildnis aus Brombeerranken und verwelkten Brennnesseln führte.

Linda folgte dem Pfad, in der Hoffnung, irgendwo auf einen offenen Zugang zum Werksgelände zu stoßen. Sie bückte sich und befühlte das niedergetretene Gras, es war noch frisch, nicht vertrocknet, und sie wusste durch Alans Schule im Busch, dass dies auf eine junge Spur hindeutete. Hier musste erst vor kurzem jemand entlang gegangen sein.

Sie dachte an den Landstreicher.

Der Untergrund war trocken und hart, sie konnte bei den schlechten Lichtverhältnissen weder Fußabdrücke noch Reifenspuren erkennen, doch der Pfad war breit genug für eine Vespa. Ihre Augen hatten sich an die Dunkelheit gewöhnt, und sie entdeckte die hell leuchtenden Spitzen abgeknickter Zweige im Gebüsch, ungefähr in der Höhe einer Lenkstange oder eines Rückspiegels. Hinter einer Wegbiegung, die um ein dichtes Weißdorngestrüpp herum verlief, sah sie die Vespa an einem Weidenstamm lehnen.

Pulle! Wohin war er von hier aus gegangen? Sicher zum Kieswerk! Immerhin hatte sie ihn ja dort gesehen. Vorsichtig tastend schlich sie weiter den Pfad entlang, als plötzlich ein Loch im Zaun auftauchte. Das Maschengeflecht war aufgeschnitten und nach innen gebogen worden, ein größerer Haufen Gesteinsschutt verhinderte, dass das Loch vom Betriebsgelände aus bemerkt werden konnte.

Linda schlüpfte hindurch, huschte um die Geröllhalde herum und blickte auf die düster glänzende und von leichtem Windhauch gekräuselte Seefläche. Rechter Hand sah sie den von schlammigen Wegen und Pfützen überzogenen Innenhof des Kieswerks vor sich, schwach von der einsamen, orange glühenden Laterne erleuchtet.

Hohe Halden mit Bruch und grobem Schotter, von halb zerfallenen Mauern eingerahmt, türmten sich zu ihrer Linken, daran schlossen sich Kieslager unterschiedlicher Körnung an. Lagerschuppen, ein Gewirr aus Förderbändern, ein Kran, Silos und mehrere Lastwagen machten das Gelände fast unüberschaubar – wo mochte Jakob Eberle stecken? Dort drüben zwischen den Gesteins- und Sandhalden hatte sie den Wohnsitzlosen vor wenigen Minuten gesehen. Wohin war er verschwunden?

Gebückt schlich sie an den Geröllhalden vorbei, von denen einige flache mit dunklen Plastikplanen abgedeckt waren. Das Licht reflektierte ihre glänzende faltige Oberfläche. Linda, neugierig geworden, hob eine der Planen an und entdeckte darunter ein Durcheinander von Monitoren, PC-Gehäusen, Platinen, Lautsprecherboxen, Kabeln und Fernsehern. Was hatte der Elektronikschrott auf dem Gelände des Kieswerks zu suchen? Hatte Reiter zusätzlich ein Depot für Elektromüll angelegt – eine Wertstoffsammelstelle?

Während sie darüber nachdachte, stolperte sie über eine Schubkarre, die im Weg stand. Das Poltern und Scheppern, als sie umfiel, durchschnitt die Stille der hereinbrechenden Nacht, und Linda fuhr erschrocken zurück. Mit einem Mal bekam die Angst in ihr die Oberhand. Was – verdammt – wenn dieser Landstreicher nicht nur ein Zeuge war, sondern die alte Frau wirklich auf dem Gewissen hatte? Was, wenn er plötzlich vor ihr auftauchte? Sie vermisste ihre Handtasche mit dem Pfefferspray, den sie nach einer unheimlichen nächtlichen Begegnung am Tübinger Schloss immer bei sich trug. Zu spät, sie hatte die Tasche im Auto gelassen.

Sie blieb stehen und lauschte in die immer düster werdende Nacht. Nichts. Stille. Nur das leise Dümpeln des nahen Baggersees und das Schnarren der Kormorane auf ihren Schlafplätzen. Sie war allein.

Linda beobachtete die Stelle, an der sie Pulles Gestalt gesehen hatte, schlich langsam weiter und tastete sich an einer der mannshohen Betonmauern entlang, die eine der größeren Bruchhalden von drei Seiten umgab. Plötzlich – am Ende der rissigen Mauer – ein Schatten, eine Bewegung, eine Berührung! Sie unterdrückte einen Aufschrei, als sie mit der Gestalt zusammenstieß, die im selben Moment um die Ecke bog.

Die Gestalt schreckte ebenfalls zurück, stieß ein kehliges Geräusch aus, und Linda erkannte, dass sie einer Frau gegenüber stand. Die andere hatte sie entsetzt am Oberarm gefasst, um nicht zu stolpern, Linda hielt sich ihrerseits an ihren Schultern fest und nahm einen deutlichen Geruch nach Schweiß und angestrengtes Atmen wahr. Sie konnte die Gesichtszüge nicht erkennen, wohl aber ein wallendes Gewand und eine seltsame Kopfbedeckung.

»Wer sind Sie, was machen Sie hier?«, zischte Linda.

»Bitte nix tun, nix schlagen!«, hörte sie einen fremden Akzent in der zitternden Stimme. Die andere hatte offensichtlich mindestens so viel Angst wie sie und duckte sich fast panisch in den Schatten der Mauer.

»Pst! Nicht so laut!«, flüsterte Linda und versuchte, den klammernden Griff um ihren Oberarm abzuschütteln. Die Hand ließ los, die beiden Frauen verharrten, bebend vor Schreck, und lauschten auf den Atem der anderen.

»My daughter, I am looking for my daughter!«, hauchte es vor Linda, und sie hörte, dass die fremde Frau schluchzte. In ihrer Stimme schwang Angst, ja Panik. Aber warum sprach sie Englisch? Linda tastete nach der Frau, umarmte sie vorsichtig und signalisierte ihr auf diese Weise, dass keine Gefahr von ihr aus ging.

»Keine Angst, don't worry! Sie müssen keine Angst haben.« Sie spürte, wie sich die Frau allmählich beruhigte und flüsterte: »Do you speak German?«

»Yes. Ja.«, kam es zerbrechlich zurück.

»Fine. Gut.«

Linda hatte ein gutes Gefühl für Sprachen und ein ausgezeichnetes Wortgedächtnis. Neben Englisch sprach sie Italienisch, Spanisch und Russisch, das bisschen Französisch, das ihr von den wenigen Schuljahren geblieben war, und dazu ganz passabel Suaheli. Und so war es für sie kein Problem, das folgende Gespräch mit der Fremden immer dann, wenn es auf Deutsch stockte, in Englisch fortzuführen.

Die Frau richtete sich so weit auf, dass der Mauerschatten nicht mehr auf ihre Gestalt fiel. Der fahle Schein des diffus schimmernden Laternenlichts beleuchtete das dunkelhäutige Gesicht einer Afrikanerin, die Augen weit aufgerissen, die Lippen um den geöffneten Mund wulstig, und eine bumerangförmige Narbe zog sich über ihre rechte Wange. Das wallende Gewand war eine Art Sari, die seltsame Kopfbedeckung ein buntes Tuch, das sie sich wie den Kopfputz der Witwe Bolte aus Max und Moritz um den Kopf geschlungen hatte.

»Wie heißt du?«, fragte Linda, die durch das bewusst gewählte ›du‹ ein wenig Vertrauen herstellen wollte.

»Hadé«, antwortete die Frau und ging darauf ein. »Und du?«, fragte sie zurück.

»Linda. Woher kommst du?«

»Nigeria«, lautete die knappe Antwort, und Linda schwieg überrascht. Was machte eine Frau aus Nigeria nachts allein in einem Kieswerk auf der Höri? War sie eine der vielen Afrikaflüchtlinge, die derzeit Schlagzeilen machten?

»Und wovor hast du Angst?«

»Zoto. Er mich geschlagen. Er großer Mann.«

Linda fiel sofort der Schwarzbärtige ein.

Schon wollte sie nach ihm fragen, als Hadé den Zeigefinger auf die wulstigen Lippen legte und *pst* hauchte. Irgendetwas hatte sie gehört. Die beiden Frauen lauschten. Doch es blieb still.

»Hatte der Mann einen schwarzen Bart?«

Hadé nickte.

Linda überlegte. Wenn der Schwarze Hadé geschlagen hatte, und sie sich trotzdem noch einmal in seine Nähe wagte, musste es dafür einen schwerwiegenden Grund geben. Hatte sie nicht vorher etwas von ›My daughter – meine Tochter‹ gesagt? Jetzt schwieg sie, doch ihre Augen suchten ängstlich die Umgebung ab, und Linda spürte, dass sie noch immer am ganzen Leib zitterte.

»Du musst keine Angst haben. Er ist nicht mehr hier. Er ist fort gefahren«, versuchte sie, zu trösten und ließ ihren Blick über den dunklen, nur sparsam vom Licht erhellten Betriebshof gleiten. Hoffentlich, dachte sie.

»Ich weiß nicht, was du hier suchst, und ob es legal ist, aber das spielt keine Rolle.«

»Du Polizei?«, fragte Hadé.

»Nein«, Lindas Stimme lachte. »Du musst keine Sorge haben, ich bin nicht von der Polizei. Müsstest du denn vor der Polizei auf der Hut sein?«

Hadé zuckte mit den Schultern.

»Ich bin Journalistin. Radio. Verstehst du?«

»Journalist?«, entfuhr es ihr fast etwas zu laut, und in ihrer Stimme schien Hoffnung mitzuschwingen. »Dann du mir helfen!«

»Helfen? Wobei?«

Hadé schüttelte plötzlich heftig den Kopf und begann zu schluchzen.

»Nix, es – nix …«, stotterte sie.

»Wobei kann ich dir helfen? … Du kannst mir vertrauen … Ich werde es niemandem verraten.«

Hadé schwieg. Ihr Schluchzen wurde leiser und ging in ein unterdrücktes Wimmern über.

»Du suchst deine Tochter?«

Hadé nickte zögernd, schwieg aber weiter. Linda hielt es daher für besser, die Unterhaltung an einem anderen Platz vorzuschlagen. Warum setzten sie sich nicht oben an der Straße in ihren Wagen und redeten dort weiter?

»Mein Wagen ist dort«, sagte Linda, deutete zur Straße und fasste Hadé vorsichtig bei der Hand. »Reden wir dort? Da kann uns niemand hören.«

Hadé schien plötzlich abgelenkt, denn sie reagierte überhaupt nicht auf Lindas Vorschlag. Stattdessen schüttelte sie Lindas Hand mit einer hastigen Bewegung ab, flüsterte »later« und tauchte um die Mauerecke herum ab. Schnell wie eine Schlange im hohen Gras war sie ihrem Blick entschwunden, und als Linda ihr folgte und um die Ecke spähte, sah sie nichts als die gähnende Nacht des Mauerschattens. Nur das leise Rascheln in den nahen Weiden verriet, dass Hadé zum Loch im Zaun geflüchtet war.

Während sie den dunklen Pfad entlang starrte, fiel Linda plötzlich der Eintrag in Lenes Vogeldossier ein. *Schwarze*, hatte da gestanden, mit dem Datum von vor drei Tagen. Sollte die alte Frau an diesem Tag die geheimnisvolle Nigerianerin beobachtet haben? Das biologische Zeichen für weiblich hinter dem Namen sprach dafür. Aber warum hatte sie diese Beobachtung in ihren Notizen festgehalten?

15

Linda blieb keine Zeit, über diese seltsame Begegnung nachzudenken, denn ein anderes Geräusch ließ sie jetzt selbst hochschrecken. Diesmal kam es von der anderen Seite, direkt hinter ihrem Rücken, fast zeitgleich mit der harten Berührung, die sie auf ihrer Schulter spürte. Sie fuhr herum und starrte stumm vor Schreck in das Gesicht des Schwarzbärtigen, den sie durch das Spektiv im Inneren der Baracke gesehen hatte. Jetzt, da er ihr gegenüberstand, kam er ihr viel jünger vor. Höchstens Ende 30, schätzte sie.

Woher war er so plötzlich gekommen? Hatte sie ihn nicht vom Gelände fahren sehen? Sie wand sich unter dem harten Griff, mit dem er sie gegen die raue Mauer presste.

»Hallo, wen haben wir denn da? Gut, dass ich noch mal zurückgeschlichen bin! Aber – das ist ja gar nicht die schwarze Hexe!«, zischte er laut. »Was hast du hier zu suchen?«

Er hatte Linda laut angeschrieen, und sie ahnte, dass er eigentlich mit Hadé gerechnet hatte. Mit beiden Händen packte er sie an den Oberarmen und seine Finger krallten sich in das Fleisch. Kraft und rohe Gewalt gingen von ihm aus, als er sie schüttelte.

Kalte Angst stieg in ihr hoch, und es wurde ihr bewusst, welches Risiko sie mit ihrem nächtlichen Eindringen in das Betriebsgelände des Kieswerks eingegangen war.

»He, antworte! Oder ich dreh dich durch unseren Schotterhäcksler!« Sein Gesicht war keine fünf Zentimeter von ihrem entfernt, und sie erstickte fast unter seinem Ekel erregenden Mundgeruch. Nach einer lähmenden Schrecksekunde hatte sie wieder Mut gefasst. Ihr fiel ein, dass Hadé sie soeben für eine Polizistin gehalten hatte und bluffte:

»Das sollten Sie besser nicht tun, und wenn Sie nicht meine Kollegen auf dem Hals haben wollen, lassen Sie mich besser los!«

»Kollegen? Welche Kollegen? Bist du von den Bullen?«, bellte er, und sie spürte, wie die Klammer um ihre Arme nachließ.

»Kriminalpolizei!«, stieß sie mit überzeugender Stimme hervor. »Mordkommission! Und Sie sollten sofort aufhören, die Ermittlungen zu behindern, sonst haben Sie morgen ziemlich viel Ärger am Hals! Schon mal was von Widerstand gegen die Staatsgewalt gehört?«

Er ließ sie los, stand aber noch immer so breitbeinig vor ihr, dass sie keine Chance zur Flucht hatte.

»Dann können Sie sich sicher ausweisen?« Ha – er war schon mal zum *Sie* übergegangen!

»Natürlich!« Sie zog ihr Portemonnaie heraus und hielt ihm für einen Augenblick ihren Presseausweis unter die Nase. Geschickt verdeckten ihre Finger dabei die Schrift so, dass nur das *P* und ihr Foto zu sehen waren, den Rest verwischte die Dunkelheit. Der Bluff gelang offensichtlich, denn der Schwarzbärtige schwieg zunächst betroffen, stieß dann ein »schon gut!« hervor. Dann sagte er:

»Trotzdem, Sie sind hier auf Privatgelände. Was suchen Sie hier überhaupt? Haben Sie einen Durchsuchungsbefehl oder so was?«

»Wie kommen Sie darauf, dass wir etwas suchen?«, fragte Linda zurück und wählte bewusst die Mehrzahl. Sollte der Typ ruhig glauben, dass sie nicht allein hier war.

»Na, warum machen Sie sich dann hier zu schaffen? Zum Baden ist es ja noch ein bisschen zu kalt.«

»Ist das im Sommer ein Badesee?«

»Nein, eigentlich nicht. Aber es kommen trotzdem abends und an den Wochenenden Leute her. Wir haben zwar Verbotsschilder aufstellen lassen, aber das ist denen egal. Sie verscheißen das Ufer und machen Feuer, wie es ihnen passt. In diesem Sommer lassen wir immer nach Feierabend die Hunde raus.«

»Hunde?«

Der Schwarzbärtige nickte und zeigte auf eine der Baracken, vor der sie einen Drahtverhau ausmachen konnte.

»Zwei Dobermänner und einen Ridgeback. Kampfhunde, auf scharf dressiert«, erklärte er mit stolzem Ton in seiner Stimme. »Bin eigentlich nur noch mal hergekommen, um sie zu füttern und rauszulassen.«

»Ich dachte, nur im Sommer?«

»Schon. Aber nachdem die schwarze Hexe seit ein paar Tagen hier herumschnüffelt, meint der Boss, es kann nichts schaden –.« Er stockte. Was ging das die Bullen an!

Sie hakte bewusst nicht nach, er musste nicht mitbekommen, dass sie Hadé schon getroffen hatte. So tat sie, als überhöre sie diese Bemerkung und fragte:

»Das heißt, Sie sind nicht der Besitzer?«

»Ich der Boss?« Er lachte. »Nö, ich seh' nur, dass die Arbeit läuft. Bin seine rechte Hand. Der Boss ist meistens im Büro, und ich schau' hier draußen nach allem. Aber jetzt, was suchen Sie hier? Ich frag' das – glaub' ich – zum dritten Mal. Bullen waren schon lange nicht mehr da.«

Es entging Linda nicht, dass er verstohlen zu der Plastikplane schielte, unter der sie den Elektroschrott entdeckt hatte. Die Ecke lag noch immer offen, und die matten

Monitore reflektierten schwach aber sichtbar das Laternenlicht.

»Ist denn alles legal, was hier so läuft?«, fragte sie spitz.

»Na klar, was glauben Sie?«

»Nun, es gab da doch mal so eine Sache …«, sie bluffte erneut, um ihn aus der Reserve zu locken. Es gelang.

»Ach, die Geschichte, das ist doch mindestens fünf Jahre her. Seitdem macht der Boss keine krummen Geschäfte mehr.«

»Na, dann müssen Sie ja auch keine Angst vor uns Bullen haben«, meinte sie und klopfte ihm jovial auf die Schulter.

»Hab' ich auch nicht. Trotzdem, der Boss wird wissen wollen, was die Polizei hier sucht.« Auf einmal drückte er sich gewählt aus, und jede Überheblichkeit war verschwunden.

»Man hat eine Frau ermordet, keine 100 Meter von hier.«

»Ach so, das. Hab' davon im Radio gehört. Die alte Lene Grandel.«

»Der Name kam auch im Radio?«

»Nö, aber ich hab' gefragt. Im Ort geht das rum wie ein Lauffeuer.«

»Sie kannten sie?«

»Nur flüchtig. Sie war ab und zu hier und hat Vögel beobachtet. Komische Alte. Aber sie hatte beim Boss einen Stein im Brett. Die anderen Naturfuzzis hat er immer verjagt, aber die Lene durfte rein. War sogar 'n paar Mal bei ihm im Büro.«

»Und weshalb?«

»Sagen Sie mal, wird das jetzt ein Verhör oder was?«

Langsam schien er ungeduldig zu werden. »Ich will jetzt die Hunde rauslassen und dann hab ich noch was vor.«

»Schon gut, ich halte Sie nicht länger auf. Nur eine Frage noch: haben Sie vielleicht heute einen Mann auf dem Gelände gesehen?«

»Nö. Wen denn?«

»Einen Einzelgänger. Rentenalter, Vollbart, ungepflegt. Seine Vespa lehnt draußen vor dem Zaun.«

»Sie meinen Pulle? Der ist schon wieder hier? Na warte!«

»Wieso? Treibt er sich öfter hier herum?«

»Öfter? In jedem Winter nistet er sich hier ein. Pennt in den Baracken, die einen zweiten Stock unterm Dach haben. Da kommen die Hunde nicht hin. Außerdem kann er es verdammt gut mit den Kötern. Fast als könnte er mit ihnen bellen. Aber wenn der Boss ihn erwischt, gibt's was auf die Fresse!«

»Er schlägt ihn?«

»Er? Nö. Ich! Jag' ihn mit dem Spaten vom Hof, aber der kommt trotzdem wieder«, sagte er, als sei es selbstverständlich, auf diese Weise Selbstjustiz zu üben. Linda beschloss, ihm eine Lektion zu erteilen.

»Sie haben ihn geschlagen? Nur weil er sich unbefugt hier aufhielt?«, fragte sie streng. »Darf ich mal wissen, wie Sie heißen?«

Kleinlaut nannte er ihr seinen Namen.

»Agim. Agim Zoto.« Also hatte sie doch recht mit dem Südländer. Vom Balkan, schätzte sie.

»Sie sind nicht aus Deutschland?«, fragte sie.

»Bosnien. Aber schon ewig hier.«

»Sie sprechen sehr gut Deutsch.«

»Das kann man lernen. Wenn man will.«

Linda lächelte. Sie hatte ihre Angst verloren. Dieser Kerl war zwar etwas heißblütig, aber sonst wahrscheinlich eher harmlos. Wenn er nicht gerade zuschlug oder mit seinen Pranken Frauen festhielt.

»Also, Herr Zoto. Sie sollten in Zukunft mit ihren Fäusten etwas zurückhaltender sein. Sonst sehen wir uns in meiner Dienststelle wieder. Wegen Körperverletzung. Haben Sie das verstanden?«

Agim Zoto nickte.

»Und jetzt kümmern Sie sich um die Hunde.« Sie zögerte. »Das heißt, Sie lassen die Tiere heute Nacht bitte nicht raus!« Sie dachte an diesen Pulle. Immerhin war er mit großer Wahrscheinlichkeit noch auf dem Gelände. Und sie hatte keine Lust, den vermeintlichen Hauptzeugen am Morgen zerfleischt vorzufinden.

»Und warum nicht?«, wollte Zoto wissen.

»Weil ich es Ihnen sage, ganz einfach«, erwiderte sie scharf. »Und falls Sie nicht wollen, dass wir uns auf meiner Dienststelle wieder sehen, sollten Sie sich besser daran halten, haben wir uns verstanden?«

Zoto grunzte etwas Unverständliches. Aber er nickte.

»Ach – falls Sie diesen Pulle finden, rufen Sie mich doch bitte an.« Sie reichte ihm ihre Visitenkarte. »Übrigens nicht wundern, dass da Journalistin draufsteht. Wir Profiler ermitteln gerne verdeckt. Das muss aber unter uns bleiben!«, fügte sie geheimnisvoll hinzu.

Sie ließ ihn stehen, drückte sich an ihm vorbei und ging den schmalen Pfad zurück, der zu dem Loch im Zaun und aus dem Gelände hinaus führte.

Zoto pfiff den Hunden, und sie hörte, wie sie ihm munter bellend antworteten. Heute Nacht würden sie im Zwinger bleiben, dessen war sie sich sicher.

Draußen stand die Vespa noch immer an den Baum gelehnt. Von weitem hörte Linda jetzt die Hunde winseln. Sie blieb stehen und dachte nach.

Minuten später raschelte es unter der schwarzen Plane, neben der Linda auf Hadé gestoßen war. Die Folie bewegte sich, das Rascheln wurde lauter, dann kroch die Gestalt aus ihrem Versteck und wischte sich verschwitzt den Staub von den Klamotten. Jakob Eberle sah sich verstohlen um.

16

Die Berge schienen am Horizont zu glühen, die flachen Spuren des Windes im Sand warfen breite Schatten und zauberten ein gleichförmiges Wellenmuster auf die ebene Weidefläche, die vor ihm lag. Golden leuchteten die feingliedrigen Halme des Wüstengrases, als sich die Sonne hinter den Kuppen verabschiedete und einem pastellblauen Abendhimmel Platz machte. Bald konnte Alan Scott die Bäume nur noch als Silhouetten am Horizont erkennen.

»Du wirst hart arbeiten müssen, um *Ojumamuya* wieder in Schwung zu bringen, mein Junge«, hatte ihn Mary gewarnt, und dabei den Namen der Farm sehr weich ›Ootschmamuuia‹ ausgesprochen. Später hatte er herausgefunden, dass es ein Wort aus einem Himbadialekt war, und ›Ort des guten Wassers‹ bedeutete. Sein Onkel hatte ein Paradies besessen, ein eigenes Stückchen Afrika, ein Privatbesitz, auf dem sich bald fast die komplette namibische Tierwelt ein Stelldichein geben würde, vor allem so seltene Arten wie Weißschwanzgnu, Blessbock, Bergzebra und Kamagazelle.

Alan hatte sich die Farm angesehen und erfreut festgestellt, dass Kudus, Springböcke und Elans mühelos die zwei Meter hohe Umzäunung übersprangen und so auf das Farmgelände eingewandert waren. Am Stausee, der von farmeigenen Quellen gespeist wurde und die einzige ständige Wasserstelle in der Umgebung war, entdeckte er Spuren von Geparden und Wildhunden. Mehrere Rudel Warzenschweine – eines hatte seinen Bau ganz in der Nähe der Farmgebäude – Löffelhunde, Honigdachs und eine Straußenfamilie gehörten ebenfalls zu den Bewohnern. Die Hügel im Norden der Farm waren ideales Leopardenland, und die Wälder, die sich südlich davon bis zum Stausee erstreckten, boten genügend Nahrung für Elefanten und Giraffen. Alans Idee stand fest. Er wollte aus der ehemaligen Vieh- und Jagdfarm eine Gamelodge machen, mit Campgrounds im Busch, Fußsafaris und Übernachtungsmöglichkeiten am See.

Einige Tiere wie Giraffen und Nashörner würde er zukaufen müssen, doch das waren die einzigen größeren Investitionen, die er zunächst sah. Wenn alles gut lief, würde er sogar Hippos und Krokodile aus Südafrika einführen lassen.

Das war Alans Traum, den er seit Jahren geträumt hatte, sein eigenes Afrika, und hier hatte er es gefunden. Ein Land wie eine Mischung aus Aberdares und Etosha, Ngoro-Ngoro und Serengeti, Okavango und Kalahari. Berge und Pfannen, Busch und Savanne, Wasser und Wüste. Sein Paradies. Und ein Land, in dem sich auch Linda wohlfühlen würde, dessen war er sich sicher.

Kaum eine Stunde später wölbte sich über ihm hell und klar der Sternenhimmel des wilden Afrika, wie ihn schon Laurens van der Post in seinen Romanen beschrieben hatte, mit dem Kreuz des Südens und einer Milchstraße, aus der 1000 Sterne heraus zu fallen schienen.

17

Agim Zoto ließ dem Mann, der sich unter der schwarzen Plastikplane versteckt hatte, Zeit, sich ganz aus der Folie zu schälen. Als der sich wie aus einem kleinen Einmannzelt herausgearbeitet hatte und sich zu seiner vollen Größe aufrichtete, erkannte er Jakob Eberle, den fast alle nur Pulle nannten, weil der Alte fast nirgendwo ohne eine Flasche Rotwein auftauchte.

Eine Tatsache, die ihm jetzt wohl zum Verhängnis werden würde, das hatte Zoto zumindest aus den Nachrichten geschlossen, die er noch vor einer Viertelstunde im Radio gehört hatte. Demzufolge war die alte Grandel brutal erschlagen worden, zu den möglichen Tatwaffen zählte neben einem langen harten Gegenstand auch eine Weinflasche.

Nun suchten sie Jakob Eberle als ›Zeugen‹, hatten die auf SWR1 gesagt. Zoto hatte kein Wort geglaubt. Von wegen Zeuge! Pulle war es, der die Alte erschlagen hatte, davon war Zoto überzeugt.

Leider war keine Belohnung auf ihn ausgesetzt, sonst wäre es für ihn ein Leichtes gewesen, sich die Knete zu sichern. Er war einer der wenigen, die den Aufenthaltsort von Pulle kannten, und er beschloss, dieses Wissen in bare Münze zu verwandeln.

Pulles enge Freundschaft zu Lene Grandel war ihm nicht verborgen geblieben, und er hatte auch mitbekommen, dass der Nichtsnutz ab und zu Geld für sie in der Schweiz besorgte. Pulle redete viel und gern.

›Fast immer zum Ende eines jeden Monats‹, hatte er prahlend erzählt. Zoto hatte sich in seinem Kalender Gewissheit verschafft, in wenigen Tagen war der 1. April, vielleicht hatte Pulle das Geld ja schon geholt und trug es bei sich? Vielleicht war es bei der Übergabe zum Streit mit der Alten gekommen und er hatte sie umgenietet?

Während Zoto diesen Gedanken nachgehangen war, hatte sich Pulle auf den Weg zu seiner Vespa gemacht. Höchste Zeit, ihn aufzuhalten. Der Schwarzbärtige eilte zum Rolltor, schloss es von außen und ging den schmalen Trampelpfad am äußeren Maschendrahtzaun entlang, bis er an die Stelle kam, wo Pulle seine Vespa an eine Weide gelehnt hatte.

Zoto hatte den Alten schon oft genug beim Verlassen des Geländes beobachtet, um zu wissen, wo er sich Zugang verschaffte, er kannte den ›Parkplatz‹ für seinen Roller, und genau dort wartete er jetzt, hinter stachligen Brombeerranken und Weißdorn, der in voller Blüte stand, auf Jakob Eberle.

18

Übermorgen ging ihr Flug nach Windhoek. Alan Scott erwartete sie. Er hatte so stolz geklungen, als er ihr von der Farm im Süden von Etosha erzählt hatte. In Windhoek hatte er schon Kontakt zu einer deutschen Schule für Sarah aufgenommen, hatte er ihr erzählt, und er hatte die Adresse eines deutschsprachigen Radios, das eine Journalistin wie Linda sicher mit Handkuss nehmen würde. Nach ihrer Meinung hatte er nicht gefragt, doch sie musste zugeben, dass ihr der Gedanke, in Namibia zu arbeiten, sogar gefiel.

Über 20 Jahre arbeitete sie jetzt bei ihrem Sender, das Jubiläum hatte außer ihr kein Mensch wahrgenommen. Ihre Chefs waren mittlerweile alle jünger als sie, klar setzten sie auf ihre Erfahrung und gaben ihr verantwortungsvolle Aufgaben, und doch war ihr die Routine, die sich eingeschlichen hatte, fast zu viel. Sie sehnte sich nach neuen Herausforderungen. Ein Job bei Radio Namibia hörte sich in der Tat nicht schlecht an.

Daher wollte sie jetzt Alan in Namibia besuchen, sich seine Farm ansehen und dann entscheiden, ob eine gemeinsame Zukunft mit ihm in Namibia das war, was sie sich unter ihrem künftigen Leben vorstellte.

Es wäre für sie beide ein Kompromiss, denn Namibia war nicht das Afrika, das Alan liebte, nicht der wilde Busch Kenyas, nicht die Savannen Tanzanias und die Pads Südafrikas. Namibia war ein ziviles, deutsch geprägtes Afrika, mit vielen geteerten Straßen, deutschen Restaurants in den europäisch angehauchten Städten, Stränden, die bis auf die Flamingos und Bärenrobben denen auf

Sylt oder in Wangerland ähnelten, einschließlich weißrot gestrichener Leuchttürme. Namibia war ein Einsteigerland für Afrikatouristen, es gab keine Malaria und die Big Five nur oben in Caprivi, wo die Büffelherden in den Sümpfen grasten. Man konnte ohne Gefahr im Mietwagen ohne Fahrer in die Wildnisgebiete fahren, und der Busch, wo es denn einen gab, war ebenso kontrolliert und durchgeplant wie der Krügerpark in Südafrika, bis auf das entlegene Kaokoveld und das Gebiet am Kavango.

Und doch war Alan Scott, der seine Kindheit in Ostafrika verbracht, Jagdsafaris in Selous und Ruaha im Süden Tanzanias geführt und in Botswana Löwen das Steak vom Riss entwendet hatte, der am Rande des Ngorongoro Mitglied eines Massai Clans war und in den Ausläufern der Kalahari die Buschmänner seine Freunde nannte bereit, das zahme Afrika Namibias gegen all das Unberührte und Wilde, gegen das Ungezähmte und Raue seines ursprünglichen Afrikas zu tauschen, nur um mit der Frau zusammenzuleben, die er über alles liebte.

Und diese Frau war sie. Linda Roloff. Journalistin aus Leidenschaft und Überzeugung. Radioprofi mit Leib und Seele. Mehr Gegensatz als Alan Scott und sie konnte es nicht geben. Er war zu mehr bereit als sie, das hatte sie gelernt, bei allem was zwischen ihnen passiert war in den Jahren, die sie sich inzwischen kannten. Er hatte seine Erfahrungen in Deutschland gemacht, und sie hatte ihn mehr als enttäuscht, ohne es wirklich zu bemerken. Er war ihr gefolgt, hatte versucht, in Tübingen Fuß zu fassen, hatte hier gelebt und sogar gearbeitet, war bereit gewesen, seine große Liebe Afrika aufzugeben und zu opfern für die große Liebe seines Lebens.

Linda hatte es überhaupt nicht wahrgenommen. Es war für sie zur Selbstverständlichkeit geworden. Sie hatte es von ihm erwartet und nicht als Opfer angesehen, hatte nicht verstanden, worauf dieser Mann ihr zuliebe verzichtete. Das war ihr erst klar geworden, als er nach Afrika zurückgekehrt war, enttäuscht und zutiefst in seinen Gefühlen verletzt. Was er jetzt in Namibia für sie tat und vorbereitete, war eine zweite Chance für ihre Liebe. Und sie war am Zug.

Doch Linda Roloff, die coole und toughe Journalistin, die in allen Lebenslagen einen kühlen Kopf behielt und über einen Verkehrsunfall mit einer ausgelöschten Familie genau so professionell berichtete wie über die Tulpenblüte auf der Mainau, war sich auch darüber im Klaren, dass es die letzte Chance für diese Liebe war.

Doch daran dachte sie nicht, als ihr an jenem Abend der Gedanke kam, den Flug nach Windhoek zu annullieren.

19

Als Pulle den Pfad entlang kam, der noch am ehesten an einen Wildwechsel erinnerte, blickte er prüfend immer wieder zurück, ob ihm jemand vom Werksgelände her folgte. So lief er dem in der Dunkelheit wartenden Bosnier direkt in die Arme, als dieser ihm wenige Meter vor der Vespa in den Weg trat und ihm seine haarigen Pranken wie Eisenklammern auf die Schultern legte.

»Holla, Bürschchen, wohin des Wegs?«

Seine Stimme versprühte geheuchelte Freundlichkeit. Jakob Eberle erschrak zu Tode, fuhr zurück und versuchte, sich dem Griff Zotos zu entwinden.

»Willst dich wohl vom Acker machen, was? Aber daraus wird nichts! Was hältst du davon, wenn wir beide jetzt gemütlich zu den Bullen fahren?«

»Po-polizei?«, stotterte Pulle, der sein Gegenüber sofort an der Stimme erkannt hatte. »Warum Polizei?«

»Unbefugtes Betreten unseres Werksgeländes? Wir können auch Einbruch dazu sagen! Vielleicht hast du ja sogar was mitgehen lassen?«

»Und was denn? Vielleicht den Schrott, den ihr unter den Planen sammelt?«

»Warum nicht? Aber vielleicht interessieren sich die Bullen auch dafür, was du mit der alten Lene Grandel gemacht hast?«

Pulle hielt den Atem an.

»Ich?«, platzte es schließlich aus ihm heraus. »Wieso ich? Was soll ich denn mit der gemacht haben?«

Zoto lachte. »Du hörst wohl kein Radio? Und Zeitung wirst du sicher auch keine bekommen, morgen – falls du überhaupt lesen kannst! Aber ich kann dir da gerne Auskunft geben!«

Er machte eine Pause und sagte dann, mit geheimnisvoller Stimme:

»Sie suchen dich, mein Lieber! Die Beschreibung, die sie von dir durchgegeben haben, könnte nicht genauer sein. Du wirst von der Polizei verdächtigt, und ich werde mir jetzt die Belohnung sichern!«

Zoto übertrieb gekonnt, und sein Spiel ging auf. Der Alte bekam es mit der Angst zu tun, und stotterte nur noch.

»B... bitte nicht zur Po-polizei. Die lo-lochen mich doch ein! I... ich kann dir auch Geld geben. Hier!« Er kramte in seiner Hosentasche herum, holte einen Briefumschlag heraus und hielt ihn Zoto unter die Nase.

»Geld? Woher willst du denn Geld haben?«, schnauzte Zoto, riss den Briefumschlag auf und fingerte Geldscheine heraus. Das spärliche Licht der nahen Straßenbeleuchtung genügte, um zu erkennen, was er da in den Fingern hielt.

»Schweizer Franken?«, zischte er. »Wie viel?«

»500.«

»500 Franken? Woher?«

Der Alte schwieg.

»Woher?«, brüllte Zoto und packte ihn beim Kragen.

»Ein Bankfach in Stein.«

Zoto dachte nach. Zählte eins und eins zusammen.

»Das Geld gehört der Alten, stimmt's? Du hast es für sie abgeholt und sie dann umgelegt, weil du es behalten wolltest!«

Pulle wollte den Kopf schütteln, als ihn der Fausthieb des Schwarzbärtigen unvorbereitet in die Magengrube traf. Pulle ging in die Knie und japste wie ein Ertrinkender.

»Nein«, stammelte er, »nein, so war es nicht!«

»Nein?« Ein zweiter Hieb traf ihn im Genick, und Pulle kippte vornüber zu Boden. »Wie war es dann?« Zoto packte ihn am Oberarm und zog ihn hoch. Ihre Gesichter berührten sich fast, und er versetzte dem Alten eine schallende Ohrfeige. »Na? Wie war es?«

Der nächste Hieb traf ihn auf Mund und Nase.

»Rede, du feige Sau, oder ich schlag dich tot!«

Pulle wischte sich das Blut aus dem Gesicht und verharrte in geduckter Haltung.

»Ich hab sie nicht umgebracht«, stammelte er und spuckte Blut. Ein Vorderzahn wackelte und die Schmerzen in seiner Magengrube zwangen ihn erneut in die Knie. Doch Zoto riss ihn noch einmal nach oben.

»Nicht schlagen!«, schrie der Alte, »ich sag dir alles!«

»Dann los!«

»Ich kam mit dem Geld aus der Schweiz. Wollte es ihr bringen. Da war sie schon tot. Das stimmt wirklich. Drum hab ich die Kohle noch bei mir. Ich schwör's!«

Zoto ließ ihn los, und Pulle hielt sich mit Mühe auf den Beinen.

»Und was ist das für Kohle, die du der Alten da immer gebracht hast?«

»Ich weiß es nicht. Ein Bankfach in der Schweiz. In Stein.«

»So? Das weißt du nicht?« Zotos Stimme hatte sich zu einem Flüstern gesenkt. Jetzt brüllte er wieder: »Soll ich jedes Wort einzeln aus dir herausprügeln? Ich brech' dir zuerst die Finger, danach die Hand, den Arm und dann das Genick!«

Er umschloss mit einer Hand fünf Finger Pulles und drückte zu. Der Alte schrie auf, als die Gelenke knacksten.

»Neeeein!«

Zoto hielt inne. »Also?«

»Das Geld kam von deinem Boss!«

»Von Reiter?«

»Ja!«

»Und warum sollte er der Alten Geld geben?«

»Weil sie was wusste, was sie für sich behalten sollte.«

»Und was?«

»Der Schrott!«

Zoto ließ Pulle los. »Was wusste die Alte von unserem Schrott?«

»Sie wusste es eben. Dass ihr den Schrott verscherbelt.«

»Und weiter? Was ist da schon dabei? Wir entsorgen das Zeug, wie sich das gehört.«

»Da hat mir Lene aber was anderes erzählt!«

»So? Und was?«

»Dass ihr das Zeug illegal verschiebt.«

»Ach nee. Und wozu sollte das gut sein?«

»Weiß ich doch nicht. Lene hat mir das eben erzählt.«

»Und du hast ihr das eben geglaubt. Jetzt pass mal auf, Bürschchen«, wieder packte er Pulle, diesmal am Mantelkragen, und richtete ihn auf, sodass er ihm direkt ins Gesicht sah. »Wir beide machen jetzt einen Deal. Ich verpfeif' dich nicht bei den Bullen, und du hältst dafür die Fresse. Alles, was du da gerade gefaselt hast, bleibt unter uns. Haben wir uns verstanden?«

Er griff mit der rechten Hand Pulles bärtiges Gesicht am Unterkiefer und drückte ihm den Daumen und die anderen Finger tief in beide Wangen, bis Pulle vor Schmerz stöhnte. Er verdrehte die Augen und versuchte zu nicken.

»Und du bleibst heute Nacht erst mal hier«, fügte Zoto hinzu und ließ ihn los, nicht ohne noch einmal kräftig zugedrückt zu haben. »Du kannst in dem Schuppen pennen, wo du dich auch sonst immer verkriechst. Glaub bloß nicht, dass wir das nicht bemerkt haben.«

»Und die Polizei?«

»Ich sag' schon nichts. Wenn morgen der Boss mit dir gequatscht hat, sehen wir weiter! Und lass es dir nicht einfallen, zu verschwinden! Ich finde dich, und wenn du dich in Luft auflöst!«

Pulle schluckte trocken. Er war froh, noch einmal so glimpflich davongekommen zu sein. Er kannte Zoto von früheren Begegnungen und war schon mehrfach von dem jähzornigen Mann zusammengeschlagen worden.

»Könnte ich …«, seine Stimme klang zaghaft.

»Was?«, herrschte ihn Zoto an.

»Ich hab' heut' noch nichts gegessen …«

»Schadet nichts. Ich bring dir morgen was mit.«

»Und 'n Schluck …?«

»Du versoffener Mistkerl! Geh' an den See und sauf Wasser! Wirst schon nicht daran krepieren!«

Pulle winselte. Zoto machte es Spaß, den Alten so gequält zu sehen. Hätte er eine Flasche Wein bei sich gehabt, hätte er sie vor seinen Augen zu Bruch gehen lassen.

»Und das Geld?«, traute sich Pulle noch leise zu fragen.

»Behalte ich. Als Beweismittel. Und falls es tatsächlich vom Boss stammt, wird er es zurückbekommen. Los jetzt, hau ab!«

Pulle schlüpfte wieder durch das Loch im Zaun und wankte auf den Schuppen zu, in dem er schon oft die Nacht verbracht hatte. Zoto sah ihm nach, bis er hinter den Büschen verschwunden war, dann entfernte er sich.

Als der Schwarzbärtige außer Sicht war, trat Linda aus ihrem Versteck und atmete durch. Sie sah sich in ihrem Verdacht bestätigt und wollte noch einmal in Lenes Wohnung vorbeischauen. Sie war sich sicher, dort auf Spuren zu stoßen, die sie zum Mörder der alten Frau führten. Den Hausschlüssel hatte sie noch in der Tasche.

20

Linda machte zunächst kein Licht, als sie das Haus betrat. An ihrem Schlüsselbund hatte sie ein kleines Magic Light, dessen gebündelter Lichtstrahl hell genug war, um ihr den Weg ins Wohnzimmer zu zeigen. Das Spektiv stand, wie sie es verlassen hatte, auf dem Stativ vor dem Panoramafenster.

Linda nahm auf dem Schreibtischstuhl Platz und spähte hindurch. Sie hatte richtig geahnt, das lichtstarke Fernrohr zeigte auch im Dämmerschein der Laternen scharfe Bilder vom Werksgelände. Sie erkannte die schwarzen Planen, die den Elektroschrott verbargen, und fühlte Pulles Worte bestätigt. Lene Grandel war durch ihre Beobachtungen dem illegalen Deal auf die Spur gekommen und hatte Reiter erpresst. Wahrscheinlich musste sie deswegen sterben.

Was aber war daran, Elektroschrott zu sammeln, so verwerflich, dass Reiter der alten Frau monatlich 500 Franken in einem Schweizer Bankfach hinterlegte? Und sie jetzt sogar umbringen ließ?

Sie ließ den Lampenstrahl durch das Zimmer der alten Frau gleiten.

Ein paar weitere Bücher auf dem kleinen Tisch neben dem Spektiv erregten ihre Aufmerksamkeit. Seltsam, dass sie die Titel bei ihrem Besuch am Nachmittag nicht wahrgenommen hatte. Aber da hatten sie die Notizen der alten Frau und das Vogelbuch auf dem Fenstersims abgelenkt.

Linda zog die Vorhänge zu, schaltete die Stehlampe ein und betrachtete die fünf Bücher eingehend.

Bilal, las sie da. *Als Illegaler auf dem Weg nach Europa.* Der Erfahrungsbericht eines italienischen Autors.

Darunter lag eine Abhandlung über *Moderne Sklaverei.* Die beiden Autoren waren ein amerikanischer Soziologieprofessor und eine Beraterin zu Menschenrechtsfragen des amerikanischen Kongresses.

Linda dachte an die Nigerianerin. Zu dumm, dass durch ihre überraschende Flucht keine Zeit geblieben war, ihren Aufenthaltsort in Deutschland zu erfahren. Wie und wo konnte sie sie finden?

Das dritte Buch war eigentlich eine Zeitschrift, sie lag aufgeschlagen, mit dem Rücken nach oben, auf dem Tisch. Eine ›*National Geographic*‹, deutsche Ausgabe von 2008. Sie las die Zwischenüberschrift der aufgeschlagenen Seite: *Rekordwerte für Dioxin wurden in der Nähe einiger chinesischer Verwertungsbetriebe für Elektroschrott gemessen.* Ein Bild zeigte Arbeiter, die in einer österreichischen Recyclinganlage am Fließband wertvolle Platinen aussortierten. Sie trugen Handschuhe und gelbe Schutzhelme.

Hatte Lene Grandel auf diese Weise die Verwerflichkeit und die tragischen Folgen des Elektroschrotthandels entdeckt?

Das vierte Buch trug den Titel *Die Tränen des Löwen* und enthielt Reportagen eines Afrika-Korrespondenten der Süddeutschen Zeitung.

Das fünfte war ein Roman – *Todesnacht am Niger* – einer offensichtlich spanischen Autorin namens Estebana Cortez. *Cortez*. Der Name kam Linda bekannt vor. Der Klappentext verriet, dass sie in Surinam lebte. Ja, sie erinnerte sich an den Namen, sie hatte auch schon zwei Romane von ihr gelesen, spannende Thriller, bei denen sich die Protagonisten um die halbe Welt jagten.

Interessiert schlug sie das Buch auf und stieß auf eine persönliche Widmung. *Für meine liebe Tante Lene. Deine Stefanie*. Offensichtlich hatte Lene Grandel das Buch von ihrer Nichte geschenkt bekommen. Hatte Käthe Besserer nicht von einer Nichte als einzige Verwandte Lenes gesprochen? Die in Südafrika lebte? Wie kam dann diese Widmung in das Buch einer südamerikanischen Autorin? Lene Grandels Leben schien viele Geheimnisse zu bergen.

Eines davon hatte zu ihrem Tod geführt, davon war Linda überzeugt.

Lindas Blick blieb an einem kleinen Foto hängen, das aus dem Roman herausgerutscht war. Es zeigte in einem Bildausschnitt so etwas wie eine verriegelte Metalltür, auf der eine eigenartige Kombination aus Buchstaben und Zahlen angebracht war. *FARG088835 3*. Ein seltsames Lesezeichen, dachte sie. Auf die Schnelle wusste sie damit nichts anzufangen und steckte das Foto in das Buch zurück.

Linda dachte nach.

Das Gespräch zwischen Pulle und Agim Zoto. Die Reportage über Hightech-Schrott in der Zeitschrift auf Lene Grandels Tisch. Worin bestand der Zusammenhang?

Elektroschrott, ja. Computer, Fernseher, Kabel. Platinen, Bildröhren, Handys. Ewige Fossilien des Digitalzeitalters. Hatte nicht kürzlich ein Kollege diesen Schrott als *E-Müll* bezeichnet? Klang fast wie E-Mail, wie er das sagte. Hatte sie nicht einen Beitrag darüber in einer ihrer Sendungen gehabt? Sie würde ihn noch einmal anhören müssen, später.

E-Müll. Sollte eigentlich bei Recyclingfirmen landen.

So verlangte es das Entsorgungsgesetz in Deutschland. Ein aufwändiges Unterfangen für die Händler, die schrottreife Altgeräte zurücknehmen müssen, und für die Hersteller, die das Recycling ihrer Schrottprodukte bezahlen müssen.

Aber ob sie es auch taten? Was hinderte sie daran, das Zeug in Länder zu verschieben, die sich billig um Wiederverwertung kümmerten? Länder, die es mit den Umweltstandards nicht so genau nahmen? Die EU verbot zwar offiziell den Export von Elektroschrott in Entwicklungsländer, doch hielten sich die Firmen daran?

Konnten Länder, deren Industrie noch in den Kinderschuhen steckte, den wiederverwertbaren Schrott nicht sogar ganz gut gebrauchen? Sicher gab es Firmen, die skrupellos genug waren, die Exportgesetze zu umgehen, und Händler, die den Schrott in den Drittweltländern gewinnbringend verkauften. Oder ausschlachteten. Immerhin enthielten Platinen und Kabel wertvolle Substanzen wie Kupfer oder Quecksilber, die sich auf dem Schwarzmarkt gut zu Geld machen ließen.

Sollte Reiter da seine Finger im Spiel haben?

Linda zog das Foto noch einmal aus dem Buch.

Eine verriegelte Metalltür. Na klar! Das Bild zeigte die Tür eines Containers! Eindeutig: die Farbe, das Metall, der Riegel, die Buchstaben und Ziffern!

Hatte Lene Grandel einen der Container fotografiert, in dem Reiter den Schrott auf den Weg brachte? Sie besah sich das Bild auf der Rückseite. Das im Fotolabor aufgedruckte Datum! Der Abzug war neu. War der Container vielleicht gerade auf dem Weg nach Afrika?

Linda beschloss, der Sache nachzugehen.

Wollte Lene Grandel ihre brisanten Beobachtungen zu

barem Geld machen? Hatte sie Reiter erpresst, weil sie von seinem illegalen Elektroschrotthandel erfahren hatte? War das ein Grund, sie umzubringen?

Linda nahm sich vor, am nächsten Morgen mit Pulle zu reden. Er schien Lene Grandel am besten gekannt zu haben. Was hatte sie ihm mitgeteilt? Vielleicht hatte er ähnliche Beobachtungen wie Lene gemacht? Immerhin schien das Kieswerk so etwas wie sein Zuhause zu sein.

Das Problem war nur, dass sie es tun musste, bevor Reiter eintraf. Sie sah auf die Uhr. Es würde eine verdammt kurze Nacht werden. Sie nahm das *National Geographic* und den Roman an sich und verließ die Wohnung der Toten.

21

Als Linda ihren roten Renault erreichte, um ihr Aufnahmegerät mit aufs Zimmer zu nehmen, war es stockfinster. Die Automatikverriegelung ihres Renaults öffnete sich, die Innenraumbeleuchtung ging an, und sie sah die Gestalt, die im Inneren ihres Wagens kauerte. Der Renault war verschlossen gewesen.

»Wie kommst du da hinein?«, fragte sie, nachdem sie die Tür zur hinteren Sitzreihe aufgerissen hatte.

»No problem!«, sagte die Afrikanerin nur und lächelte. »Zwei Dinge man muss lernen in Deutschland, wenn überleben will: für wen man macht Beine breit, wegen money, and how to open cars!«

Linda war sprachlos.

»Und woher wusstest du, dass das mein Auto ist?«

Sie ließ sich neben Hadé auf den Rücksitz fallen und zog die Tür zu. Die Innenraumbeleuchtung der Rückbank dimmte zurück und erlosch. Die beiden Frauen saßen im Dunkeln, doch Linda fühlte sich nicht unwohl neben der Frau aus Afrika. Hadé gab zunächst keine Antwort auf Lindas Frage.

»Du hast auf mich gewartet?«

»Yes. Du selbst gesagt, dass du Auto hier hast. Es war einzige Auto an Straße. That's it.«

»Ja, alles klar«, lachte Linda, »schon gut, aber wie bist du hineingekommen?«

»Ganz einfach«, sagte Hadé und lachte jetzt ebenfalls. »Mit Know how!«

Linda ließ es dabei bewenden. Noch wusste sie zu wenig über diese Frau, um mit mehr Offenheit rechnen zu können. Sie überlegte, wie sie ein Gespräch in Gang bringen könnte, als ihr der erste Satz einfiel, mit der sie Hadé im Kieswerk empfangen hatte.

»Du hast gesagt, du suchst deine Tochter. Wenn ich dir dabei helfen soll, musst du mir von ihr erzählen«, begann sie vorsichtig. Hadé nickte.

»Okay. Aber Geschichte ist lang. Beginnt mit meiner Geschichte. You've got time?«

Linda nickte. Zwar hatte sie eigentlich vor gehabt, ins Bett zu gehen und die Reportage im National Geographic zu lesen und sich vielleicht noch um einen späteren Flug nach Namibia zu kümmern, doch das konnte warten.

»Ja«, sagte sie daher. »Ja, ich habe Zeit für deine Geschichte. Erzähle sie mir!«

»Sie beginnt in meiner Heimat. You know Africa?«

Linda bejahte.

»Western Africa?«

»Ich war im Senegal und in Gabun.«

»Nigeria?«

Linda schüttelte den Kopf. »Nie da gewesen.«

»Dann du auch nicht kennst Slums of Lagos und was people dort tun?«

»Nein.«

»Es ist … very simple«, sagte Hadé und senkte ihre Stimme. »Auf Gelände hier am See und in den Slums of Lagos You find same things. Selbe Sachen dort und hier.«

Linda sah sie fragend an und Hadé fuhr fort: »Du hast gesehen black plastic, die liegen auf Gelände?«

»Ja.«

»Und weißt, was da versteckt?«

»Ich konnte nur einen kurzen Blick unter eine werfen. Elektroschrott, würde ich sagen.«

»Schrott wertlos. – Was da liegt, wertvoll! Männer in meiner Heimat leave their lives for this stuff!«

»Sie lassen ihr Leben für den Elektroschrott? Wie meinst du das?«

»As I say. You call it Schrott, für Söhne in Nigeria es ist Leben. Sie sich verkaufen für giftigen Schrott von weißem Mann.«

»Giftiger Schrott?«

Hadé nickte. »It kills! Ich habe sehen sterben Männer, die arbeiten in Schrott, ich habe sehen ersticken in Schutthalden von Lagos.«

Linda dachte an die Reportage, die sie in dem National-Geographic-Heft gefunden hatte. Und sie wusste, sie war mit ihrem Verdacht auf dem richtigen Weg.

»Bevor du mir deine Geschichte erzählst, Hadé – die mich sehr interessiert – beantworte mir eine Frage: wovon lebst du hier in Deutschland?«

Hadé schwieg einen Augenblick, holte tief Luft und sagte dann:

»I sell my body. Ich verkaufe mich auch. Ich bin, wozu man in Deutschland sagt Nutte. Für mich gibt keine andere Möglichkeit.«

Linda war auf diese Antwort vorbereitet gewesen. Sie hatte vor einem halben Jahr als Reporterin einer Gerichtsverhandlung beigewohnt, in der vier Männer aus dem Kosovo und eine Frau aus Nigeria wegen Zuhälterei angeklagt waren. Was für Linda überraschend gewesen war, war die Tatsache, dass sich die Nigerianerin als so etwas wie die Chefin des Unternehmens entpuppt hatte. Sie war in der Verhandlung immer wieder als ›Madame‹ bezeichnet worden, und Linda hatte bei ihren Recherchen herausgefunden, dass solche Frauen durchaus als Zentrale des internationalen Menschenhandels fungierten. Frauen, die selbst als Opfer eines Schleusernetzwerks nach Europa gelangt waren und sich von der Prostituierten zur sogenannten Madame emporgedient hatten.

Die Mädchen, um die es bei der Verhandlung ging, kamen ausschließlich aus Westafrika. Sie hatten jahrelang in den Bordellen der Angeklagten angeschafft, und zwar nach Darstellung der Rechtsanwältin freiwillig. Vor Gericht waren sie, obwohl sie noch bei der Polizei von Ausbeutung, Zwangsprostitution und Gewalt gesprochen hatten, aus Angst zu keiner Aussage bereit und zeigten sich sogar solidarisch mit den Angeklagten. Vor allem die Madame schien nicht nur Ansehen, sondern auch das Vertrauen der Mädchen zu genießen, keines sagte während der Verhandlung auch nur ein negatives Wort über sie.

So kam es letzten Endes nur zu Bewährungsstrafen und einem sechsstelligen Betrag, den die Angeklagten als Schadenswiedergutmachung für die Opfer zu entrichten hatten. Die Angeklagten hatten damals das Urteil mit grinsenden Gesichtern quittiert.

»Ich vor vier Jahren aus Nigeria verschleppt. Zuerst ich freiwillig gegangen, weil Mahama mir gute Reise versprochen«, sagte Hadé jetzt.

»Und dann?«

»Das lange Geschichte. Ich lebe hier wie Gefangene. Weißt du, was ist Sklaverei? Gibt immer noch. Madame und ihr ›Good Boy‹ passen auf.«

Madame! Da war sie wieder, diese Abhängigkeit von einer dieser mächtigen Frauen. Und der ›Good Boy‹ war sicher der männliche Aufpasser, vermutete Linda.

»Und deine Tochter?«

»Sie jetzt 13. Auch in Deutschland angekommen. Doch nicht frei, bevor ich für sie bezahle.«

»Wie viel?«

»16.000 Euro.«

Linda schluckte. 16.000 Euro!

»Und warum hast du sie im Kieswerk gesucht?«

»Doudou dort gefangen!«

»Dort? Bist du dir sicher?«

»Yes! Sure«, flüsterte Hadé und deutete auf ihre linke Brust. Linda wusste, was sie damit sagen wollte. Auch sie hatte eine Tochter. Und auch ihr Herz schlug für sie. Trotzdem war es kein Beweis und für einen Durchsuchungsbefehl zu wenig – das Herz einer Mutter, das für ihre Tochter schlug. Das wusste Hadé, doch da sie davon überzeugt war, ihre Tochter auf dem Gelände des Kieswerks zu finden, musste sie sich selbst auf die Suche machen. Und genau dabei hatte sie Linda in dieser Nacht wohl überrascht.

»Willst du mir nicht die ganze Geschichte erzählen?«, fragte Linda.

Hadé nickte. Und begann …

22

Die Frau hat ihr krauses Haar zu zahlreichen Zöpfen geflochten, die wie kurze Antennen von ihrem Kopf abstehen. Sie ist jung, Mitte 20, hat ein schmales, glattes Gesicht ohne Narben. Sie trägt um die schlanken Hüften einen in den Farben gelb, rot und grün gehaltenen Iro, jenes bodenlange westafrikanische Kleidungsstück, das man in den französisch sprechenden Ländern Boubou nennt, dazu als Bluse eine ebenfalls bunte Buba, passenden farbigen Perlenschmuck aus Plastik und hochhackige gebrauchte italienische Schuhe, mit denen sie im roten Schlamm der Dorfstraße immer wieder umknickt oder versinkt.

Das Dorf in Edo State liegt nicht weit von ihrer Heimatstadt Benin City entfernt, eine Tagesreise östlich von Lagos. Eigentlich gehört es sogar noch zur Stadt, auch wenn die Häuser nur noch Hütten sind, und die einzige richtige Straße nicht mehr als ein von Schlagloch zu Schlagloch holpernder Schlickpfad.

Hadé ist auf dem Weg in ihre Zukunft, wie ihre große

Schwester, die schon vor zwei Tagen in das Dorf gegangen ist, um sich den Segen des Ju-Ju-Priesters zu holen, der mit seiner Magie über ihre gefährliche Reise und über ihren Körper, ihr Leben wachen würde. Sema hat ihr von dem Ritual erzählt, davon, dass er ihr drei Zöpfe abgeschnitten, Schamhaar abrasiert und Blut abgezapft hat, um für die Zukunft Macht über sie zu besitzen und sie für alle Zeit vor bösen Dingen zu beschützen.

Er hat kein Geld verlangt, nur eine Handvoll Kaurimuscheln, ein totes schwarzes Huhn und eine Flasche Gin. Und Blut von ihrer Scham, aus den letzten roten Tagen. Hadé hat das alles in dem bauchigen Korb verstaut, den sie auf ihrem Kopf trägt. Das Huhn ist frisch geschlachtet worden, und Blut tropft aus dem Korb auf ihre rechte Schulter. Den Gin hat sie einem Straßenhändler abgekauft, und sie ahnt, dass der Inhalt der Flasche gepanscht ist.

Ihre Schwester hat ihr auch von dem Schwur erzählt, den sie leisten muss, den Schwur, jede Arbeit zu tun, die man ihr anbietet und keinem Menschen davon zu erzählen. Den Schwur, ihren Arbeitgebern gehorsam zu sein und ihnen den Anteil ihres Lohnes abzugeben, den sie fordern.

Die Männer, die ihnen die Reise in die Zukunft ermöglichen, riskieren ihr Leben für sie und haben Respekt, Gehorsam und Belohnung verdient, hat Sema gesagt. Der Ju-Ju-Schwur macht die Männer sicher, dass sie ihre gefahrvolle Mission ohne Risiken ausführen können, denn der Schwur ist heilig.

Sema hat ihn geleistet, denn sie will das erreichen, was so viele ihrer Freundinnen auch schon erreicht haben: Arbeit und Sicherheit in Europa. In wenigen Monaten wird auch sie ihre Familie in Lagos mit Geld unterstützen können, die Armut würde ein Ende haben. Und wie ihre große Schwester träumt auch Hadé von dem, was ihnen Mahama in Benin City versprochen hat: ein Flug nach Europa, ganz sicher Arbeit in Deutschland und vielleicht ein Studium.

Mahama ist ein guter Freund ihres Vaters. Sogar irgendwie mit ihm entfernt verwandt. Der Sohn eines Vetters ihres Vaters. Immer elegant gekleidet, dunkler Anzug, weißes Hemd, Krawatte, schwarze Lackschuhe, die selbst im Staub der Straßen von Benin City noch glänzen. Er ist das, was man einen Geschäftsmann nennt. Handelt mit Computern und anderen Elektrogeräten, und in seinem glatt rasierten, freundlichen Gesicht spielt immerzu ein Lächeln. Nur seine Augen lachen nicht, sie sind kalt und grau. Mit seiner lachenden Stimme hat er ihrem Vater vom Leben in Europa erzählt, von den hellen Städten, den freundlichen Menschen, und von der Arbeit, die es dort gibt.

Er hat ihm das Flugticket gezeigt, das er für die Tochter einer anderen Familie besorgt hat, und ein Foto von der Universität, an der das Mädchen studieren würde. Die Reisekosten, so hat Mahama verkündet, müssten nicht von der Familie aufgebracht werden. Diese Kosten würden er und seine Freunde vorstrecken, die Frauen könnten es in wenigen Wochen zurückbezahlen, da sie in Europa gut verdienen würden.

»Es ist gut für euch, wenn eure Töchter in Europa arbeiten«, hat Mahama ausgeführt, »es kostet euch kein Geld, und von dem, was sie dort verdienen, schicken sie euch genug, um davon zu leben.«

Innerhalb von drei Monaten, so hat Mahama geschlossen, würden Hadé und Sema in Deutschland so viel verdienen, dass sich der Vater ein Haus oder ein Auto kaufen könne. Das sei wahr, hat Hadés Vater gesagt, auch von anderen Familien wisse er, dass die Kinder im Ausland lebten und Geld für ihre Familien schickten.

Das erzählen die Väter einander, wenn sie vor ihren Hütten das selbst gebraute Bier trinken. Ein Auto oder ein neues Haus hat zwar noch keiner von ihnen, doch wer würde die Worte anzweifeln, die unter Freunden gesprochen werden?

Hadés Vater hat genickt und für seine beiden ältesten Töchter den Pakt mit Mahama geschlossen. Auch für die Töchter, die er mit seinen anderen Frauen hat, plant er eine solche Zukunft. Seine älteste Enkelin, Hadés Tochter, so hat Mahama versprochen, würde ihrer Mutter schon wenige Monate später folgen können.

Hadé selbst ist von ihrem Vater nicht gefragt worden. Es ist nicht üblich, dass Väter mit ihren Töchtern, oder Männer mit ihren Frauen, über solche Pläne sprechen. Einen anderen Mann als ihren Vater gibt es nicht in Hadés Leben. Ihre Tochter ist das Kind eines Offiziers, für den sie als Hausmädchen gearbeitet hat und dem sie zu Willen gewesen ist, nachdem er sie in einer Armeebaracke vergewaltigt hat.

Hadé hat darüber geschwiegen, so wie alle Mädchen es verschweigen. Was würde es bringen? Sie hat keine Möglichkeit, die Tat zu beweisen, und da der Mann Offizier ist, würde man ohnehin ihm glauben und nicht ihr. So ist sie in seinen Diensten geblieben und hat mit ihm geschlafen, bis ihre Tochter geboren wurde. Danach hat sie weiter ihren Körper zu Markt getragen, das war immerhin besser, als wie viele ihrer Freundinnen vergewaltigt zu werden, und sie hat Geld dafür bekommen.

Zwei Tage, nachdem Mahama zum ersten Mal ihr Kunde war hat er ihren Vater aufgesucht und den Pakt mit ihm geschlossen. Danach hat Mahama mit ihr geschlafen und es ihr erzählt.

Mit diesen Gedanken im Kopf sucht sie zwischen den Blätterdachhütten des Dorfes nach dem Weg zu der Behausung des Ju-Ju-Priesters, wo Mahama auf sie wartet.

Das Haus ist größer, als die Hütten in der Umgebung, hat ein Wellblechdach, und der Hof ist von einer niedrigen Mauer umgeben. Man sieht sofort, dass der Priester ein mächtiger Mann sein muss.

23

Alan Scott hatte im Freien geschlafen und war vor Sonnenaufgang aufgestanden. Am Morgen nach der kalten Nacht zeigte sich der Himmel stark bewölkt, was auf den lange ersehnten Regen hoffen ließ. Drohende Wolkentürme bauten sich über dem Hügelkamm im Westen auf, und Blitze und Donnergrollen in den Bergen kündigten ein Gewitter an.

Eine einsame Oryx, die sich im Tal bei einigen Naraststräuchern zur Rast niedergelegt hatte, ließ sich von dem einsamen Wanderer nicht aus der Ruhe bringen. Falken kreisten am Himmel, kleine blaue Käfer huschten über den Boden, schwarzgelbe Webervögel nisteten in den Kameldornbäumen.

Der Anblick seines Landes raubte ihm den Atem, wilde Schluchten, trockene Flusstäler, graue Steinplatten und Geröllfelder, enge Wege zwischen Klippen und Felstürmen rechts und links des Pads. Eine Gegend für Puffottern.

Er folgte dem Pfad bergab durch Mopanebusch, über holprige Steinpisten an grünen Rieseneuphorbien vorbei ins Niemandsland hinein. Eine Landschaft wie aus einem Zeichentrickfilm der Walt-Disney-Studios: Tafelberge, von denen sich einer vor den anderen schob, in den Farben von blassen Blautönen bis zu reifem Rot steigernd, Felsmonumente wie im amerikanischen Westen, schroffe Monolithen, oben wie von Riesenhand abgesägt mit großen Quadern und Felskugeln an den Abhängen, dazwischen mannshohe silberglänzende Graspolster, wie weiße Tupfen da und dort die schneefarbenen Ziegen seiner Farmarbeiter, daneben – elegant verharrend am Rand des Pads – die großäugigen Springböcke. Für sie und ihre Artgenossen wie Wasserbock, Impala, Oryx und Großer Kudu würde er *Ojumamuya* neu gestalten.

Auf dem Weg zum Farmgebäude, wo jede Menge Arbeit auf ihn wartete, machte er noch einen Abstecher zum Stausee. Helmperlhühner und graue Tokos hatten sich zur Tränke eingefunden, eine Schar Ägyptischer Gänse hat ihre Köpfe ins Gefieder gesteckt, blau glitzernde Glanzstare und rotschwarze Oryxweber turnten im Schilf umher, gestreifte Skinke jagten sich zwischen den Steinen und im grünbraunen Wasser, dessen Oberfläche von kleinen Böen gekräuselt wurde, sonnten sich grüngepanzerte Wasserschildkröten auf Steininseln, denn die Wolkenfront hatte sich längst wieder verzogen. Weit draußen am Horizont zogen Strauße im Gänsemarsch über die Ebene.

Alan blieb stehen und setzte das Fernglas an. Er hatte sich nicht getäuscht! Die undeutliche graue Silhouette eines Nashorns näherte sich dem Wasser. Es musste zugewandert sein, denn die beiden von seinem Onkel ausgewilderten Tiere waren ihres Horns wegen abgeschlachtet worden.

Bald schon stand der Prachtkerl von einem Spitzmaulnashornbullen am See, vorsichtig flemend, und trank. Alan Scott genoss den Anblick des Tieres, dessen Körper sich auf der glatten Wasseroberfläche spiegelte. Listig blickten die kleinen schwarzen Augen zu ihm herüber, doch mit seinem schlechten Sehsinn erkannte das Rhino ihn nicht.

Schließlich trabte der Bulle um das Loch herum und setzte dabei seine Urinmarkierung. Er schien das Land zu seinem Revier zu erklären, auch durch Scharren in seinen Kothaufen – was rote Staubwolken aufwirbelte.

In den letzten Jahren hatten sich die Nashornpopulationen im südlichen Afrika nahezu ungestört erholen und entwickeln können, doch dann war der Nashornkrieg erneut ausgebrochen, heftiger denn je. Alans südafrikanischer Freund Jeff van Rossen hatte ihm erzählt, dass man in allein 2010 in Südafrika 333 Nashörner gewildert hatte. Sogar in das Iziko South Africa Museum waren Wilderer eingebrochen und hatten präparierten Tieren die Hörner abgesägt. Im überwachten Schutzgebiet von Umfolozi, in dem Alan vor vielen Jahren gearbeitet hatte, waren innerhalb von 12 Monaten 15 Tiere abgeschlachtet worden.

Der Preis für Rhinohorn war höher denn je, 2000 Euro bekam man auf dem Schwarzmarkt in Vietnam für nur 100 Gramm wertloses Nasenhorn. Die Zauberkräfte, die man ihm nachsagte, besaß es nicht, denn die Substanz eines Rhinohorns besteht aus nichts anderem als verklebtem Keratin. Mit demselben Erfolg könnte man also auch Fingernägel, Haare und Pferdehufe als Potenz steigernde Medizin verkaufen.

Alan beschloss, ein besonderes Augenmerk auf das Tier zu haben und mit niemandem über seine Anwesenheit auf *Ojumamuya* zu sprechen.

24

Die Nacht war nicht nur kurz gewesen, Linda hatte auch verdammt schlecht geschlafen. Hadés Geschichte hatte sie beschäftigt, und obwohl es schon weit nach Mitternacht gewesen war, hatte sie, um sich abzulenken, noch die Reportage im *National Geographic* über die illegale Verschiebung von Elektroschrott in die Dritte Welt gelesen.

Lene Grandel hatte die Seite im Heft, auf der der Artikel begann, mit einem Notizzettel als Lesezeichen markiert. Auf dieses Stück Papier hatte sie etwas gekritzelt, was Linda als ›MV Cayelsa Star‹ entzifferte. Jetzt war sie zu müde, um zu recherchieren, und steckte den Zettel in das Heft zurück.

Sie hatte ihren Wecker auf halb sechs Uhr gestellt, denn sie wollte noch vor Sonnenaufgang im Kieswerk sein, um nicht Zoto oder anderen Mitarbeitern Reiters zu begegnen. Sie hatte keine Ahnung, wann die Männer dort mit ihrer Arbeit begannen und wollte auf Nummer sicher gehen. Im regelmäßigen Abstand einer halben Stunde war sie aufgewacht, hoch geschreckt, hatte nervös die Beleuchtung des

Weckers angetippt, um erschöpft zurückzusinken. Noch zwei Stunden Schlaf.

Sie dachte an Alan Scott und lag weiter wach. Dann erschien das Gesicht von Jens Bosch vor ihren Augen. Wie in Trance glitten ihre Hände unter ihr Nachthemd und streichelten ihre nackte verschwitzte Haut.

Sie schlief ein, zehn Minuten bevor der Wecker schrillte.

Käthe Besserer hatte schon Kaffee gemacht, als sie in die Küche kam.

»Gut geschlafen?«, fragte sie. »Möchtest du ein Ei zum Frühstück?«

»Geschlafen hab' ich ziemlich unruhig. Und danke, kein Ei. Nur eine Tasse Kaffee, ich bin das so gewöhnt.«

Linda setzte sich an den Küchentisch und blätterte im Südkurier.

»Die suchen den Pulle«, bemerkte Käthe. »Der Ärmste. Hat so schon nichts vom Leben, und jetzt auch noch das.«

»Du glaubst also nicht, dass er etwas mit Lenes Tod zu tun hat?«

Käthe schüttelte den Kopf. »Der? Im Leben nicht! Der kann doch keiner Fliege was zuleide tun.«

»Na ja, sie suchen ihn ja als Zeugen. Vielleicht hat er ja auch wirklich was gesehen.« Linda trank einen Schluck Kaffee. Koffeinfrei, vermutete sie, der würde nicht wirklich helfen. »Diese Nichte von Lene heißt Stefanie, ja?«, fragte sie.

»Ja. Stefanie Makesch. Warum?«

»Ich hab drüben ein Buch gefunden, einen Krimi. *Todesnacht am Niger*. Da steht 'ne Widmung drin von einer Stefanie an ihre Tante Lene.«

»Das muss sie sein. Ich weiß sonst von keiner Verwandten.« Käthe überlegte. »*Todesnacht am Niger*, sagtest du? Das ist doch das neue Buch von der Cortez?«

»Estebana Cortez, stimmt.«

»Die schreibt doch die *Thekla-Thodd*-Romane! Hab' ich fast alle gelesen. Spannende Geschichten!«

»Thekla Thodd! – Genau!«

»Ja, geniale Kommissarin. Jettet bei ihren Ermittlungen um die ganze Welt. In *Todesjagd am Jangtse* war sie in Japan, in *Todestango von La Paz* in Argentinien. Ich glaube, die Cortez ist aus Südamerika.«

»Surinam«, ergänzte Linda.

Käthe Besserers Begeisterung kannte kein Halten. »Es gibt, glaube ich, mindestens ein Dutzend Folgen«, fuhr sie fort. »Wurde auch schon verfilmt, mit der Sabrina Bellmann in der Hauptrolle.«

»Stimmt, den Film habe ich auch gesehen.«

»Die Cortez liest diese Woche in der Stadthalle Singen. Schau doch mal bei den Veranstaltungen.«

Linda blätterte im Südkurier einige Seiten weiter.

»Ja, hier. Freitag, 20 Uhr. Estebana Cortez liest aus ihrem neuen Roman *Todesnacht am Niger*.«

»Ich will da unbedingt hin«, sagte Käthe Besserer, »wenn die schon mal in Deutschland ist.«

»Dann bring mir doch bitte ein Buch mit. *Todesnacht am Niger* klingt spannend«, sagte Linda und dachte an den langen Flug nach Windhoek.

Lene Grandels Buch mit der Widmung würde sie wieder zurückbringen. Sie gehörte zu den Menschen, die sich Bücher nicht liehen, sondern sie besitzen und nach dem Lesen ins Regal stellen wollten. Sie hatte das Buch nur wegen des seltsamen Lesezeichens mitgenommen.

Sie spürte die Müdigkeit in allen Gliedern, ihr Kreuz schmerzte, und ihre Augen brannten. Nach dem Gespräch mit Pulle würde sie sich noch einmal ein, zwei Stunden aufs Ohr legen und dann nach Tübingen fahren, um den aktualisierten Beitrag für die Abendsendung fertigzustellen. Am nächsten Morgen würde sie sich dann mit Hadé treffen. Namibia musste warten.

Die Afrikanerin hatte ihr die Adresse gegeben, wo sie arbeitete, doch sie wollte nicht, dass Linda dort hinkam. Als Treffpunkt hatten sie ein afrikanisches Restaurant in Stuttgart verabredet, wo man sich ungestört unterhalten konnte.

»Du willst wirklich nichts frühstücken? Soll ich dir ein Weckle schmieren?«, fragte Käthe Besserer.

Linda dachte an Pulle.

»Au ja«, sagte sie, »das wäre nett, »vielleicht zwei Brötchen, eines mit Käse, das andere mit Wurst?«

Während Käthe Butter auf die Brötchen strich und Linda die weiteren Schlagzeilen überflog, kam ihr noch eine weitere Idee.

»Hättest du vielleicht noch eine Flasche Wein für mich? Ich brauche ein Geschenk. Kriegst ihn heute Abend zurück.«

»Klar. Was soll's denn sein?«

»Hast du württembergischen Spätburgunder?«

»Ja. Denselben, den Lene auch hatte. Hab ihn von ihr.«

Zehn Minuten später verließ sie das Haus, die Brötchen und den Wein in der Tasche. Nicht schlecht als Köder, dachte sie.

25

Der Priester ist jung, Mitte 30, schätzt Hadé, und er trägt europäische Kleidung, keine traditionelle, wie sie es eigentlich erwartet hat. Seine blauen Jeans sind abgewetzt und von zahlreichen dunklen Flecken überzogen, das T-Shirt, ein ehemals schwarzweißes Fußballtrikot, ist zerrissen und so mit roter Farbe beschmutzt, dass man die Aufschrift darauf nicht lesen kann.

»Tu, was Chief Adam Amaka Izoua dir sagt«, flüstert Mahama, bevor sie eintreten, »er hat die Macht, mit den Geistern zu sprechen und Tote zu erwecken. Er wird es dir beweisen!«

Chief Adam Amaka Izoua begrüßt Hadé mit einem breiten Grinsen, nimmt ihr den Korb mit den Opfergaben ab und führt sie im Inneren des Hauses in einen abgetrennten Raum.

Das ist der Schrein, das Allerheiligste des Priesters. Nur durch die Fasern des Bastvorhangs vor der Tür dringt etwas Licht herein. Hadé sieht sich ehrfurchtsvoll in dem kleinen Raum um.

Eine Kerze brennt auf dem Boden, und der aufsteigende Rauch verbreitet durch ein Büschel Kräuter, das darüber hängt, einen süßlichen Geruch. Als sich ihre Augen an die Dunkelheit gewöhnt haben, erkennt sie ein Sammelsurium an Figuren, Fellen, Gehörnen, Spiegeln, Vogelfedern und Masken an den Wänden, Kalebassen, Töpfe und Krüge stehen auf dem Boden, wo sie jetzt gegenüber des Priesters Platz nimmt. Mahama ist draußen vor der Hütte geblieben.

»Alles was du jetzt siehst und was jetzt geschieht, ist entweder die Wahrheit oder dein Wunsch«, sagt Chief Adam

Amaka Izoua mit betörender Stimme. »Du wirst nichts von dem, was nun geschieht, einer anderen Person verraten, oder die Kraft des gris-gris, den ich dir geben werde, ist verwirkt.«

Hadé nickt. Sie wird den Fetisch wie ein Heiligtum behandeln und mit keinem Menschen über den Voodoo sprechen, den Chief Adam Amaka Izoua über sie verhängen würde.

»Ich brauche dein Haar«, raunt der Priester und schneidet ihr mit einer klapprigen rostigen Schere drei Zöpfe ab. »Auch von dort«, sagte er und deutete zwischen ihre Beine. »Öffne dich!«

Sie schiebt die Beine auseinander und spürt, wie er sich unter ihrem Iro mit einem rauen Messer an ihren Schamhaaren zu schaffen macht. Kurz glaubt sie, seine Finger würden in sie eindringen, doch die Berührung ist nur oberflächlich. Alles andere ist sicher eines Ju-Ju-Priesters nicht würdig, und sie schämt sich ihrer Gedanken.

»Noch von da!«, fordert er und zeigt auf ihre Schultern. Sie hebt den Arm, und die rostige Klinge schabt ein Büschel Haare aus ihrer Achselhöhle. Der Mann wirft Haare und Zöpfe in eine Schale und stellt sie beiseite.

Chief Adam Amaka Izoua setzt sich jetzt mit grätschten Beinen vor sie, breitet ein buntes Tuch auf dem Boden aus und wirft die von ihr mitgebrachten Kaurimuscheln darauf. Mit vollen Zügen trinkt er aus ihrer Flasche den gepantschten Gin, scheint aber nichts zu bemerken.

Seine rauchig singende Stimme spricht eine Formel, und er verdreht dabei die Augen. Auf seiner breiten Stirn erscheinen Schweißperlen. Plötzlich hat er einen Gegenstand in der Hand, nicht größer als ein Hühnerei. Hadé kann nicht erkennen, ob es ein Knochen ist oder ein Stück

Holz. Eine weiche Masse scheint mit einer Schnur darauf befestigt zu sein, und sie ahnt, dass es der Fetisch ist, ihr gris-gris, auf den er nun seinen Zauber überträgt.

Der Priester nimmt den Panzer der jungen Wasserschildkröte, in dem sie das Regelblut aufgefangen hat, und schabt den geronnenen Inhalt über die abrasierten Haare und Zöpfe in der Schale. Er greift nach dem Fetisch, legt ihn ebenfalls in die Schale, ritzt Hadés Haut am Unterarm und lässt warmes Blut auf den schwarzroten Klumpen, der sich in der Schale gebildet hat, und über den Kraftträger rinnen. Im Schein der Kerze, die er inzwischen auf das Tuch gestellt hat, beobachtet er, wie sich die Schnur rot färbt.

Er wiegt die Schale mit dem gris-gris bedeutungsvoll in seinen Händen und nickt. Ja, seine Kraft wird auf Hadé übergehen, er wird die Macht des Ju-Ju auf sie ausüben können, eine Macht, die sie auf ihrer langen Reise beschützen und ihren Körper und ihre Seele vor Unheil bewahren wird, sagt er mit brüchiger Stimme.

Jetzt starrt Chief Adam Amaka Izoua auf die Kaurimuscheln und blickt durch sie in die Zukunft. Reichtum sehe er da und einen Mann mit heller Haut, der ihr seine Liebe schenken werde. Er legt den Kräuterbund, der über der Kerze hängt und im Rauch den süßen Duft verbreitet, in eine weitere Schale und hält sie vor Hadés Gesicht. Tief atmet die junge Frau die Droge ein, langsam füllt sie ihre Lungen. Spürt die Kraft der Trance, bemerkt nicht, wie ihr die Sinne schwinden.

26

Als Linda Roloff die staubige Zufahrt zum Kieswerk erreichte, stellte sie erleichtert fest, dass das breite Rolltor noch verschlossen war. Sie warf einen Blick in den Betriebshof und sah den hellbraunen Rhodesian Ridgeback dösend im Zwinger liegen, die beiden Dobermänner waren nicht zu sehen. Offensichtlich hatte sich Agim Zoto an die Anweisung der vermeintlichen Ermittlerin gehalten und die Hunde eingesperrt gelassen.

Sie erreichte das Gelände auf demselben Weg wie am Abend zuvor und sah sich jetzt, bei Tag, gründlich um, bevor sie auf die Baracken zuging. Große Bagger und LKWs standen offen unter einem flachen Dach, seltsame Schrägaufzüge und Förderbänder führten vom See zu den Silos und einem hohen Betonturm und von dort weiter zu dem Teil des Werks, wo die mächtigen Kies- und Sandhalden lagen. Seltsame Maschinen, die sicher der Reinigung und Aufbereitung des Rohmaterials dienten, bildeten die unweit des Seeufers futuristisch wirkende Kulisse für den von Lehmpfützen und Reifenspuren durchzogenen Innenhof, wo sie vor einer kleinen Baracke die rechteckige Abgrenzung der Fahrzeugwaage am Boden erkannte.

Drüben, in einem der länglichen Schuppen, bewegte sich etwas an einer der staubigen Fensterscheiben des Dachgeschosses. Sie wurde beobachtet. Linda ignorierte das Bellen der Hunde, ging hinüber und klopfte an die verzogene Holztür. Keine Reaktion.

»Machen Sie auf, Herr Eberle, ich weiß, dass Sie da drin sind.«

Keine Antwort. Die Hunde hatten sich rasch beruhigt. Nur das Schnarren und Knarren der Kormorankolonie, die auf ihren Schlafbäumen am See gerade zum Leben erwachte, war zu hören.

»Herr Eberle? Hallo?« Der Mann, der sich in dem Schuppen versteckt hatte, verriet seine Anwesenheit durch einen heftigen Hustenanfall. Dann krächzte er:

»Verschwinden Sie. Lassen Sie mich in Ruhe!«

»Ich habe Ihnen was zum Frühstück mitgebracht. Mögen Sie Käse? Oder lieber Wurst?«

»Hauen Sie ab! Sie sind doch sicher eine Bullenkuh!«

Linda grinste.

»Nein, ganz sicher nicht. Aber ich möchte gerne mit Ihnen reden«, sagte sie laut.

Schweigen. Husten. Schweigen und schweres Atmen.

»Was wollen Sie?«

»Ich habe ein paar Fragen wegen Lene Grandel. Bitte, machen Sie auf. Agim Zoto kann jeden Augenblick hier auftauchen, und ich möchte nicht, dass er uns zusammen sieht.«

»Wenn Sie keine Bullenkuh sind, warum interessieren Sie sich dann für mich?«

»Weil Sie der Einzige sind, der mir etwas über Lene Grandel erzählen kann.«

»Und was?«

»Hallo, ich habe keine Lust, mit Ihnen durch die geschlossene Tür zu schreien.«

»Na schön. Die Tür ist auf!« Sie drückte die Klinke, stieg die beiden Treppenstufen empor und trat ein. Das Licht, das durch das einzige Fenster im Raum fiel, und der Schimmer durch den Türspalt erhellten den Raum spärlich.

Ein Lagerschuppen, in dem sich Holzlatten, Bretter, Blechfässer, eine Schubkarre, Schaufeln, Brecheisen und anderes Werkzeug türmten. Alles verstaubt und teilweise verrostet, ziemlich verlottert, dachte Linda. Eine Holztreppe führte an der Wand nach oben. Von Pulle war nichts zu sehen. Nur sein Husten verriet ihn.

Jetzt hörte sie schlurfende Schritte über sich. Sie erkannte zwei Beine, die die Holztreppe herunter kamen. Langsam, fast schleichend. Dann den schwankenden Körper, Hände, die sich an Wand und Geländer hielten, dann stand Pulle hustend vor ihr.

Sie sah in ein graues, ledriges Gesicht, das fast ganz von einem ungepflegten braungelben Bart überwuchert wurde. Dort, wo die Barthaare lichter waren, gruben sich tiefe Falten in seine hageren Wangen, die Augen lagen über aufgedunsenen Tränensäcken tief in den Höhlen, dichte Haarbüschel wuchsen aus den Nasenlöchern. Der Mann hatte sich seit Tagen, wenn nicht Wochen, nicht mehr gewaschen, sein Blick wirkte nervös, und um die nikotingelben Mundwinkel herum waren die Lippen spröde und aufgeplatzt.

Sie hörte seine Lungen bei jeder seiner unbeholfenen Bewegungen pfeifen, und der Schleim in seinen Bronchien rasselte beim Husten, mit dem er fast jeden seiner Sätze unterbrach. Seine Ausdünstungen waren eine Mischung aus Alkohol, Urin, Schweiß und kaltem Rauch.

Linda versuchte angewidert, über die angelehnte Tür frische Luft zu schöpfen. Sie überwand ihren Ekel, als er seinen Hustenanfall unter Kontrolle gebracht hatte, und reichte ihm das Wurstbrötchen. Ohne zu danken nahm er es und verschlang es mit wenigen Bissen. Er fuhr sich mit dem Handrücken über den kauenden Mund und suchte seinen Bart mit der Zunge nach Essensresten ab.

»Trockene Angelegenheit«, röchelte er und schielte nach der Flasche, deren Hals mit Korken aus ihrer halb geöffneten Handtasche ragte.

»Später«, sagte sie, »erst reden wir.«

Er grunzte etwas Unverständliches, ließ sich auf einem der im Raum liegenden Blechfässer nieder und wartete.

»Wie gut kannten Sie Lene Grandel?«, begann Linda.

»Besser als die meisten anderen«, antwortete er. »Sie hat mir immer was zu trinken gegeben. Und ich hab' ihr dafür geholfen. Im Garten. Im Keller. Im Haus.«

»Und in der Schweiz!«, behauptete Linda. Sie war sich im Klaren darüber, dass sie mit der Tür ins Haus fiel, doch sie hatte keine Zeit für lange Einleitungen. Sobald Agim Zoto auftauchte, war das Gespräch beendet.

»Woher wollen Sie das wissen?«, brummte er.

»Ich weiß es eben. Und es stimmt, richtig?«

»Sie sind wirklich keine Bullenkuh?«

Linda verneinte abermals. Sie zog mit einer langsamen Bewegung den Spätburgunder ein Stück weit aus der Tasche. Pulle sah es, und seine matten Augen leuchteten.

»Mhm. Meinen Sie, ich könnte mal einen kleinen Schluck …? Nur einen?«

Armer Kerl, dachte sie. Sie hatte nicht mal einen Korkenzieher dabei.

»Was hatten Sie in der Schweiz für Lene zu tun?«, fuhr sie unbeirrt fort.

»Einen Umschlag abholen.«

»Geld?«

»500 Franken.«

»In Stein am Rhein?«

Pulle nickte und ließ keinen Blick von dem Flaschenhals.

»Und weiter?« Linda setzte den Wein ungern als Druckmittel ein, aber angesichts der Situation blieb ihr nichts anderes übrig. Also fügte sie hinzu: »Lassen Sie sich nicht jedes Wort einzeln aus der Nase ziehen, sonst trinke ich den Wein selbst!«

Dies schien zu wirken. Von kurzem Husten und einigen längeren Anfällen unterbrochen, erzählte Pulle:

»Ich hab' die Kohle für die Lene abgeholt. Auf der Bank. Jeden Monat. 50 Franken durfte ich behalten.«

»Das war allerdings ein guter Lohn.«

»Das war kein Lohn. Es war mein Anteil. Schließlich war das meine Idee. Als Lene mir vor 'nem Jahr oder so erzählt hat, dass bei Reiter was illegal mit Elektroschrott läuft, wollte sie ihn eigentlich anzeigen. Da hab ich sie gefragt, was das bringt. Wie ich den kenn, lässt er die Beweise verschwinden oder nimmt sich 'nen teuren Anwalt oder so. Leute wie Reiter kommen doch immer ungestraft davon. Nur wenn sie mich mal erwischen, wenn ich 'ne Pulle im Laden mitgehen lass, land' ich gleich im Knast. Jedenfalls konnt' ich's der Lene ausreden, das mit der Anzeige. Vielleicht ist's dem Reiter ja was wert, wenn Sie ihn nicht anzeigen, hab' ich noch gesagt. Da hat die Lene gesagt, das sei ja Erpressung, und ich hab' gesagt, sie soll die Kohle einfach für'n wohltätigen Zweck verwenden. Hihi«, er kicherte, »und zehn Prozent für mich. Krieg ich jetzt …?«

Linda schüttelte den Kopf.

»Wie dick steckt Reiter wirklich in diesen Schrottschiebereien drin?«

»Hm. Keine Ahnung. Jedenfalls dick genug, dass ihm das jeden Monat 'n Fünfhunderter wert war. Anfangs war es ja nur ein Container oder so. Jetzt könnte der ein Vielfaches verscherbeln.«

»Könnte es da nicht sein«, fragte sie, »dass die Lene jetzt mehr Geld von ihm wollte, weil er mit der Zeit immer mehr verschoben hat?«

»Weiß ich nicht.«

»Okay. Was anderes noch. Haben Sie – außer der Elektroschrottgeschichte – vielleicht auch noch andere illegale Dinge mitbekommen?«

»Wie meinen Sie'n das?«

»Na ja, man kann auch noch andere Dinge schmuggeln.«

»Sie meinen Waffen oder so'n Zeug? Ich weiß nicht. Da draußen liegen zig Planen, unter die kein Mensch je geguckt hat. Weiß der Teufel, was er da drunter versteckt. Is' mir auch scheißegal.«

»Auch wenn es … Menschen wären?«

Pulle riss seine Augen weit auf. »Verdammt! Sie auch? Ich dachte, nur die Lene …!«

»Lene? Lene Grandel wusste davon?«

Er druckste herum, ohne wirklich ein Wort zu sagen.

»Herr Eberle, Sie können offen zu mir sein. Ich weiß, dass Reiter auf seinem Gelände auch Menschen versteckt. Und wenn Lene auch davon wusste, könnte das ein Grund für ihren Tod sein.«

»Sie hat mir nur etwas von einem Container erzählt, der irgendwo im Wald steht.«

Linda holte tief Luft. Pulle wusste mehr, als er ihr gegenüber zugeben wollte, dessen war sie sich sicher.

»Und mehr wissen Sie nicht darüber?«

Pulle schüttelte den Kopf. Er hatte Angst, das war offensichtlich. So kam sie bei ihm nicht weiter.

»Könnten Sie denn mal ein bisschen die Augen offen halten, solange Sie hier sind?«

»Kann ich schon machen. Was wollen Sie denn wissen?«

»Ob hier wirklich Menschen gegen ihren Willen festgehalten werden. Und wo!«

Plötzlich schlugen die Hunde an. Linda sprang entsetzt auf. Im selben Moment hörte sie das Motorengeräusch.

»Das ist Zoto«, bemerkte Pulle, »seine Ducati. Die dröhnt wie'n Traktor. Ist grade vor's Tor gerollt. Keine Sorge, das dauert zwei Minuten bis es aufgefahren ist. Und dann bringt er erst seine Maschine in die Garage. In der Zeit können Sie unbemerkt raus hier. Krieg ich jetzt …?«

Linda nickte und reichte ihm die Flasche.

»Ich habe leider keinen Korkenzieher«, sagte sie.

»Macht nichts«, meinte er, »den brauch ich nicht«, und schlug der Flasche mit einem gezielten Schlag gegen die scharfe Oberkante des Metallfasses, auf dem er saß, den Hals unterhalb des Korkens ab.

»Ich mach das immer so«, kommentierte er.

Er setzte an und trank in großen Zügen, ohne auf die scharfkantigen Glassplitter zu achten. Der abgeschlagene Flaschenhals lag zu seinen Füßen.

Linda erschauderte. Genau einen auf diese Weise abgebrochenen Flaschenhals hatten die Ermittler im Garten der Toten gefunden, hatte ihr Jens Bosch erzählt. Vermutlich war es ein Teil der Mordwaffe gewesen.

27

Was nun geschieht, sieht sie wie in einem Traum.

Der Schmerz, als er ihr unter dem rechten Auge die Wange ritzt. Ein rascher Schnitt in der Form einer Sichel. Das Blut, das ihr warm vom Gesicht rinnt. Dann lehnt er sie zurück und legt ihren Kopf auf ein Kissen.

Sie spürt die Hände von Chief Adam Amaka Izoua auf ihrem Körper, fühlt, wie sie auf dem Boden liegt und ihm willig ihr Becken entgegen schiebt. Als er sie besteigt, ist es wie eine Wohltat. Sie genießt es, als er in sie gleitet, nimmt ihn bereitwillig auf, die Sinne benebelt, es müssen die Geister sein, die von ihr Besitz ergriffen haben.

Als der Akt beendet ist, greift Chief Adam Amaka Izoua in ihren Korb und nimmt das tote schwarze Huhn heraus, während er laufend Beschwörungsformeln murmelte. Sie erwacht allmählich aus ihrer Trance, die Kraft der Kräuterdroge lässt nach, und die Nebelschwaden in ihrem Kopf lichten sich.

Kaum liegt das tote Huhn auf dem Tuch neben den Muscheln, scheint es sich zu bewegen.

Nein – es hebt den Kopf! Blickt verstört umher, fängt an zu gackern, flattert mit den Flügeln, steht unbeholfen auf und rennt durch die Hütte!

Hadé stockt der Atem, sie traut nicht ihren Augen, glaubt nicht, was sie sieht. Doch während sie den Akt mit Chief Adam Amaka Izoua nur wie im Traum wahrgenommen hat, ist das lebende Huhn Realität! Der Priester hat den toten Vogel zu neuem Leben erweckt!

Wie hat der Ju-Ju-Mann prophezeit: »Alles was du jetzt

siehst und was jetzt geschieht, ist entweder die Wahrheit oder dein Wunsch.«

Hat sie sich nicht heimlich nach seiner Berührung gesehnt, sich nicht gewünscht, seine Männlichkeit in sich zu spüren, als er ihr die Schamhaare rasierte? Hadé ist sich sicher, nur geträumt zu haben, und sie schämt sich dafür. Doch das Huhn? Das Huhn lebt, es hat sich gackernd in eine Ecke der Hütte gekauert, das hat sie nicht geträumt.

Chief Adam Amaka Izouas Stimme holt sie endgültig in die Wirklichkeit zurück. Seine Augen sind jetzt starr auf sie gerichtet, und wie gebannt durch seinen bohrenden Blick spricht sie ihm die Worte nach, die er ihr vorgibt. Er hält dabei den Fetisch, der in ihrem Blut und ihren Haaren geruht hat, mit beiden Händen in die Höhe, wie ein katholischer Priester den Kelch bei der Wandlung.

Sie schwört bei ihrem Leben, über all das zu schweigen, was ihr auf der Reise widerfahren würde, schwört, jede Art von Arbeit zu tun und dem Mann, der sie in die Fremde führen würde, immer zu gehorchen. Zufrieden drückte der Mächtige ihr die Hand.

»Dein Blut und mein Zauber sind auf den gris-gris übergegangen. Er ist jetzt ein Teil von dir. Die Narbe in deiner Wange wird dich ein Leben lang an den Ju-Ju erinnern. Brichst du den Schwur«, Hadé spürt die Macht, die von der Stimme des Ju-Ju-Priesters ausgeht, »bist du des Todes oder jemand aus deiner Familie stirbt!«

Er verpackt den Fetisch in einen perlenbesetzten Lederbeutel und hängt ihn wie ein Amulett um ihren Hals.

»Darin wohnt meine Kraft in deinem Blut. Sie wacht über dich. Vergiss das nie!«

Hadé ist wie gebannt. Der Rauch der Kerze brennt in ihren Augen, der Zauber raubt ihr die Sinne. Chief Adam

Amaka Izoua nimmt die Schale mit ihren Haaren, Zöpfen und ihrem Blut.

»Ich zerreibe dies zu einem feinen Puder und fülle es in eine der Kalebassen«, er deutet zu den zahlreichen kleinen Kürbisflaschen, die von der Decke baumeln.

»Damit bleibst du mir für immer nah. Ich habe dein Inneres mit deinem Blut und dein Äußeres mit deinen Haaren in dieser Schale bei mir und kann dich kontrollieren, wo immer du bist. Mein Körper war in deinem Traum in dir, hast du das gesehen?«

Hadé nickt. Er weiß es, durchzuckt es sie. Er kann ihre Träume sehen. Seine Kraft wohnt in ihrem Blut!

»Ich habe einen Ju-Ju über das große Meer geschickt. Er wartet dort auf dich in Gestalt einer Frau. Du wirst sie erkennen, denn sie trägt dasselbe Zeichen in ihrem Gesicht. Mein Geist geht mit dir auf die Reise und beschützt dich, solange du dich an den Schwur hältst, den du geschworen hast auf dein Blut und auf dein Leben.«

Chief Adam Amaka Izoua steht auf und bringt sie nach draußen, wo Mahama auf sie wartet. Er zahlt dem Priester die Summe, die er für den gris-gris verlangt, und noch etwas mehr, weil der Gin gepantscht ist, was Mahama mit einem Lächeln akzeptiert. Hadé zuckt zusammen, als sie das dicke Bündel Geldscheine sieht, das der Ju-Ju-Mann einsteckt.

Sie würde auch diese Schuld abarbeiten und Mahama das Geld zurückzahlen. Eine Anzahlung in Form ihres Körpers würde er sich noch heute von ihr holen, das weiß sie. Was sie nicht weiß, ist, dass Mahama das tote schwarze Huhn, das Hadé mitgebracht und Chief Adam Amaka Izoua von ihr unbemerkt gegen das lebende Huhn ausgetauscht hat, unter seinem langen Galabia verborgen hält, um es heimlich zu Boden gleiten und im Gestrüpp verschwinden zu lassen. Er zwinkert dem Priester verstohlen zu, als er ihm die Hand drückt und hinter Hadé den Hof verlässt. Die Rechnung ist aufgegangen. Wieder einmal.

Seine Gedanken sind bei Hadé, während er auf der Fahrt nach Benin City ihre Hand zwischen seine Oberschenkel legt und sie seine Männlichkeit massieren lässt. Das Mädchen würde er gewinnbringend verkaufen, mit ihrem Körper würde er noch Jahre lang Geld verdienen. Eine Frau nach Europa zu schleusen ist zwar riskant, doch Mahama ist Spezialist auf seinem Gebiet.

Er hat Abnehmer auf der ganzen Welt, die gut bezahlen. Er denkt mit Entzücken an die Jungfrauen aus Abeokuta zurück, die er nach China verkauft hat. Eines der lukrativsten Geschäfte seines Lebens. Oder die schwarzhäutigen Zwillinge aus einem Dorf in Oyo – gerade mal zwölf Jahre alt – die er als ›Haushaltshilfen‹ an einen Politiker aus Frankreich verschachert hat.

Mit der Ware Frau waren in Afrika gute Geschäfte zu machen, nicht nur auf dem europäischen Markt. Mahama besorgt auch Sklavinnen für arabische Scheichs, die frisches Blut für ihren Harem suchen. Mahama fliegt sie, als Hausmädchen getarnt, über Addis Abeba nach Bahrein oder Dubai aus, dort kümmern sich seine Mittelsmänner um sie und sorgen für ihren Weitertransport in eines der Länder auf der arabischen Halbinsel. Hartes Gold gegen weiches Fleisch. Das sind die Geschäfte, die Mahama liebt.

Mahama stöhnt laut auf, als Hadés Finger ihn zum heißen Gipfel der Lust führen.

28

Alan Scott war auf der Farm unterwegs und riss einen der vielen Zäune ab, die als ›Kamps‹ das Gelände in fast 50 Viehparzellen unterteilten, als das Vibrieren des Handys seine Arbeit unterbrach.

Der Name ›Linda‹ mit dem Smiley dahinter blinkte. ›Ob sie wohl schon auf dem Weg zum Flughafen ist?‹, dachte er noch, bevor er auf die grüne Taste drückte.

»Hi du, das ist ja schön, dass du noch anrufst«, begrüßte er sie erfreut, doch seine Euphorie wurde durch den nüchternen Ton ihrer Stimme sofort ausgebremst.

»Guten Tag«, klang es emotionslos, und er ahnte, dass dieser Anruf keine nette Plauderei werden würde, sondern es wieder irgendwelche Probleme gab. Doch er war nicht bereit, so einfach darauf einzugehen. Sie telefonierten für sein Gefühl ohnehin viel zu selten miteinander, da Linda in ihrem Beruf sehr stark eingespannt war und nur wenig Zeit hatte. Meist erzählte sie ihm nur rasch von ihren aktuellen Recherchen, von Dingen, die sie gerade bewegten, und beendete das Gespräch auch schon wieder, ohne dass sie auch nur ein Wort über ihre Beziehung oder sein Befinden verloren hatten.

Er hatte sich mit der Zeit daran gewöhnt und es als Teil ihrer Persönlichkeit akzeptiert, auch wenn es ihm schwer fiel. Er selbst versteckte seine Gefühle nicht und ließ sie wissen, wie sehr er sie liebte und vermisste. Und er hatte das Gefühl, dass sie es gerne hörte, auch wenn sie das nie zugeben würde.

»Alles gut bei dir? Bist du schon unterwegs nach Frankfurt?«, fragte er daher rasch, bevor sie auf den Grund ihres

Anrufs zu sprechen kommen konnte. Sie überging seine Frage und kam – ganz die gestresste Journalistin – gleich zur Sache.

»Du musste dich noch ein paar Tage gedulden, ich komm' hier noch nicht weg«, begann sie.

»Bitte? Wie meinst du das?«, fragte er und konnte nicht vermeiden, dass seine Stimme angesäuert klang. Es gelang ihm einfach nicht, ihr gegenüber seine Gefühle zu verbergen.

»Jetzt sei nicht gleich enttäuscht!«, warf sie ein, »wir haben trotzdem noch Zeit genug.«

Drei Wochen statt vier, dachte er, sagte aber nichts. Stattdessen bemühte er sich, sie die Wut, die sich in ihm aufbaute, nicht spüren zu lassen.

War ja nicht neu, dass ihr der Job wieder wichtiger war als alles andere, daran hätte er sich eigentlich schon längst gewöhnen müssen. Linda war eine Karrierefrau, die in ihrem Beruf voll aufging, das war ihm in den Jahren, die sie sich jetzt kannten, klar geworden. Doch er hatte ihr das nie zum Vorwurf gemacht, da auch er seine Präferenzen hatte, vor allem in seiner Liebe zu Afrika.

Vor einem Jahr, als ihr Hochzeitstermin geplatzt war, weil er nach einer Auseinandersetzung seinen Kopf durchgesetzt und kurzfristig einem Freund in Südafrika aus der Patsche geholfen hatte, war ihm das klar geworden. Fast hatte er sich mit dem Gedanken angefreundet gehabt, bei ihr in Deutschland zu bleiben, fast hatte seine Liebe zu Linda die Liebe zu Afrika besiegt. Doch nach seiner Rückkehr in den Busch waren ihm Zweifel gekommen. Zu sehr hatte er in Deutschland die Farben Afrikas vermisst, das Pole-Pole in seinem Lebensrhythmus, die Nächte unter dem Kreuz des Südens, das

Rufen der Glockenfrösche und den Geruch von Elefanten und Löwen.

Wollte er das alles wirklich aufgeben, für ein Leben in diesem kalten und hektischen Germany? An der Seite einer Frau, deren Liebe zu ihm offensichtlich abhängig war von der Zeit, die ihr der Job ließ? Dann, just in time, hatte ihm das Leben die Weichen gestellt, mit dem Tod Johanns und der Idee seiner Witwe, ihm die Farm zu überschreiben.

Der Besuch Lindas auf *Ojumamuya* in den nächsten Wochen würde über ihre gemeinsame Zukunft in Afrika entscheiden. Doch als sie ihm jetzt von der Änderung ihrer Reisepläne erzählte, zerplatzte sein Traum wie eine Seifenblase.

»Ich bin hier an einer verdammt heißen Story dran«, erklärte sie emotionslos, »es geht um Menschenleben, das musst du doch verstehen.«

Alan schwieg und wartete vergeblich auf ein ›leider‹ oder ›sorry‹.

»Hallooo, bist du noch da?«

»Ja, ich höre dir zu!«, sagte er so sachlich wie möglich.

»Jetzt sei nicht sauer«, beschwichtigte sie. »Es geht einfach nicht anders, und ich lasse mir von dir auch kein schlechtes Gewissen machen! Du bist vor einem Jahr doch auch nach Südafrika auf und davon, ohne mich zu fragen.«

»Es ist alles okay«, lenkte er ein und versuchte, seine Enttäuschung zu verbergen. Was war schon dabei, dass sie ein paar Tage später kam? Es blieb ihnen immer noch Zeit genug. Setze es nicht aufs Spiel, indem du jetzt trotzig reagierst, dachte er. Linda war mindestens so leicht zu enttäuschen wie er, was die Sache nicht gerade einfacher machte.

»Dann lass mal hören, was das für eine heiße Story ist«, sagte er daher mit gespielter Neugier.

»Um es kurz zu machen: sogenannter Elektroschrott aus Europa, der illegal nach Afrika verschoben wird. Das Ziel: unter anderem Müllhalden in Nigeria und Ghana. Das Zeug ist allerdings hoch giftig und gefährdet die Menschen, die den Schrott ahnungslos mit bloßen Händen ausweiden. Ich möchte, dass den skrupellosen Machern das Handwerk gelegt wird.«

»Oh Mann! Pass bloß auf, die Sache hört sich nicht gerade ungefährlich an!«

»Ja, ich weiß. Könnte dich jetzt ganz gut hier gebrauchen«, sagte sie, und ihre Stimme hatte jetzt wieder diesen schelmisch-erotischen Unterton, den er so liebte.

»Meinst du das ernst?«, fragte er.

»Hättest du denn Zeit? Ich meine, jetzt wo du deine eigene Farm hast?«

»Du weißt, dass ich für dich alles stehen und liegen lasse«, antwortete er. Im Gegensatz zu dir, dachte er, ohne es zu wollen. »Du bist nun mal das Wichtigste für mich«, sagte er dafür laut.

»Ich weiß«, sagte sie zum zweiten Mal. »Und du könntest mir in der Tat einen großen Gefallen tun!«

Alan schwieg gespannt. Würde sie ihn bitten, nach Deutschland zu kommen, um dann später gemeinsam mit ihm nach Namibia zu fliegen? Für ihn wäre das kein Thema. Er würde sich in die nächste Air-Namibia-Maschine setzen, nur um der Frau nahe zu sein, die er über alles liebte. Doch Lindas Antwort bremste erneut seine Euphorie.

»Gibt es Flüge von Namibia nach Nigeria?«

»Weiß ich nicht.«

»Warst du denn schon mal in Westafrika?«

»Ja. Ich habe eine Bekannte in Lagos.« Er vermied das Wort ›Freundin‹. Die Beziehung zu Ulla war ja auch schon mehr als zehn Jahre her. Ob sie überhaupt noch in Nigeria arbeitete? Soviel er wusste, war ihre Organisation auch in Nicaragua und Südostasien tätig.

»Lagos?«, unterbrach Linda seine Gedanken. »Das wäre ja genial! Kann ich dir ein paar Infos mailen? Vielleicht kannst du deine Bekannte mal fragen, ob sie damit was anfangen kann?«

»Ich hab keine Ahnung, wie ich sie erreichen kann, das ist Jahre her.«

»Hm«, sie zögerte. Alan ahnte, was nun kommen würde. Und tatsächlich, Linda sprach es aus:

»Könntest du nicht hinfliegen?«

»Soll das ein Aprilscherz sein?«, fragte er, mit Blick auf das heutige Datum.

»Nein, eigentlich nicht. Gerade hast du noch gesagt, du würdest für mich alles stehen und liegen lassen«, kam es trocken zurück.

»Von hier aus mal schnell nach Nigeria? Ich glaube, das stellst du dir etwas zu leicht vor.«

»Du bist doch sonst nicht so schreckhaft!«

Alan brummte.

Was sollte er sagen?

Lagos! Er dachte mit Schrecken an seinen Aufenthalt in diesem Moloch. Hatte eigentlich nicht vorgehabt, noch einmal dorthin zurückzukehren. Und dennoch: sein Ehrgeiz war geweckt. Sein Ehrgeiz, Linda nicht zu enttäuschen. Auf der anderen Seite: was musste er ihr denn noch beweisen? Sie hatten genügend Abenteuer zusammen erlebt, und er hatte oft genug Gelegenheit gehabt, ihr seine Meisterschaft im Busch zu zeigen. Linda ließ nicht locker.

»Mann, das wär' echt cool, wenn du hinfliegen würdest. Nur zwei, drei Tage. Lagos ist die Drehscheibe für das Recycling von europäischem Elektroschrott. Ich fax dir mal einen Artikel aus *National Geographic*. Vielleicht kennst du ja die Plätze in der Stadt, wo die das Zeug lagern und zerlegen, um an die Edelmetalle ranzukommen. Ich muss wissen, ob eine bestimmte deutsche Firma dabei ihre Finger im Spiel hat!«

Alan gab sich geschlagen.

»Ich check mal, ob es Flüge gibt.«

»Ja, gut. Schick mir 'ne SMS, wenn du was weißt. Ich muss jetzt eh' los.« Schnell und ohne persönliche Worte beendete sie das Telefonat. Alan starrte auf das Mobiltelefon in seiner Hand. *Verbindung beendet.*

›Zu Befehl, Memsahib!‹, dachte er und schwang sich hinter das Steuer seines Jeeps. Von der Farm brauchte er knapp vier Stunden zum Flughafen.

29

Es gibt keinen Flug nach Europa.

Nicht für Hadé. Auch nicht für ihre Schwester Sema. Vielleicht hat das daran gelegen, dass in ihrem Pass, den sie von Mahama bekommen hat, zwar ihr Foto klebt, aber nicht ihr richtiger Name steht. Dafür ein Visum. Ein echtes, wie Mahama betont hat. Alles andere sei zu riskant. Aber mit diesem Pass bekommt man eben keinen Flug, sagt Mahama.

»Für das Visum schuldest du mir 10.000 Euro, und das ist ein Freundschaftspreis. Ich kenne Leute, die verlangen das Vierfache«, hat er gesagt, »aber dafür landest du auch nicht im Gefängnis. Ich kann es dir auch billiger besorgen. Den Pass einer Frau, die so ähnlich aussieht wie du. Aber wenn sie dir dahinter kommen, wirst du es büßen.«

Also hat sie sich auf den Deal eingelassen. In einem Jahr könne sie ihre Schulden bequem abbezahlen, hat Mahama hinzugefügt. Er habe sich um alles gekümmert.

Wirklich um alles:

»Du wirst genug verdienen in Europa. Es gibt dort eine Frau, die für dich sorgen wird. Madame besorgt dir Essen, Kleidung und Arbeit«, sagt er. »Und wenn du noch mehr Geld brauchst, schlafe mit Männern, das kannst du ja!«

Seinen letzten Satz hat sie in diesem Moment überhört. Sie wird ihr Geld auf andere Weise verdienen können. Glaubt sie. Immerhin ist sie in die Schule gegangen, kann lesen und schreiben. Hat sogar die Sprache des Landes gelernt, in das sie reist.

Schon wenige Tage später wird sie sich an diesen Satz erinnern. Und wissen, dass Mahama recht hat. Der Menschenhändler weiß, wozu er die Frauen auf die Reise schickt.

Sema und Hadé warten in Sokoto im Norden ihres Landes auf die anderen Frauen aus Ghana, Benin und Nigeria und einige Männer, die ebenfalls keine Flüge bekommen haben, dann fahren zwei Dutzend Menschen auf dem kleinen Lastwagen nach Tillabéry in Niger.

»Ihr werdet eure Freiheit bezahlen müssen«, erzählen die Männer, mit denen sie – eng zusammengepfercht wie die Ziegen auf dem Transport zum Markt – auf der Ladung des LKW sitzen. »Wir alle werden unsere Freiheit für viel Geld kaufen müssen, aber ihr werdet zahlen für uns! Ihr Frauen bezahlt für eure Männer und Kinder, für eure Brüder und Söhne.«

Hadé glaubt auch ihnen so wenig wie sie Mahamas Satz geglaubt hat.

In Tillabéry wird sie eines Besseren belehrt.

Akpan ist jünger als Hadé und sieht sie mit unverhohlener Gier an. Er ist ganz in Schwarz gekleidet, ein kurz geschnittener Vollbart und eine dunkle Sonnenbrille, die er auch bei Nacht nicht abnimmt, prägen sein Gesicht. Mahama bezahlt ihn dafür, die Frauen durch die Wüste ans Meer zu bringen. Hadé hört zum ersten Mal das Wort Trolley – für Schlepper. Akpan ist Hadés und Semas Trolley.

An jenem Abend in Tillabéry lernt sie ihre Lektion: wer kein Geld hat, bezahlt mit seinem Körper. Wer Geld braucht, gibt seinen Körper dafür her. So einfach ist das Gesetz der Reise ins Paradies. Hadé und ihre Schwester haben kein Geld – sie haben alles vor ihrer Abreise Mahama gegeben. Akpan vergewaltigt sie beide, denn ein Trolley holt sich, was er braucht bei den Frauen, die er beschützt. Das ist ein Teil der Abmachung. Und er lässt sie von nun an für sich arbeiten.

Akpan verkauft sie jeden Abend an Männer aus Tillabéry. Solange, bis das Geld für die Weiterfahrt reichen wird. Wer nicht bezahlen kann, wird geschlagen. Mit Wasserschläuchen auf den bloßen Rücken. Hadé hat die Schreie bei Nacht gehört, Männer und Frauen gesehen, die auf diese Art misshandelt worden sind.

Hadé denkt nur kurz darüber nach, umzukehren. Doch der gris-gris um ihren Hals belehrt sie eines Besseren. Sema erzählt von Ikpate, einem der Mädchen, die mit ihnen nach Tillabéry gelangt ist. Ikpate hat zu fliehen versucht. Man hat ihre Leiche gefunden, aber erkannt hat man sie nur an der Narbe, die sie bei ihrer Ju-Ju-Sitzung erhalten hatte. Ikpate hat ihre Flucht mit dem Leben bezahlt. Doch niemand spricht davon, dass sie von Menschenhand getötet wurde. Die Kraft des gris-gris hat sie gerichtet. Hadé denkt an den Schwur und an die Zauberkraft von Chief Adam Amaka Izoua. Und verbannt die Fluchtgedanken aus ihrem Geist.

Als drei Wochen vorbei sind, haben Hadé und ihre Schwester genug Geld für die Weiterfahrt nach Mali beisammen. Akpan hat den Transport für den nächsten Abend organisiert. Das Schmugglerfahrzeug ist ein verbeulter VW-Bus, der im Inneren gerade Platz für die Hälfte der Menschen bietet. Sechs Männer und drei Frauen reisen auf dem Dach. Als sich Hadé neben Sema auf die Rückbank quetscht, spürt sie am nackten Oberarm ihres Sitznachbarn die blutenden Striemen der Schläge.

Sie nehmen einen Weg abseits der Straße, eine Piste, die auch die Zigaretten- und Waffenschmuggler auf dem Weg nach Norden benützen. Sie fahren nur bei Nacht und ohne Licht, um den Kontrollen zu entgehen.

Als sie in Gao ankommen, weiß Hadé nicht, dass sie jetzt in Mali sind.

30

Alan Scott hatte einen Platz in der nächsten Maschine bekommen. Der Flug mit South African Airways führte von Windhoek über Johannesburg nach Lagos, und Alan war nach acht Stunden in der Boeing 737-800 recht müde, als die Maschine auf der Landebahn des Murtala Muhammed Airport aufsetzte.

Lagos war noch immer der Moloch, den er in Erinnerung hatte, das hatte er in der Dämmerung des Landeanflugs von seinem Fensterplatz aus erkennen können. Ein Gewirr aus Hütten, Baracken, Holzverschlägen; Wellblech, Pappe, Plastikplanen; Schutt und Kloaken; Straßen, die bessere Trampelpfade waren, und über alldem eine Glocke aus braunem Dunst und grauem Qualm.

Als er das Flughafengebäude verließ, war es dunkel geworden, fahle Straßenlaternen und Autoscheinwerfer tauchten die ehemalige Hauptstadt Nigerias in ein schummriges Licht.

Alan hatte seine Dollars bis auf ein paar Scheine in den Socken versteckt, einen Teil hatte er in seinem Gürtel verstaut, der an der Innenseite mit einem Geheimfach versehen war. Seine Armbanduhr hatte er auf der Farm gelassen und sein altes kleines Handy an einer Schnur um den Hals gebunden. In seinen verratzten Rucksack hatte er nur die nötigste Wäsche gestopft, ein Shampoo und sein Zahnputzzeug. Mehr hatte er nicht bei sich, da er nicht beabsichtigte, länger als drei Tage in Lagos zu bleiben. Sein Rückflugticket nach Windhoek hatte er in der Jackentasche.

Alan beobachtete den Verkehr vor dem Flughafen. Durch ein großes Aufgebot an Polizeifahrzeugen schien die Sicherheit wenigstens hier gewährleistet. Er hatte Ulla auf ihrem Handy angerufen und sie auch tatsächlich erreicht, doch leider arbeitete sie inzwischen in Abuja, der Hauptstadt im Landesinneren. Sie hatte ihm eingeschärft, auf sich aufzupassen.

»Lagos ist ein heißes Pflaster. Wir lassen unsere Gäste immer mit Polizeischutz vom Flughafen abholen. So ungefähr ist die Lage. Sei auf der Hut!«

Alan hatte sich das nicht zweimal sagen lassen. Er kannte die Gefahren afrikanischer Großstädte, hatte sowohl in Pretoria als auch in den Slums Nairobis schon Begegnungen mit einheimischen Gangs und Banditen gehabt, doch bisher war das Glück immer auf seiner Seite gewesen. Diesmal hatte er im Bauch ein mulmiges Gefühl und aus seiner Erfahrung wusste er, dass er sich auf seine Körpersignale immer verlassen konnte.

Seine Müdigkeit war daher wie weggeblasen und er hatte alle Sinne geschärft, als er sich auf dem Parkplatz nach einem Taxi umsah. Der Junge, der ihn zu einem schäbigen Auto winkte, dessen Fabrikat nicht zu erraten war, schien noch keine 18 zu sein, doch sein Lächeln versprach Ehrlichkeit, und Alan verließ sich auf seine Menschenkenntnis. Der Taxifahrer trug einen langen hellbraunen Boubou, und der Preis, den er für die Fahrt zum Hotel nannte, war in Ordnung. Er sprach sehr gut Englisch und fuhr routiniert im dichten Verkehr der breiten autobahnähnlichen Straße, überholte auf beiden Seiten, meistens laut hupend, und Alan hatte das Gefühl, in einem Autoscooter zu sitzen.

Die Stadt machte einen erbärmlichen Eindruck. Müll und Dreck an den Straßen, soweit das Auge reichte. Bretter, die über Schlammsuhlen führten, waren die Wege, breite Bretter dienten als Straßen. Der Geruch, der durch das halb geöffnete Fahrerfenster ins Innere des Taxis drang, war eine Mischung aus Paraffin, verbranntem Müll, Fäulnis und Urin. Der Junge am Steuer lachte fortwährend, erzählte mit Stolz von seiner Stadt, und Alan bekam einige Informationen, die ihm für seinen Auftrag nützlich schienen.

»Musst du raus aus der Stadt, White Man?«, fragte er.

»Mal sehen, weiß noch nicht«, antwortete Alan.

»Wir haben überall Straßensperren. Baumstämme mit Nägeln. Wegen der Überfälle kontrollieren sie alle paar Kilometer.«

»So heftig ist das?«

Der Fahrer nickte. »Die Banden halten die Busse an und nehmen die Leute aus, die mitfahren. Auf manchen Straßen passiert das jede Woche. Vor allem bei Stau!«

Alan schwieg, zumal der Verkehr gerade stockte. Er versuchte, die Tür zu verriegeln, doch das Schloss funktionierte nicht. Um dem Elektroschrotthandel auf die Spur zu kommen, musste er sich noch in weitaus gefährlichere Gefilde wagen. In das Herz des Molochs. In die Slums, zu den Müllhalden, in die Häfen.

»Bleibst du lange in Lagos, White Man?«, fragte der junge Taxifahrer wieder.

»Mal sehen. Weiß ich noch nicht. Und du? Fährst du schon lange Taxi?«

Der Junge lachte.

»Ja. Zusammen mit meinem Bruder. Ich bin froh, dass ich diesen Job hab. Und du, White Man? Machst du Geschäfte?«

»Kann man so sagen.« Alan legte eine Spur. »Elektrogeräte.«

»Gebraucht?«, fragte der Fahrer.

»Sowohl als auch. Wie heißt du eigentlich?«

»Johnny Cash.«

Alan musste sich ein lautes Lachen verkneifen.

»Also gut, Johnny Cash. Ich heiße Alan. Wenn ich Händler für gebrauchte PCs suche, wohin würdest du mich schicken?«

»Ikeja. Da gibt es mehr Elektroschrott als sonst wo auf der Welt.«

»Würdest du mich hinfahren?«

»Warum nicht, White Man? Wann?«

»Morgen. Ich rufe dich an.«

Johnny Cash nickte und fischte eine handgeschriebene Visitenkarte aus einer Ablage über dem Armaturenbrett. Dabei sah er Alan grinsend an und starrte auf seine Legionärsmütze.

»Was ist – gefällt dir meine Kappe nicht?«

»Doch. Die ist echt cool. So was kriegst du bei uns nicht. Wo hast du die her, White Man?«

»Aus Kenya. Ist echt praktisch bei den Safaris. Der ganze Kopf und die Augen haben Schatten, und das Genick auch.«

»Ja, genau, echt cool, White Man!«, wiederholte er.

Alan nahm die Mütze ab und setzte sie Johnny Cash auf.

»Hier, schenk ich dir!«, sagte er und grinste. »Steht dir gut!«

»Hey, Mann, Danke! Cool, cool, cool! Brauchst du sie nicht mehr?«

»Ich kann mir ’ne Neue kaufen. Außerdem hab’ ich noch mindestens drei Stück daheim.«

»Und hier?«

Alan höhnte: »Falls es die Sonne mal schafft, sich einen Weg durch euren Smog zu bahnen, hab' ich Ersatz in meinem Rucksack.«

»Danke, Mister Alan«, sagte Johnny Cash und reichte ihm die Hand. »Du bist wie einer von uns. Kein White Man!«

Über mehrspurige Autobahnen, die wie verknotete Riesenschlangen von Ikeja auf die Inseln führten, erreichten sie das Hotel. Es lag auf Lagos Island, einer der vier großen Inseln, über die sich die Millionenstadt am Golf von Guinea, der ehemaligen Sklavenküste, erstreckt.

Alan verabschiedete sich von dem Jungen und bezog ein kleines, einfaches Zimmer, in dem es nichts gab als ein breites Doppelbett mit durchgelegenen Matratzen.

An der Rezeption hatte man ihm eine Taschenlampe in die Hand gedrückt, denn es gab wohl im Augenblick keinen Strom. Als er die knarrenden, mit einem abgewetzten Teppich belegten Holztreppen emporstieg, leuchteten in jedem Stockwerk Kerzen in den Flurfenstern.

Alan wischte sich rasch mit einem Feuchtigkeitstuch den Staub aus dem Gesicht, da selbst kaltes Wasser nicht aus der Leitung kam, putzte sich mit Whisky oberflächlich die Zähne und fiel bald in einen unruhigen Schlaf, aus dem er immer wieder erwachte, die verblichenen Bilder aus den Slums von Nairobi vor Augen …

31

In Gao endet die Reise auf vier Rädern.

In Gao endet das Buschland der Savanne.

Ab Gao beginnt die Wüste.

Ab Gao werden Flüchtlinge gejagt.

Hadés Trolley Akpan kennt die Stadt im Osten Malis, wo sich die Wege der westafrikanischen Menschenhändler und ihrer Ware auf dem Weg nach Europa kreuzen. Viele wählen auch den Weg über Agadez in Niger nach Tripolis in Lybien, doch Mahama bevorzugt für seine Frauen die Route über Mali und Algerien nach Tanjah in Marokko, dort kennt Akpan fast jeden Kapitän, der bereit ist, Lebendware nach Spanien zu bringen.

Für Reisende aus dem Norden endet in Gao die Tanezrouft-Piste durch die Sahara. Für Flüchtlinge aus dem Süden beginnt hier der Fußmarsch durch die Wüste.

Akpan versteckt Hadé, Sema und die anderen aus dem VW-Bus in einem Camp außerhalb der Stadt. Es ist die Sammelstelle für Nigerianer, eine Art Freigehege, von morschen Brettern eingezäunt, versteckt am Rande der Sahara, ein Menschenlager, ein Point of no Return vor dem grausamen Weg durch den ewigen Sand.

In der Stadt am Niger ist man auf die Flüchtlinge vorbereitet. Viele Menschen aus Gao leben sogar davon. Doch sicher ist man nur in den bewachten Verstecken. Der Aufseher des nigerianischen Flüchtlingscamps ist ein Mann namens Bamenu aus Kontagora im Norden Nigerias. Er lässt sich von ihnen Patron nennen. Sich außerhalb des Bretterzauns aufzuhalten ist für Hadé und ihre Schwester extrem gefährlich, denn sie sind illegal in Mali. Wen die

Polizei aufgreift, wird ohne Schonung nach Niger deportiert, die Männer geschlagen, die Frauen vergewaltigt, sagt Bamenu. Flüchtlinge auf dem Weg nach Europa sind in Gao Freiwild.

Hadé und ihre Schwester lernen schnell, dass es gut ist, sich unter den Schutz des Patron zu stellen. Über ihn bekommen sie zu essen, zwar meist nur Suppe oder Hirsebrei oder an guten Tagen das Auge einer Ziege oder Innereien eines Huhns, und er organisiert im Auftrag von Akpan den Tuaregführer für den Weg nach Norden.

Der Weg durch die Wüste ohne Führer ist ein Weg in den Tod. Doch die Tuareg kosten Geld, und jeder, der aus Gao weg will, muss dafür bezahlen. Hadé hat schnell verstanden, dass sie auch hier nur eine Chance hat, um zu Geld zu kommen: sie muss abermals ihren Körper verkaufen.

Das ist nicht schwer, denn schon am ersten Abend hat Akpan sie zu Freunden gebracht, die in düsteren Hütten auf die Frauen warten. Nach einem Monat in Gao hört Hadé auf, die Tage zu zählen. Die Männer, von denen sie sich besteigen lässt, hat sie schon lange nicht mehr gezählt. Nur das Geld ist wichtig.

Eines Abends kommt Akpan mit einem Targi ins Lager und stellt ihn als ihren Führer durch die Wüste vor, den man im Voraus bezahlen müsse. Akpan hat das Geld einbehalten, das die beiden Frauen in Gao zusammengebracht haben, und meint, damit könne die Reise nun fortgesetzt werden. Noch vor Sonnenaufgang brechen sie aus Gao auf.

Zu Fuß.

Hadé und Sema reihen sich ein in einen Tross von über 70 Menschen, die meisten davon Frauen, fast alle aus Lagos, Ogun, Ekiti, aber auch aus Kwara und Kebbi. Jede trägt das Wasser und das Fladenbrot, das der Patron Bamenu ihnen als Proviant mitgegeben hat. Akpan hat auch die Kosten dafür auf die Rechnungen von Mahamas Schützlingen gesetzt. Die Frauen und Männer sprechen Yoruba, Hausa und Nupe, sind Christen oder Muslime. Aber sie alle haben ein Ziel: Europa.

Hadé hat sich ihren langen Iro über die Buba gestreift und ihre besten Schuhe angezogen. Alle anderen Kleider lässt sie zurück. Eine Frau mit einem auffallenden roten Iro, gut einen Kopf kleiner als sie und vielleicht fünf Jahre jünger, die sie schon in den Wochen im Lager immer wieder beobachtet hat, kommt auf sie zu und flüstert etwas von Wasser und Brot.

»Ich kann nicht weg von hier, weil ich kein Geld mehr für den Proviant habe. Den Führer habe ich bezahlt«, sagt sie mit leiser Stimme.

»Wie heißt du?«

»Corinne.«

»Hast du keinen Trolley, der dir das Geld dafür gibt?«

»Nein. Der Mann, der meine Reise finanziert, ist mit meinem Geld verschwunden, nachdem er mich über die Grenze nach Mali gebracht hat. Seither habe ich Hunger. Und mein Körper ist zu müde, um mit ihm Geld zu verdienen.«

Hadé winkt Bamenu herbei und fordert einen weiteren Fladen und eine Kalebasse. Sie händigt dem Patron dafür die letzten Geldscheine aus, die sie noch vor Akpan versteckt hat. Corinne bedankt sich mit einem Lächeln und Tränen in den Augen.

32

»Meinst du, dass diese Polizistin Schwierigkeiten macht?«, fragte Horst Reiter, als er seinen Vorarbeiter Agim Zoto vom Hundezwinger kommen sah.

Der Kieswerkbetreiber trug einen dunkelgrauen Anzug, die schwarzen Lackschuhe hatten ihren Glanz unter einer hellen Staubschicht versteckt, die schlampig gebundene Krawatte saß schlecht und machte deutlich, dass es nicht seine Lieblingskleidung war. Zoto wusste, dass sein Chef lieber Jeans und Flanellhemden trug und ahnte, dass er einen Geschäftstermin hatte. Anwalt vielleicht, oder Steuerberater. Dafür sprach auch die ungewöhnlich gute Rasur. An normalen Tagen kam der Boss schlecht rasiert und mit zerzauster Frisur aufs Gelände.

Heute hatte er die lichten hellbraunen Haare sorgfältig mit Gel nach hinten gekämmt, doch die kleine, immer wieder leicht zuckende Nase, die schmalen, meist hart aufeinander gepressten Lippen und der stechende Blick aus eisgrauen Augen erinnerten ihn trotzdem eher an einen Gangster aus einem James-Bond-Film als an einen seriösen Geschäftsmann. Reiter war erst Mitte 40, doch durch sein Äußeres wirkte er um gut 10 Jahre älter.

»Immerhin hat sie schon zweimal hier herumgeschnüffelt«, antwortete Zoto jetzt auf Reiters Frage.

»Zweimal? Das heißt, sie war noch mal da, nachdem du sie gestern Abend getroffen hast?«

Zoto nickte. »Ich hab' bei Pulle mal ein bisschen auf den Zahn gefühlt, und dann hat er mir gesagt, dass sie bei ihm war.«

»Wegen Lene Grandel?«

»Ja. Wir hätten die Leiche doch im See versenken sollen!«

»Ja, da haben wir wohl wirklich einen Fehler gemacht. Jetzt können wir darauf warten, bis wir die Bullen hier haben!«

»Wenn sie das Gelände durchkämmen und bis zum Container kommen …«

»Verdammt! Du hast recht. Der Container! Wie viel Frischfleisch haben wir da?«, fragte Reiter.

»Der Container ist gut gefüllt«, antwortete Zoto. »Selbst wenn Madame ihre Frauen noch diese Woche in Empfang nimmt, das Mädchen wird uns noch 'ne Weile bleiben.«

»Und der Rest?«

»Transferware. Belgien und Osten. Wenn alles nach Plan läuft, werden sie in drei Tagen abgeholt.«

»So lange können wir nicht warten! Wenn wir Pech haben, kommen die Bullen heute oder morgen mit einem Durchsuchungsbefehl. Einen Tag können wir sie vielleicht noch aufhalten. Ich ruf' mal gleich den Anwalt an. Kannst du die Schwarzen heute Nacht wegschaffen?«

»Entsorgen?«

»Nein! Das wäre schade um die Ware. Gibt es denn die Lagerhalle nicht mehr in Schwenningen? Die Madame als Versteck für ihre Leute benutzt, wenn ihr Spitzel sie vor Razzien warnt?«

»Doch, doch. Bego hat auch den Schlüssel noch.«

»Dann bring das Pack weg! Am besten noch heute Nacht. Ruf Bego an, er soll dir mit ein paar Leuten helfen. Aber macht das so, dass keiner was merkt!«

Zoto nickte. Es war nicht das erste Mal, dass er ›Transitreisende‹, wie er die Menschen im Container nannte, auf den Weg zu ihrem neuen Bestimmungsort oder – wie in diesem Fall – in ein anderes Zwischenlager brachte.

Und so wusste er, was er zu tun hatte.

Ihm war es recht, dass die Afrikaner erst einmal von hier verschwanden. Seit ihm diese ›schwarze Hexe‹ begegnet war, hatte er ein ungutes Gefühl. Zoto hatte von diesem Tag an immer die Meute aus dem Zwinger geholt, bevor er sich auf den Weg in den Wald machte.

»Glaubst du etwa an Voodoozauber?«, hatte Reiter gefeixt.

»Nein«, hatte Zoto entgegnet. »Aber an die Spürnasen der Hunde. Wenn sich jemand beim Container herumtreibt, dann schnappen die ihn. Oder sie.«

33

Die Slums von Nairobi.

Alan Scott fühlte ein leichtes Unwohlsein in der Magengegend, als er den schmalen dreckigen Pfad ins Mathare Valley hinunter stieg. Er war in all den Jahren, die er nun schon in Afrika verbrachte, noch nie in diesen Slums gewesen. Graue, schiefe Holzverschläge und Blechbaracken, auf die nicht einmal die Bezeichnung ›Hütte‹ passte, zusammengezimmert aus allen nur denkbaren Materialien, die gerade halbwegs vor den Regengüssen schützten, säumten den Weg. Es war nicht ungefährlich, besonders für einen Weißen, sich allein im Mathare Valley herumzutreiben. Raub und Mord waren hier an der Tagesordnung.

Der Weg, falls man dieses schmale unbebaute Stück Boden überhaupt so nennen konnte, war übersät von zerrissenen Plastiksäcken, Tampons, Coladosen und Resten von Autoreifen. Es roch nach Müll und Moder, fauligem Wasser und Urin. Alan glaubte sogar, den beißenden Verwesungsgeruch wahrzunehmen, den er aus dem Busch kannte, wenn wandernde Gnus und Zebras zu Hunderten bei der Überquerung reißender Flüsse verendeten und aufgebläht ans Ufer trieben.

Er wich den morastigen, ölig schimmernden Pfützen aus und erreichte schließlich die Talsohle. Er schlug einen der breiteren Wege ein, der quer zum Abhang des Tals verlief. Zu Hunderten lungerten die Menschen am Straßenrand und zwischen den Hütten herum, taten nichts, saßen einfach nur im Schatten der rostigen Dächer, standen in kleinen Gruppen an den Weggabelungen, starrten aus den Fenstern, die eigentlich nur Löcher in den primitiven Bretterwänden waren. Alan fühlte sich von 1000 Augenpaaren beobachtet, von kräftigen Männern verfolgt, von schmuddeligen Frauen begehrt. Nur selten verirrte sich ein Mzungu, ein Weißer, hierher.

Alan bog wahllos in eine der engen Müllgassen ein, die zwischen den Hütten gerade genug Platz für einen Menschen ließen. Dann rechts um die Ecke einer verrosteten Wellblechbaracke, links an einem moderigen Abfallhaufen vorbei, balancierend über ein paar morsche Bretter, die als Stege über stinkende Schlammsuhlen dienten, kletternd über Kisten und losen Steinschutt, wieder links an einem Holzschuppen vorbei, an einer Hüttenwand entlang, die aus Coladosen und Schlamm errichtet worden war, unter Wäscheleinen mit schmutzigen Kleidungsfetzen hindurch, über Geröll und alte Autoreifen steigend, einem toten, abgehäuteten Hund ausweichend, vorbei an spielenden Kindern mit triefenden Nasen, immer tiefer und weiter hinein in den Wirrwarr aus Lehm, Blech, Holz, Dreck, Gestank und Fäulnis.

Alan stand plötzlich am Ufer eines schlammigen braunen Flussbetts, in dem sich ein Rinnsal einen Weg durch ein Geröllfeld aus Schrott bahnte. Am Ufer standen in unregelmäßigen Abständen rostige Blechfässer, aus denen kurze Schläuche in das schmutzige Wasser ragten, Alkoholgeruch mischte sich in den fauligen Gestank, der wie eine Dunstglocke über dem Tal hing.

Er hatte schon von dem berüchtigten Chang'aa gehört, den die Männer hier im Mathare Valley brauten. Der Fusel war einfach herzustellen, doch war das Chang'aa brauen eigentlich verboten. Jetzt stand er direkt vor der illegalen Raffinerie und beobachtete die Männer interessiert bei ihrer Arbeit. Ein langer dürrer Kerl, der im Fluss an einem der Schläuche hantierte, wischte sich die nassen Hände an der schmutzigen Hose ab und kam ein paar Schritte auf Alan zu.

»Ondoka! Ondoka! Verschwinde!« Die Miene des Schwarzen machte deutlich, dass ein Weißer hier unten am Fluss unerwünscht war. Auch die anderen Männer am Ufer sahen jetzt finster zu ihm herüber. Ihr Verhalten deutete darauf hin, dass sie sich jeden Augenblick zusammenrotten würden, um ihn zu vertreiben. Es war nicht ratsam, sich hier auf einen Streit einzulassen. Viel zu schnell konnte ein Messer zwischen seinen Rippen stecken, und er hatte keine Lust, an diesem Tag zu den Todesopfern des Mathare Valley zu gehören.

Die Sonne stand jetzt noch etwa eine Handbreit über den rostigen Dächern der Hütten am Rande des Tals. Scott versuchte, sich in dem Durcheinander von Hütten und Baracken zu orientieren und suchte im letzten Tageslicht nach dem breiten Weg, der ihn in die Slums geführt hatte. Er hatte das sichere Gefühl, die Orientierung, die ihn im Busch noch nie im Stich gelassen hatte, hier in diesem Elendsviertel verloren zu haben.

Jetzt tauchten drei weitere Männer auf, muskulöse Kerle, die er bis auf einen unten am Fluss schon einmal gesehen hatte, bewaffnet mit Knüppeln und Stangen, einer hatte sogar einen Dolch am Gürtel hängen. Alan war in eine Falle geraten. Er fixierte die vier finsteren Gestalten. Sie waren ihm mit ihren Waffen und in ihrer Entschlossenheit, einen Weißen zu verprügeln, überlegen, zumal ihm, dem Mzungu, hier unten im Mathare Valley ohnehin niemand helfen würde. Es hatte keinen Sinn, um Hilfe zu rufen oder davonzulaufen. Die Männer bildeten jetzt einen Halbkreis um Alan, der sich immer enger schloss. Er wich mit kleinen Schritten zurück, bis er mit dem Rücken an die Wand einer Hütte stieß.

Alan schwitzte und suchte verzweifelt nach einem Ausweg. Sie würden ihn brutal zusammenschlagen und im Dreck verrecken lassen. Einer von vielen Toten im Mathare Valley. Ein unvorsichtiger Weißer, überfallen, ausgeraubt und ermordet …

34

Als ihn der erste Schlag traf weckte ihn das Scheppern seines stumm geschalteten Handys und es war heller Tag. Alan Scott hatte schlecht geschlafen. Die Slums von Nairobi hatten ihn die ganze Nacht verfolgt, mal war er wach gelegen und hatte an die Decke gestarrt, während die Erlebnisse von Mathare Valley wie ein Film vor seinem geistigen Auge abliefen, dann wieder in einen unruhigen Schlaf gefallen, in dem sich Bilder aus der realen Vergangenheit mit wilden Träumen mischten.

Die Vibration des Handys auf dem Fensterbrett, wo er es in der Nacht abgelegt hatte, klang wie das nervige Rattern eines Bohrers. Scott hievte sich aus dem Bett, angelte nach dem Telefon und stolperte dabei über die Taschenlampe, die er in der Nacht einfach auf den Boden geworfen hatte.

Er sah nicht auf das Display und als er die Frauenstimme »Hallo« sagen hörte, dachte er zunächst an Linda, es war derselbe unverbindliche Tonfall, mit dem auch sie sich meist meldete, zwei Silben, in denen Hast und Stress mitschwangen und die dem Gesprächspartner unmissverständlich signalisierten, dass er sich kurz fassen solle.

»Hallo – Linda, bist du das?« ,antwortete er, noch etwas matt, und hatte Mühe, aus dem Rauschen und Lärmen an seinem Ohr eine Stimme zu erkennen. Es klang, als ob eine Boeing direkt über einer viel befahrenen Autobahn startete, dazu kamen Wortfetzen und Aussetzer, die ein Verstehen nahezu unmöglich machten.

»Ulla« hörte er schließlich heraus, und »Flughafen«.

»Ulla?«, fragte er nach, »wo bist du?«

Aus den wenigen Worten, die deutlich bis zu ihm drangen, schloss er, dass sie in Lagos war, am Flughafen, und sich mit ihm treffen wollte. Er nannte ihr sein Hotel und wiederholte zur Sicherheit zweimal, dass er hier auf sie warten würde. Dann riss die Verbindung ab.

Alan ging ins Bad, um sich für die Straßen von Lagos zu rüsten. Auf dem Boden des mit grauen Steinfliesen gekachelten Raums stand dort, wo eine flache Blechwanne die Dusche andeutete, ein großer grüner Plastikeimer, in den von einem verkalkten Duschkopf Wasser tropfte.

Plopp. Plopp.

Er betätigte den Wasserhahn an der kahlen Wand und sah erwartungsvoll nach oben.

Plopp. Plopp.

Auch das Waschbecken schien schon seit Tagen keine Feuchtigkeit mehr gesehen zu haben, das erzählten ihm die in ihm klebenden und verkrusteten Fliegen und Käfer.

Plopp. Plopp.

Der grüne Eimer war immerhin zu einem Drittel voll getropft, das Wasser roch nicht unangenehm und er schüttete sich den kompletten Inhalt über Kopf und Körper. Dann stellte er den leeren Eimer wieder an seinen Platz zurück.

Klopp. Klopp.

Es klang jetzt härter, der Boden des leeren Eimers hallte nach, doch bis zum nächsten Morgen dürfte er sich wieder für eine neue Dusche gefüllt haben, und mehr als zwei Nächte gedachte Alan ohnehin nicht, hier zu bleiben.

Er würde Ulla wieder sehen. War ein hübsches Mädchen gewesen, damals, vor zehn Jahren. Ob sie sich stark verändert hatte? Sie hatten keinen Kontakt mehr gehabt, er war nie wieder nach Westafrika zurückgekommen. Es hatte nichts mit ihr zu tun gehabt, dafür war ihre Beziehung zu oberflächlich gewesen. Ulla war mit Eberhard zusammen gewesen, einem Entwicklungshelfer aus Ostdeutschland, als sich die Affäre zwischen ihnen anbahnte.

Für Alan war es zunächst nichts Ernsthaftes, doch Ulla wollte offenbar mehr. Es hatte sie nicht gestört, zwei Männer zu vögeln, und Alan hatte nicht gefragt. Er wusste nicht, ob sie Eberhard liebte, es war ihm egal gewesen. Er war damals noch nicht reif für eine feste Beziehung, nicht nach der tragischen Geschichte in der Mara.

Angie.

Er war damals für sein eigenes Unternehmen in Nairobi gefahren, und sie war unter seinen Gästen gewesen. Fotografierte für irgendeines dieser Magazine. Sie hatte ihm ziemlich den Kopf verdreht, sonst wäre ihm die Scheiße mit dem Elefanten nicht passiert, das sagte er sich später immer wieder.

Die Safari war schon fast zu Ende, es war die letzte Pirschfahrt in der Masai Mara. Angie wollte für ihre Reportage unbedingt einen angreifenden Elefanten fotografieren. Sie hatten eine kleine Herde aufgespürt, und Alan fuhr ziemlich nahe an die Tiere heran. Die Kühe führten Junge mit sich und waren leicht zu provozieren. Doch zu einem richtigen Scheinangriff gingen sie nicht über. Angie redete so lange auf ihn ein, bis er ausstieg, um die Tiere zu reizen. Es war ihm klar gewesen, dass es gefährlich und verboten war, doch wollte er der hübschen Fotografin imponieren. Er, der große weiße Safariführer trat den Elefanten zu Fuß entgegen! Idiot!

Alan wusste, dass erste Angriffe immer Scheinangriffe waren. Und doch hatte er sich diesmal verrechnet. Er bemerkte sofort, dass mit der Elefantenkuh, die ihn mit aufgestellten Ohren laut trompetend angriff, etwas nicht stimmte. Dieses Tier meinte es ernst! Alan rannte zum Bus zurück und schwang sich hinter das Steuerrad. Er hatte nicht bemerkt, dass auch Angie ausgestiegen war, um hinter dem Wagen versteckt zu fotografieren.

Er legte den Rückwärtsgang ein und gab Gas, sein Blick nur auf den angreifenden Elefanten konzentriert. Als er ihren Schrei hörte, war es schon zu spät. Angie war auf der Stelle tot. Er hatte sie überfahren und mitgeschleift. Man hatte ihm nach diesem Vorfall die Lizenz für sein Unternehmen entzogen. Nur durch die Zeugenaussagen der anderen Touristen war er dem Gefängnis entgangen. Aber die Sache hatte ihn finanziell und psychisch ruiniert. Sie hatten ihn den *Todesfahrer der Mara* genannt.

Sie hatten ihm seine Lizenz als Safarifahrer entzogen, er hatte seinen Toyota verkauft und war für 4 Wochen nach Westafrika gegangen, um Angie zu vergessen. In Nigeria hatte er Ulla getroffen, und sie hatte ihm geholfen. Mit ihren Küssen, ihren Zärtlichkeiten, ihrem Körper. Mehr nicht.

Damals.

Er war nach Kenya zurückgekehrt. An die Küste. Hatte von seinem Freund eine 17 Jahre alte Motorjacht übernommen, zum Fangboot umgerüstet, und selbständig mit Big Game Fishing angefangen. Ozean, Küstenhotels und Marlins als Ersatz für Savanne, Lagerfeuer und Elefanten. Die MARIN II – sein Boot, mit dem selbst gezimmerten Ausguck auf dem Kajütendach. Er hatte dem Namen noch ein ›L‹ hinzugefügt und die Jacht so in MARLIN II umgetauft.

Er war zufrieden gewesen mit seinem Leben. Das tiefe Blau des Indischen Ozeans, die hellbraunen Riffblöcke, die bis an die sandige Küste reichten, die weiße Gischt der Wellen, die sich draußen am Außenriff brachen. Das Salz auf seinen Lippen, wenn er die MARLIN II an einer der Bruchstellen an der Riffkante auf den Pemba Channel zugesteuert hatte.

Der Fisch, wenn er sprang. Ein Gigant der Meere. Er hatte den Weißen Hai in der Bucht von Gansbay in Südafrika springen sehen und den Buckelwal vor Hermanus im südlichen Atlantik. Doch kein Meeresbewohner erreichte die Anmut, Eleganz und Kraft des Großen Blauen Marlin. Ein in metallischem Azur glitzerndes Muskelpaket von über zwei Metern Länge. Wenn der Marlin sprang, schien er das Meer zu zerteilen, wie ein Katapultgeschoss über die Wasseroberfläche zu schießen und verspielt wie ein Delphin wieder in sein Element zurück zu fallen.

Das Meer, das Riff, der Marlin waren seine Welt geworden. Er hatte sie erfolgreich eingetauscht gegen Savanne, Busch und Elefanten. Und er hatte begonnen, Angie zu vergessen.

Er war nicht einsam. Nur allein. Allein in seiner Hütte zwischen den Luxusressorts am Diani Beach südlich von Mombasa. Früh morgens raus mit den reichen Touristen, die unbedingt einen Marlin bezwingen wollten, und deren Frauen in der Nacht bei ihm lagen. Manchmal.

Bis Linda kam.

Sechs Jahre her …

Daran dachte er, während er sein unrasiertes Gesicht in dem gesprungenen Spiegel an der kahlen Badezimmerwand betrachtete.

›Siehst gar nicht so schlecht aus, für dein Alter, Alter!‹, sagte er zu sich selbst und fuhr sich schmunzelnd über die grauen Stoppeln auf seinem Kopf. Männer werden mit zunehmendem Alter interessant, Frauen finden graue Schläfen attraktiv. Wenn Ulla nur noch ein halb so heißer Feger ist wie damals, landen wir im Bett, dachte er. Spinner!

35

Linda Roloff kannte sich in der Landeshauptstadt Baden-Württembergs ganz gut aus. Nicht nur, weil sie ihre Lehrjahre als Journalistin bei einer der Stuttgarter Tageszeitungen absolviert hatte, sondern weil es sie auch in ihrer Freizeit immer wieder in die Königsstraße zum Einkaufen, aber auch ins Theater, die Oper oder die Wilhelma zog. Der zoologisch-botanische Garten, benannt nach König Wilhelm I., war vor einigen Jahren ebenfalls Tatort eines Verbrechens gewesen, dessen Spuren vom Tigergehege, wo man die Leiche gefunden hatte, schließlich zu den Löwen in der kenyanischen Masai Mara führte. Linda hatte die Spuren verfolgt, und eine Reihe von rätselhaften Morden aufgedeckt.

Noch ein zweites Mal war sie in Stuttgart-Bad Cannstatt auf eine Leiche gestoßen. Linda erschauderte, als sie an die verhängnisvolle Nacht im Mai zurückdachte – im Jahr der WM in Südafrika – als sie vor dem Stadion die Leiche des Bauingenieurs Henning Fries gefunden hatte. Den Treffpunkt und die ungewöhnliche Uhrzeit hatte ihr Fries damals selbst vorgeschlagen, Stuttgart, Mercedes-Benz-Arena, um Mitternacht. Dort hatte sie ihn dann gefunden, unterhalb der geschwungenen Geometrie der Arena, die wie eine künstliche Felswand senkrecht in den schwarzen Nachthimmel ragte. Nur die großen weißen Leuchtbuchstaben auf halber Höhe der futuristischen Front hatten für ein diffuses Licht gesorgt, ringsum hatte Dunkelheit geherrscht.

Weder die gelben Lampen der leer gefegten Mercedesstraße noch das grelle Leuchten der Neonröhren im Parkhaus auf der anderen Straßenseite hatten bis zum Fundort der Leiche gereicht.

Und plötzlich war Linda klar geworden, dass sie selbst zum Kreis der Verdächtigen gehören würde. Sie waren schließlich befreundet gewesen. Vor Jahren. Zwei Jahre lang. Und das jetzige Treffen war unter sehr dubiosen Umständen zustande gekommen.

Linda war, während sie auf den Notarzt gewartet hatte, auf eine geheimnisvolle Botschaft aus Südafrika gestoßen, die mit dem Tod von Henning Fries zusammenzuhängen schien.

Immerhin hatte er im Vorfeld der Fußball-WM 2010 auf einer der Stadionbaustellen Südafrikas gearbeitet.

Wie in einem 1000-Teile-Puzzle war sie dort Schritt für Schritt den Hintergründen der Tat auf die Spur gekommen und hatte dabei die Pläne für einen Anschlag auf das Fußballstadion in Durban während des Spiels der deutschen Mannschaft durchkreuzt.

Es schien ihr wie der Ju-Ju-Zauber eines westafrikanischen Medizinmanns, dass sie auch jetzt, ein Jahr nach dem letzten Mord, wieder nach Stuttgart kam, um in einem Kriminalfall zu recherchieren.

Die Anfahrt an diesem Morgen war wie immer nervig gewesen. Zähfließend ab Herrenberg, sieben Kilometer

Stau an der Baustelle zwischen Hildrizhausen und Sindelfingen-Ost, zäh fließend am Stuttgarter Kreuz und Stau vor dem Heslacher Tunnel. Fahrzeit ab Tübingen: eineinhalb Stunden für knapp 50 Kilometer!

Sie hatte den letzten Vormittag in Singen damit verbracht, das Speditionsgelände von Lene Grandels Fenster aus zu beobachten, jedoch ohne Erfolg. Zehn leere Kieslaster waren auf das Gelände gefahren und hatten es beladen wieder verlassen, dazu eine Handvoll PKWs mit Anhänger oder kleine Transporter, die Sand für Gartenarbeiten und Zementkies für Kleinbaustellen abholten, aber niemand machte sich an den Planen, die den Elektromüll bedeckten, zu schaffen. Reiter und Zoto hatte sie nur bei unverfänglichen Tätigkeiten gesehen.

Um die Mittagszeit war sie nach Tübingen zurückgefahren und hatte den Beitrag für die Abendsendung geschnitten und gesprochen.

Für den späten Vormittag hatte sie sich mit Hadé in Stuttgart beim Afrikaner verabredet, doch zuvor wollte Linda die Zeit noch für eine kleine Recherche nutzen. Sie fuhr in das Parkhaus neben der spätgotischen Leonhardskirche und ging von dort zu Fuß in das Viertel, das ihr Hadé genannt hatte. Sie wusste von der Afrikanerin, dass sie um diese Uhrzeit nicht dort anzutreffen war und wollte sich selbst ein Bild von dem Etablissement machen, in dem Hadé arbeitete.

Der in die Jahre gekommene Sandsteinbau in einer der Nebenstraßen reihte sich unauffällig in die Fassade der vielen Altstadtbauten Stuttgarts ein. Über den Fenstern im Erdgeschoss, die mit alten Rollläden verschlossen waren, hingen die in der Nacht rot leuchtenden Buchstaben eines Lokals. Ein Eisentor versperrte den düsteren

Innenhof, über den man zum Hauseingang des zurückgesetzten Wohnbaus gelangte. Leere Blumenkübel, ein verbogener Wäscheständer und ein verrostetes Fahrrad lehnten am Steinsockel der Hauswand, die Holzfensterläden, von denen die graue Farbe abblätterte, waren fast alle geschlossen.

Von außen sah der mehrstöckige Bau unbewohnt aus, die Klingelknöpfe waren nur teilweise beschriftet, und aus den Briefkästen quoll das Werbematerial von mehreren Wochen. Der Innenhof war sicher seit vergangenem Herbst nicht mehr in den Genuss der schwäbischen Kehrwoche gekommen, denn das braune Laub des trockenen November lag noch so in den Ecken an den Treppenstufen, wie der Wind es vor Monaten hingeweht hatte.

Zwei Satellitenschüsseln von einem Meter Durchmesser hingen vor einer der schmalen Balkonbrüstungen, doch weder Blumenkästen noch aufgehängte Wäsche deuteten darauf hin, dass hier irgendjemand wohnte. Die Vorhänge an den wenigen Fenstern, die nicht durch Fensterläden verschlossen waren, waren zugezogen und milchig grau, kein Lichtschein drang aus einem der Zimmer nach draußen.

Nur die Eingangstür selbst und etwa zwei Meter der Hauswand um den Zugang herum glänzten in frischer Farbe. Knalliges Rot. Ein zerfledderter Lampion, der früher einmal orange gewesen war und zu seinen guten Zeiten jedem Chinarestaurant als Werbung hätte dienen können, hing neben der Tür, nichts verriet sonst, dass es hier käufliche Liebe gab.

Linda zögerte, als sich ihr Finger den Klingelknöpfen näherte. Sie las die fünf Mädchennamen Katja, Yessi, Nastassja, Nelly, Olga.

Hadé war nicht darunter. Sie läutete trotzdem.

Nichts geschah. Sie sah auf die Uhr und versuchte es noch einmal.

Jetzt!

Geräusche.

Knarrende Treppenstufen?

Schlurfende Schritte von innen.

Ein Schlüssel im Schloss.

Die Tür ging auf. Sie sah in das bullige Gesicht eines Kastens Mitte 50. Die schwarzen, offensichtlich gegelten Haare waren streng zurückgekämmt und klebten an dem kantigen Schädel, Kinn und Wangen waren unrasiert, dicke Ringe hingen unter den schräg stehenden dunklen Augen, und seine Nase schien mehrfach gebrochen. Eine deutliche Alkoholfahne schlug ihr entgegen, als er mürrisch »ja?« sagte.

Linda hielt ihn für einen Südosteuropäer. Ein Typ wie Agim Zoto, nur schwerfälliger, massiger. Ehemaliger Boxer oder Gewichtheber, tippte sie. Heute Türsteher in einem Nachtclub oder Hausmeister im Bordell. Ein ›Good Boy‹, wie Hadé diese Typen genannt hatte.

Als er erkannte, dass ihm eine Frau gegenüberstand, stockte er.

»Du hier sicher falsch«, hörte sie ihn murren. Sein Akzent verriet, dass sie richtig getippt hatte: Südosteuropa.

»Wohnt hier Hadé?«, fragte sie, seine Bemerkung überhörend.

»Hm«, knurrte er, »Hadé? Kenn nicht. Wie sieht aus?«

»Nigerianerin. Meine Größe. Anfang 30. Eine Narbe auf der rechten Wange.«

»Du meinsch Nelly. Und was willsch von Nelly?«

»Ist sie da?«, überging sie seine Frage.

»Weiß nicht. Frauen jetzt schlafen oder frei. I glaub, Nelly isch in Stadt.«

»Kann ich ihr Zimmer sehen?«

»Du Polizei? Wiederkommsch, wenn Madame da.«

Madame! Das war das Zauberwort. Sie war also auf der richtigen Spur!

»Würden Sie mir das Zimmer auch zeigen, wenn ich nicht von der Polizei bin?«, fragte sie und zog einen Fünfziger aus ihrem Portemonnaie.

Der Bullige grinste, nahm ihr den Schein aus der Hand und drehte sich um. Er schien nicht gerade der Hellste zu sein. Ohne ein Wort zu sagen schlurfte er die Treppe hinauf und deutete in dem düsteren Gang nach links. Am einzigen Fenster am Ende des Flurs waren die Läden ebenfalls geschlossen, Licht hatte der Boxer nicht gemacht.

»Da isches. Letzte Tür rechts. Aber schnell mach! Madame glei zurück, du dann wieder weg! Klaro?«

»Madame?«, fragte sie jetzt und sah ihn unverfänglich, mit einem weiteren 50-er winkend, an.

»Erzählst du mir ein bisschen mehr von ihr?«

»Was? Von Madame?«

Sie nickte. Er schielte nach dem Schein.

»Madame gehört Haus. Sie zahlt für älle. Sie gut zu älle. Sie sorgt für älle.«

»Wie heißt sie denn richtig?«

»Sie heißt Madame. Älle saget Madame. Sie kauft für älle ein. Bringt Essen, Trinken. Ohne Madame wär's Scheiße.«

»Hat sie das schon immer gemacht?«

»Ja. Außer ganz früher. Sie auch war wie die andere Mädle. Sie viel g'schafft. Und jetzt isch sie Madame.«

»Und du? Was machst du hier?«

»Ich pass auf. Auf die Mädle. Für Madame. Und jetzt musch beeilen!«

Mehr würde sie nicht aus ihm herausbekommen. Sie

gab ihm den Schein, er rülpste, drückte sich an ihr vorbei und verschwand in dem Zimmer, das der Treppe am nächsten war. Sie stand allein auf dem Flur und wartete, bis sich ihre Augen an die Dunkelheit gewöhnt hatten. Dann tastete sie sich an der Wand entlang bis zur letzten Tür, klopfte leise an und schob sie, nachdem niemand geantwortet hatte, auf.

Diffuses Licht umgab sie, die Fensterläden waren nicht ganz zugezogen worden, und durch die grauen Gardinen drang etwas Tageslicht in den Raum. Sie suchte den Lichtschalter und schloss die Tür hinter sich.

Das warme Rot, in dem alle vier Wände gestrichen waren, gab dem Zimmer eine gewisse Behaglichkeit, die durch das Licht des Deckenfluters, der jetzt eine Ecke matt erhellte, noch unterstrichen wurde. Der Duft in dem Raum war süßlich, eine Mischung aus Parfüm, Deo und Räucherstäbchen, dachte Linda, und doch stickig – das Fenster war sicher seit Tagen nicht mehr geöffnet worden.

Den Mittelpunkt des Zimmers nahm das Doppelbett ein, das erstaunlich ordentlich aussah, Kissen und Decke weiß bezogen und wie in einem Sternehotel sauber auf dem Bett drapiert. Eine kleine Kommode, auf der ein Ghettoblaster mit CD-Spieler stand, und ein zweitüriger Wandschrank waren die einzigen anderen Möbel in dem kleinen Raum.

An der Wand hingen zwei Poster, die nackte Frauen in eindeutigen Posen zeigten, über dem Bett lagen auf einem schwarzen Regalbrett eine Tube mit Gleitcreme, zwei Vibratoren und mehrere Packungen Kondome, mehr gab es nicht. Eine zweite Tür führte zu einem kleinen WC mit Dusche, die Ablage über dem Waschbecken quoll über vor Schminkutensilien.

Linda kehrte wieder in das Zimmer zurück und sah sich noch einmal um. Hinter dem CD-Spieler erkannte sie einen Bilderrahmen, zog ihn hervor und hielt ihn in das Licht des Fluters. Das Foto zeigte Hadé, eindeutig, mit einem kleinen Mädchen auf dem Arm. Hadé schien auf dem Bild einige Jahre jünger, das Mädchen war vielleicht vier oder fünf Jahre alt.

Linda hörte Schritte auf dem Flur. Sie eilte zur Tür, löschte das Licht und spähte hinaus. Die Silhouette des Bulligen zeichnete sich düster vor den dunklen Wänden ab, sie trat auf den Flur und hörte ihn grunzen:

»Na, hasch gefunda? Jetzt schnell abhaua!«

»Ja«, sagte sie, »danke!«

Sie huschte an ihm vorbei die Treppe hinunter und war froh, als die Tür hinter ihr ins Schloss fiel. Als sie die Straße entlang Richtung Parkhaus ging, begegnete ihr eine dunkelhäutige Frau mit durch Bleichcreme aufgehelltem und stark geschminktem Gesicht. In ihrer rechten Wange klaffte eine tiefe Narbe von der Form, wie Linda sie auch bei Hadé gesehen hatte. Die Frau trug einen engen schwarzen Rock und schwarzweiße Stiefel mit Leopardenmuster und Pfennigabsätzen. Ihrem Aussehen nach war sie mindestens 20 Jahre älter als Hadé. Die Madame?

Linda blieb stehen und überlegte, ob sie sie ansprechen sollte. Doch wozu? Sie würde Hadé dadurch höchstens in Schwierigkeiten bringen. Sie kramte suchend in ihrer Handtasche und beobachtete, wie die Frau das Haus betrat, in dem Hadé wohnte.

Das musste Madame sein! Linda war sich absolut sicher.

Welche Macht hatte diese Frau, welchen Einfluss? Für die nach Europa eingeschleusten Sexsklavinnen aus Afrika war sie Herbergsmutter und Zuhälterin zugleich. Sie tröstete, versorgte, kümmerte sich. Sie schüchterte ein, beutete aus, drohte, schlug, versklavte. Sie holte sich das zurück, was sie als Opfer selbst verloren hatte.

Linda erschauderte.

36

Seit dem Aufbruch aus Gao achtet jeder nur noch auf sich selbst. Akpan hat Rhissa ag Jebrim, den Tuaregführer vom Stammesbund der Kel Adrar, mit dem Geld seiner Schützlinge bezahlt und sich mit der Restsumme abgesetzt. Hadé und Sema wissen nicht, ob sie ihren Trolley jemals wieder sehen werden.

Die Karawane ist von Tag zu Tag größer und länger geworden. Immer neue Flüchtlinge sind dazu gestoßen, und auch zwei weitere Tuareg, die nun fast 100 Menschen zu Fuß durch die Wüste Richtung Nordosten führen. Die Tuareg sprechen nicht viel, und Hadé hat das Gefühl, dass sie nicht viel übrig haben für die dunkelhäutigen Menschen, die sie durch die Wüste treiben.

Ben, einer der Männer aus Nigeria, erzählt, dass es Nomaden seien, ein Berbervolk aus der Ténéré oder Reg, wie sie die große Geröllwüste östlich von Agadez und Tamenghest nennen. Wie Fürsten thronen sie auf ihren Reitkamelen, die Gesichter hinter dem indigoblauen Tagelmust versteckt, achten nicht auf die Erschöpften und Langsamen und überlassen die Gestrauchelten ihrem Schicksal.

Die Kamele der blauen Wüstenkrieger tragen volle Kanister, aus denen genau rationiert Wasser gegen Bezahlung in die Kalebassen der Flüchtlinge umgefüllt wird. Doch wer zu schwach ist, um zu gehen, an den wird kein Wasser verschwendet.

Als Söhne der Wüste wissen die Tuareg, dass wahrscheinlich nicht einmal die Hälfte aus dem langen Zug am Ende in Tamenghest ankommen wird. Die Karawane ist eine schier endlose Kette keuchender, schwankender und leidender Menschen, die sich durch die brütende Hitze der steinigen Trockentäler schleppen, weit von den bekannten Pisten entfernt, die nach Al Jaza'ir, El Golea oder I-n-Salah führen. So beschwerlich ist der Weg durch die Wadis, dass es nach Ankunft der Ersten am abendlichen Rastplatz über eine Stunde dauert, bis auch der Letzte des Zugs sich ins Lager schleppt.

Die Wüste kennt keine Gnade. Nicht am Tag und nicht bei Nacht. Der Himmel wölbt sich in fast greller Blässe über das endlose Meer aus Sand, Stein und Geröll, und am Horizont gaukeln Luftspiegelungen Oasen, ja ganze Ozeane vor, und Hadé glaubt an den ersten Tagen so sehr an sie, dass sie ihre Schritte über die scharfkantigen Gesteinsbruchstücke beschleunigt, um schneller dort anzukommen. Mit der Zeit gewöhnt sie sich an die Trugbilder, schlingt das Tuch um ihren Kopf und setzt einen Fuß vor den anderen, Meter um Meter kämpft sie sich durch das öde, brennende Niemandsland.

Wenn die Sonne als glutroter Ball hinter Dünen oder zerklüfteten Bergrücken hinter dem Horizont in die Nacht hinein gleitet, sind sogar Wolken da, aber nicht als Regenbringer, sondern nur als Vorboten für Mond und Sterne. Bei Nacht hört sie die heimlichen Bewohner der Wüste, Zikaden und Grillen, die zirpen und das optische Flimmern der täglichen Hitze nun akustisch fortzusetzen scheinen.

Ben hat erzählt, dass die Sterne in der Legende der Tuareg nichts anderes sind als die Löcher in einem Netz, das die Gazelle über die Wüste spannt, um die Trappe, die sie liebt, darin zu fangen. Doch bei Morgengrauen flieht die Trappe erneut, um dem Tageslicht nicht ihre Hässlichkeit zu zeigen.

Ist es derselbe Grund, aus dem sich auch die Tuareg verschleiern? Hadé hat nie das Gesicht eines der drei Reiter zu sehen bekommen, nur für die Augen lässt der Tagelmust, den sie sich auf ihre traditionelle Weise um den Kopf geschlungen haben, einen schmalen Schlitz frei. So sehen sie aus wie Ritter aus einer fernen Welt, geheimnisvolle Kämpfer für ein freies Leben. Hadé weiß nicht, ob die Tuareg ihnen deshalb den Weg in die Freiheit zeigen oder nur des Geldes wegen.

Sobald die Sonne untergegangen ist, kommen die angenehmsten Stunden des Tages. Sie rasten im Lager, bekommen Wasser und Hirse, pflegen ihre Wunden und genießen es, wenn die Temperaturen von Luft und Boden eins werden. Es scheint kein Lebewesen zu geben in dieser kargen Welt aus Fels und Sand, die nicht einmal einer Heuschrecke oder einem Tausendfüßler Lebensraum bieten zu scheint. Doch dann kehrt Rhissa ag Jebrim von einem Jagdausflug zurück, hat eine Schar Streifenflughühner und einen Wüstenfuchs erlegt, und sie hat Angst, eines Tages ohne die Tuareg zu erwachen, die sie zielsicher von Lager zu Lager führen.

Bei Nacht plagt sie die eisige Kälte, die in die letzten Falten ihrer Tücher kriecht, die von unten durch den Sand kommt und sich in ihre Körper schleicht, die den Schlaf unterbricht und sie martert. Und dann hört sie die Geräusche der Nacht, die Eule – Vogel des Unheils – das heisere Bellen der Kamele, spürt den Windhauch, wenn die Fledermäuse aus einer Höhle in den Felsen zur nächtlichen Jagd aufbrechen. Und sie hat wieder Angst. Vor den Skorpionen, die sich bei Nacht in die Schuhe schleichen, und vor der Viper, deren Spur im Sand ihr Ben am Tag gezeigt hat.

Bei Sonnenaufgang erhebt sich das Lager. Bis auf die Menschen, die in der Nacht gestorben sind. Man lässt sie einfach zurück. Tote am Wegrand, denen nachfolgende Karawanen Kleidung und Schmuck stehlen werden, sofern ihn die Verwandten nicht mitnehmen, weil ihnen die Last einer Perlenkette oder eines Rings zu schwer ist.

Am Tag plagen sie die sengende Hitze, die unbarmherzige Kraft der Sonne, der brennende Sand, der in die Schuhe rieselt, und der Wind, der jeden Atemzug zur Qual werden lässt. Die einzigen Geräusche sind ihre Schritte und das Keuchen der beschwerlich Gehenden, sonst herrscht eine Stille, die Hadé Angst macht.

Es geschieht immer häufiger, dass sich die beiden Schwestern den ganzen Tag über beim Marsch durch die Wadis aus den Augen verlieren und sich erst am Abend wieder finden. Auch Corinne sieht Hadé nur noch alle paar Tage.

37

»Du hast noch immer die leuchtenden Augen von damals!«, sagte Alan Scott, und Ulla strahlte. Sie hatte an der Hotelrezeption auf ihn gewartet, und er lud sie zum Frühstück ein.

»Du solltest mich nicht so ansehen!«, mahnte er grinsend und drückte ihr zwei Küsschen auf die Wangen.

»Wie kommt es, dass du in Lagos bist?«, fragte er, als sie in dem einfachen Frühstücksraum saßen und auf den Kaffee warteten. Durch das breite, verschmierte Fenster neben ihrem Tisch sahen sie hinaus auf die Straße, und Alan beobachtete den dichten Verkehr. Hupende Taxis drängten sich zwischen heillos überladenen Lastwagen, Tankwagen, die schief auf ihren Achsen hingen und deren Reifen keinen Millimeter Profil aufwies, schoben sich, schwarzen Rauch ausstoßend, an den überfüllten und zerbeulten Bussen vorbei.

Kinder marschierten in kleinen Gruppen zur Schule, Männer zogen auf ihren Handkarren Ladungen von Früchten Richtung Markt, Schnapsverkäufer trugen ihre selbst abgefüllten Flaschen in schweren Säcken über der Schulter, Frauen gingen gebückt unter der Last, die sie verschnürt in Paketen oder Körben auf ihren Rücken befestigt hatten. Schneider saßen im Schatten der Plastikplanen an ihren mechanischen schwarzen Nähmaschinen mit Fußpedal und Handkurbel, Schuhputzer hatten sich direkt vor dem Hoteleingang niedergelassen.

Ein afrikanischer Tagesanbruch, wie er sich tausendfach abspielte, Morgen für Morgen, von Mombasa bis Freetown, von Bahir Dar bis Conakry. Vom Lärm der

Straße, dem Schreien, Quietschen, Tröten und Röhren drang das Meiste auch durch die geschlossenen Fenster ins Restaurant, und fasziniert beobachtete Alan die wenigen Meter des chaotischen Pulses von seinem Platz aus, als Ulla antwortete:

»Ich hab' mir gedacht, ich kann einen Afrikaneuling wie dich doch nicht unbeaufsichtigt durch Lagos stolpern lassen. Nein, Spaß beiseite! Ich konnte einen Termin in Abuja verschieben, hab mich in die nächste Maschine gesetzt, und jetzt hast du mich am Hals!«

»Na ja, könnte mir Schlimmeres vorstellen.«

»Aber du – was treibt dich hierher? Du sagtest mir nur was von schmutzigen Geschäften, denen du auf der Spur bist?«

»Ja, das stimmt. Ich bin eigentlich nur hier, um für eine Freundin etwas herauszufinden.«

»Freundin? Hey, heißt das etwa, du bist endlich in festen Händen?«

Jetzt war es Alan, der grinste.

»Könnte man so sehen. Wenn du eine Beziehung über 8.000 Kilometer Entfernung als etwas Festes ansiehst?«

Wie durch Zufall berührten sich ihre Füße unter dem Tisch. Ulla zog ihr Bein nicht zurück.

»Ich erzähl' dir das ein anderes Mal«, wich er aus. »Und du? Immer noch im Entwicklungsdienst?«

»Ja. Mich hat es nach Asien und Südamerika wieder nach Afrika verschlagen. Aber Eberhard und ich leben inzwischen getrennt.«

»Ihr wart verheiratet?«

Ulla nickte. »Ja. Aber keine Kinder. Und irgendwie … die ganz große Liebe war's wohl nicht.«

Sie seufzte, und ihre Fußsohle wanderte wie zufällig

über seinen Ballen. Die Berührung verursachte ihm Gänsehaut, und er war froh, dass in diesem Moment der Kellner den Kaffee brachte.

Alan erzählte Ulla von seinem Auftrag.

»Elektroschrott in Lagos?«, fragte sie. »Na dann viel Spaß! Und wo willst du mit der Suche beginnen?«

»In den Slums? Auf den Märkten? Am Hafen? Ehrlich gesagt, ich habe keine rechte Ahnung. Auf der Fahrt hierher hat mir der Fahrer einen Tipp mit Ikeja gegeben.«

»Ikeja? Das ist drüben, im Norden von Lagos Mainland.«

»Es geht eigentlich nur darum, herauszufinden, ob eine Firma aus Deutschland – ein Kieswerk namens Reiter – illegal Elektroschrott in Nigeria entsorgt.«

Ulla pfiff durch die Zähne. »Ach ja, so 'ne Kleinigkeit bloß? Und das willst du mal so nebenbei hier herausfinden. Hast du eigentlich eine Ahnung, wie groß Lagos ist?«

»Kaum größer als Kairo?«

»Scherzkeks! Und kleiner als Ouagadougou. Toll! Wie kommst du zu der Vermutung, dass diese Müllschieber sich ausgerechnet in Lagos tummeln? Vor Jahren hatten wir mal so was im Gebiet von Bendel, in einem kleinen Hafenort im Nigerdelta namens Koko.«

»Meine Bekannte«, – er vermied diesmal das Wort Freundin, und es war ihm nicht mal peinlich –, »hat die Informationen von einer nigerianischen Frau.«

»Also gut, dann glauben wir das mal. Trotzdem solltest du nicht auf eigene Faust losziehen. Hast du vielleicht was dagegen, wenn ich dich begleite?«

»Nicht zu gefährlich?«

»Für dich vielleicht!«

Ihr Lächeln ließ ihm keine Alternative. Er beugte sich

zu ihr hinüber und küsste sie. Sie erwiderte den Kuss und hing einen Augenblick zu lang an seinen Lippen.

»Wie früher?«, fragte sie.

»Wie früher.«

38

Hadés Füße platzen schon am dritten Tag des Wüstenmarsches auf, sie hat sich in den harten Schuhen Blasen gerieben. Barfuss zu laufen ist im heißen Geröll unmöglich. So wird jeder Schritt mit den wunden Füßen zur Qual, der Tagesmarsch zur Tortur.

Rhissa ag Jebrim, der Targi, bemerkt es und treibt Hadé an. Es gibt nur eine Richtung, und die führt nach vorn. Von den meisten Flüchtlingen, die hier am Karawanenpfad gestorben waren, sind nur noch Knochen übrig, den Rest haben sich die goldrückigen Schakale und die großohrigen Fenneks geholt. Nur selten stoßen sie auf unversehrte Tote, mumifiziert und zusammengehalten durch die Reste eines vermoderten Boubou.

Wo Kleidung noch ganz und nicht von Wüstenhunden zerrissen ist, finden die skurrilsten Tauschgeschäfte statt. Viele der Leichen sind von Räubern gefleddert, ihre nackte Haut von der Sonne ausgezehrt und wie raues Leder getrocknet, und leere Höhlen klaffen dort, wo die von Schildraben herausgehackten Augen saßen, aus in stiller Qual entstellten Fratzen.

Hadé erschrickt, als sie eine der Toten unter dem blauen

Iro ihrer Schwester am Wegrand liegen sieht. Doch die Tote ist nicht Sema, und am Abend erfährt Hadé von ihrer Schwester, dass sie den fast unversehrten Umhang der Toten an sich genommen und ihr dafür ihren zerrissenen Iro gelassen hat.

Am vierten Tag in der Wüste bricht eine der Frauen zusammen und bleibt regungslos am Weg liegen. Rhissa ag Jebrim, der den Zug mit seinem Kamel immer wieder entlangreitet und die Menschen antreibt, kehrt um, lässt sein Kamel in den Sand knien, steigt ab und stößt mit dem Fuß nach der leblos am Boden liegenden Gestalt.

Die Frau atmet noch, doch ihre Lippen sind aufgeplatzt, ihre Haut ist rissig, und Hadé ahnt, dass sie seit Tagen kein Geld mehr für Wasser hatte. Schon will sie sich bücken, um ihr etwas aus ihrer Kalebasse einzuflößen, als sie der Targi rüde zurückstößt. Stattdessen bückt er sich, streift der Verdurstenden die flachen Sandalen von den Füßen, lässt die Frau verschmachtend im Sand liegen und zieht Hadé mit sich fort.

In jener Nacht liegt sie weinend neben ihrer Schwester, als Rhissa ag Jebrim plötzlich vor ihr steht und sie auffordert, mitzukommen. Hadé erhebt sich und folgt dem Targi soweit in die Wüste, bis sie die Silhouetten der am Boden Schlafenden im Lager gerade noch erahnen können.

»Die Frau heute morgen -«, sagt er, »- wer die Sterbenden nicht sterben lässt, stirbt selbst. Allagali. Das ist Gesetz in der Reg.«

Mehr sagt er nicht. Es sind die einzigen Worte, die sie je von ihm hört. Sie weiß, was der Tuaregführer von ihr will, und dass es noch lange nicht das letzte Mal sein wird auf ihrer Reise nach Europa. Seine Bewegungen sind wild und ungestüm, als er sie von hinten nimmt wie ein Tier.

Dabei gibt er keinen Ton, nicht einmal ein leises Stöhnen von sich. Als er sich in ihr entleert hat, steht er auf, rückt seinen Kaftan zurecht und schreitet ins Lager zurück, ohne auf sie zu achten.

Eine Frau gilt nichts hier in der Wüste, das hat sie am Morgen gespürt, als er die Sterbende zurückgelassen hat – und jetzt wieder. Minuten, nachdem er gegangen ist erhebt sie sich und sucht ihren Schlafplatz an der Seite ihrer Schwester auf. Als sie auf den steinigen Boden gleitet, spürt sie etwas Unförmiges unter sich. Sie tastet danach und hält die beiden Sandalen in der Hand, die Rhissa ag Jebrim der sterbenden Frau abgenommen hat.

Am Morgen lässt sie ihre alten Schuhe zurück.

Hadé hört bald nicht nur auf, die Tage zu zählen, sondern auch die Toten, die den Weg der Flüchtlingskarawane säumen. Achtlos lässt sie, wie all die anderen, Körper und Skelette am Wegrand liegen und zieht weiter, immer in der Hoffnung, nicht eines Tages selbst dazuzugehören. Nur bei einer der Leichen bleibt sie kurz stehen, weil ihr das Gesicht der Toten bekannt vorkommt.

Es ist Corinne.

39

Die Sonne hatte sich einen Weg durch die Wolkendecke gebahnt, als Linda pünktlich zur verabredeten Zeit das afrikanische Restaurant im Stuttgarter Süden erreichte. Sie kannte es von früheren Besuchen mit Alan Scott, mit dem sie während seiner Zeit in Deutschland immer wieder gerne afrikanisch Essen gegangen war.

Ihr Lieblingsafrikaner war das Africa-Restaurant im ehemaligen Schlachthaus direkt hinter dem Brechtbau im Tübinger Universitätsgelände. Doch auch der Afrikaner in Stuttgart, den ihr eine Kollegin empfohlen hatte, kochte hervorragend und die Gasträume strahlten durch entsprechende Dekoration und dezente Beleuchtung afrikanische Atmosphäre aus. Die Tische standen separat in kleinen Nischen und so war das Restaurant auch ein guter Ort, um sich ungestört zu unterhalten.

Linda hatte es Hadé als Treffpunkt vorgeschlagen, zumal es auch für sie gut zu Fuß zu erreichen war. Die Nigerianerin wartete vor dem Eingang, sie sah in Jeans und leichter Windjacke so überhaupt nicht afrikanisch aus, zumal sie ihre Haare unter einer gelben Wollmütze und ihr Gesicht hinter einem dünnen Schal versteckt hatte.

Das Restaurant hatte zwar offiziell noch geschlossen, doch Linda hatte angerufen und ihr Kommen angekündigt. Sie hatten den Raum für sich allein, saßen in einer der Nischen und bestellten zwei Kaffee. Als Hadé den Schal abnahm, schrak Linda zurück. Quer über Hadés Gesicht zog sich ein blutiger Striemen, von der linken Augenbraue über das Nasenbein bis zur rechten Wange. Schon bei den wenigen Schritten, die sie in das Restaurant gegangen waren, war Linda ihr leichtes Hinken aufgefallen. Jetzt starrte sie in das schmerzverzerrte Gesicht Hadés und fragte entsetzt:

»Mein Gott! Was ist passiert?«

Hadés Augen verzogen sich zu engen Schlitzen, Hass funkelte in ihren Pupillen, und sie streckte Linda ihre beiden Hände entgegen. Auch die Handflächen waren aufgeschürft, die Fingernägel abgebrochen.

»Wer hat das getan?« fragte Linda.

»Bego und Agim.«

»Agim Zoto vom Kieswerk?«

Hadé nickte.

»Und wer ist Bego?«

»Der ›Good Boy‹ von Madame. Er passt auf uns auf.«

Der Boxer, dem sie am Morgen begegnet war, dachte Linda. Hadé berichtete:

»They call it ›Bäume klatschen‹. Du fliegst von Stamm zu Stamm. Machen immer, wenn eine ungehorsam. Oder wenn Madame befiehlt. Danach du hast keinen Willen mehr. They wait for me at my room. Agim extra hergefahren, von Singen bis Stuttgart. Dann Bego dazu gekommen.«

»Du musst zum Arzt. Dein Gesicht sieht übel aus.«

Hadé schüttelte den Kopf.

»Was du willst von mir? I have to go back!«

»Ich habe das Haus gesehen, in dem du arbeitest. Warum nennst du dich Nelly?«

»Das war Bedingung von Madame. Sie wollte Namen, den deutsche Männer merken können, and which sounds like sex. Hadé kein Name in Ohr von deutschem Mann.«

»Du hast mir erzählt, dass du nicht wusstest, was dich hier erwartet, als du von zu Hause aufgebrochen bist?«

»Wegen Arbeit als Nutte? No, really not. Job als Nanny hat Mahama versprochen. Aber auf Trip durch Wüste mir klar geworden, womit ich verdienen muss money.«

Sie machte eine Pause.

»Und du hattest keine Chance, dich zu wehren?«, fragte Linda.

»Wehren?«, höhnte Hadé. »How? Madame hat am ersten Tag Pass genommen. No Aufenthaltsgenehmigung, ohne Pass, ohne money. I was nobody, schmutzige Afrikanerin, Parasit. Madame hat Schutz gegeben.«

»Heißt das, die Madame …«

»Ist«, unterbrach Hadé, »Zuhälter und Security. Madame war auch Opfer. Wie wir alle. Kam nach Europa the same way. Dann hochgearbeitet. Eigene Wohnung bekommen von ihrer Madame, auf andere Mädchen aufgepasst, mit Provision für Madame. Immer mehr. Bis selber Madame.«

»Das funktioniert?«

»Ja. Mit Osusu.«

»Osusu?«

»Ja. Wenn Mädchen nehmen all money together, und eine davon kauft eigenes Mädchen. Then she must work for all of them. Osusu. Wenn wieder genug Geld, bekommt nächste eigenes Mädchen. Madame immer beteiligt, immer verdient mit. Frauen wie Madame sind schlimmer als Männer!«

»Ich hatte keine Ahnung«, gestand Linda.

»It's true! Madame sorgt für Schutz, bekommt Miete und money für Essen und Kleidung von jeder von uns. Every month. Ich bezahle für Mahama und für Madame. Viele Schulden, muss arbeiten mit meinem Körper. What else?«

Jetzt schwieg Linda. Sie hatte nur eine vage Ahnung gehabt, wie einfach es für die Sexmafia war, sich die Mädchen gefügig zu machen. Welche zentrale Rolle dabei die Madames spielten, hatte sie nicht gewusst.

40

Von Verkehrsfluss war keine Rede. Stocken, halten, Schritttempo. Selbst auf den mehrspurigen Autobahnen, die für Alan Scott etwas von afrikanischen Marktplätzen hatten. Die Händler in ihren langen Boubous drängten sich auf der Fahrbahn und machten ihre Geschäfte an den offenen Wagenfenstern. Gebeulte Schnapskaraffen mit selbst gebranntem Fusel, gegrillter Fisch, Mangos und Bananen, Armreifen, Wasser in Plastikflaschen – selbst abgefüllt – Zeitungen, Jamsknollen.

Johnny Cash ertrug es mit stoischer Gelassenheit. Er hatte sie schon eine Viertelstunde nach Alans Anruf im Hotel abgeholt. Offenbar hatte er in der Nähe gewartet. Alan lachte, als er den Taxifahrer mit seiner Legionärsmütze aussteigen sah, und auch Ulla grinste, denn Alan hatte seine zweite Mütze aufgesetzt.

»Seid ihr Zwillinge?«, hatte sie lachend gefragt und sich auf die Rückbank geschoben.

Jetzt hatte Johnny Cash den *Guardian* über dem Lenkrad ausgebreitet und schien den Abstand auf seinen Vordermann auf zehn Zentimeter einprogrammiert zu haben.

Sie hielten die Fenster geschlossen, obwohl der Wagen keine Klimaanlage hatte. Lärm, Hitze und Gestank von draußen waren noch unerträglicher als die stickige Luft in dem Taxi, das heute am Tag noch mehr nach den Schaffellbezügen und dem Schweiß Johnny Cashs roch, als Alan das in der Nacht empfunden hatte.

Als der Taxifahrer nach langer Fahrt zwischen knöcheltiefen Schlaglöchern auf der rechten Spur anhielt und sie sich im Hupkonzert der hinter ihnen Wartenden aus dem Taxi quälten, stieg Alan beißender Rauch in die Nase. Eine Mischung aus Paraffin, geschmolzenem Plastik und verschmortem Metall nahm ihm den Atem. Er bezahlte Johnny Cash und verabredete mit ihm, in zwei Stunden wieder hier zu sein.

Der Lärm der Stadt war immens, und Ulla musste schreien, um Alan zu sagen, dass er sich an ihr festhalten solle. Sie zog ihn mit sich fort, weg von der Autobahn, zwischen die Häuser hinein, die noch aus der Kolonialzeit zu stammen schienen. Bald wichen die mehrstöckigen Gebäude flachen Buden mit Blechdächern und Wänden aus bunten Folien, die sich als Cafés und Obststände entpuppten, hinter einer der bunt bemalten Baracken verbarg sich ein Kindergarten.

»Wo sind wir hier?«, fragte Alan.

»Mitten in Ikeja«, antwortete Ulla und grinste. »Allerdings gibt es hier keine schwedischen Möbel, sondern Schrott. Ich habe mich noch bei einem unserer Mitarbeiter aus Lagos erkundigt. Dein Taxifahrer hat recht. Er meinte auch, der größte Markt für Elektronik sei hier im Norden von Lagos zu finden. Und zwar dort drüben auf dem Müllplatz!«

Alan sah die verkohlten Halden auf der anderen Straßenseite. Von Markttreiben, wie er es aus Nairobi oder Arusha kannte, war hier nichts mehr zu sehen. Stattdessen stiegen unzählige schwarzgraue Rauchsäulen in den Himmel und formten über dem Stadtteil eine schmutzige Wolke, durch die das Sonnenlicht wie hinter einer Milchglasscheibe verschwamm. Sie überquerten die Straße, ein hoher Gitterzaun versperrte den Weg, Müll türmte sich auf, die Halden schienen höher als die Häuser, die jetzt hinter ihnen lagen und in weißem, grauem und schwarzem Dunst versanken.

Alan Scott traute seinen Augen nicht. Abfall, Moder, Tierkadaver und Schrott, soweit sein Blick reichte. Erst jetzt registrierte er, dass das Müllgebirge bewohnt schien. Überall liefen Menschen – die meisten von ihnen Kinder – barfuss über den Berg, bückten sich und sammelten hastig ein, was ihnen verwertbar erschien.

»Komm, da hinüber!«, schrie Ulla, denn noch immer übertönte der Lärm der Verkehrshölle das Rufen und Grölen der Menschen auf dem Abfallberg, und selbst das Krächzen der schwarzweißen Raben und das Wiehern der Milane, die zu Hunderten über dem Zivilisationsaas kreisten, drang nur schwach bis zu ihnen durch. Ulla führte ihn an dem Zaun entlang bis zu einer Öffnung, durch die sie auf die Abraumhalden gelangten.

»Die Deponie von Ikeja«, sagte Ulla, »ein ehemaliges Feuchtgebiet. Hier lagert fast nur E-Schrott.«

»Unglaublich!«

»Ja. Das ganze unbrauchbare Zeug aus Europa als Almosen für die so genannte Dritte Welt!«

Alan stand vor einem haushoch aus den Überresten des digitalen Zeitalters aufgeschichteten Berg. Monitore von PCs und Fernsehern, Tastaturen, ganze Rechner und ihre Plastikhüllen, Telefone, Kabel, Lampen, Steckdosenleisten, Aggregate. Dazwischen auch anderer Wohlstandsmüll, Klamotten, Lumpen, Möbelteile, Plastik.

Die Wasserlachen und Pfützen in den Mulden der Halde schimmerten ölig und waren von regenbogenfarbenen Schlieren überzogen, die heiße Luft schien zu stehen. Es roch nach verbranntem Gummi, verkohltem Holz, ranzigem Fett und verschmorter Elektronik. Alan hatte Mühe, Luft zu bekommen.

Über den Hightechfriedhof kletterten, geschickt den

scharfen Kanten der Metallteile ausweichend, Kinder und Jugendliche, flink wie Klippschliefer, und sammelten mit bloßen Händen ein, was ihnen von Wert erschien. Die schlammigen Gassen, über die sie ihre Schätze transportierten, waren meterhoch von Schrott eingerahmt.

Ein Junge, vielleicht acht Jahre alt, trug an die 20, 30 Handys in beiden Armen, zwei andere, nicht viel älter, transportierten einen Rechner, ein Mädchen mit dicken Narben im Gesicht balancierte Computerkabel in lockeren Schlingen auf dem Kopf und einige weitere lose über die Schulter gehängt, und eine Gruppe Zehnjähriger packte Tastaturen in eine rissige Plastiktüte.

Am Ende des aufgetürmten Schrotts warteten ältere Jugendliche und einige Männer, manche mit schmutzigen T-Shirts und langen Hosen, die meisten aber mit schweißglänzendem freiem Oberkörper und zerrissenen Shorts auf die Anlieferung der Schrottteile. Mit primitiven Werkzeugen oder bloßen Händen zerlegten sie PCs, Kabel und Tastaturen in ihre Einzelteile. Neben diesen Arbeitsplätzen auf dem Schrottfriedhof glimmten kleine Feuer, Krematorien für Plastik und nicht verwertbare Kleinteile. Giftige Dioxindämpfe zogen an den Gesichtern der Arbeiter vorbei.

Ulla zog Alan weiter, am Fuß der Müllhalde entlang und schließlich über eine Art Trampelpfad den Berg hinauf. Knisternd zerquetschte er Handys mit seinen Schritten, Computermäuse und Glühbirnen zerbarsten unter seinem Gewicht. Am Ende des Aufstiegs, bei dem ihm durch den beißenden Gestank die Luft auszugehen und die Lungen zu explodieren drohten, hatte er einen Blick über die gesamte Ausdehnung der Schrottlandschaft. Er kam sich vor wie nach einer Landung auf einem futuristischen Mond in der Welt eines Science-Fiction-Films.

Doch es war alles echt: die Farben, der Rauch, die Mülltürme, die Menschen, die darin gruben und suchten. Und doch so unvorstellbar irreal. In einem Bereich, der sich vor ihm einige hundert Meter weit erstreckte, schien alles sortiert zu sein. Wie die stark vergrößerten bunten Häufchen in den Sisalschalen eines Gewürzhändlers auf Sansibar türmten sich in hellgrauen Tönen die Skelette der PCs, daneben metallisch schillernde Mobiltelefone, wie schwarz und weiß bemalte Schokoladerippchen lagerten Tastaturen übereinander, und Kabel aller Farben und Stärken kringelten sich wie zusammengepferchte Kobras im Korb eines indischen Schlangenbeschwörers.

Aus den Bergen verbrannten Plastiks stiegen die schwarzen Rauchsäulen endlos qualmend in den Himmel und formten in der Luft über der Schrotthalde eine graubraune Dunstglocke, die sich wie ein schwelendes Leichentuch über die erstickende Landschaft legte. Der westafrikanische Riese namens Nigeria schien hier seinen kompletten Müll zu sammeln und sich selbst zu ersticken.

41

Hadé schlürfte ihren Kaffee und stellte die kleine Tasse zitternd ab. Sie hatte sich eingebildet, dass alles nur vorübergehend sein würde und sie nach Abzahlung ihrer Schulden als freie Afrikanerin in Deutschland ein normales Leben beginnen könne. Und mit diesen Gedanken hatte sie sich glücklich und mächtig gefühlt. Mächtig genug, um die Zeit als Prostituierte zu überstehen.

Bis zu dem Tag, als Zoto kam und ihr sagte, dass auch Doudou nach Deutschland verschleppt worden war. Da verkrampfte sich das Herz der Mutter, und der Schmerz legte sich wie ein eiserner Ring um ihren Brustkorb, nahm ihr die Luft zum Atmen. Und so hatte sie sich aufgemacht, um ihre Tochter zu suchen, war zurückgekehrt an den Ort, an dem sie ihr die Schwester genommen hatten und sie auf sich allein gestellt war, nach dem langen Marsch durch die Wüste und den gefahrvollen Tage auf dem Meer.

Sie hatte sich erinnert an das Versteck, den Container, in dem man sie festgehalten hatte, mürbe gemacht für ihre Zukunft im Bordell von Madame. Die vier Wände, zwischen denen sie gefroren, gehungert und Durst gelitten hatte, zu ersticken drohte und sich wehrte gegen das, was die Zukunft in Europa mit ihr vorhatte.

Dies alles erzählte sie Linda, die ihr aufmerksam zuhörte. Sie war die erste Frau, zu der sie in diesem kalten Land Vertrauen gefasst hatte, denn diese Weiße lächelte das Lachen Afrikas.

»Du sagst, You know Africa?«, fragte Hadé, nachdem sie zu Ende war, und Linda nichts mehr zu fragen wusste.

»Ich weiß nicht, ob ich es wirklich kenne, aber mein Freund ist Kenyaner.«

»Oh, schön. But he lives in Kenya und du hier?«

Linda bejahte.

»Ist nicht schwierig? So far from here?«

Linda gelang nur ein schwerfälliges Lächeln. Diese Frage hatte sie sich in den letzten Wochen viel zu oft selbst gestellt.

»Ich weiß nicht«, antwortete sie ausweichend. »Es hat bisher ganz gut funktioniert.«

Jetzt würde er für sie nach Nigeria fliegen. Sie war sich nicht bewusst gewesen, was sie da von ihm verlangt hatte. Seit ihrem Telefonat hatte sie nichts von ihm gehört, und das beunruhigte sie. Und auch wenn sie, die toughe und rationale Journalistin, es sich niemals eingestehen würde, so wusste sie doch, dass sie sich Sorgen um ihn machte.

Ihre Gedanken kehrten zu Hadé zurück.

Nach der Liebe auf Distanz hatte sie gefragt.

Linda antwortete ausweichend und gab die Frage an Hadé zurück.

»Gab es keinen Mann in deinem Leben, bevor du nach Europa kamst?«

»No.«

Und was ist mit dem Vater von Doudou?«

»Never ask me, er tabu.«

Linda schwieg eine Zeit lang.

»Woher weißt du so sicher, dass deine Tochter hier ist?«

»Zoto hat gesagt. Kurz bevor ich letztes Geld an Mahama übersandt habe, er gekommen. Madame sagt, ich gutes Mädchen, bestes für sie, und Stammkunden nur kommen zum Nelly Vögeln. Sie nicht will auf mich verzichten.«

»Das heißt, du sollt auch deine Tochter auslösen?«

»Ja.«

»Aber das ist ja Erpressung!«

»Na und? Was macht das? Ist wie immer. Madame hat mich in der Hand. From the beginning. Als mein Trafficker abholte mich in Deutschland, ich muss Asylantrag stellen.«

»Trafficker?«

»Ja. Schlepper. Sorgen dafür, dass wir können bleiben in Europa und nehmen uns, so oft sie wollen.«

»Und wer war dein – Trafficker?«

»Bosnier. Agim Zoto. Er nützt bis heute aus. Damals ich mir nichts gedacht, Asylantrag war gute Sache. Und Liebe mit Agim Zoto war gut für Bleiben in Deutschland. Aber dann immer mehr und immer schlimmer. Mein Pass bei Madame, no chance.«

»Das heißt, in Wirklichkeit haben sie durch den Asylantrag nur deinen Aufenthalt bis zum Ende des Verfahrens legalisiert.«

Hadé nickte.

Die Menschenhändlermafia arbeitete wirklich mit allen Mitteln.

»Und wie weit ist es bei dir damit?«

»Antrag abgelehnt. Asyl für Nigerianerinnen never gets through. Jetzt Schulden abbezahlt, Madame kann mich abschieben. But I have to stay because of Doudou. Madame findet gut, dass ich weiter arbeite and pay debts for Doudou. But now my own risk! Wenn mich erwischen und abschieben, wird Doudou arbeiten für Madame. Es nie vorbei.«

»Deswegen warst du in dem Kieswerk?«

»Ja. Zwei heimliche Tage, solange Madame fort, um nach Doudou suchen. Doch nicht gefunden. Zwar Wald entdeckt, wo Container war, but not enough time.«

»Könntest du den Platz beschreiben?«

Hadé schüttelte den Kopf. »No. Aber weiß, welchen Weg für Sonne.«

»Du meinst, du findest den Platz durch den Stand der Sonne?«

»Ja. Habe damals Schritte gezählt und gemerkt, wohin Schatten gehen. Es gab zweiten Zaun, dahinter war Agim Zoto mit Wagen. Dann wir sind an Kieshalden vorbeigefahren.«

»Um welche Jahreszeit war das?«

»Frühling, so wie jetzt. Mein Schatten mittags left. I find place, if I have enough time.«

»Das heißt, du musst nach Osten gegangen sein, dann hat die Sonne deinen Schatten nach links, also nach Norden geworfen.«

Linda nippte an ihrem schwarzen Kaffee und versuchte, sich das Reiter-Gelände vorzustellen. Soweit sie das Gebiet vom Fenster Lenes aus überblickt hatte, begann westlich der Kiesgrube der Wald. Wenn man vom Wald aus nach Osten ging, warf die Sonne den Schatten der Bäume nach Norden, und man gelangte zum Betriebshof. In diesem Waldgebiet also musste sich der Container befinden.

»Es kann nicht so schwer sein, den Platz zu finden. Ich helfe dir!«, sagte Linda spontan, »wenn du willst.«

Hadé starrte ins Leere. Sie schien ihr überhaupt nicht zugehört zu haben. Doch dann fragte sie ungläubig: »Why?«

Linda lächelte. »Du bist es wohl nicht gewöhnt, dass jemand dir Hilfe anbietet?«

»Nein. Nicht, ohne etwas zu verlangen.«

»Wenn deine Tochter oder auch noch andere Menschen dort gegen ihren Willen festgehalten werden, ist das ein Verbrechen, das bestraft werden muss. Wir werden das herausfinden und die Täter zur Verantwortung ziehen. Ich glaube außerdem, dass es einen Zusammenhang zwischen dem Tod der alten Frau und einigen – sagen wir mal – anderen seltsamen Dingen auf dem Kiesgelände gibt.«

»Was meinst du?«

»Ich kann es noch nicht genau sagen. Ich vermute, dass Reiter illegal Elektroschrott nach Afrika schleust. Die alte Frau hat das vermutlich gewusst. Momentan verdächtigt die Polizei diesen Wohnsitzlosen, doch ich glaube, dass ich heute Mittag da schon Neues erfahre. Könntest du morgen noch einmal im Kieswerk sein?«

Hadé dachte kurze Zeit nach, dann nickte sie. »Ich sage Madame, dass ich meine Tage habe, dann sie vielleicht gibt mir frei. But You don't talk to anybody, sure? Not about what You know, and not about what we are going to do. Promise?«

»Ja. Versprochen. Wie kommst du hin?«

»Männer nehmen mich mit. Viele fahren mit Lastwagen.«

»Ist das nicht zu unsicher?«

Hadé zögerte. »Why? Männer machen gern, für extra Nummer unterwegs. And Madame doesn't know. Ist gut für Männer, die zahlen nix und ich zahle nix für Fahrt.«

»Aber wenn sie in eine Polizeikontrolle kommen, bist du geliefert.«

»Ich weiß. Vielleicht wäre für mich beste Lösung. Sie mich dann zurückschicken nach Nigeria. Aber ich kann nicht, wegen Doudou.«

»Und was ist mit dem bösen Ju-Ju, von dem du mir erzählt hast?«

»Mahamas Zauber? Er mich immer findet. Aber seine Strafe auch nicht schlimmer als Hölle bei Madame. Es ist nicht Ju-Ju, dass ich hier bleibe, es ist Doudou. They know und lassen Doudou nicht frei.«

Hadés Augen füllten sich mit Tränen.

»Wir werden sie finden«, versuchte Linda, sie zu trösten. »Was wirst du tun, wenn wir sie befreit haben? Wirst du Madame und die Männer anzeigen?«

»I don't know. Will ich nur noch fort von hier. Mit Doudou. Have some money. Um in Lagos zu haben good job. Würde reichen, um mit Doudou zu leben.«

Linda schwieg. Was war von Hadés Träumen geblieben, was war aus den Versprechungen geworden, mit denen man sie aus Nigeria weggelockt hatte? Wie viele Frauen in Deutschland teilten ihr Schicksal? Verschleppt aus der Heimat, auf der Flucht vergewaltigt und dann zur Prostitution gezwungen?

»Du mich kannst mitnehmen?«, fragte Hadé und unterbrach Lindas Gedanken. »Besser als mit Männer in Lastwagen.«

Linda überlegte. Jens Bosch hatte ihr versprochen, sich mit ihr zu treffen, sobald die Ergebnisse der Rechtsmedizin aus Freiburg vorlagen. Vielleicht würde sie zu ihm nach Konstanz fahren. Den Rest des Tages würde sie mit Recherchen verbringen. Um mit Hadé nach ihrer Tochter zu suchen, mussten sie am frühen Morgen auf das Werksgelände, damit niemand ihre Anwesenheit bemerkte.

»Okay. Ich hol dich morgen ab. Meine Handynummer hast du.«

Hadé ergriff ihre Hand und drückte sie.

42

Nach drei Wochen erreichen sie die Wüstenstadt Tamenghest, genannt Tam, in Algerien, doch Hadé weiß weder, dass es drei Wochen sind, noch dass sie die Grenze zu Algerien schon vor Tagen während eines nächtlichen Gewaltmarsches passiert haben.

Obwohl viele den Marsch bis hierher nicht überlebt haben, ist die Gruppe nicht kleiner geworden. Flüchtlingstrecks aus Tessalit, Agadez und I-n-Guezzam sind zu der Karawane gestoßen. Die Routen nach Europa kreuzen sich hier, Tamenghest oder Tamanrasset ist nicht nur Touristentreffpunkt für Saharatouren, sondern auch einer der Dreh- und Angelpunkte der Schlepper , die ihre Lebendware nach Europa bringen.

Hadé zählt durch ihre Nächte mit Rhissa ag Jebrim zu den Privilegierten. Hier eine Ration Wasser mehr, dort eine größere Portion Hirse, ein Fladenbrot, der Flügel eines Huhns. Sie teilt mit ihrer Schwester, die, wie sie, auch stumm unter den Strapazen der Wüste leidet.

In Tam ahnen sie, dass es noch schlimmer kommt, denn Rhissa ag Jebrim trägt sein Gewehr jetzt offen, und auch seine beiden Stammesbrüder und die wenigen nigerianischen Männer, die Gewehre und Dolche haben, zeigen sich mit ihren Waffen.

Am Tag bevor die Flüchtlingskarawane die Stadt im Norden der Ténéré erreicht, finden sie die Leichen von einem Dutzend Afrikanern, die nackt und mit Schussverletzungen in Kopf und Brust in der Wüste liegen. Der Überfall ist erst vor kurzem erfolgt, die Leichen sind unversehrt, kein Geier und kein Schakal hat sie angerührt.

Rasch breitet sich Angst unter den Flüchtlingen aus, doch Rhissa ag Jebrim setzt seinen Weg unbeirrt fort. Ben, der im Besitz eines alten Jagdgewehres ist, marschiert ab jetzt zwischen Hadé und ihrer Schwester.

»Warum hat man diese Menschen in der Wüste erschossen?«, fragt Hadé, der die Bilder der nackten Toten nicht aus dem Kopf gehen.

»Die Menschen hier glauben, dass bei den Flüchtlingen Geld zu holen ist. Wer sich eine Reise nach Europa leisten kann, muss reich sein«, antwortet Ben.

»Aber das stimmt doch nicht!«

»Oh, bei manchen schon. Bedenke, dass die Führer Geld kosten. Auch wenn wir das nicht selbst bezahlen, sondern später abarbeiten, sie bekommen das Geld jetzt, von den Trolleys oder den Boten der Menschenschmuggler.«

»Man hat den Opfern alles abgenommen, was sie hatten, sogar die Kleider und Schuhe.«

»Ja. Und wahrscheinlich verkaufen sie es in Tamenghest an die nächsten Flüchtlinge, um auch diese später wieder zu überfallen und auszurauben.«

»Hör auf, du machst mir Angst!«

»Es ist sogar noch schlimmer«, sagt Ben und zieht einen kleinen Gegenstand hervor. »Weißt du, was das ist?«

Hadé sieht die beiden dreieckigen Klammern aus Messing in seiner Handfläche glänzen, kann aber damit nichts anfangen.

»Rangabzeichen«, sagt Ben und schließt seine Faust um den goldfarbenen Doppelpfeil.

»Woher hast du das?«

»Bei den Leichen gefunden.« Er schweigt.

»Und du meinst …?«

»Ja«, sagt er und nimmt ihre Gedanken vorweg, »ich glaube, dass Polizisten oder Soldaten diesen Überfall begangen haben.«

Die Reise ist gefährlicher geworden, je weiter sie nach Norden kommen. Bis zum nächsten Wüstenlager geht es zu Fuß weiter, ab dort sollen sie auf großen Lastwagen nach Maghnia an der Grenze zu Marokko gebracht werden. Sie gehen jetzt bei Nacht, verstecken sich bei Tag vor der Polizei. Es hat sich schnell herumgesprochen, dass Polizisten ihre wahren Gegner sind, schlimmer noch als die Banditen und Wegelagerer. Wer einen Flüchtling zurück nach Mali bringt, kassiert eine Prämie. Ben hat recht behalten.

Hinter Tam beginnt der schrecklichste Teil des Wegs, auch wenn Hadé denkt, dass es schlimmer eigentlich nicht mehr kommen kann. Durst ist ihr täglicher Begleiter, Wasser wird zum Zahlungsmittel, denn auf den geheimen Pfaden, die sie von Tamenghest nach Norden zum Grand Erg Oriental, der westlichen großen Sandwüste, aus Angst vor der algerischen Polizei benutzen, gibt es keine Tankwagen, die den Karawanen Wasser verkaufen. Auch die Vorräte der Tuareg sind erschöpft.

Für die Frauen im Treck beginnt ein seltsamer Handel. Haben sie noch im Tamenghest Geld für ihren Körper bekommen, verkaufen sie nun ihre Säfte. Der Handel der sich zunächst im Geheimen, aber bald schon in der ganzen Karawane anbahnt, macht die Frauen zu Händlern und die Männer zu Käufern und Bettlern. Nichts ist in diesen Tagen kostbarer, als der Urin einer Frau, deren Körper mehr davon zu besitzen scheint, als der eines Mannes. Es bleibt keine Zeit für Ekel und Scham, wer sich weigert, Urin zu trinken, verdurstet. Ohne die Säfte der Frauen haben die Männer hier in der Wüste keine Chance. Und wenn Hadé schon lange aufgehört hat, ihre Freier zu zählen oder die Toten am Karawanenweg, so zählt sie jetzt wieder die Scheine, die ihr von durstigen Männern in die Hand gedrückt werden.

Als sie eines Abends erschöpft das nächste Wüstenlager erreichen, wartet Akpan, der seit ihrem Aufbruch aus Gao spurlos verschwunden war, auf sie. Drei Tage später brechen sie mit 40 anderen Flüchtlingen auf der Ladefläche eines voll bepackten LKW auf. Den letzten Teil der Reise, über den Djebel Aissa, einen Ausläufer des Sahara-Atlas, zur algerischen Grenzstadt Maghnia, fahren sie mit anderen Fahrzeugen im Konvoi.

Zweimal stoßen sie auf Polizeikontrollen, beide Mal verhandelt Akpan und besticht die Polizisten. Hadé ahnt, dass der Trolley das Geld am Ende der Reise durch die Wüste wieder einfordern wird. Doch den Polizisten reicht das Geld allein nicht aus. Bei der letzten Kontrolle suchen sie sich Frauen aus. Fünf bleiben in der verwahrlosten Polizeistation zurück. Hadé und Sema haben diesmal Glück und dürfen weiterfahren. Der Targi, den sie an diesem Tag zum letzten Mal sehen, hat dafür gesorgt.

Rhissa ag Jebrim blickt sich nicht ein einziges Mal nach Hadé um, als der LKW mit ihr und ihrer Schwester weiterfährt.

43

»Hier willst du also herausfinden, ob ein oder zwei Container dieser Schrottmasse von einer deutschen Firma kommen? Na, denn mal los!«, sagte Ulla und ging mit gezieltem Schritt auf eine Gruppe Jugendlicher zu, die am Fuß des Müllbergs mit bloßen Händen Computerplatinen in ihre Einzelteile zerlegten.

Alan erschauderte. Er kannte sich zwar mit Computern und all diesen neumodischen Errungenschaften wie I-Pods und Tralala nicht aus, doch dass diese Menschen hier mit ihrem Leben spielten, war ihm durchaus bewusst. Er sah weder Schutzbrillen noch Handschuhe, geschweige denn Atemschutzmasken. Was immer diese Kinder mit nackten Fingern aus dem Elektroschrott pulten, sie riskierten, dass sie – ohne es zu wissen – mit giftigen Bauteilen in Berührung kamen, beim Schmoren der Kupferkabelisolierung ätzende Dämpfe einatmeten und dadurch bleibende gesundheitliche Schäden davontrugen.

Mindestens so giftig schienen jedoch die Blicke zu sein, die die Jugendlichen ihnen zuwarfen. Sicher verirrten sich selten Weiße hierher, und wenn, hatte es oft unangenehme Folgen, das ahnte Alan. Er war sich nicht sicher, ob diese Menschen sich legal auf der Deponie herumtrieben, ob die Suche nach den wertvollen Bestandteilen dieses Hightechmülls von den Behörden toleriert wurde, und wie gefährlich es für Ulla und ihn war, sich hier aufzuhalten.

»Die sortieren hier den ganzen Tag. Oder schleppen das Zeug, das noch was taugt, auf den Markt. Wir haben bei uns im Projekt einen Mitarbeiter, der das mal recherchiert hat. Es gibt Bauern, die ihre Plantagen als Lagerstätte für alte PCs nützen, weil sie mit dem Recycling mehr Geld verdienen als mit Jams oder Kautschuk.«

»Aber wie soll das funktionieren?«

»Ganz einfach: die Arbeitskräfte hier sind billig. Sie machen die Drecksarbeit. Ob sie dabei krepieren, ist den Drahtziehern egal. In den letzten Jahren hat sich die Menge an E-Schrott verdreifacht. Kein Mensch weiß, wohin mit dem Zeug. Also landet es hier. Aus Japan, Amerika und Europa.«

Ullas Stimme wurde immer lauter.

»Wir haben dann hier die Kacke am Dampfen. Kannst du dir vorstellen, was mit den Brunnen passiert, die wir mit Entwicklungshilfe gebaut haben, um sauberes Wasser zu bekommen? Die Mixtur, die aus den toten PCs mit dem Regen ins Grundwasser gespült wird, macht jeden Brunnen zur Kloake!«

Alan nickte stumm.

Sie waren jetzt bei der Gruppe Jugendlicher angelangt, die sich akribisch mit den Leiterplatinen beschäftigten, Metall und Plastik trennten, Letzteres in das Feuer warfen, das sie in einem alten Autoreifen geschürt hatten, und die elektronischen Kleinteile in Schüsseln, Plastikkästen und leere Joghurtbecher sortierten. Blei, Quecksilber und Phosphor wanderte ungeschützt durch ihre Hände, dann steckten sie die Finger ungewaschen in den Mund, wischten sich den Rotz von der Nase und rieben sich die Augen.

Alan mochte sich nicht ausmalen, welche Mengen giftiger Substanzen Tag für Tag in die Mägen der Kinder wanderten, in ihr Blut und ihre Schleimhäute. Sie verseuchten ihre Körper zu Gunsten der Ausbeuter, die sich mit den von Hand recycelten Kleinteilen bereicherten und sich keinen Deut um die Gesundheit der Arbeiter scherten.

Er beobachtete, wie die Kinder die Gummiummantelung von Kupferdrähten einfach abschmolzen, bis der Kupferdraht im Feuer übrig blieb. Das Wasser, das zum Ablöschen des heißen Metalls ins Feuer gegossen wurde, zischte und verdampfte in einer grünblauen Wolke aus Giftgas. Die fünf Jugendlichen, vier Jungs und ein Mädchen sahen sie neugierig, fast feindselig an, als sie vor dem kokelnden Autoreifen stehen blieben.

»Hi«, sagte Ulla und ging in die Hocke, um auf Augenhöhe mit den fünf zu sein, die entweder am Boden hockten oder in gekrümmter Stellung auf den Ballen kauerten. Alan hielt sich sein Schweißtuch vor Mund und Nase, er war sonst nicht sehr empfindlich, was die herben Gerüche und Ausdünstungen Afrikas anging, doch diesen Smog wollte er nicht ungefiltert in seiner Lunge.

»Was wollt ihr?«, zischte der Junge, der eine Art Anführer der Gruppe zu sein schien. »Es gibt hier nichts zu sehen. Oder wollt ihr Kupfer kaufen?«

Er zeigte in den Autoreifen, wo der übergossene Kupferdraht außerhalb des Feuers abkühlte.

»Vielleicht. Vielleicht bezahlen wir euch aber auch für eure Worte«, sagte Ulla, und Alan bewunderte, wie behutsam und klug sie das Gespräch begann.

»Ich heiße Ulla, das ist Alan.«

»Joel. Seid ihr aus Europa?«

»Nein. Wir leben in Afrika. Warum fragst du?«

»Weil ihr mich dann mitnehmen könntet. Ich sage euch, was ihr wissen wollt, und ihr bringt mich dafür nach Europa. Deal?« Er streckte Ulla die offene Hand entgegen.

»No deal«, entgegnete sie. »Du weißt, dass das nicht geht.«

»Und warum nicht? Meine Schwester ist auch von Weißen nach Europa gebracht worden. Sie ist jetzt reich und schickt uns Geld.«

Alan wurde hellhörig.

»Sie schickt euch Geld? Aber warum sitzt du dann noch hier und kratzt die Platinen aus?«, fragte er.

»Sie schickt uns bald Geld«, korrigierte Joel.

»Also habt ihr noch keines bekommen?«

Joel schüttelte den Kopf.

»Noch nicht. Aber sie schickt welches. Sie hat es uns versprochen.«

»Wann?«, bohrte Alan.

»Als sie ging.«

»Wann war das?«

»Vor einem Jahr.«

»Und du weißt, dass sie in Europa gelandet ist?«

»Ja.«

»Von ihr?«

»Nein. Der Mann, der sie meinen Eltern abgekauft hat, hat es gesagt. Und er hat gesagt, dass sie arbeitet, um die Reise abzubezahlen. Und dass sie uns Geld schickt.«

»Was arbeitet sie?«, fragte Ulla.

»Weiß nicht. Ist doch egal. Jedenfalls nicht so einen Dreck wie wir. Hier, schau!«

Er zeigte ihnen seine Handflächen. Die Fingerkuppen waren blutig und wund, die Hände aufgeschürft, an manchen Stellen eitrig und von alten Blutungen verkrustet. Seine Fingernägel waren blutunterlaufen und stark gesplittert. Die Arbeit an den Platinen mit ihren freiliegenden Schwermetallpartikeln hatte seine Hände zerstört und musste für den jungen Kerl äußerst schmerzhaft sein.

»Woher bekommt ihr das Zeug?«

»Meine Leute bringen es mir von der Halde drüben. Sie bekommen ein paar Nuria dafür. Wir schlachten alles aus. Hier, siehst du?«

Er fischte eine Kupferspule aus den Kleinteilen, die neben ihm lagerten.

»Dafür bekommen wir drüben auf dem Markt mindestens drei oder vier alte Computer. Wenn die Bildröhren ganz sind, haben wir am nächsten Tag genau so viele Kupferspulen. So funktioniert das Geschäft!«

»Und der Rest?«, fragte Alan und zeigte auf eine der zerstörten Bildröhren.

»Holen sich die Kinder. Die Platinen bringen mir mehr. Blei, Quecksilber.«

»Was machst du damit?«

»Schmelzen und verkaufen. Manche lösen die Platinen in Säure auf.«

»Wozu das?«

»Um an das Gold zu kommen.«

Alan nickte und sah sich um. Soweit sein Auge reichte, dehnte sich der Elektronikfriedhof. Und selbst die ausgebeinten und zerlegten Teile wurden noch einmal in die Hand genommen, vielleicht fand sich ja doch noch ein Chip, den die anderen übersehen hatten oder ein Stückchen Kupferdraht in einer geschmorten Kabelummantelung.

Joel war Zwischenhändler, hatte seine Lieferanten auf der Deponie und einen Händler, von dem er die noch ganzen Geräte bekam. An diesen musste er sich halten, um an weitere Informationen zu gelangen.

»Wer könnte wissen, woher die alten PCs kommen?«

»Es wird dir niemand etwas sagen.«

»Und wenn ich zahle?«

»Wie viel?«

»Wie viel verlangst du?«

»Kein Geld.«

»Du willst nach Europa?«

Der Junge nickte.

Alan schüttelte der Kopf. Selbst wenn er es wollte, er hatte keine Chance. Er steckte dem Jungen zwei große Scheine zu, tippte mit einem Zeigefinger an die Legionärsmütze und wandte sich zum Gehen.

Ulla folgte ihm auf dem Weg durch den knisternden und glänzenden Schrott.

»Frag auf dem Markt von Ikeja nach Harley«, rief ihnen der Junge hinterher. »Wie das Motorrad. Du wirst seinen Laden finden. Er hat ein großes Schild über der Tür!«

»Danke!«, rief Alan, doch Joel war schon wieder damit beschäftigt, Kleinteile aus einer Platine herauszulösen.

44

FARG0888353.

Es war für Linda Roloff gar nicht so schwer gewesen, den Sinn der Containerbeschriftung auf dem Foto, das sie in Lene Grandels Wohnung gefunden hatte, herauszubekommen. Ein bisschen googeln mit Begriffen wie Container, Trucker, Abkürzung und Beschriftung, und schon hatte sie die Lösung gefunden:

die vier Buchstaben des so genannten Alphaprefix verrieten verschlüsselt den Eigentümer des Containers. Die komplette Containernummer mit Eigentümerschlüssel, sechsstelliger Registriernummer und einer Prüfziffer machte es möglich, die Ladung in jedem Hafen der Welt aufzutreiben.

Lindas Finger huschten wieder über die Tastatur ihres Laptops. Das weiße Notizblatt aus dem *National-Geographic*-Heft lag neben dem Monitor, und sie hatte herausgefunden, dass sich hinter *MV Cayelsa Star* nichts anderes als ein Schiffsname verbarg. *MV* stand für *Motor Vessel*, und *Vessel* war laut Englischwörterbuch ein maritimer Ausdruck für Fahrzeug oder Schiff. *MV* bedeutete also Motorschiff.

Über die offizielle Homepage von Lagos erfuhr sie den Namen des Hafenviertels der Stadt, *Apapa*, und loggte sich über *WORLD PORT SOURCE* auf der Seite der nigerianischen Häfen ein. Sie stöberte auf den Seiten von Apapa Port, der ihr als größter Hafen Nigerias und wichtiger Containerhafen auffiel. Doch die Verknüpfung mit dem Schiffsnamen ›MV Cayelsa Star‹ führte zu keinem Ergebnis.

Linda stand auf und starrte aus dem Fenster. Der Ehrgeiz ließ sie nicht mehr los. Falls sie mit ihrer Vermutung recht hatte, war Lene Grandel durch Zufall auf den Namen des Containerschiffs gestoßen, das den Elektroschrott aus dem Kieswerk Reiters nach Nigeria brachte. Ob das Pulle für sie erschnüffelt hatte oder sie andere Informanten belieferten, war zunächst unwichtig.

Lene hatte den Namen notiert und den Zettel in das *National-Geographic*-Heft gesteckt, das über den illegalen E-Schrott-Handel berichtete. Folglich war sie sich des Zusammenhanges bewusst gewesen. Dazu die Aufnahme eines Containers, den sie wohl auf dem Gelände Reiters fotografiert hatte.

Für Linda ging es nun darum, herauszufinden, ob sich das Schiff auf dem Weg nach Nigeria befand oder gar dort schon angekommen war. Der Containerhafen von Apapa war also zunächst ein Fehlschlag gewesen, doch sie ließ sich dadurch nicht entmutigen.

Linda sah auf die Uhr. In einer Stunde musste sie los, um rechtzeitig von Tübingen nach Konstanz zu kommen. Für die kommende Nacht hatte sie sich noch einmal bei Käthe Besserer einquartiert.

Über *NIGERIAPORTS* stieß sie auf einen weiteren Namen, der ihr bisher nur als eine Lagebezeichnung von Apapa erschienen war: *Tin Can Island*. Doch offenbar verbarg sich dahinter ein moderner Containerhafen, der als *Tin Can Island Port Complex* erst vor wenigen Jahren aus der Zusammenlegung der Häfen von Roro und Tin Can entstanden war. Einige Links führten sie schließlich direkt auf die Seite von *TCIP*, dem *Tin Can Island Port* und hier zu einer Liste der im Hafen erwarteten oder liegenden Schiffe.

Sie druckte die Tabelle aus und markierte auf der Liste *ARRIVAL LAST 48 HOURS* in der Spalte *NAME OF VESSELS* einen Eintrag gelb: *MV CAYELSA STAR*!

Ihr Spürsinn hatte sie auf die richtige Fährte gebracht! Alle weiteren Informationen notierte sie sich rasch: das Datum von gestern als Ankunft im Hafen von Lagos, und die Uhrzeit: 10.40. In der Spalte AGENT war nur das Kürzel DO- vermerkt und bei *CARGO* das Wort, das sie am meisten interessierte: *CONTAINERS*.

In einer weiteren Tabelle, in der die Schiffe, die vor Anker lagen, aufgeführt waren, stieß sie auf den Zusatz

FOT CARGO VESSELS, was immer das zu bedeuten hatte.

Mit den Zahlen in den Spalten *LENGHT, DRAFT, IMPORT TON* und *EXPORT TON* konnte sie nichts anfangen, doch allein diese eine Information zählte: die MV Cayelsa Star lag seit gestern im Tin Can Island Port von Lagos und hatte mit größter Wahrscheinlichkeit einen Container mit der Nummer *FARG088835 3* an Bord!

Sie klappte den Laptop zu.

Sie war am Ziel ihrer Recherche.

45

»Mir ist richtig schlecht«, sagte Ulla, »ich hatte das Gefühl, als würde ich Dioxin pur einatmen.«

Die Luft war immerhin besser geworden, doch kämpfte die Sonne weiter vergeblich gegen die Pestwolke über ihren Köpfen.

»Bleib dicht bei mir«, mahnte Ulla.

»Ja. Das ist nicht die Gegend für einen gemütlichen Einkaufsbummel«, raunte Alan, als sie den Markt erreicht hatten. Er traute seinen Augen nicht. Die Marktstände und Hütten, die die ungeteerte Straße säumten quollen über vor Monitoren und Rechnern. Unter den Tischen kringelten sich Kabelschlangen, Handys lagerten, kistenweise übereinander getürmt, zwischen Röhrenfernsehern und alten Stereoanlagen.

»Das ist wohl der Elektronikmarkt von Ikeja«, kommentierte Ulla. »Los, lass uns den Laden von diesem Harley suchen, und dann nichts wie weg hier!«

Alan sah sich um. Er suchte vergeblich nach einem Stand mit frischem Obst oder Kleidern, dies hier schien wirklich das Mekka der Elektrohändler zu sein. Nur ein junger Wasserverkäufer bahnte sich verloren seinen Weg zwischen den Marktschreiern, die statt Uhren oder Schmuck lauthals Mobiltelefone und PCs anpriesen. Alan kaufte dem Jungen eine Flasche ab, deren Inhalt so trüb schimmerte, dass sie aus einem der Rinnsale entlang der staubigen Straße abgefüllt zu sein schien.

»Kennst du den Laden von Harley?«, fragte Alan, und der Junge nickte. Er zeigte mit ausgestrecktem Arm die Straße hinunter.

»Siehst du das Schild? Das große gelbe? Das ist Harleys Laden. Aber pass auf, er ist teuer!«

Mit diesen Worten ging er weiter und steckte grinsend die Nuriascheine ein, die Alan ihm ohne zu handeln gegeben hatte.

Minuten später standen sie vor einer Holzbaracke, die von einer blauen Plastikplane beschattet wurde. Ein gelbes Blechschild, von dem die Farbe abblätterte, verkündete: *J.R. Harley. Import Computer und TV. Elektronik direkt aus Germany, gebraucht und neu.*

Auf einem schiefen Tisch davor lagen ein Dutzend Monitore, die sicher schon bessere Zeiten gesehen hatten. Ein Mann döste auf einem niedrigen Hocker, den Rücken an die Wand gelehnt und eine halbvolle Colaflasche in der Hand. Als Alan und Ulla vor ihm stehen blieben, öffnete er seine Augen und blinzelte sie an. Blitzschnell erhob er sich, stellte die Colaflasche ab und trat auf die vermeintliche Kundschaft zu.

»Hello, my friend«, streckte er Alan die Hand entgegen. Der konterte mit dem afrikanischen Dreiergriff, bei dem sich Handfläche und Daumen abwechselnd berühren. Dies schien J.R. Harley zu verwirren. Waren die beiden Weißen nicht die Touristen, für die er sie zunächst gehalten hatte, sondern mit afrikanischen Gepflogenheiten vertraute Geschäftspartner?

»Suchen Sie einen PC?«, fragte er mit devotem Grinsen und zog Alan unter das blau schimmernde Plastikdach. »Ich habe hier drinnen noch mehr, kommen, sehen, staunen, ich habe die besten Preise von ganz Lagos!«

»Nein«, sagte Alan, der sich eine Strategie überlegt hatte, um an die Informationen zu kommen, die Linda brauchte. »Wir wollen nichts kaufen. Wir wollen verkaufen!«

Harley nahm mit beiden Händen Alans Hand und drückte sie. Seine Augen strahlten. Er schien ein Geschäft zu wittern.

»Was? Computer?«

»Ja, Computer aus Deutschland.«

»Wie viele Container?«

»Das kommt darauf an, wie Sie bezahlen.«

»Kommen Sie, kommen Sie«, bat er einladend, »Männer sollen sitzen, wenn sie handeln.«

Er versuchte, Alan in das Innere seiner Hütte zu ziehen, doch der hatte weder Lust, sich von dem Händler in irgendwelche düsteren Räumlichkeiten zerren zu lassen, noch wollte er, dass Ulla allein auf der Straße zurück blieb. Die gaffenden Blicke der durch die Gassen ziehenden Menschen waren ihm nicht entgangen.

Hier, im wilden Herzen von Lagos, war in jedem Augenblick mit einer Rempelei zu rechnen, bei der man versuchte, ihnen Geld oder Wertgegenstände abzunehmen. Alan hielt seinen kleinen Rucksack mit den wenigen Habseligkeiten mit der linken Hand fest, während er die rechte aus dem Griff Harleys befreite und dabei den Kopf schüttelte.

»Ich muss erst wissen, was du für ein Geschäftsmann bist«, flüsterte er, jetzt bewusst vertrauensselig, »mit wem du arbeitest und was du zahlst. Dann können wir über meine Ware reden.«

»Ich bin ein guter Geschäftsmann«, betonte Harley, »der beste in Ikeja, da kannst du jeden fragen.«

Alan bezweifelte, dass die anderen Händler dieser Aussage zustimmen würden und bemerkte nun auch den Grund, weshalb sich Harley mit ihm gerne in das Innere der Hütte zurückgezogen hätte. Immer mehr Menschen hatten den Dialog des weißen Mannes mit dem einheimischen Händler verfolgt, einige der Ladenbesitzer aus der Nachbarschaft waren neugierig herbei geeilt, um vielleicht auch ein Stückchen von dem Kuchen abzubekommen. Alan ließ sich daher von Harley weiter unter das Plastikdach ziehen und lehnte sich so an die Lehmwand der Hütte, dass er die Straße beobachten konnte. Ulla war ihnen gefolgt und stand mit aufmerksamem Blick neben ihm.

»Also«, begann Alan. »Womit handelst du? Nur PCs und Fernseher?«

»Nein. Alles. Radios, CD-Spieler, Videos, Handys, Software. Alles. Aber nur Ware, die funktioniert. Ich habe noch nie Reklamationen bekommen. Was Schrott ist, landet dort drüben!«

Sein Blick ging hinüber zu den Rauchschwaden, die auf die Entfernung einen seltsamen Vorhang aus dampfenden, sich zum Boden hin verjüngenden Säulen bildeten. Wie wabernde Gitterstäbe eines riesigen Gefängnisses, dachte Alan.

»Und woher kommt die Ware?«

»Deutschland. Ich nehme nur das Beste. Hier, sieh selbst!«

Er zeigte auf einen der Monitore auf seinem Verkaufstisch. Alan konnte mit dem Markennamen und der Bezeichnung auf dem Preisschild nichts anfangen.

»Das ist ein fast neuer Pentium III. Den verkaufe ich für 150 Euro. Im Laden habe ich noch mehr davon.«

»Und wie viel Ware kaufst du?«

»Jeden Monat vier Container. Das machen viele von uns. Und alle leben davon. Geh' in den Hafen, dann siehst du die Schiffe. Und die Container. 500 im Monat aus ganz Europa und den USA. Vieles davon ist Schrott, aber es lohnt sich trotzdem.«

»Mit wem arbeitest du in Deutschland zusammen?«

»Ein Vetter von mir. Er exportiert die gebrauchten Teile über eine deutsche Spedition.«

»Wie kommt er an die Ware?«

»Internet. Kontakte. Vieles bekommt er auch direkt von Firmen, die ihre alten Geräte loswerden wollen.«

Alan nickte. PCs für Afrika. Das hatte einen guten Klang. Und bei dem Gedanken, den alten Computer für eine Schule oder eine Wildhüterstation gespendet zu haben, fühlten sich die Leute noch als Wohltäter. Wohl kaum jemand in Deutschland ahnte, wie die wahren Vertriebswege aussahen, und was mit ihren Geräten in Wirklichkeit geschah.

»Was ist nun?«, fragte Harley und holte Alan aus seinen Gedanken. »Machen wir ein Geschäft? Wenn du direkt an mich lieferst, spare ich das Geld für meinen Vetter. Wir könnten es uns teilen.«

Alan rieb sich das Kinn und tat so, als denke er angestrengt nach.

»Von welcher Summe sprichst du?«

»Er zahlt für einen Container von Europa hierher 9000 Euro an die Spedition, sagt mein Vetter. Ich weiß aber, dass es nur die Hälfte ist. Also sagen wir, du bekommst 2000 Euro, wenn wir ins Geschäft kommen.«

Alan grinste.

»Und was verdienst du bei der Geschichte? Lass mich rechnen. Wie viele PCs kommen mit einem Container? 100? 500? 1000? Du sagst, du verkaufst sie für 150 Euro? Dann hast du schon mit 60 Rechnern die Transportkosten hereingeholt.«

»So darfst du das nicht rechnen. Ich muss auch für die alten Geräte bezahlen. Und mein Vetter will auch von etwas leben.«

»Es wird schon genug hängen bleiben. Sonst würde der Elektronikmarkt von Lagos nicht solche Ausmaße annehmen.«

»Machen wir nun Geschäfte oder nicht?«

»Ich muss vorher die Importwege kennen. Du weißt, dass es eigentlich verboten ist, Elektronikschrott hierher zu liefern.«

»Wer spricht von Schrott? Die Geräte funktionieren!«

»Aber nur ein kleiner Teil. Und selbst die müssten in Europa ordentlich entsorgt oder recycelt werden. Die Ausfuhr ist illegal. Daher muss der Seeweg sicher sein, und die Firma Vertrauen erweckend. Du weißt nicht, mit welcher Spedition dein Vetter arbeitet?«

Harley schüttelte den Kopf.

Im selben Augenblick vibrierte das Handy in Alans Hosentasche. Zweimal. Er wusste, was das hieß: *Sie haben eine Mitteilung empfangen.*

Linda?

Rasch überflog er die wenigen Zeilen, die ihn grußlos erreichten.

MV Cayelsa Star, Tin Can Island Port von Lagos, Terminal B, Cargo Vessels. Container FARG0888353.

Alan sah auf. Das war typisch Linda. Nicht mehr Information als unbedingt nötig.

»Kennst du den Hafen Tin Can Island?«, fragte er Ulla auf Deutsch.

»Ich kenne Apapa«, sagte Ulla. »Das ist das Hafenviertel. Soviel ich weiß, gibt es dort einen Containerhafen. Etwa sieben Kilometer westlich vom Zentrum.«

»Dann sollten wir uns da morgen früh umsehen!«, meinte Alan.

Ulla nickte.

46

Als sie in die Nähe von Maghnia, der letzten algerischen Stadt vor der Grenze zu Marokko, kommen, ist Hadé fast ein Jahr unterwegs. Hier gibt es wieder Sammelstellen wie in Gao, denn die Wege aller Flüchtlinge, ob sie über Beni Abbes im Osten, In Salah im Süden oder Haoud el Hamra im Westen kommen, treffen sich hier.

Hunderte von Menschen strömen in die Stadt, die meisten bei Nacht, denn die Grenze ist schon seit Jahren geschlossen und die Einreise nach Marokko verboten. Wer hier auf einen Transit nach Europa wartet, tut dies illegal, und so stauen sich Tausende hoffnungsvoller Flüchtlinge aus ganz Nord- und Westafrika in den äußeren Bezirken der nordalgerischen Grenzstadt, zusammengepfercht in Lagern, versteckt in engen Gassen, leeren Scheunen und verschmutzten Höfen, ausgezehrt, von Hunger und Durst geplagt, nur auf die Gelegenheit wartend, endlich Afrika entfliehen zu können.

Die Boote warten jenseits der Grenze, an der Küste von Marokko, nur die skrupellosen Trolleys haben Kontakte zu den Kapitänen in Tanjah und kennen den Weg. Ohne Akpan würden sie in Maghnia zurückbleiben, wieder einmal sind sie ihm ausgeliefert.

»Ihr braucht Geld für die Überfahrt!«, fordert Akpan. »Ihr wisst, wie ihr es verdient, also schafft es herbei!«

Das Uringeld haben sie für Brot und Wasser ausgegeben, und der Boss des Camps kassiert wie schon in Gao für den Schutz der Flüchtlinge. Wer nicht bezahlt, riskiert die Ausweisung durch die Polizei.

So verkauft sich Hadé erneut. Und wenn sie erschöpft von den Algeriern ins Lager zurückkehrt, steht Akpan grinsend mit geöffneter Hose vor ihr, um sich, nachdem sie ihm das Geld abgeliefert hat, auch noch bedienen zu lassen.

Diesmal hat Hadé die Tage gezählt. Als sie die 214. Kerbe in ihren Zählstock geschnitzt hat, gibt Akpan endlich das Zeichen zum Aufbruch. Sie und Sema haben es geschafft und das Bootsgeld verdient. Dazu das, was Akpan für sich behält. Insgesamt 4.000 Euro – für jede.

In jener Nacht verlassen sie Maghnia.

Es gibt keine Lampen, kein Licht, kein Feuer, das wäre zu gefährlich. Wachen patrouillieren bei Tag und Nacht, die Lichtkegel der Scheinwerfer, Richtmikrofone, die jedes Geräusch wahrnehmen, auf die marokkanische Seite gerichtete Wärmebildkameras und scharfe Hunde erschweren das Überwinden der Grenze.

Akpan, der sie selbst führt, hat eine Neumondnacht abgewartet, und nur die Sterne leuchten über ihnen. Hadés Augen sind an die Dunkelheit gewöhnt, und sie sieht Felsen und Palmen, die sich mit ihren Silhouetten gegen den Nachthimmel abheben. Sand und Steine knirschen unter ihren Füßen, ab und zu spürt sie Wasser und ahnt, dass Akpan eine tief eingeschnittene Schlucht als Weg über die Grenze nach Marokko gewählt hat. Wie Hyänen schleichen sie durch die Nacht.

Der Trolley führt sie in einen Unterschlupf und schärft ihnen ein, in dem Versteck zu bleiben und auf ihn zu warten. Er will Essen besorgen. Zwei Nächte später brechen sie erneut auf. Zu Fuß, hungrig und in den kalten Nächten frierend, bei Tag schlafend in Verstecken zwischen Felsen, die Füße voll Blasen, die Haut aufgeschürft, die Lippen aufgeplatzt, der Körper matt und der Geist unwillig, etwas anderes zu tun, als tags zu ruhen und nachts zu laufen. Fünf Nächte, zehn, 15, 16, und weitere, ohne sie zu zählen.

Ihr letztes Ziel in Afrika ist Tanjah oder Tanger in Marokko.

47

Der Lastwagen, der am frühen Abend eingetroffen war, stand als Sichtschutz mit seiner Längsseite zum Tor. Im Innenhof wurde – von der Straße aus nicht einsehbar – der Container beladen.

Reiter beobachtete, wie ein Rechner nach dem anderen in dem gigantischen Stahlsarg verschwand, es war der zweite Transport innerhalb des Monats, das Geschäft lohnte sich.

»Wo steckt denn eigentlich dieser Penner?«, fragte er, als ihm Zoto über den Weg lief.

»Pulle?«

»Ja, genau der. Passt mir irgendwie nicht, dass der sich bei uns versteckt, wo ihn doch die Polizei sucht.«

»Ich weiß. Aber es ist gar nicht so schlecht für uns, wenn er sich noch nicht stellt. Das macht ihn nur noch verdächtiger für die Bullen. Er schläft seinen Rausch aus. Drüben auf dem Dachboden überm Werkzeugschuppen. Hab ihm zwei Flaschen von seinem Lieblingstropfen gegeben, das wirkt bei dem wie Schlaftabletten.«

»Du weißt, dass wir keine Zeugen gebrauchen können!«

»Schon klar. Ich werde ihn im Auge behalten, und bei passender Gelegenheit verschwindet er.«

Reiter nickte zustimmend. »Aber mach's besser als bei der Alten!«

»Wieso? Solange sie Pulle verdächtigen, geht unser Plan doch auf!«

Reiter ignorierte seine letzte Bemerkung.

»Wie weit sind wir?«, fragte er mit Blick auf den Container.

»In einer Stunde fährt der Truck«, antwortete Zoto. »Das Material unter den Planen ist verladen. Jetzt kommen nur noch die alten Rechner von der Realschule dran.«

Zoto lachte. 22 gebrauchte, aber funktionstüchtige Pentium-III-PCs, gespendet für ein Schulprojekt in Benin. Kostete sie keinen Cent. Brachte aber auf dem Schwarzmarkt von Lagos locker 100 Euro pro Rechner. Das waren die Geschäfte, die er liebte.

Zwar war der Export von Elektroschrott in Entwicklungsländer verboten, doch hatte Reiter kein Problem damit, den angelieferten Müll, anstatt ihn fachgerecht zu entsorgen, einfach nach Nigeria zu verschiffen. Zwei bis drei seiner Container mit offiziell als Handelsgüter deklarierter Ware warteten pro Monat an den alten Quais von Bremerhaven auf den Transport nach Süden.

Kein Mensch kontrollierte die Funktionstüchtigkeit der Monitore, Rechner und Handys, so etwas wie eine Tauglichkeitsbescheinigung für Elektrogeräte gab es nicht. Und wenn doch einmal die Umwelthilfe auftauchte, gab es immer eine Handvoll Vorzeigemodelle, die wirklich noch funktionierten.

Reiters Hand strich über die rostige Außenseite des Containers. Um die 800 Computer würden in dieser Nacht wieder auf die Reise gehen. Allein 40 davon genügten, um die Transportkosten zu decken. Und Reiter hatte mit den Händlern in Lagos einen klaren Deal gemacht: die Hälfte der Ladung war noch in gutem Zustand und somit auch gut zu verwerten, die andere Hälfte war Schrott, der sich in Afrika jedoch immer noch gewinnbringend recyceln ließ. Diese Geschäfte liefen vor Ort unter der Hand ab. Keine Kontrollen, das Geld bar bei Übernahme der Ware.

Hier vor Ort galt Reiter als Wohltäter. Längst hatte es

sich herumgesprochen, dass man seinen Elektroschrott gebührenfrei bei ihm loswerden konnte. Kein Mensch störte sich daran, dass zwischen den Halden von Kies, Bauschutt und Sand Computerteile lagerten, kein Mensch interessierte sich dafür, was wirklich damit passierte. Hauptsache, man wurde den Schrott los, ohne dafür zu bezahlen.

Reiter lancierte immer wieder Berichte in der Presse, die glückliche afrikanische Schulkinder mit ihren Rechnern aus Deutschland zeigten. Oder Bilder von Wildhütern im Ruwenzori, die die Überwachung der Berggorillas endlich am PC verfolgen konnten. Dass es weniger als ein Prozent seiner Exporte war, der diesen Weg ging, verschwieg er natürlich. Die Menschen glaubten an das Gute, wenn sie ihm ganze Kofferraumladungen alter Fernseher, Radios oder Computer anlieferten.

»Das Zeug steht bei mir jetzt schon seit Monaten im Keller«, hörte er dann. »Da dachte ich, das können Sie doch sicher für Afrika gebrauchen. Und die alten Kabel und Röhren nehmen Sie doch sicher auch mit?«

Höher und höher türmte sich dann der Elektroschrott unter den dunklen Planen, bis wieder der Container im Hof stand und gefüllt wurde. Was Reiter betraf, liefen diese Geschäfte besser denn je, die Kosten hielten sich in Grenzen, die Gewinne waren sensationell. Bis die Alte eines Tages bei ihm auftauchte und ihm einen Bericht der Deutschen Umwelthilfe unter die Nase hielt.

Die Zahlen über illegal nach Afrika exportierten Elektroschrott hatte sie mit gelbem Leuchtstift markiert und ihn gefragt, ob er ihr die Funktionstüchtigkeit seiner Ware belegen könne oder sie Greenpeace, bei denen sie Mitglied sei, auf seine Container in Bremerhaven ansetzen solle.

Sie hatte ihn beobachtet, hatte sie ihm erzählt, und festgestellt, dass nur ein geringer Teil der Geräte, die er nachts in die Container laden ließ, einen guten Eindruck machten. Rechner mit zerstörtem Gehäuse, offene Platinen, Monitore mit gesprungenen Scheiben, Fernsehgerippe und losen Computerschrott hatte sie ihm vorgeworfen.

Er könne ihr nicht erzählen, dass die Ausfuhr dieser Teile legal sei. Sie habe sich erkundigt und sogar mit einer Mitarbeiterin der Basler Konvention telefoniert. Reiter hatte ihr geduldig zugehört, bedauernd von den vielen schwarzen Schafen in der Branche gesprochen, die ihm selber ein Dorn im Auge seien.

»Sehen Sie«, hatte er gesagt, »die armen Kinder in Afrika können sich nun einmal keine Computer leisten. Die Geräte, die wir ihnen schicken, haben bei uns zwar ausgedient, weil der Markt sich rasend schnell entwickelt, doch in Afrika sind sie besser als nichts. Außerdem unterstützen wir die Wartung der Geräte vor Ort durch zusätzliche Spenden, und meine Mitarbeiter in Nigeria überwachen persönlich, dass die Geräte am richtigen Bestimmungsort ankommen.«

Es war ihm nicht schwer gefallen, der alten Dame einige hübsche Märchen aufzutischen, die er noch durch die Fotos von glücklich an ihrem PC lachenden Schulkindern unterstrich.

»Und damit Sie sehen, wie wichtig mir diese Angelegenheit ist, mache ich Ihnen einen Vorschlag«, hatte er gesagt und ihr eine monatliche Summe angeboten, die sie einer gemeinnützigen Umweltschutzorganisation spenden könne. Dafür müsse sie ihm aber versprechen, nicht weiter an der Legalität seiner Exporte zu zweifeln.

»Sie müssen wissen«, hatte er zum Schluss betont, »wir legen bei diesen Geschäften eigentlich drauf. Wenn wir jetzt auch noch der Umwelthilfe und anderen Organisationen Rechenschaft ablegen müssen, können wir es gleich bleiben lassen. Das kostet mich und meine Leute einfach zu viel Zeit. Dann müssten die Schulen in den Dörfern Afrikas eben auf unsere Unterstützung verzichten.«

Das hatte gewirkt. Die Alte hatte ihm geglaubt und war auf seinen Vorschlag eingegangen. Er müsse die Spenden allerdings über die Schweiz abwickeln, da sich sonst wieder Banken und Staat unnötig daran bereicherten, hatte er noch angefügt und sich so schließlich ihr Schweigen für 500 Franken monatlich erkauft.

Zwei Jahre lang hatte er bezahlt. 12.000 Franken.

Dann war die Alte eines Abends wieder bei ihm aufgetaucht. Und hatte ihm illegalen Menschenhandel vorgeworfen. Diesmal war es ihm nicht möglich gewesen, ihr Schweigen zu erkaufen. Sie wolle auch die 500 Franken nicht mehr, hatte sie gesagt.

»Wie viel dann?«, hatte er gefragt. Er wusste aus seiner Erfahrung heraus, dass alle Menschen käuflich waren. Es kam nur auf die Summe an.

»Wie viel ist Ihnen mein Schweigen denn wert?«, hatte die Alte zurück gefragt.

»Das Doppelte?«

Die listigen blauen Augen hatten geflackert, doch sie hatte den Kopf geschüttelt.

»100.000!«

Er hatte gelacht und im selben Moment beschlossen, dass sie sterben musste.

»100.000 Euro? Sie wissen, was Sie da sagen?«

»100.000!«, wiederholte sie. »Oder ich gehe zur Polizei!«

Reiter hatte geschwiegen.

»Wer außer Ihnen weiß noch davon?«

»Bisher niemand. Und ich habe kein Problem, weiter zu schweigen. Wenn diese Frauen das machen, ist das deren Sache.«

»Ich biete Ihnen 50.000. Mehr ist nicht drin.«

Lene Grandel hatte den Kopf geschüttelt.

»100.000!«

Reiter hatte eingeschlagen.

Zwei Tage später hatte sie ihn angerufen und hysterisch gekreischt: »Sie haben ein Kind da drin! Lassen Sie das Mädchen sofort frei! Ihr dreckiges Geld will ich nicht mehr!« Dann hatte sie aufgelegt.

Alles weitere war Geschichte. Ob es ein Unfall war oder Mord, war ihm letztendlich egal. Die Leiche hatten sie in den Garten der Toten geschafft. Und die Tatwaffe wies auf diesen Penner.

»Irgendwann hätte die doch geredet!«, dachte Horst Reiter jetzt.

48

Tanjah.

Die Luft trocken, der Geschmack von Sand auf den spröden Lippen, und dann das Salz. Sie schmeckt es zum ersten Mal in einer Nacht, als sie schon längst aufgehört hatte, die Nächte zu zählen. Sie schmeckt das Salz und sie riecht das Meer. Wie lange ist es her, seit sie das letzte Mal das Meer gerochen hat, im Golf von Guinea, in der Lagune von Lagos?

In Tanjah warten die Boote, haben sie unterwegs erzählt.

In Tanjah wartet Europa.

In Tanjah wartet die Freiheit.

In Tanjah warten sie.

Sie warten auf die Freiheit, auf Europa, auf die Boote. Sie warten in den engen Gassen der Medina von Tanjah. Hierher hat Akpan sie geführt. Immerhin, es sind feste Räume in den alten, feuchten Häusern, keine Bretterverschläge, keine Lager, keine Höhlen oder Wüstenzelte. Sie bezahlen dem Eigentümer, der seiner ›Pension‹ den Namen ›Vienna‹ gegeben hat, Miete für das enge, stinkende Zimmer, Tag für Tag. Damit schmiere er die Polizei, erklärt er, damit sie sein Haus bei ihren Razzien auslassen. Sie bezahlen jede Stunde, die sie auf ein Boot warten. Und sie verdienen wieder das Geld mit ihrem Körper. Es gibt keine andere Möglichkeit.

Sie warten mit Blick auf Europa.

»Das, was du dort am Abend leuchten siehst, ganz hinten, weit über dem Meer, sind die Lichter Spaniens«, erzählt Ben, der Nigerianer, den sie in Maghnia wieder getroffen hat.

»Es sind nur 14 Kilometer«, sagt Ben. »Die Meerenge von Gibraltar, der kürzeste Weg nach Europa.«

14 Kilometer? Ein Klacks, verglichen mit dem, was sie hinter sich haben. Doch sie hat auch die Geschichten gehört von den gekenterten und versunkenen Booten, von den Stürmen des Estreco und der heftigen Strömung, die die kleinen Kähne auf den Atlantik hinaus zerrt. Von den

Menschen, die hilflos im Meer treiben und in den Sogwellen der großen Tanker unter Wasser gedrückt werden, wo sie jämmerlich ertrinken.

Sie erzählen von der spanischen Polizei, die das Meer überwacht, deren Kameras wie Eulenaugen auch bei Nacht jedes Boot erspähen, auch die grauen Schlauchboote, die dem Langstreckenradar entkommen. Hubschrauber kreisen unablässig über der Meerenge, und manchmal sieht sie am diesseitigen Ufer ein großes Feuer lodern. Ben sagt, dass seine Flammen die beschlagnahmten Boote fressen.

Sie kann nicht zurück nach Hause, ohne noch einmal die Wüste zu durchqueren. Noch einmal würde sie das nicht schaffen, das weiß Hadé, und so tut sie, was alle Frauen tun, sie verkauft ihren Körper an die Männer, die dafür bezahlen, stets auf der Hut, keinem marokkanischen Polizisten in die Hände zu fallen. Denn dies ist gleichbedeutend mit Deportation in die Wüste, zurück hinter die Grenze, ohne Verpflegung.

Sie hat gehört von Männern, die man in Tanjah aus dem Boot gezerrt und ausgepeitscht hat, die nach Algerien gebracht worden sind und von dort auf Viehtransportern nach Mali, wo man sie in der Wüste verschmachtend zurückgelassen hat. Sie haben es gebüßt, nicht zu warten, sondern sich um die Plätze im Boot zu streiten und die marokkanische Polizei auf sich aufmerksam zu machen. Nur einer hat überlebt und sich erneut auf den Weg gemacht. Er hat dafür gesorgt, dass die anderen die Geschichte hören, die Geschichte, wie seine Flucht in Tanjah geendet hat.

14 Kilometer vor dem Paradies.

49

Das moderne Café mit dem italienischen Namen *Pane* im Untergeschoss des Konstanzer Altstadthauses war gut besucht, es lag nur einen Steinwurf vom See entfernt, direkt an der Marktstätte, die von Feierabendeinkäufern belebt war.

Sie saßen an einem Ecktisch und hatten Cappuccino bestellt. Jens Bosch hatte das Café als Treffpunkt vorgeschlagen, da er bei der Staatsanwaltschaft in Konstanz zu tun gehabt hatte. Seit er in Singen bei der Kriminalpolizeiaußenstelle arbeitete, hatte er eine Wohnung im Forellengang unweit des Fährhafens und nützte jede freie Stunde, um am Bodenseeufer zu joggen oder, sobald die Seetemperaturen 15 Grad erreicht hatten, an einem der vielen frei zugänglichen Uferabschnitte zu schwimmen. Schlecht war es nicht, das Leben hier am See, mal kurz mit dem Katamaran nach Friedrichshafen, zum Wandern nach Appenzell, zum Sonnenaufgang auf den Hohentwiel, mit der Fähre auf einen Wein nach Meersburg, und doch war er unzufrieden.

Die Region bot wenig Spektakuläres für einen engagierten Kriminalpolizisten, und sobald es wirklich mal zur Sache ging, waren die Kollegen aus Konstanz oder vom LKA gefragt. Meistens. Im aktuellen Mordfall, der sich direkt vor seiner Haustür ereignet hatte, war ihm die Leitung der SOKO *Rotwein* übertragen worden. Was wahrscheinlich daran lag, dass sie auch noch eine Leiche im Konstanzer Hafenbecken zu bearbeiten hatten. Endlich konnte er zeigen, was in ihm steckte.

Als Linda ihn angerufen und um ein Treffen am Abend gebeten hatte, hatte er zunächst gezögert. Er hatte wenig

Lust, sich mit der Frau zu treffen, der er seine jetzige berufliche Situation zu verdanken hatte. Doch schließlich hatte er zugestimmt, Linda Roloff war attraktiv und schien immer noch Single zu sein. Kein unwichtiges Argument für einen einsamen Wolf. Zudem hatte sie von Erkenntnissen im Fall Lene Grandel gesprochen, die sie ihm mitteilen wollte.

»Ihr verdächtigt diesen Wohnsitzlosen«, begann Linda. »Jakob Eberle, stimmt doch?«

»Er steht zumindest im Fokus«, wich Jens Bosch aus. »Ich erzähle dir nachher vielleicht mehr. Was hast du mir zu sagen?«

Sein offizieller Tonfall irritierte sie. Linda wählte ihre Worte vorsichtig, um nicht zu viel zu verraten. Ihren konkreten Verdacht musste sie noch für sich behalten.

»Ich habe herausgefunden, dass Lene Grandel größere Geldsummen aus der Schweiz bekommen hat. Jakob Eberle war ihr Bote. Vielleicht kann dir das bei deinen Ermittlungen helfen.«

»In der Tat. Allerdings wissen wir das schon und ermitteln in dieser Richtung. Aber wie hast du das herausgefunden?«

»So was nennt man Recherche«, sagte sie frech.

»Was weißt du noch?«, bohrte er.

»Weiter bin ich noch nicht«, log sie. »Grandel bekam jeden Monat 500 Franken auf ein Schweizer Bankkonto. Eberle hatte eine Vollmacht.«

»Woher weißt du das?«

»Von ihm selbst.«

»Du weißt, wo er steckt?« Jens wurde laut und die Leute drehten sich nach ihnen um.

»Ich habe ihn getroffen, ja. Und ich glaube, dass ich

noch mehr herausfinde, wenn du mir die Zeit dazu lässt. Jens, ich kann dir nicht mehr sagen, heute noch nicht. Gib mir noch einen Tag, dann erfährst du alles, was ich weiß. Ich brauche noch 24 Stunden, um den Verdacht gegen Pulle auszuräumen.«

»Du ermittelst auf eigene Faust? Gut, das ist dein Risiko. Aber wenn du mir etwas verheimlichst, was zur Lösung des Falles beitragen kann …«

»Willst du mir drohen?«, unterbrach sie ihn.

»Nein, gewiss nicht. Ich werde dir jetzt sogar sagen, welche neuen Erkenntnisse wir haben, weil ich dir vertraue. Dafür erfahre ich morgen von dir, wo wir diesen Eberle finden?«

Linda nickte.

»Er steht ehrlich gesagt schon gar nicht mehr auf der Liste der Verdächtigen. Aber als Zeuge brauchen wir ihn dringend, da wir davon ausgehen, dass er einer der Letzten ist, der Lene Grandel noch lebend gesehen hat. Sie ist nämlich nicht dort gestorben, wo man sie gefunden hat.«

Kriminalhauptkommissar Jens Bosch sagte das in einem so nebensächlichen Ton, dass Linda es fast überhörte. Erst als er nachsetzte: »Ihr Garten war nicht der Tatort«, wurde sie sich der Tragweite seiner Worte bewusst.

»Die Kollegen haben Erdreste an den Schuhen der Toten gefunden, die eindeutig nicht aus dem Garten stammen. Außerdem eine zertretene Waldameise, ›*Formica rufa*‹«, zitierte er aus dem Untersuchungsbericht. »Unter ihren Fingernägeln fanden sich Laubpartikel von Bäumen, die in ihrem Garten nicht vorkommen. Lärche, Buche.«

»Das klingt nach Wald«, bemerkte Linda.

»Ja. Außerdem gibt es Spuren von Schnegglisand.«

»Den kenne ich nur aus dem Wollmatinger Ried. Sand, der aus kleinen Muscheln und Schneckenhäusern besteht.«

Sie hatte diesen Kalksand auf einer Halde im Kieswerk gesehen und sich darüber gewundert, da sie ihn nur vom Bodensee direkt kannte. Sollte Lene vielleicht im Wald beim Kieswerk …? Dann wäre klar, warum sich der Täter die Mühe gemacht hatte, die Tote in ihrem Garten abzulegen? Weil er den Tatort geheim halten wollte! Weil man ihm dort auf die Spur kommen würde …

»Es gibt noch einen weiteren Punkt, der uns überrascht hat«, fuhr Jens Bosch fort.

»Dieses Brecheisen. Der tödliche Schlag wurde eindeutig mit dem Brecheisen durchgeführt, nicht mit der Rotweinflasche. Ein einziger heftiger und tödlicher Schlag.«

»Moment. Heißt das, dass der Täter gar nicht mit der Rotweinflasche zugeschlagen hat?«, fragte sie und sortierte die Gedanken in ihrem Kopf: Die Flasche war im Garten zertrümmert worden. Wenn sie nicht die Tatwaffe gewesen war, was hatten dann die Scherben in der Wiese und die Rotweinspuren im Gras zu bedeuten?

»Nicht ganz«, sagte Jens Bosch, »aber die Sache wird genau hier kompliziert: die Glasscherben in der Kopfwunde, die Anordnung von Blut und Rotwein auf dem Schädel der Toten haben ergeben, dass der Täter nicht zuerst mit der Rotweinflasche zugeschlagen und dann mit dem Brecheisen nachgeholfen hat, sondern umgekehrt.«

Jetzt betonte er jedes Wort: »Erst als Lene Grandel schon tot war und man sie in ihren Garten gebracht hatte, wurde die Flasche auf ihrem Kopf zertrümmert.«

Jens Bosch lehnte sich zurück und ließ Linda Zeit, die neuen Erkenntnisse auf sich wirken zu lassen.

»Das klingt alles äußerst kompliziert«, sagte sie schließlich. »Also noch mal von vorn: Lene Grandel geht in den Wald. Allein?«

»Vermutlich.«

»Das heißt, sie trifft ihren Mörder am Tatort?«

»Ja. Nehmen wir mal an, er hat sie verfolgt oder ihr aufgelauert«, dachte der Kommissar laut. »Dann hat er mit dem Brecheisen zuschlagen. Ein gezielter Schlag auf den Schädel. Ende. Soweit die Theorie.«

Linda sah die Szene im Geiste vor sich. Lene Grandel im Wald, womöglich auf dem Weg zu dem geheimnisvollen Container, von dem Hadé gesprochen hatte? Und das Brecheisen? Hatte sie es dabei, um die Gefangenen zu befreien? Oder hatte es der Mörder mitgebracht, weil er geplant hatte, sie damit zu erschlagen? Jens Bosch unterbrach ihre Gedanken.

»Die Rechtsmedizin in Freiburg hat herausgefunden, dass der tödliche Schlag von vorne ausgeführt wurde, also hat man ihr nicht aus dem Hinterhalt aufgelauert.«

Linda schüttelte den Kopf.

»Das heißt, sie stand ihrem Mörder gegenüber?«

»Jedenfalls sah sie ihn wohl, als er zuschlug«, ergänzte Jens Bosch.

»Falls sie den Täter gekannt hat und von ihm keinen Angriff befürchtete, hatte er in Ruhe Zeit, den Schlag gezielt zu planen.«

Der Gedanke, der ihr schon vor einigen Minuten gekommen war, war so naheliegend, dass ihr die Lösung fast schon zu einfach schien.

»Ihr wisst, dass es eine Nichte gibt?«, fragte Linda.

»Klar. Lebt in Südamerika. Seltsamerweise hält sie sich derzeit in Deutschland auf. Wir sind dabei, ihr Alibi zu überprüfen.«

Linda hatte schon wieder einen anderen Gedanken, doch den wollte sie Jens Bosch gegenüber nicht äußern. Noch nicht. Erst, nachdem das Versprechen, das sie Hadé gegeben hatte, eingelöst war. Sollte Lene Grandel das Brecheisen selbst mit in den Wald genommen haben, hätte ihr der Täter die Mordwaffe erst abnehmen müssen, um dann zuzuschlagen. Ein kurzer Kampf, ein Schlag, das Ende. Denkbar.

»Könnte sie die Tat nicht doch vielleicht geahnt und sich gewehrt haben?«

»Ein Kampf hätte an ihrem Körper Spuren hinterlassen. Wir haben nichts gefunden, was darauf hindeutet. Außer, dass ihr ein Ohrring fehlt.«

Linda gab sich damit nicht zufrieden. Ein mächtiger Gegner wie Agim Zoto konnte einer alten Frau die Tatwaffe sicher ohne Gegenwehr entwinden. Überraschte sie am Container, nahm ihr das Brecheisen weg und schlug zu.

Das war für Linda, bei allem, was sie bislang wusste, die plausibelste Erklärung. Agim Zoto oder Horst Reiter.

Zumindest, falls Lene Grandels Nichte ein Alibi hatte.

»Egal«, fuhr sie fort, »lassen wir das offen, aber was passierte dann?«

»Nun, der Täter schaffte die Leiche vom Tatort weg in ihren Garten.«

»Und wie? In einem Fahrzeug?«

»Vermutlich. In diesem Fahrzeug muss es Spuren geben.«

»Er legt die Tote also in ihrem Garten ab und die Tatwaffe gleich dazu. Aber warum?«

»Weil er die Idee hat, den Tatort zu vertuschen und die Tat diesem Pulle in die Schuhe zu schieben. Er zertrümmert die Rotweinflasche auf dem Schädel der Leiche und weil er weiß, dass dieser Schlag nicht tödlich gewesen wäre, lässt er auch das rostige Brecheisen, auf dem es keine Fingerabdrücke gibt, am fingierten Tatort zurück.«

»Und glaubte so, Pulle die Tat anhängen zu können.«

»Ja. Ich halte Eberle allerdings nicht für so blöd, ausgerechnet die zertrümmerte Weinflasche als Visitenkarte bei der Leiche zurückzulassen. Dazu mit seinen Fingerabdrücken drauf.«

»Und wie geht es nun weiter?«

»Die üblichen Ermittlungen. Wir versuchen herauszufinden, was Lene Grandel am Tag ihres Todes getan hat, wo sie war, wen sie getroffen hat. Nachbarn befragen, Freunde, Bekannte. Das komplette Programm. Alibis überprüfen. Und wir müssen diesen Pulle finden. Ich glaube, dass er uns eine ganze Menge verraten kann. Wenn du also weißt, wo er stecken könnte, musst du mir das sagen!«

Linda schüttelte den Kopf.

»24 Stunden!« wiederholte sie.

Kriminalkommissar Jens Bosch holte tief Luft.

»Also gut. Wir werden auch so herausfinden, wohin Lene Grandel vor der Tatzeit gegangen ist, und auf den Tatort stoßen. Dort muss es Spuren geben, Fußabdrücke vielleicht, Blut, Schleifspuren, Reifenprofile. Wir kriegen den Kerl!«

»Es ist ein wichtiger Fall für dich, stimmt's?«, fragte Linda und legte ihre Hand auf seinen Unterarm.

Jens Bosch blickte zum Fenster hinaus. Die Nacht hatte sich über die Stadt gesenkt.

»Es ist eine Chance. Wenn ich als Leiter der SOKO den Fall löse, bevor sie mir einen Profiler aus Stuttgart auf den Hals hetzen, habe ich eine Chance, hier wieder wegzukommen.«

Lindas Finger streichelten ihn sanft, dann legte sie ihre Hand in seine und drückte sie. Sollte sie ihm nicht doch sagen, welchen Verdacht sie hatte? Dass er den Fuhrpark Reiters untersuchen sollte, um in einem Kofferraum oder auf einer Ladefläche Spuren von Lene zu finden? Dass Lene Grandel den Kieswerkbesitzer erpresst hatte, und es ein Tatmotiv für ihn gab?

Nein!

Sie konnte es nicht. Noch nicht.

Sie musste vermeiden, die Polizei ins Kieswerk zu locken, bevor Hadé ihre Tochter befreit hatte. Wenn Jens mit seinen Spezialisten das Kieswerk unter die Lupe nahm, hatte sie keine Chance, dort unbemerkt nach Doudou suchen zu können.

Aber konnte sie ihm nicht wenigstens einen Tipp geben, wo er Pulle finden konnte?

Nein!

Auch das hatte noch Zeit. Außerdem traute sie Jens zu, allein auf die Spuren zu stoßen, die sie durch Zufall schon am ersten Tag gefunden hatte. Sie hatte einfach Glück gehabt. Glück, zum rechten Zeitpunkt durch das Spektiv zu schauen, Glück, auf Pulle und Hadé zu stoßen. Und mit etwas Glück würden sie am nächsten Tag Doudou finden, und dann würde sie Jens alles berichten, was sie herausgefunden hatte. Das war sie ihm schuldig.

Der rhythmische Klingelton ihres Handys zerstörte die Zweisamkeit.

»Oh Mann, wer will denn jetzt was?«, stöhnte sie und las den Namen des Anrufers. Ihr Daumen drückte auf die rote Taste und wies das Gespräch ab. Sie würde später zurückrufen.

»Nicht wichtig?«, fragte der Kommissar.

»Nein. Privat.«

Ihre Hand lag immer noch in der seinen und sie spürte den sanften Druck, mit dem er ihre Finger massierte.

»Ein Bekannter aus Afrika«, erklärte sie und versuchte, es möglichst gelangweilt klingen zu lassen. »Ruft immer dann an, wenn ihm gerade langweilig ist.« *Du Luder*, dachte sie, *was machst du hier eigentlich?*

Seine Hand spielte mit ihren Fingern und er lächelte sie an, als er sagte:

»Konkurrenz für mich?«

»Nein«, schnurrte sie, ein wenig zu schnell.

»Erzähl mir von ihm.«

»Nein«, sagte sie neckisch, »zuerst du. Ich meine, außer deinem Job?«

»Geschieden. Oder anders gesagt: wieder zu haben.«

Er lächelte charmant.

»Oh. Das tut mir leid.«

Merkte er, dass sie log?

»Das muss es nicht. Noch einen Kaffee?«

Sie nickte.

»Bei dir?«, fragte sie und lächelte zurück.

50

Sie verließen Lagos Island über die Eko-Brücke im Westen und fädelten sich auf der überfüllten Stadtautobahn Richtung Apapa und Tin Can ein. Dort lagen die Raffinerien und Industrieanlagen, die Häfen für Stückgut und der Containerumschlagplatz, und im Terminal B des Tin Can Island Ports sollte sich, so Lindas SMS, ein Container mit der Nummer *FARG0888353* befinden.

Alan hatte sein Handy am Abend genervt wieder eingesteckt, als Linda nicht rangegangen war. *Anruf abgelehnt*. Für sie wäre es einfach gewesen, noch ein paar Dinge zu recherchieren, doch auch Ulla hatte ihre Kontakte in der Stadt, und so wussten sie nun ziemlich genau, wo sie mit der Suche nach der Ladung der *MV Cayelsa Star* beginnen mussten.

Der Hafen von Tin Can Island lag auf einer Landzunge etwa drei Kilometer westlich der Hafenanlagen von Apapa und schob sich wie ein Dreieck in die ehemalige Mangrovenlagune hinein. Zum Festland hin begrenzten Speicher, Schuppen und Lagerhäuser die Kaianlage. Auf der freien Fläche zwischen den Ankerplätzen lagerten Containertürme, entlang der beiden Wasserstraßen, die sich an der Spitze der Landzunge trafen, hatten Frachter aus Shanghai, Singapur, Dubai, Antwerpen, Long Beach und Bremerhaven festgemacht.

An der Zufahrt zu den Containerterminals verhandelte Ulla auf Yoruba mit dem uniformierten Wächter, und er ließ sie zu Fuß in den Hafenbereich. Alan bezahlte Johnny Cash, der sich zu ihrem Standardchauffeur entwickelt hatte, und bat ihn, etwa eine Stunde vor dem Tor auf sie zu warten.

»Falls du bis dahin nichts von uns hörst, kannst du abhauen!«

Cash nickte, drehte das Radio auf und parkte sein Taxi zwischen zwei grünen Frachtschuppen.

51

»Bist du weitergekommen?«, fragte Käthe Besserer, als Linda am nächsten Morgen in aller Frühe ihren Kaffee trank.

»Ich hab' nicht viel Zeit. Hier, das Buch«, sagte sie, »ich hatte es bei Lene mitgenommen, legst du es bitte wieder zurück? Es ist eine Widmung von ihrer Nichte drin.« Sie legte den Roman auf den Küchentisch.

»Ich habe auch eines für dich!«, strahlte Käthe Besserer. »Gestern Abend war doch die Lesung von Estebana Cortez in der Stadthalle Singen!«

»Und? War's gut?«

»Genial!«, schwärmte Käthe. »Der Saal war proppenvoll. Die Cortez stammt ja aus der Gegend, ich wusste das gar nicht.«

»Echt? Und woher?«

»Direkt aus Singen. Und die liest auch so toll. Die Geschichte ist echt beängstigend. Wusstest du, dass es immer noch Sklaven in Europa gibt? Frauen, die aus Afrika hierher kommen und dann in der Prostitution landen?«

Linda sah erstaunt auf.

»Davon handelt das Buch?«

»Ja. Nicht nur, aber deswegen fliegt Thekla Thodd an den Niger. Ich hab dir übrigens ein Buch signieren lassen. Warte!«

Käthe ging in den Flur und kam mit dem Roman zurück.

»Hier, für dich. Als Erinnerung an deinen Besuch.«

Todesnacht am Niger.

»Danke«, sagte Linda und schlug die erste Seite auf. *»Für Linda.«* Stand dort mit schwungvoller Handschrift geschrieben. Und die Signatur *Estebana Cortez*.

Lindas Blick erstarrte. Sie griff nach dem Buch, das sie in Lene Grandels Zimmer auf dem kleinen Tisch neben dem Spektiv gefunden hatte und verglich die Schrift der Widmung.

»Das gibt es doch nicht …!«, murmelte sie.

»Was hast du?«, fragte Käthe.

»Hier. Sieh dir das an! Die Handschrift in Lenes Buch *Für meine liebe Tante Lene. Deine Stefanie* und die in meinem: *Für Linda*. Es ist dieselbe Schrift. Hier, das ›L‹, genau der gleiche Bogen, derselbe Schwung. Das kann kein Zufall sein!«

»Aber das hieße ja dann – …« Käthe stockte.

Estebania Cortez. Linda dachte den Satz zu Ende. Estebania – Estefania – Stefanie! Das war ein und derselbe Name. Auf Spanisch und auf Deutsch …

Dann sprach sie es aus: »Estebana Cortez ist Stefanie, die Nichte von Lene Grandel. Richtig.«

»Oh mein Gott. Wenn ich das gewusst hätte. Dann hätte ich gestern doch mit ihr gesprochen!«

»Du sagtest doch, ihre Nichte lebt im Ausland. Südafrika. Südamerika wäre richtig gewesen! Surinam. Schau hier, ihre Vita auf dem Buchrücken: *Estebana Cortez wurde in Deutschland geboren und lebt seit ihrer Heirat mit ihrem Mann und ihrer Tochter in Surinam.«*

Käthe Besserer ließ sich auf einen Stuhl fallen und schüttelte den Kopf. Das war ein bisschen zu viel für die alte Dame. Die berühmte Schriftstellerin war die Nichte ihrer Nachbarin! Sie verbarg ihr Gesicht in ihren Händen.

»Klar«, sagte Linda, »Estebana ist ein spanischer Name und steht für Stefanie. Und Cortez ist wahrscheinlich ihr Pseudonym. Oder der Name ihres Mannes, aber das können wir noch herausfinden.« Sie machte eine bedeutungsvolle Pause. Und die Thematik? Sklaven in Europa? Hatte Lene ihrer Nichte von dem Container im Wald erzählt? War hier die Lösung zu suchen? »Aber was ich noch viel lieber herausfinden würde« – sie starrte auf die Signatur – »ob sie zur Tatzeit auch schon in Deutschland war …«

52

Eines Abends trifft Hadé auf Fred.

Fred wartet am Terminal des Hafens von Tanjah auf die Fähre. Er spricht sie an, als sie das Continental-Hotel verlässt, um wieder zurück zu ihrem Versteck zu gehen. Hadé erschrickt. Es ist das erste Mal auf ihrer Flucht, dass sie von einem Weißen angesprochen wird. Fred ist jung, etwa Mitte 20, gut einen Kopf größer als Hadé, hat kurze braune Stoppelhaare und ist unrasiert. Er trägt verschmierte Jeans und ein kurzes Unterhemd und raucht eine Zigarette nach der anderen. Sie gehen zu seinem LKW, und er nimmt sie mit in die bequeme Fahrerkabine. Fred ist fast zärtlich und bezahlt, ohne zu feilschen. Danach bietet er ihr eine Zigarette an.

Er erzählt ihr, dass er aus Deutschland komme, im Auftrag einer Spedition aus einer Stadt, deren Namen sie noch nie gehört hat, und über Spanien, Frankreich und die Schweiz dorthin zurück fahre.

»Du willst nach Europa, richtig?«, fragt er und bläst den Rauch zum halb geöffneten Fenster der Fahrerkabine hinaus. »Und wartest auf ein Boot?«

Hadé nickt.

»Schon lange?«

Sie sagt es ihm.

»Hm. Und wie lange willst du noch warten, und im Hafen von Tanjah die Kerle bedienen?«

»Bis unser Boot kommt«, antwortet Hadé.

»Da bist du nicht allein«, meint Fred. »Hier im Hafen treiben sich viele von deiner Sorte herum. Manche versuchen nachts, sich auf den LKWs zu verstecken. Viele gehen dabei drauf, weil sie in den Containern ersticken oder aus irgendwelchen Verstecken zwischen den Achsen rausfallen und überrollt werden. Du kannst mit mir kommen«, bietet er an. »Bequem, und ohne extra zu bezahlen. Ich nehm' dich mit. Einfach so. Im Container, zwischen der Ladung. Da gibt's Lüftungsschlitze. Nicht im Getriebetunnel, wo du verbrennst, wenn die Maschine glüht.«

Hadé sieht ihn mit großen Augen an.

»Und warum würden Sie das tun? Es ist doch riskant!«

»Das ganze Leben ist ein Risiko. Und ich möchte dir gerne helfen. Ich weiß, es sind Tausende, die wie du in Europa ihr Glück suchen. Und ich sage dir auch offen, du wirst es nicht finden. Europa will euch nicht. Man wird

dich behandeln wie den letzten Dreck. Und man wird dich zurückschicken. Du bist ruckzuck wieder in Afrika, falls du es überhaupt bis nach Spanien schaffst!«

Fred schweigt, und Hadé denkt über sein Angebot nach. Statt der riskanten Bootspassage übers Meer im Container eines LKW auf der Fähre? Klingt verlockend. Aber was würde Akpan dazu sagen? Es ohne sein Einverständnis zu versuchen, kommt für Hadé nicht in Frage. Sie braucht Mahamas Hilfe in Europa, wenn sie nicht so enden will, wie Fred es ihr prophezeit hat.

»Ich bin nicht allein«, sagt sie. »Meine Schwester.«

»Das ist kein Problem«, antwortet Fred. »Der Container ist groß genug. Aber mehr als euch beide nehme ich nicht mit. Auf keinen Fall! Die messen jetzt manchmal das Kohlendioxid in den Containern. Damit können sie erkennen, ob da drin jemand atmet. Wenn sie mich erwischen, beschlagnahmen sie meinen Truck, und ich kann einpacken.«

Hadé nickt. Und verspricht Fred, noch in der Nacht mit ihrer Schwester zum Hafen zu kommen.

53

Sie hatten das Werksgelände am frühen Morgen betreten, noch bevor die ersten Arbeiter aufkreuzten, waren am Maschendrahtzaun entlang gegangen war, an den Brombeerranken und Brennnesseln vorbei, bis sie die Vespa erreicht hatten. Pulle war also noch im Kieswerk! Lindas linke Hand umkrallte den Pfefferspray, in der rechten hielt sie die Köder. Sie war mit Hunden aufgewachsen, schon ihr Opa hatte einen Rottweiler als Wachhund auf seinem Hof gehabt, sie war als Kind auf der Dogge eines Onkels sogar geritten und wusste, dass ein Hund die Angst eines Menschen spüren konnte.

Angst hatte sie nun wirklich keine. Ein wenig Respekt durchaus, das war bei Dobermann und Ridgeback auch angebracht, alles andere wäre leichtsinnig gewesen. Doch sie hatte sich ihren Plan zurecht gelegt und wusste genau, was sie tat. Die Hunde waren die ganze Nacht im Freien gewesen. Jetzt am Morgen würde Zoto kommen und sie füttern. Sie mussten hungrig sein. Es war jetzt nur wichtig, die Hunde nicht zu überraschen und so einen Angriff zu provozieren. Sicher waren sie darauf getrimmt, sofort jeden Fremden anzugreifen, der sich dem Gelände näherte.

Linda ließ Hadé außerhalb des Zaunes zurück und schlich sich allein auf das Gelände. Sie ahmte den Pfiff Zotos nach, den sie in der ersten Nacht gehört hatte. Die Hunde reagierten sofort und kamen ihr bellend entgegen, als sie aus dem Trampelpfad auf das Werksgelände trat. Sie ging langsam in die Hocke, begab sich so auf Augenhöhe mit den Tieren und ließ den Hunden Zeit, zu reagieren. Die nächsten Sekunden würden alles entscheiden. Noch einmal ertönte der Pfiff, der den Hunden vertraut war. Die drei Wächter blickten sie aufmerksam an, stellten die Ohren auf und stürmten heran, die beiden Dobermänner voraus, den etwas massigeren Ridgeback im Schlepp.

Das unablässige Bellen dröhnte in ihren Ohren. Sie bemühte sich, keinem der Tiere direkt in die Augen zu sehen, blickte stattdessen unterwürfig zu Boden und schielte nur vorsichtig unter ihren Haaren hervor auf die Meute. Jetzt reagierte der erste Dobermann darauf, dass es nicht ihr Herr war, der ihnen sonst pfiff und Futter brachte. Eine fremde Gestalt wartete dort, doch nicht aufrecht, in Angriffsstellung, sondern klein und unterwürfig. Und irgendetwas roch seltsam verlockend.

Der Dobermann bremste seinen Lauf, sein Bellen ging in ein lautes Jaulen über, er verfiel in einen leichten Trab, beschrieb etwa 20 Meter vor Linda einen kleinen Halbkreis und blieb schließlich neugierig witternd stehen. Die beiden anderen waren an ihm vorbeigestürmt, bemerkten jetzt jedoch, dass ihr Anführer stehen geblieben war, und verlangsamten nun ebenfalls, allerdings immer noch laut und aggressiv bellend, ihren Schritt, trabten zu ihm zurück und stellten sich neben ihn.

Langsam hob Linda ihren Kopf. Die Hunde hingegen senkten ihre Schädel, in denen die Augen angriffslustig funkelten, die Ohren lagen jetzt fast an den Köpfen an, die Lefzen schienen bei jedem Bellen zu beben, gefährlich funkelten die drei Gebisse, und sie fürchtete schon, ihre Taktik würde sich als Fehlschlag erweisen.

Dem Rudelführer stieg erneut der Geruch in die Nase. Verführerisches Fleisch, signalisierte ihm sein feines Riechorgan, und weißer Speichel troff wie zäher Saft aus seinem offenen Maul. Sabbernd kam er ein paar Schritte näher, als Linda wie in Zeitlupe ihren rechten Arm ausstreckte und die Faust öffnete. Sie hatte Mühe, in der Hocke so lange das Gleichgewicht zu halten, merkte, wie ihr linkes Bein einschlief, traute sich jedoch nicht, sich aufzurichten.

Jetzt zog der Duft der frisch aufgeschnittenen Wurst wie eine unwiderstehlich verführerische Parfümwolke in einer menschlichen Nase an den Schnauzen der Hunde vorbei. Sie nahmen die Witterung auf, das Bellen und Jaulen senkte sich zu einem bettelnden Winseln, und der vordere Dobermann verkürzte die Distanz zu Linda um ein paar weitere Meter.

Sie atmete langsam aus und ein, verlagerte ihr Gewicht vorsichtig auf das rechte Bein und bewegte dabei ihren Arm vor und zurück. Die Hunde sollten nicht erschrecken, wenn sie ihnen den Köder zuwarf.

Der Dobermann war jetzt vielleicht noch fünf Meter von ihr entfernt, die beiden anderen doppelt so weit. Mit einer raschen und doch vorsichtigen Bewegung warf sie ihm das Wurststückchen zu, es landete direkt vor seinen Beinen, sein Kopf fuhr zum Boden und er nahm das Leckerli schlappernd auf, ließ es wieder fallen, schnupperte noch einmal daran und verschlang es dann mit wohligem Schmatzen. Seine Augen verrieten mit einem Mal keine Angriffslust mehr, die rosarote Zunge leckte Maul und Lefzen ab, fuhr über die Schnauze und erneut troff Speichel in zähen Fäden auf den Boden.

Jetzt war es Zeit, auch den anderen Hunden ihre friedliche Absicht zu beweisen, weitere Wurstteile landeten vor ihren Pfoten, und während sie fraßen, richtete sich Linda vorsichtig zu halber Größe auf und ging mit ausgestrecktem Arm auf die drei Hunde zu. Der erste Dobermann fing noch einmal zu bellen an, doch nachdem ihn ein Rädchen Lyoner erreichte, verstummte er sofort. Offensichtlich wollte er es sich jetzt nicht mehr mit seiner neuen Nahrungsquelle verderben.

Die Hunde kamen nun näher, beschnupperten sie von allen Seiten und fraßen ihr – im wahrsten Sinn des Wortes – aus der Hand. Vorsichtig begann sie, den Ridgeback auf der breiten Stirn zu streicheln, dann fühlte sie die Schnauze des Dobermanns unter ihrem Handgelenk, der ebenfalls nach Streicheleinheiten verlangte, und der dritte beschnüffelte ihre Hosentasche, in der sie die restliche Wurst verpackt hatte.

Sie hatte gewonnen. Was ihr schon bei Begegnungen mit einzelnen Hunden gelungen war, nämlich das Vertrauen der Tiere zu gewinnen, Aggressivität abzubauen und in spielerische Neugier zu verwandeln, hatte sie dieses Mal auch mit drei Hunden auf einen Streich geschafft. Linda atmete erleichtert aus.

Der Rest war nun ein Kinderspiel. Einen großen Streifen Schinken in der Hand ging sie auf den Zwinger zu, die Hunde hechelnd und hungrig an ihrer Seite. Sie öffnete das Gatter, warf die restlichen Wursträdchen und den Schinken in den Fressnapf, lockte die beiden Dobermänner und den Ridgeback mit Futter in den Zwinger, lehnte die Tür aber nur an, damit die Hunde später wieder heraus konnten und Zoto nicht sofort Verdacht schöpfte. Mit Hadé schlich sie nun den Fuhrweg entlang, der um den Baggersee herum zum Wald führte.

Die Afrikanerin hatte sich erinnert, dass Zoto, der den Menschen im Container Essen und Trinken brachte, mit dem Motorrad gekommen war, und so suchten sie am Boden nach schmalen Reifenspuren. Doch es war die letzten Tage zu trocken gewesen, von frischen Spuren war nichts zu sehen. Südlich des Sees entschieden sie sich für einen breiten Kiesweg, der wie ein Hohlweg in eine enge Schlucht mündete. Dann machte er eine Kurve und endete schließlich vor einer Schranke auf einer Lichtung, die ringsum von Buchenwald umgeben war. Hier standen sie jetzt und sahen sich ratlos an.

»Bist du dir sicher, dass wir hier richtig sind?«, fragte

Linda und lehnte ihren Oberkörper über die Schranke, die Fahrzeugen die Weiterfahrt verwehrte und sicher auch Fußgänger davon abhielt, ihren Weg fortzusetzen.

Die Afrikanerin zögerte.

»Ich weiß nicht. Die Sonne steht jetzt anders. Es so lange her. Aber muss noch kommen zweiter Zaun.«

Linda blieb stehen und sah zurück. Waren da Stimmen? Das Bellen der Hunde? Hatte Agim Zoto bemerkt, dass sie das Werksgelände betreten hatten?

»Weiter!«, sagte Hadé. »Da vorne irgendwo ist Platz!«

Sie überstiegen die Schranke und folgten dem Weg, der jetzt nur noch aus zwei breiten, fast zugewucherten Fahrrinnen bestand. Die Buchen trugen noch kein Laub, silbergrau schimmerten die glatten Stämme auf dem braunen Waldboden, dunkelgrün leuchteten die Moospolster im Totholz, und Linda versuchte mit ihren Augen das Unterholz zu durchdringen. Schimmerte dort nicht etwas Helles? Sie ärgerte sich, dass sie kein Fernglas mitgenommen hatte.

Die beiden Frauen blieben stehen. Vor ihnen war der Wald wieder dichter geworden, und mehrere schwarze Rillen, die sich wie Riesenschlangen in den Waldboden gruben, schienen von hier aus weiter zu führen. Linda bückte sich und fuhr mit der flachen Hand über eine der Rillen.

»Was meinst du? Könnten das alte Reifenspuren sein? Bei Regen in den Boden gegraben und inzwischen vertrocknet? Und da – und da?« Sie zeigte mit ausgestrecktem Zeigefinger auf die anderen Schlangenrillen.

»Los, weiter!«

Die beiden Frauen huschten weiter und standen schon nach wenigen hundert Metern vor einem hohen Zaun.

Der Weg endete an einem breiten Gittertor, das mit einem Fahrradschloss und am oberen Rand mit einer Stacheldrahtschlaufe abgesichert war. Ein gelbes Schild mit einem roten Blitz darauf und der Aufschrift ›*Durchgang verboten*‹ hing auf Augenhöhe. Hinter dem Tor setzte sich der Weg durch ein Dickicht aus Brombeerranken, Dornengestrüpp und mannshohen Sträuchern fort. Linda fluchte und suchte mit ihren Augen den Zaun ab, der rechts und links in den Wald hineinführte.

»Hier lang«, sagte Hadé bestimmt und entschied sich für links. Linda wunderte sich, aber sicher folgte die Afrikanerin einfach ihrem Instinkt. Der Zaun bog bald im rechten Winkel nach rechts ab, und nach weiteren 100 Metern war Linda klar, dass er ein rechteckiges Gelände umgab und nach außen abschottete. Doch man konnte nicht erkennen, was sich hinter dem dichten Bewuchs vor ihren Augen verbarg. Vermutlich war das Gittertor der einzige Zugang im Zaun. An einer Stelle war der Draht aufgeschnitten und danach wieder repariert worden. Ohne Werkzeug hatten sie keine Chance, einzudringen.

»Wir müssen oben drüber!«, meinte Linda und blickte zweifelnd auf Hadés bunten Boubou. Es schien unmöglich, mit dem engen Rock über den Zaun zu steigen. Schon sie würde trotz Jeans und alter Jacke Probleme haben, über die Absperrung zu klettern, die ihren Kopf um gut einen Meter überragte. Es war kein Elektrozaun, das war schon mal gut, und nur ein einfacher Stacheldraht führte an seinem oberen Ende entlang.

»Da vorne!« Hadé zeigte den Zaun entlang und ging voraus. Linda konnte nicht erkennen, wo Hadé eine Möglichkeit entdeckt hatte, den Zaun zu überwinden. Erst nach einigen Metern sah sie die junge Buche, die schräg gewachsen war und den Zaun an seinem oberen Ende berührte. Ein breiter Ast lehnte von außen wie eine natürliche Brücke gegen den Zaun. Sicher hatte Reiter sie noch nicht bemerkt, sonst hätte er sie gefällt, dachte Linda.

»Du kommst da rüber?«, fragte Hadé, die sich – ohne eine Antwort abzuwarten – sofort daran machte, flink wie eine Zibetkatze von Ast zu Ast den schrägen Baum nach oben zu klettern. Sie schob dazu den unteren Teil des Boubou über die Knie und stieg mit ihren Füßen geschickt in Astgabeln und auf die tragfähigen Zweige der Buche.

Auf Höhe des Zauns angelangt nahm sie das Tuch, mit dem sie ihre Haare umwickelt hatte, ab und legte es in dreifacher Lage über den Stacheldraht. Ohne zu zögern schob sie ihren Oberkörper Richtung Zaun, streckte die Arme nach vorne, suchte mit ihren Händen Halt auf dem Tuch zwischen den Drahtspitzen, holte mit den Füssen Schwung und ließ sich wie ein Turner beim Pferdsprung über das Hindernis gleiten. Hadé landete auf den Füßen im dichten Bewuchs der anderen Seite.

Linda hatte den Atem angehalten. Die Afrikanerin rappelte sich auf, zog den am unteren Ende zerrissenen Boubou zurecht und winkte Linda zu. Ihr Herz klopfte, als sie sich mit den Spitzen ihrer Turnschuhe den Weg auf den Baum suchte. Ihre Füße fanden in engen Astmulden Halt, ihre Finger klammerten sich um glatte Rinde, sie nahm Knie und Unterarme zu Hilfe und hievte sich keuchend nach oben. Weiter und weiter ging es, höher und höher, und noch ein Stück, jetzt der linke Fuß und noch einmal der rechte. Die dünneren Zweige hinterließen rote Rillen in ihren Fingern, doch sie ignorierte den Schmerz.

Jetzt war sie auf dem Ast, von dem aus Hadé den Sprung gewagt hatte. Ihre linke Hand klammerte sich an den Ast über ihr, mit der rechten suchte sie Halt auf dem Stacheldraht, über den Hadés Tuch hing. Zwischen zwei Haken des Stacheldrahts fand sie genügend Platz, um auch die linke Hand dort abzustützen, sie drückte ihre Ellbogen durch und stemmte dadurch ihren Oberkörper so weit nach oben, dass sie mit der Seite ihres rechten Fußes zwischen den Stacheldrahtspitzen zu liegen kam. Sie zog das linke Bein vom Ast nach, holte Schwung und setzte in einem stümperhaften Sprung über den Zaun. Dabei verhedderte sich sowohl der Ärmel ihrer Jacke als auch das Hosenbein im Stacheldraht, doch das Gewicht ihres Körpers, gepaart mit der Erdanziehungskraft, riss sie nach unten, und sie stürzte unsanft kopfüber mit einem Aufschrei auf den Boden.

Ihre Schulter schmerzte, die Jeans waren zerrissen, ein Stück des Jackenärmels hing wie ein Fähnchen auf der Pfostenspitze des Zauns, Blut floss in einem dünnen Rinnsal über ihr Schienbein und rann in die Strümpfe.

»Alles gut?«, fragte Hadé und bückte sich besorgt nach ihr.

»Es geht schon«, stöhnte Linda und stand auf. Hadés Kopftuch hing im Stacheldraht fest und war auf die Schnelle nicht von dort los zu bekommen, Linda rieb sich die schmerzenden Stellen und drückte den Stoff der Jeans auf die blutende Wunde an ihrem Knie.

»Hier geht wieder zurück«, sagte Hadé und zeigte auf mehrere Baumstümpfe, die auf ihrer Seite des Zaunes aufeinander gestapelt an einem der Pfähle lehnten und eine natürliche Treppe bildeten. Es musste schon jemand anders von innen den Weg über den Zaun gesucht haben, dachte Linda und suchte sich hinter Hadé durch das Dickicht einen Weg.

Die Afrikanerin sah die helle Außenwand des Containers zuerst. Linda wunderte sich nicht mehr darüber. Hier in der Wildnis, und war es auch nur ein kleines Wäldchen auf der Höri, war ihr die Frau aus Afrika einfach überlegen.

»Da!«, jubelte Hadé.

Linda zischte »Pst!« und legte den Zeigefinger auf den Mund. Leise gingen sie weiter und kamen nach wenigen Metern auf einen kleinen, frei geräumten Platz, in dessen Mitte der Container stand.

»Wir müssen vorsichtig sein!«, flüsterte Linda und zog Hadé mit sich. Sie umschlichen den Container. Er hatte ungefähr die Größe einer Garage, an einer der Schmalseiten gab es eine Tür, an der zusätzlich zum Schloss ein schwerer Riegel vorgeschoben war, sonst entdeckte Linda außer einem schmalen vergitterten Schlitz keine Öffnungen. An einer der Längsseiten ragte ein kleines Metallrohr nach oben, sicher ein Kamin, denn im Winter musste das Versteck beheizt werden. Daneben entdeckte Linda eine etwa zehn mal zehn Zentimeter große Fläche, die von einer Lamellenplatte verdeckt war. Das könnte ein Lüftungsgitter sein, dachte sie. Ob es im Dach weitere Lichtluken oder Luftschlitze gab, konnten sie vom Boden aus nicht erkennen.

Die beiden Frauen sahen sich an.

Linda hatte Hadé eingeschärft, nichts zu überstürzen. Sie wussten nicht, wie viele Menschen dort eingesperrt waren. Wie sollten sie herausfinden, ob Hadés Tochter darunter war? Hadé hatte erzählt, dass man dort drinnen nichts hörte von dem, was sich draußen abspielte. Sie mussten trotzdem versuchen, in Kontakt mit den Gefangenen zu kommen.

Das Gras um den Container herum war flach getreten. Linda konnte keine Spuren unterscheiden, doch schien es, als ob sich vor nicht allzu langer Zeit einige Menschen hier aufgehalten hätten. Die Frage war nur, hatten sie den Container verlassen oder betreten?

Linda suchte nach ihrem Handy, um ein paar Fotos zu machen. Vielleicht war es später nützlich für Jens, wenn sie ihm die Umgebung des Containers zeigen konnte. Linda stockte. Sie war es gewohnt, ihr Handy in der linken Hosentasche zu tragen, in der rechten waren die Schlüssel. So musste sie nie suchen. Doch die linke Hosentasche war leer. Ihre Hand fuhr in die rechte Tasche, die Schlüssel – das war's. Jackentaschen – Fehlanzeige!

Verdammt, ihr Handy fehlte! Vermutlich war es ihr beim Überklettern des Zauns aus der Hosentasche gefallen. Schon überlegte sie, sofort zurückzugehen und danach zu suchen, doch ein Blick in Hadés Gesicht hielt sie davon ab.

54

Akpan wartet unter den Palmen auf Hadé, als sie zum Versteck zurückkommt.

»Du bist spät dran, meine Hübsche. Es ist gefährlich, sich um diese Zeit noch draußen herumzutreiben«, sagt er freundlich, um sie im nächsten Satz anzuherrschen: »Wo warst du?«

Hadé, die sich vorgenommen hat, offen zu Akpan zu sein, da sie auf seine Hilfe angewiesen ist, erzählt ihm alles. Akpan scheint zu explodieren.

»Du willst was?«, brüllt er. »Mit einem Deutschen im LKW auf die Fähre? Hast du ihn gevögelt und er hat sich in dich verliebt, hä?«

Er packt sie an den Handgelenken und schleudert sie zu Boden.

»Na warte, du Drecksstück! Ich riskiere mein Leben für euch, und du hast nichts Besseres zu tun, als dich bei erster Gelegenheit mit einem Weißen aus dem Staub zu machen? Dir werde ich zeigen, was es heißt, sich meinen Anweisungen zu widersetzen. Hast du schon mal Bäume gezählt?«

Hadé schluchzt aus Angst vor Schlägen und kauert sich geduckt auf den Boden. Akpan reißt sie nach oben, ergreift mit beiden Händen einen ihrer Oberarme und schleudert sie mit voller Wucht gegen den rauen Stamm einer Palme.

»Eins!«

Hadé prallt hart gegen den fasrigen Stamm und fühlt das Blut aus den Schürfwunden rinnen. Sie geht zu Boden, wird von Akpan jedoch sofort wieder nach oben gezerrt und gegen den nächsten Baum gestoßen.

»Zwei!«, schreit er und scheint sich in einem Blutrausch zu befinden, denn schon wieder packt er sie am ausgestreckten Arm und stößt das kraftlose Bündel gegen den Stamm.

»Drei!«, brüllt er.

Der Schmerz in ihrer Schulter nimmt ihr den Atem. Wieder dreht er sie im Kreis und schleudert sie gegen die Palme.

»Vier!«, kreischt er.

Dieses Mal kracht sie mit dem Gesicht gegen die raue Borke. Ihre Nase blutet, Augenbrauen und Wangen sind zerschrammt.

»Fünf!«, schreit er. Wieder die Schulter.

»Sechs!«, ihr Kopf kracht gegen den Stamm.

»Sieben!« Sie ist ohnmächtig.

»Acht!«, bekommt sie nicht mehr mit.

»Neun!« Es ist ihm egal, dass sie sich nicht mehr rührt.

Bei »Zehn!« hört er auf.

»So!«, keucht er, »jetzt weißt du, wie das geht! Beim nächsten Mal sind wir zu zweit. Dann spielen wir Pingpong mit dir! Und schöne Bäume, die man zählen kann, sieht man in Deutschland genug!«

Er lässt sie im Sand liegen und wankt davon.

Fred wartet die ganze Nacht. Als Hadé bei Morgengrauen immer noch nicht auftaucht, rollt sein LKW die Rampe zur Fähre empor.

55

Ulla und Alan machten sich auf den Weg zu Terminal B entlang des östlichen Kais, vorbei an Landungsbrücken, Krangestellen, Schiffsstaplern und Lastwagen, die die gelöschten Paletten und Container abtransportierten. Draußen in der schmalen Lagune, die hier nicht breiter war als ein Fluss, kreuzten Bugsierschlepper und Stückgutfrachter zwischen Riesentankern und zwergenhaften Barkassen.

Alan studierte die Namen der Schiffe, die vor Anker lagen, doch die *MV Cayelsa Star* war nicht darunter. Seine Nase sträubte sich, den herben Paraffingeruch einzuatmen, dazu ein Gemisch aus altem Öl, Diesel und Gas. Alan war sich sicher, dass ein Streichholz genügen würde, um die komplette Umgebung in einen Feuerball zu verwandeln. Mit Unbehagen beobachtete er die Arbeiter und Staplerfahrer, die ihre Kippen achtlos auf den Boden warfen.

Ulla begann mit einem Mann in grünem Overall ein Gespräch auf Yoruba. Er grinste, als er eine Weiße seine Sprache sprechen hörte und schien bereitwillig zu antworten. Ulla zeigte ihm die Nummer des Containers, die Alan ihr aufgeschrieben hatte, und deutete immer wieder auf die Ankerplätze im Hafen. Dann steckte sie ihm drei Nuriascheine zu.

Der Mann ging in eine der kleinen Baracken und kam nach einer halben Minute wieder mit einer Handvoll Papiere heraus. Gemeinsam mit Ulla studierte er die Formulare, plötzlich nickten beide, Ulla grinste und schüttelte ihm dankend die Hand. Er schien ihr noch einen Weg zu beschreiben, dann kam Ulla zu Alan zurück.

»Volltreffer!«, sagte sie und umarmte ihn überschwänglich. »Die *MV Cayelsa Star* aus Bremerhaven liegt tatsächlich am Terminal B, nicht weit von hier. Aber jetzt halt dich fest: heute Morgen wurde die Ladung gelöscht.«

»Und wo kriegen wir raus, ob unser Container dabei ist?«

»Hab' ich schon«, jubelte sie. »Dank der Containernummer war das kein Problem. In einem Innenhof auf der anderen Seite des Hafengeländes. Er hat mir den Weg beschrieben. Da drüben hinter den großen grünen Schuppen.«

Alan atmete durch. Er war schneller ans Ziel gekommen, als er gedacht hatte. In wenigen Minuten würde er den Beweis haben, den Linda brauchte, würde ihr die Fotos per Mail zuschicken und Lagos so schnell wie möglich wieder verlassen.

56

»Haben Sie einen Durchsuchungsbefehl?«, fragte Horst Reiter misstrauisch.

»Den werden wir sicher bekommen, wenn Sie nicht kooperativ sind«, sagte der Leiter der SOKO *Rotwein*.

»Na gut. Ich habe allerdings nicht viel Zeit.« Reiter führte die beiden Kriminalbeamten in sein Büro, das in einer der Baracken neben der Einfahrt zum Kieswerk lag.

Sie nahmen auf alten Bürostühlen Platz, deren Sitzflächen abgewetzt waren. Überhaupt machte das Büro einen veralteten und ungepflegten Eindruck. Putzkräfte schienen hier keine Verdienstmöglichkeit zu haben. Der Holzschreibtisch schien aus der Mitte des vergangenen Jahrhunderts übrig geblieben zu sein, war verschrammt und zerkratzt, alle anderen Möbel schienen von Sperrmüllsammlungen zu stammen, die Türen der Schränke hingen schief in ihren Angeln, die Regalbretter waren verzogen, und überall lag eine feine Staubschicht auf den Ablageflächen. Auf dem Schreibtisch fiel der moderne breite Flachbildschirm auf, der zwischen abgeschabter

Schreibtischunterlage, grauer Klemmlampe aus der Gründerzeit und abgebrochenen Bleistiften in leeren Konservendosen ziemlich deplatziert wirkte.

Es roch nach Staub, Zement, abgestandenem Zigarettenrauch und Bier. Diesen Geruch hatte Jens Bosch zuletzt in seiner Schulzeit in der Nase gehabt, als er während der Sommerferien auf einer Baustelle gejobbt hatte.

»Wie gut kannten Sie Lene Grandel?«, begann der Kommissar.

»Gut – was heißt schon gut«, grunzte Reiter. »Sie hat ja da oben auf der anderen Straßenseite gewohnt. Ein verrücktes Huhn, die Alte, wenn Sie wissen, was ich meine.«

»Nein, das weiß ich nicht. Würden Sie es uns bitte erklären?«, sagte Jens Bosch ohne jede Freundlichkeit in der Stimme.

»Na ja, sie hatte halt ihren Tick. Mit den Vögeln und so. Schlich oft um den See, um Tiere zu beobachten. Hat mir sogar mal was von ’nem Biber erzählt.« Er kicherte.

»Und Sie haben ihr das Betreten des Geländes erlaubt?«

»Warum nicht? Wir haben hier nichts zu verbergen«, sagte Reiter fast etwas zu betont, und sein Gesicht wurde rot. »Allerdings auf eigenes Risiko. An den Wochenenden kommen die Angler vom Angelsportclub Höri hier rein, und im Sommer baden die FKK-ler hier. Ich hab’ nur eingezäunt, dass sie nicht mit den Anhängern reinfahren und tonnenweise Sand und Kies klauen. Die Angler haben einen Schlüssel für die Tür neben dem Haupttor, und die Nacktbader haben ihre Schleichwege.«

Der Hauptkommissar nickte.

»Sagt Ihnen der Name Jakob Eberle etwas?«

»Pulle? Na klar. Sie suchen ihn wegen des Mordes, gell?«

»Als Zeuge«, betonte der Kommissar. »Können Sie sich vorstellen, wo er sich aufhält?«

Reiter zögerte. »Lassen Sie mich überlegen. Er hat manchmal in einem der Schuppen übernachtet. Ich habe keine Ahnung, wann zuletzt. Sie können nachher meinen Vorarbeiter fragen. Sehen Sie: der Schwarzhaarige da draußen, der mit den Hunden. Agim Zoto, mein bester Mann!«

»Agim Zoto?«, fragte jetzt Oberkommissar Greiner, der bisher geschwiegen hatte.

»Kommt aus Bosnien. Absolut zuverlässig. Ich lasse ihm weitestgehend freie Hand. Er weiß, wann Pulle zuletzt auf dem Gelände war.«

»Und Lene Grandel? Wann haben Sie die zuletzt hier gesehen?«

Reiter überlegte. »Na, das muss am letzten Wochenende gewesen sein. Drüben am See. Mit ihrem Fernglas.«

»Und sie war allein?«

»Sie war immer allein.«

Greiner packte einen länglichen Gegenstand aus, den er in Plastikfolie eingewickelt hatte. Er reichte das rostige Brecheisen Reiter und fragte:

»Könnte das hier vom Gelände stammen?«

Reiter wog das Werkzeug schwer in der Hand. »Schon möglich. Wir haben jede Menge Werkzeug hier 'rumliegen. Ist das die Tatwaffe? Ich hab gehört, man hätte die Alte mit 'ner Weinflasche erschlagen?«

»Reine Routinefrage«, wich Greiner aus. »Wir müssen jeder Spur nachgehen.«

»Haben Sie Schnegglisand auf dem Gelände?«, fragte Jens Bosch jetzt.

»Schnegglisand? Ja. Wir liefern ihn als Oberschicht für die Grünbrücke über die neue B 33 bei Konstanz. Den haben wir hier überall am Untersee und im Seerhein.«

»Wir müssten einige Bodenproben entnehmen«, erläuterte Bosch.

»Wozu?«

»Um herauszufinden, wo sich Lene Grandel vor ihrem Tod aufgehalten hat. Und dann brauchen wir eine Liste Ihres Fuhrparks. Alle Fahrzeuge, Typ, Baujahr, Kennzeichen und Bereifung. Bis morgen.«

Bosch ließ dem sprachlosen Reiter keine Zeit für eine Gegenfrage, legte ihm seine Visitenkarte auf den Schreibtisch, erhob sich und wandte sich zum Gehen.

»Und halten Sie sich zu unserer Verfügung«, sagte er noch, ehe er und Kommissar Greiner die Baracke verließen.

»Was ist mit dem da?«, fragte Greiner draußen und zeigte auf den Bosnier, der sich an einem Gabelstapler zu schaffen machte.

»Später«, erwiderte Bosch. »Der läuft uns nicht davon. Ich möchte erst wissen, was bei der Untersuchung der Fahrzeuge herauskommt. Die Kollegen von der zivilen Streife sollen in den nächsten Stunden hier mal ein bisschen aufpassen. Sobald Reiter anfängt, auch nur ein Fahrzeug zu reinigen oder einen Kofferraum auszuräumen, schreitet die Kriminaltechnik ein und nimmt das Fahrzeug auseinander bis auf jeden Rostfleck, klar? Wenn wir auch nur einen Verdachtsmoment haben, stellen wir denen die Bude auf den Kopf!«

Greiner nickte.

57

Hadé erholt sich langsam.

Sema verbindet notdürftig ihre Wunden. Tage später fährt Akpan sie in einer kalten Nacht in einem Viehtransporter nach Osten zu einer kleinen Holzhütte am Rand der Berge von Ceuta. Das Meer ist jetzt so nah, dass sie das Rauschen der Brandung hören. Noch einmal warten sie fünf Nächte lang.

Dann, in einer stürmischen Nacht, kommt das Boot.

Akpan taucht noch einmal auf und grinst.

»Sturm ist gut für die Überfahrt. Weniger Kontrollen!«, höhnt er. Dann erklärt er, wie es für sie in Europa weitergeht: Jeden Monat haben sie von nun an zu bezahlen. 500 Euro für Mahama sind die Regel, 200 das Mindeste. Aus den 10.000 Euro, von denen Mahama zu Beginn der Reise gesprochen hat, ist inzwischen mehr als das Fünffache geworden.

Wie sie denn als Kindermädchen so viel verdienen könne, fragt eine der Frauen. Oh, das sei kein Problem, erzählt Akpan. In Deutschland gebe es auch noch andere Arbeit für Frauen wie sie. Mit ihren geilen Titten, sagt er und fasst ihr lüstern an die Brüste, könne sie in Deutschland genug Geld verdienen, und es läge an ihr, sich bei einer ordentlichen Nummer ohne Kondom gut bezahlen zu lassen. Keiner von ihnen solle einfallen, Mahama zu betrügen. Er finde sie überall auf der Welt, denn durch den mächtigen Ju-Ju wisse er immer, wo sie seien.

»Ihr werdet in Spanien von eurer Madame oder ihren Helfern erwartet«, sagt Akpan, »sie hat mit allem Erfahrung und wird euch zeigen, wie ihr euren Job zu machen

habt. Vertraut ihr, denn sie sorgt für euch. Bei ihr werdet ihr wohnen, essen und schlafen. Sie ist wie eine Mutter zu euch«, endet er und lacht hämisch. Das Lachen dröhnt noch Tage später in Hadés Ohren, als sie zum ersten Mal von der Madame geschlagen wird.

Akpan kassiert noch einmal: 1000 Euro für einen Platz auf dem Gummirand, 2000 Euro für einen Platz im Boot, und bringt sie hinunter zum Strand. Der Kapitän, ein bulliger, fetter Kerl in hohen Gummistiefeln und schwarzem Anorak nimmt das Geld entgegen, dann verschwindet Akpan, ohne sich noch einmal nach ihnen umzusehen.

Hadé erstarrt, als sie vor den düster wabernden Wellen den Umriss des Zodiacs erkennt. Sie hat mit einem größeren Boot gerechnet, einem richtigen Schiff aus Holz, nicht mit einem Schlauchboot, in dem kaum zwei Dutzend Menschen Platz haben. Der Kapitän nimmt alle 40 mit, dafür bleibt ihr Gepäck zurück.

Erst später erfährt sie, dass nur noch kleine und schnelle Gummiboote mit starken Motoren in stürmischen Nächten überhaupt eine Chance haben, dem digitalen Überwachungssystem der spanischen Guardia Civil auf der Meerenge zwischen Gibraltar und Marokko zu entgehen. Bei Sturm bleiben die Hubschrauber der Grenzschutztruppen in ihren Hangars, und es sind auch weniger Schnellboote im Einsatz. Dafür ist die Überfahrt gefährlicher als sonst. Nicht nur wegen der Strömung und der Wellen. Auch wegen der Tanker und großen Passagierschiffe, die den Weg der Flüchtlingsboote kreuzen und sie nicht erkennen, weil sie ohne Positionslichter fahren.

»Das Meer ist hier ein Massengrab«, hat Ben noch vor wenigen Tagen gesagt, als er ihr in einer klaren Nacht die Lichter Spaniens gezeigt hat.

»Zuerst die Frauen und Mädchen. Die Männer sitzen außen!«, kommandiert der Kapitän. Es spielt keine Rolle, ob man 1000 oder 2000 Euro bezahlt hat. Es gibt nichts an Bord, kein Wasser, kein Essen, keine Schwimmwesten. Dafür hätte der Platz nicht gereicht. Trotzdem besteigt Hadé mit ihrer Schwester Sema in Tanjah das Boot nach Europa. Sie ahnt nicht, was wirklich auf sie zukommt.

Hadé findet einen Platz in der Mitte des Zodiac, wo sie sich auf den Boden kauert. Der Kapitän gibt noch ein paar Kommandos, betrachtet zufrieden das Menschenknäuel in seinem Boot und wirft den Motor an. Blubbernd und tuckernd röchelt der Außenborder, dann dreht sich die Schraube und das Boot nimmt Fahrt auf. Hinein in die stürmische Nacht.

Hadé klammert sich an ihre Schwester, die Bordwand taucht unter die Wellen, Wasser schwappt ins Boot, Menschen schreien auf, die Gischt durchnässt sie schon nach wenigen Metern bis auf die Haut.

»Schöpfen!«, brüllt der Kapitän, und 80 Hände schütten das Wasser über Bord.

Der Sturm erfasst sie, als sie auf das offene Meer gelangen. Zunächst gibt es nur den Wind und die schwarzen Wolken, die sich über ihnen auftürmen und den leuchtenden Sternenhimmel zum Erlöschen bringen. Dann bricht das Unwetter los. Dicht aneinander gedrängt, Schulter an Schulter, kauern die Passagiere an Bord, halten sich an Seilen und der rauen Gummioberfläche fest, so gut es geht, klammern sich aneinander, ziehen die Beine an den Körper, zittern, frieren und bangen um ihr Leben.

Der Zodiac hüpft wie ein Ball auf den Wellen, die höher und höher über die Bordwand schlagen. Bald ist die schwarze Küste Afrikas in der Endlosigkeit des Meeres verschwunden, nur eine Ahnung bleibt, dort wo sich ein düsterer Strich am Horizont gegen den Nachthimmel abhebt.

Hadés Heimat verschwindet aus ihrem Blickfeld, und mit ihr tauchen auch ihre Familie, Mahama und Akpan in die Vergangenheit ab.

Vor ihr liegt die Zukunft, liegt das Paradies. Nur wenige Kilometer, wenige Tage, sie ist auf dem Weg in die Freiheit! Die Wüste, die Qual, Durst und Not liegen bald hinter ihr.

So denkt Hadé, als die große Welle über die Bordwand schwappt.

58

Hadé hatte Tränen in den Augen und Linda ahnte, dass es ihr schwer fiel, nicht einfach auf den Container zuzustürmen und endlich ihre Tochter zu befreien. Linda lauschte. Hatte sie ein entferntes Bellen gehört?

Nein, sicher nur Einbildung.

Es war Zeit, zu handeln. Sie nickte Hadé zu. Die Afrikanerin bückte sich nach einem Stück Holz, schlich damit zum Container und begann, in einem einfachen Rhythmus gegen die Wand zu klopfen.

Tock-tock-tock.

Pause.

Noch einmal. Tock-tock-tock.

Warten.

Kam das Klopfen von innen zurück?

Tock-tock-tock.

Jubelnd blickte Hadé auf. Gleich noch einmal! Diesmal ein Schlag mehr.

Tock-tock. Tock-tock.

Es antwortete. Tock-tock. Tock-tock.

Hadé erhob sich und stand auf Zehenspitzen unterhalb des Fensterschlitzes, durch den sie selbst vor zwei Jahren gespäht hatte, als sie gekommen waren, um ihre Schwester mitzunehmen. Sie hüpfte nach oben und versuchte vergeblich, einen Blick in das Innere des Containers zu erhaschen. Sie wusste, dass es drinnen kein Licht gab, und sie keine Chance hatte, etwas zu sehen. Aber vielleicht konnte Doudou sie erkennen? Wie groß mochte sie sein? Vier Jahre älter als damals.

Tränen trübten Hadés Blick und sie unterbrach ihre Sprünge, um sich die Augen auszuwischen. Da! Hörte sie nicht dieses eine Wort, diese kurze Silbe, wie aus einer anderen Welt? Ein Schrei, gedämpft durch eine undurchdringliche Wand? Drang nicht dort der Laut nach draußen an ihre Ohren, kam von dort, wo ihr Linda die Lüftungsschlitze gezeigt hatte?

Eine Silbe, die ihr das Herz einschnürte? Der Hilferuf ihrer Tochter, die offensichtlich ihre Mutter erkannt hatte, in Sekundenbruchteilen, als ihr Kopf auf Höhe des schmalen vergitterten Fensterschlitzes war?

Hadés Antwort gellte durch die hereinbrechende Nacht, und der Schrei ließ eine Schar Krähen, die sich auf den umliegenden hohen Bäumen zum Schlafen niedergelassen hatte, wieder aufstieben und krächzend davonfliegen. Das Bellen der Hunde klang wie ein höhnisches Echo, doch Hadé registrierte es nicht.

»Doudouuuuuuuu!« Das Wort, der Name ihrer Tochter, ging in ein langes Schluchzen über, die Tränen erstickten ihre Stimme, sie sank auf die Knie, achtete nicht auf die Dornen und spitzen Aststücke, die ihr die Haut zerkratzten, ihre Finger glitten an der glatten Containerwand nach unten, ihre glühende Wange presste sich gegen das kalte Metall, und wimmernd und heulend stammelte sie immer nur das eine Wort, schrie es sich aus der Seele, wie in Trance, wie in einem Traum, wie in einem unwirklichen Leben. Sie wusste, dass es von da drinnen keine Antwort gab, sie wusste, dass niemand von dort drinnen das Wort ›Ma!‹ gerufen hatte, dass es wie das Tock-tock-tock nur Einbildung war, oder vielleicht ein Vogel, ein Specht, der sie in ihrem Schmerz zum Narren hielt.

»Doudouuuuuuuu!«

Linda beugte sich zu Hadé hinunter, die vor der grauen Containerwand zusammengebrochen war. Ihr war es sofort klar geworden, dass der Container leer war, als sie an der Längsseite das geöffnete Vorhängeschloss entdeckt hatte. Die Menschen, die man dort versteckt hatte, waren fort!

Was musste in der Mutter vorgehen, jetzt, wo sie kurz vor dem Ziel gestanden war, ihre verloren geglaubte Tochter zu befreien und erkennen musste, dass das Gefängnis verlassen war? Ihr Schreien und Rufen war inzwischen in ein leises Wimmern übergegangen.

Für einen Augenblick konzentrierte sie sich zu sehr auf Hadé und ihr Schluchzen. Nur so konnte sie es sich später erklären, dass sie das Bellen der Meute nicht eher wahrgenommen hatte.

Hinter einer heruntergekommenen Tankstelle blickten Ulla und Alan durch ein Eisentor in einen Innenhof, in dem sich einige Männer an einem geöffneten blauen Stahlcontainer zu schaffen machten. Computermonitore lagerten auf einem rostigen Pickup und schienen auf den Abtransport zu warten. Ulla blieb hinter dem Eisentor zurück, und Alan schlich in den Hof, um mit seinem Handy ein paar Fotos zu machen. ›Gefährlich nahe‹, dachte Ulla. Die Männer mussten ihn entdecken!

Die weiße Beschriftung an der stählernen Stirnwand des Containers leuchtete. Alan kannte die Buchstaben- und Zahlenfolge inzwischen auswendig. Er drückte auf den Auslöser seines Handys. Container *FARG088835 3* mit Elektroschrott aus Bremerhaven war in Lagos gelöscht worden. *Datum von heute, Uhrzeit.*

Speichern.

Mitteilung verfassen.

Multimedia. Senden.

Mitteilung gesendet an: Linda Handy.

Alan grinste.

»Reicht dir das noch nicht?«, rief Ulla, die sich versteckt im Hintergrund gehalten hatte und nervös die Männer am Container beobachtete. »Pass auf, sie haben dich entdeckt!«

Einer von ihnen hatte bemerkt, dass Alan mit dem Handy Fotos gemacht hatte, löste sich aus dem Pulk und kam mit wütendem Blick auf sie zu. Er brüllte etwas in einem Dialekt, den Ulla nicht verstand, doch sie fand, dass es bedrohlich klang.

Alans Grinsen war verschwunden.

Agim Zoto kam mit den Hunden zu der Stelle, wo die Frauen über den Zaun geklettert waren, und fluchte.

›Lass sie doch nach dem Container suchen‹, dachte er. ›Werden sich wundern!‹

Er hatte das Tuch, das im Stacheldraht hing, erkannt, dazu den Fetzen aus Lindas Jacke und ahnte, dass die Afrikanerin sich mit dieser Schnüfflerin hier herumtrieb, von der er inzwischen wusste, dass es sich um eine neugierige Journalistin und nicht um eine Polizistin handelte. Sie würde ihn nicht noch einmal an der Nase herumführen.

›Das ist gut, sehr gut‹, dachte er, als er die Stoffteile betrachtete. Mit dieser Duftspur war es ein leichtes Spiel, die Hunde auf die Fährte der schwarzen Hexe zu setzen. Er riss das Tuch vom Zaun und steckte es ein.

Das blaue Blinken im Bodenlaub machte ihn auf den kleinen Gegenstand aufmerksam, der auf der anderen Seite des Zauns auf dem Boden lag. Ein Handy! Er suchte nach einem Stock und stocherte so lange im Laub danach, bis es in Griffweite lag und er es mit ausgestrecktem Arm durch den Zaun hindurch erreichte. Es musste entweder dieser Journalistin oder der schwarzen Hexe beim Überklettern des Zauns aus der Tasche gefallen sein.

Die blinkende Mitteilung erregte seine Neugier, und da kein Tastenschutz aktiv war, gelang es ihm ohne Probleme, die Nachricht zu lesen. Ein Foto zeigte einen stahlblauen Container, wie sie ihn auch jetzt wieder mit Elektroschrott beladen hatten. Darunter eine kurze Nachricht:

Hi Linda. – Also das Handy der Journalistin! – *Gesuchter Container in Lagos gefunden.*

Agim Zoto pfiff durch die Zähne.

Da hatte diese Schnüfflerin jemanden in Lagos beauftragt, nach dem Container zu suchen! Der Absender trug im Handy den Namen Alan Scott. Zoto war sich darüber im Klaren, dass er die Frau aufhalten und seinen Boss informieren musste. Er erreichte Reiter per Handy drüben im Kieswerk und erzählte ihm von dem Foto und der SMS aus Lagos.

»Und du weißt, wer der Absender ist?«, fragte Reiter.

»Ja. Ein gewisser Alan Scott.«

»Gut. Dann schick ihm im Namen dieser Journalistin eine Antwort zurück. Schreib ihm, er soll im Hafen nach Mahama fragen. Ich werde dafür sorgen, dass er danach nicht mehr weit kommt!«

»Und wie?«

»Das lass mal meine Sorge sein. Mahama wird sich um ihn kümmern, und er kennt Methoden, die sind todsicher!«

Reiter lachte.

Agim Zoto hatte verstanden.

Sekunden später verließ die SMS Lindas Handy und lockte Alan Scott in die Falle.

Frag im Hafen nach Mahama! Linda.

Zoto war so klug, danach alles zu löschen.

Die Miene des Mannes verriet wenig Freundlichkeit, er hob drohend die Faust und zeigte Alan mit ausgestrecktem Arm, dass er verschwinden solle.

»Los, lass uns abhauen«, warnte Ulla, »das riecht nach Ärger!«

»Okay, gehen wir zurück. Los, zum Taxi!«, rief Alan und bewegte sich rückwärts auf das Tor zu. Er ließ den Mann nicht einen Moment aus den Augen.

Ulla eilte voraus und Alan legte an Tempo zu, als er plötzlich die Vibration des Handys in seiner Hand spürte. Antwort von Linda. Er blieb stehen, starrte auf das Display und las:

Frag im Hafen nach Mahama! Linda.

Er sah zu dem Mann, der ihm gefolgt war und immer noch schimpfte.

Frag im Hafen nach Mahama!

»Was ist?«, rief Ulla aus sicherer Entfernung.

»Geh' du vor. Ich komme gleich nach! Vielleicht kriege ich noch was raus. Warte im Taxi. Sie haben dich noch nicht gesehen!«, rief Alan auf Deutsch in ihre Richtung. Ulla signalisierte das Okay der Tauchersprache und zog sich weiter zurück.

»Ulla?«

Sie blieb noch einmal stehen und drehte sich um.

»Hier, nimm mein Handy. Wegen der Fotos. Nur für alle Fälle!«

Er warf es ihr in hohem Bogen zu, und Ulla fing es geschickt auf. Alan wandte sich wieder dem Arbeiter zu, der inzwischen gefährlich nahe heran gekommen war. Er hatte seinen Kopf bis auf eine Locke über der Stirn kahl geschoren und war barfuss, seine kurze Hose hing in Fetzen bis über die Knie, die Farbe des T-Shirts war unter den schwarzen Ölflecken und anderem Schmutz nicht mehr zu erkennen.

Was Alan nicht mitbekam, war, dass einer der Männer, der auf der anderen Seite des Containers im Schatten saß, auf seinem Handy einen Anruf aus Deutschland entgegennahm.

59

Der Zodiac steuert in die Nacht, in das schwarze Nichts. Keine Positionsleuchten an Bord verraten sie den Patrouillenbooten der Polizei, der Kapitän verlässt sich auf seine Erfahrung und auf den Schutz der Dunkelheit, hält stur nach Norden, seiner inneren Orientierung folgend. Der Sternenhimmel ist keine Hilfe mehr, nur der kleine Kompass mit dem leuchtenden Zifferblatt dient ihm als Führer.

Hadé sieht das weiße Leuchten im schwarzen Wasser und erschrickt. Das Meer scheint zu leben. Die Schaumkronen tanzen einen Teufelstanz, und das Boot tanzt mit. Immer heftiger toben die Wellen, und als der erste Blitz wie eine zuckende Baumschlange vom Himmel fällt, schließt Hadé verzweifelt ihre Augen.

Der Zodiac hüpft auf und ab, wird hart gegen eine Wasserwand geschleudert, bäumt sich auf, fällt in einen Abgrund und schlingert weiter.

»Wir kentern!«, schreit eine Stimme panisch, »wir werden alle ertrinken!« eine andere. Haben sie recht? Würde das Meer ihr Grab sein? Sind all die Qualen, die Schmach, die Strapazen ihrer Reise durch die Wüste umsonst gewesen? Nein! Das darf nicht sein! Hadé beginnt zu beten.

Jetzt tobt sich das Unwetter über ihnen aus. Blitze erhellen für Sekunden die durchnässten Menschen an Bord. Glänzende Gesichter, in denen die Augen, weit aufgerissen vor Angst, wie weiße Kugeln leuchten, klappernde Zähne, zitternde Körper, Knäuel von Armen und Beinen, ineinander verhakt, um nicht über Bord gerissen zu werden. Donner lässt alle zusammen fahren, Schreie gellen in die Nacht, Frauen kreischen, Männer brüllen. Das einzige Kind an Bord weint.

»Festhalten!«, schreit der Kapitän, doch seine Stimme wird von tosendem Wind und tobendem Wasser verschluckt. Er hat die Silhouette des Riesen, die sich kaum gegen den nachtschwarzen Wolkenhimmel abhebt, zu spät erkannt. Der Tanker taucht wie eine senkrecht aus dem Wasser ragende Felswand vor dem Zodiac auf, der Kapitän reißt das Steuer herum, in der bangen Hoffnung, dem Sog der Bugwelle zu entgehen und sein Boot zu retten. Er weiß, welche Gefahr von den Ozeanriesen in der Straße von Gibraltar ausgeht, er hat sogar schon am Tag kleine Schiffe untergehen sehen, die in die Fahrrinne eines Tankers geraten waren.

Hadé hat den Aufschrei des Kapitäns gehört, da sie nur wenige Meter von ihm entfernt am Boden kauert, doch sie erkennt die Gefahr nicht. Sie sieht hinüber zu Ben, der wie die meisten Männer auf der Reling Platz gefunden hat. Mit verkrampften Händen halten sie sich an den Tauen fest und versuchen, sich gegenseitig Gleichgewicht zu geben. Bei jedem Wellensprung des Zodiac vollführen ihre Oberkörper seltsame Bewegungen, die Schultern scheinen zu tanzen, die Köpfe wackeln, die Beine hüpfen nach oben, die Arme dehnen sich, um den Schwerpunkt der Körper auf dem Zodiac zu halten. Nur bei Ben ist die Bewegung anders. Leichter, lebloser.

Sie starrt ihn an, und als ein Blitz die Menschen an Bord erhellt, stellt sie entsetzt fest, dass er seine Hände in Gebetshaltung auf dem Schoß liegen hat. Er betet! Ein zweiter Blitz rauscht durch die Nacht und beleuchtet Bens Gesicht. Hat er die Augen geschlossen? Hadé ist sich nicht sicher. Wie in Trance sieht sie seinen Körper wanken, als der Kapitän das Boot in einem Wellental ausbremst, um dem Sog des Tankers zu entgehen. Dann – plötzlich – ist Bens Silhouette verschwunden. Es ist zu dunkel, um mehr zu erkennen – Hadé stockt der Atem – als der dritte Blitz zuckt, ist der Platz, an dem Ben soeben noch saß, leer.

Wie von einer unsichtbaren Hand gezogen, ist Ben über Bord gegangen. Hadé schnellt nach oben, ihr Schrei geht unter im Dröhnen des Nebelhorns, mit dem der Tanker die Wendeaktion des Zodiac kommentiert.

»Hinsetzen!«, brüllt der Kapitän.

Salzige Gischt dringt in ihren geöffneten Mund, sie wird zu Boden geschleudert und von Händen und Füßen wieder auf ihren Platz bugsiert. Ihre Seele schreit, ihr Herz weint um Ben, doch ihr Kopf weiß, dass er nicht mehr zu retten ist. Das Meer, die letzte Hürde auf ihrer Flucht ins Paradies, ist sein Grab. Sie schlägt ein Kreuz, dann greift sie wieder nach den Armen und Schultern neben sich, um nicht beim Angriff der nächsten Sturmböe wie Ben über Bord zu gehen.

Sie bekommt nicht mit, wie zwei weitere Menschen während der stürmischen Nacht ins Wasser stürzen. Kein Schrei, kein letzter Gruß kündet von ihrem Sterben.

60

»Der Kerl treibt sich im Hafen herum und fotografiert für eine Journalistin die Container«, sagte die Stimme aus Deutschland schnarrend am Handy. »Er ist ein Schnüffler. Erledigt ihn wie immer. Ach ja, er heißt Alan Scott.«

Der Angerufene hörte jedes Wort und sein Blick verfinsterte sich.

»Was willst du hier? Los, verschwinde!«, hörte er einen der Männer rufen und er erhob sich von seinem Platz, von dem aus er das Entladen der Ware überwacht hatte. Der Mann, der aus dem Schatten des Containers trat, war elegant gekleidet, dunkler Anzug, weißes Hemd, Krawatte, schwarze Lackschuhe, die selbst im Staub des Hafens von Tin Can noch glänzten.

Er sagte laut, in beschwichtigendem Ton:

»Lass ihn. Wollen erst mal sehen, was er will!«

»Ich suche einen Mann namens Mahama!«, antwortete Alan und kam langsam näher.

»Mahama? Und was willst du von ihm?«, kam es von dem Kahlgeschorenen zurück.

»Ihr habt PCs zu verkaufen? Ich will mit ihm Geschäfte machen«, sagte Alan und deutete auf den Pickup.

»Geschäfte? Und wie heißt du?«

»Scott. Alan Scott.«

»Dann komm!«, rief der Elegante und winkte ihn herbei.

Das Bellen der Hunde war näher gekommen und schreckte Linda auf. Sie hatte Hadé, die sie verängstigt anstarrte, an sich gedrückt. Die Afrikanerin konnte nicht verstehen, dass ihre Tochter nicht mehr in dem Versteck war, und eine Welt war für sie zusammengebrochen.

»Pass auf«, flüsterte Linda, »du musst hier weg, schnell. Wir finden Doudou noch, ich verspreche es dir.«

Sie drückte ihr eine runde schmale Dose in die Hand, die etwa die Größe eines Deos hatte. Oben öffnete sie eine Schutzkappe, unter der sich eine Düse wie bei einem Spray verbarg.

»Hier, nimm' das, damit kannst du den Hunden entkommen!«

Linda hielt die Dose von sich gestreckt in die entgegengesetzte Richtung und drückte einmal kurz auf die Fläche oberhalb der Düse. Trotz der Entfernung zu Hadés Gesicht stieg ihr ein scharfer Geruch in die Nase, und sie schloss im Reflex die Augen, gerade rechtzeitig, um den starken Niesreiz zu unterdrücken.

»Das ist Pfefferspray. Sprüh' es hinter dich auf deine Spuren.«

Das Lärmen der Hunde war lauter geworden und Linda stieß Hadé von sich fort.

»Lauf!«

»Und was ist mit dir?«

»Mir passiert schon nichts! Bring dich in Sicherheit!«

Die Afrikanerin zögerte keine Sekunde länger und verschwand im nahen Unterholz, kurz darauf tauchten die Hunde am Rand der Lichtung auf. Die drei jagten auf Linda zu und stellten sie kläffend. Linda sah sich um.

Hadé war verschwunden, und die Hunde hatten sie offensichtlich nicht bemerkt. Zoto kam jetzt zielstrebig auf sie zu und grinste. Lindas Lage war ziemlich aussichtslos.

Wenn sie doch nur ihr Handy finden würde, um Jens

zu verständigen, dachte sie. Lene Grandels Tod musste ihn über kurz oder lang auf das Kieswerksgelände führen. Und dann würden Reiter und Zoto ihre gerechte Strafe bekommen! Jens würde den Mörder Lene Grandels lebenslänglich hinter Schloss und Riegel bringen, und insgeheim hoffte Linda, dass die Zelle der Vollzugsanstalt, in der er landete, keinen anderen Komfort bot als der menschenunwürdige Container hier im Wald.

Wenigstens hatte sich Hadé unbemerkt vor den Hunden in Sicherheit bringen können.

»Bleib stehen und rühr dich nicht!«

Die Stimme holte sie aus ihren Gedanken und ließ sie herumfahren. Der Bosnier stand neben ihr und zielte mit einer Pistole auf sie. Die Hunde hatten sich beruhigt, und Zoto sah sich um.

»Bist du allein hier?«, fragte er. »Los, rede!«

Linda schwieg und nickte nur langsam.

»Wahrscheinlich treibt sich die schwarze Hexe noch hier herum, aber das haben wir gleich!«

Er hielt den Hunden Hadés Tuch an die Nasen.

»So, meine Freunde, ja, so ist's gut, sucht! Sucht die schwarze Hexe und treibt sie mir hierher! Suuuucht!«

Die Hunde jaulten und quengelten und nahmen Hadés Fährte auf.

Zoto trat auf Linda zu und schlug ihr die flache Hand ins Gesicht. Linda brüllte vor Schmerz auf und ging zu Boden.

»So? Du bist also allein? Was suchst du hier?«, schrie er und schlug noch einmal zu. Er ergriff ihr Handgelenk und dreht ihr den Arm auf den Rücken.

»Na warte! Ich habe ein nettes Plätzchen für dich!«, höhnte Zoto und dirigierte Linda zur Containertür. Er entfernte das offene Schloss, schob den Riegel nach oben, die Tür sprang auf. Zoto gab ihr einen Stoß, der sie zu Boden warf, half mit seinen Füßen nach, um ihren Körper ganz in den Container zu befördern.

»Viel Spaß in unserem Comforthotel!«, rief er, drückte die Tür zu und polterte triumphierend auf das Metall.

»Leider haben wir die Möbel entsorgt. Aber du kannst hier bleiben, bis du verreckst, verdammte Schnüfflerin!«, blaffte er, und sie blieb allein in der Dunkelheit zurück, während der schwere Riegel wie eine Schranke rauschend nach unten fiel und sich der Schlüssel im Sicherheitsschloss drehte.

Agim Zoto war nur wenige Minuten zu spät gekommen. Die Schnüfflerin war versorgt, und um die schwarze Hexe würden sich die Hunde kümmern. Er wunderte sich, dass sie noch nicht angeschlagen hatten.

Dann hörte er den Ridgeback jaulen und sah im selben Augenblick, wie er mit den beiden anderen im Unterholz auftauchte. Alle drei sprangen nervös hin und her, schienen total die Orientierung verloren zu haben und kamen kleinlaut winselnd auf ihn zu. Erneut ließ er sie an Hadés Tuch Witterung aufnehmen, doch anstatt zielstrebig zu suchen, blieben die Hunde nur unschlüssig stehen.

Zoto fluchte. Irgendetwas stimmte hier nicht. Vielleicht doch einer dieser Voodoo-Tricks, von denen er gehört hatte?

»Wo bist du, schwarze Hexe?«, schrie er und schritt den Zaun an seiner Innenseite ab. »Versteck dich ruhig, ich hetz' die Hunde auf dich!«, brüllte er, doch kein Rascheln, kein Knacken im Unterholz verriet ihm, wohin die Frau geflohen waren.

Er sah auf die Uhr. Die schwarze Hexe konnte warten.

Selbst wenn sie es schaffte, zu fliehen, was konnte schon passieren? Die ging ganz sicher nicht zur Polizei, weil sie sonst erst mal selbst ins Gefängnis wanderte und auf ihre Abschiebung warten durfte.

Er musste zurück, Reiter erwartete ihn.

Als Alan das Eisentor passierte, hörten die anderen Männer mit ihrer Arbeit auf und blickten ihn feindselig an. Zwischen alten Klamotten, die sich in den ölig schimmernden Pfützen vollsogen, und rostigen Blechfässern, auf denen Totenköpfe vor giftigem Inhalt warnten, lagen vereinzelt beschädigte und zertrümmerte Monitore, auf dem Pickup türmten sich die noch verwertbaren Bildschirme und Rechner, fertig zum Abtransport nach Ikeja.

Der elegante, glatt rasierte Bankertyp, dessen schwarzer Anzug überhaupt nicht in die Umgebung passte, kam jetzt auf Alan zu, und er starrte entsetzt auf den Gegenstand, den der Elegante langsam auf ihn richtete.

Das AK-47 war die Schnellfeuerwaffe militanter Piraten, die im Niger-Delta und in der Bucht von Guinea mit Speedbooten Überfälle auf Schiffe und sogar auf Ölplattformen durchführten.

Alan war stehengeblieben und fuhr herum, als mit einem lauten Krachen das Eisentor hinter ihm zufiel und ihm den Rückzug versperrte.

Der Kahlgeschorene hatte plötzlich einen Knüppel in der Hand und schwenkte ihn bedrohlich hin und her, der Elegante grinste breit und richtete die Mündung der AK-47 auf Alans Herz.

61

Als sie nach langem unruhigem Dämmerschlaf die Augen öffnet, ist der Sturm abgeflaut. Das Meer liegt vor ihr, als hätte es nie Wind und Blitz und Donner gegeben. Wie ein graublaues Leichentuch breitet es seine gekräuselte Oberfläche über das Grab derer, die in der Nacht versunken waren. Als sich im Osten mit einem schmalen silbernen Schimmer der neue Tag ankündigt, landen sie.

Der Kapitän fährt nicht bis zum Strand sondern lässt sie im hüfttiefen Wasser aussteigen und gebietet ihnen, zu schweigen. So waten sie durch das Wasser an Land und verstecken sich, wie er es ihnen gesagt hat, im nahen Wald.

Der Lastwagen pflügt sich einen Weg zwischen den Bäumen hindurch und bringt sie in eine Stadt. Dort, am Stadtrand von Algeciras, beginnt der letzte Teil ihrer Reise.

Die Frau, die am Abend in dem abgedunkelten Zimmer auftaucht und sich ihnen nur als ›Madame‹ vorstellt, ist etwa 20 Jahre älter als sie, doch die Art, wie sie sich schminkt und kleidet lässt sie wesentlich jünger aussehen. Sie bringt ihnen Wasser, trockenes Brot und Äpfel. Sie ist Nigerianerin, was dazu beiträgt, dass ihr die afrikanischen Frauen blind vertrauen.

Als Erstes sammelt sie die Pässe der Mädchen ein, um sie den Behörden vorzulegen, wie sie sagt. Von nun an sind sie ihr ausgeliefert, das merkt Hadé schon, als am Abend die ersten Freier auftauchen. In jener Nacht verdient Hadé ihr erstes Geld in Europa.

Noch ahnt sie nicht, dass dies der Beginn ihrer Karriere als ›Nelly‹ sein wird. Am Morgen kommt Madame wieder und nimmt ihnen das Geld ab. Und auf einmal fühlt Hadé, dass Madame nur ein anderes Wort für Zuhälterin ist.

Madame führt sie zu einem Container, der ihr Quartier auf der Reise nach Deutschland sein wird. Sie sind zu zehnt, als sie einsteigen. Durch einen schmalen vergitterten Fensterspalt dringt kaum Licht ein, ein paar Matratzen und Kissen ist alles, was sich in dem kahlen, kalten Raum befindet. Und ein Eimer für die Notdurft. Madame gebietet ihnen, während der Fahrt zu schweigen.

Sie verliert kein Wort über die Dauer und das Ziel der Reise. Hadé ahnt, dass es nun nach Deutschland geht. Ben hat davon gesprochen, dass man verladen wird wie Vieh auf dem Transport zum Schlachthof, und dass das Paradies dann in greifbare Nähe gerückt sei.

Hadé weiß nicht, ob sie seinen Worten noch glauben soll.

Sie sieht das Land ihrer Träume zum ersten Mal durch das Fenster, das nicht größer ist als der Platz, den ein Huhn zum Schlafen braucht. Was sie sieht, ist ein grauer Himmel, wolkenverhangen, doch nicht so düster wie in der Regenzeit zu Hause. Wolken, die nicht zu ziehen scheinen, die keinen Regen bringen, die nur die Sonne verdunkeln, so wie sich ihre Seele verdunkelt hat, als ihr ihre wahre Bestimmung im Land ihrer Träume klar geworden ist. Am dritten Tag kommen zwei Männer und holen Sema und drei weitere Frauen aus dem Container. Sie reißen ihr die Schwester aus den Armen, verstopfen ihren schreienden Mund mit einem schmutzigen Lappen und zerren sie nach draußen.

Hadé will nicht glauben, dass sie Sema nie wieder sieht, sie wartet den ganzen Abend, die Nacht hindurch, den nächsten Morgen und wieder den ganzen Tag. Und eine weitere Nacht und einen weiteren Tag. Während ihre Tränen zu salzigen Rinnsalen trocknen, die sich wie helle Schatten auf der dunklen Haut ausnehmen, vergehen weitere Nächte und Tage, der Container wird leerer von Tag zu Tag, von Nacht zu Nacht, weil die Jungen für die Alten bezahlen, und die Frauen ihren Leib zum Opfer bringen für die Freiheit ihrer Familien. Hadé denkt an die Worte der Männer auf dem Transport nach Tillabéry.

Die Wolken haben sich verzogen, doch die Sonne ist noch nicht aufgegangen, als sich die Tür des Containers wieder öffnet, die beiden Männer diesmal auf sie zeigen, sie an ihren Armen zerren, bis sie aufsteht, klamm von der kalten Nacht, blind von der Dunkelheit, die auch der kleine Fensterschacht nicht besiegen kann, und zitternd vor Angst vor dem Unbekannten, das sie erwartet. Einer der beiden heißt Agim Zoto.

62

Hadé hatte Zotos Stimme erkannt.

Der Mann, dem sie seit zwei Jahren ausgeliefert war. Er war das, was sie einen Trafficker nannten. Er hatte ihr zu ihrem Asylantrag verholfen und damit ihren Aufenthalt legalisiert. Und er war ihr erster Freier in Deutschland gewesen.

Doch Agim Zoto war auch der Mann gewesen, der sie gequält hatte in all den Jahren und der jetzt auch ihre Tochter verschleppt hatte. Vor wenigen Tagen, als sie versucht hatte, ihre Tochter zu befreien, hatte sie ihn zuletzt gesehen. Mit Schaudern dachte sie an diesen Tag zurück.

Von panischer Angst vor den Hunden getrieben, war Hadé jetzt davongerannt, die Ablenkung der Meute durch Lindas Anwesenheit vor dem Container hatte ihr dann einen Vorsprung verschafft. Sie hatte ihre Spuren mit Pfefferspray verwischt und damit tatsächlich die Hunde außer Gefecht gesetzt.

Dann hatte sie Zotos Brüllen gehört.

Jetzt blieb sie außer Atem stehen.

Was sollte sie tun?

Wo würde Zoto sie suchen?

Sie hatte sich einen Weg ins Dickicht gebahnt und sich unter dornigen Ästen, die ihr die Haut aufritzten, versteckt.

Ihre Gedanken waren bei Doudou, die spurlos verschwunden war.

»So?«, sagte der Elegante, dessen AK-47 noch immer auf Alans Brustkorb gerichtet war, »du suchst also einen Mann namens Mahama?«

Die Männer scharten sich um ihren Anführer, und Alan sah, dass jetzt jeder von ihnen eine Machete oder einen Schlagstock trug. Einer der Männer begann, seinen Stock rhythmisch auf die offene Hand zu schlagen, die anderen nahmen den Takt auf, und bald schon klang die Abfolge der Schläge wie das Trommeln einer Exekution. Enger und enger schloss sich der Kreis, näher und näher kamen die Männer.

»Und du willst Geschäfte mit ihm machen, ja?« Die Stimme des Eleganten strotzte nur so vor geheuchelter Freundlichkeit. Alan schluckte.

»Man sagte mir, ich könne hier gebrauchte PCs kaufen«, versuchte er, nachdem die Feindseligkeit der Männer nicht zu übersehen war. Mannomann, was hatte ihm Linda da eingebrockt!

»Soso, gebrauchte PCs. Und wer hat dir diesen Tipp gegeben?«

»Eine Freundin.«

»Ach ja. Eine Freundin. Sicher die, die dich auch beauftragt hat, Container zu fotografieren und ihr das Foto zu senden?«

Plötzlich war jeder Hauch von Freundlichkeit verschwunden.

Verdammt! Was war hier schief gelaufen? Woher wusste dieser Typ davon? Wo war Lindas Nachricht abgefangen worden?

»Los packt ihn und poliert ihm die Fresse! Er soll wissen, was es heißt, hinter Mahama rumzuschnüffeln!«, befahl der Elegante.

Alan wich instinktiv zurück, doch er wusste, dass er nach wenigen Metern von der Mauer aufgehalten würde. Seine Kehle war trocken, dafür stand der Schweiß auf seiner Stirn. Selbst er, der erfahrene Buschläufer, der sich zu Fuß weder vor einer Herde Kaffernbüffel noch vor der schwarzen Mamba fürchtete, hatte hier keinen Ausweg parat. Hier halfen kein Trick und keine Waffe.

Die Meute der Angreifer war zu groß, ihre Übermacht machte jeden Widerstand zwecklos.

»Du hast sie eingesperrt? Im Container? Ja hast du sie denn noch alle?«

Horst Reiter tobte, knallte die Faust auf den Schreibtisch, und seine Stimme überschlug sich, als er schrie:

»Und die Schwarze laufen lassen? Was ist, wenn die zur Polizei geht?«

»Das macht die nicht, weil sie dann abgeschoben wird!«

»Ach nein? Du Klugscheißer! Mann, die Bullen nehmen gerade unseren Fuhrpark auseinander! Weißt du, was das bedeutet? Wenn die Journalistin plaudert?«

»Dann wird sie halt nicht plaudern«, kommentierte Zoto trocken.

»Und wie willst du das verhindern? Willst du sie für immer dort eingesperrt lassen und warten, bis die Bullen den Container von alleine finden? Kann sein, dass die schon morgen das ganze Gelände umgraben!«

Er packte Zoto an den Schultern und brüllte weiter:

»Und dein Freund Pulle? Es war deine Idee, ihm die ganze Scheiße in die Schuhe zu schieben. Eine Weinflasche als Tatwaffe! Dass ich nicht lache! Die haben längst rausgefunden, dass die Alte mit dem Brecheisen niedergemacht wurde. Wir hätten das Teil im Wald verschwinden lassen sollen, statt es mit der Leiche in den Garten zu legen!«

»Aber –«

»Ach, hör auf! Dein ganzer Plan war Schrott! Wir hätten die Alte im See versenken sollen und Ende! Die Sache Pulle anzuhängen, so ein Schwachsinn! Der Kerl muss verschwinden, bevor er der Polizei irgendeine Scheiße erzählen kann. Wer weiß, was die Alte dem alles gesteckt hat!«

Reiter machte eine Pause und schien sich langsam zu beruhigen. Zoto nützte die Zeit und machte einen Vorschlag.

»Dann lassen wir eben alles zusammen verschwinden. Die Journalistin, den Alten und den Container!«

Reiter sah auf.

»Wie meinst du das?«

»Pass auf: um Pulle kümmere ich mich. Den steck ich zu der Frau in den Container. Dann lad ich das Ding auf und fahre es hierher.«

»Auf das Gelände?«

»Sobald die Bullen weg sind. Heute Nacht. Eine Halde müsste genügen. Das fällt nicht weiter auf.«

»Genügen? Wofür?«

»Um alles verschwinden zu lassen«, erklärte Zoto, und ein merkwürdiges Zucken spielte um seinen Mund.

»Du willst den Container unter Kies begraben?«

»Das ist der einfachste Weg. Du kannst das Ding reinigen und desinfizieren wie du willst, die Bullen werden immer irgendwas finden. Und falls die schwarze Hexe zurückkommt, ist der Container einfach verschwunden. Wir können sogar einen anderen mit etwas Müll dort abstellen. Sollen die Bullen doch suchen, sie finden nichts. Außer ein paar Reifenspuren, und die kann's da immer geben.«

Reiter dachte nach.

Ein teuflischer Plan, aber perfekt. Und er würde sich die Finger nicht schmutzig machen, wenn Zoto das Ding durchzog. Pulle und die Schnüfflerin wären spurlos verschwunden. Kein Bulle würde auf die Idee kommen, unter den Kieshalden nach einem verschütteten Container zu suchen, zumal sie von seiner Existenz nichts wissen konnten. Genial …

»Einverstanden«, sagte er. »Aber sorg' diesmal dafür, dass es keine Spuren gibt, hörst du? Keine!«

Zoto nickte.

Nur er wusste, dass die Sache einen Haken hatte. Doch

die Person, an die er dachte, würde schweigen. Um sich nicht selbst zu verraten. Das musste genügen.

Er verließ die Baracke, um Pulle zu holen.

63

Madame könnte ihre Mutter sein.

Es ist die Frau, von der Mahama gesagt hat, ›du musst ihr vertrauen‹.

Die Frau, von der Akpan gesagt hat, ›sie wird für dich sorgen‹.

Die Frau, deren Sklavin sie von nun an sein wird.

Eine stattliche Frau, mit breitem, vollem Gesicht und den wulstigen Lippen Afrikas, ihr Teint etwas heller als der Hadés, Augen, Mund und Wangen dick geschminkt, dieselbe sichelförmige Narbe wie Hadé, die Haare kurz geschnitten und unter einem bunten Tuch versteckt. Die Bluse in grellem Rosa, der Rock eng und schwarz, die Beine in hauchdünnen Strümpfen, die Füße in glänzenden Lackschuhen mit hohen Absätzen. Glitzernde Ringe an fast allen Fingern, eine schwere goldene Kette um den breiten Hals, die bis zum Ansatz ihrer großen Brüste reicht.

Sie hat es gleich bei ihrer ersten Begegnung klar gestellt: alle haben ihr zu gehorchen, und sie duldet keinen Widerspruch. Sie heißt Yelema; nennt sich aber Nina. Und für die Mädchen ist sie die Madame.

Hadé fragt nach dem Job als Kindermädchen, eine andere Frau nach dem Studium, das sie fortsetzen will, doch Madame lacht sie aus. Hadé hat die Lüge geahnt, doch sie hat bis zuletzt noch gehofft. Jetzt wird sie von Madame knallhart mit der Wahrheit konfrontiert.

»Arbeiten werdet ihr«, sagt Madame, »dafür steht ihr unter meinem Schutz, und ich bekomme Geld von euch.«

Als sie die Summe nennt, ist Hadé nicht überrascht. Fast dasselbe, was sie Mahama schuldet. Erst wenn sie das alles bezahlt hat, wird sie wirklich frei sein!

»Und«, ergänzt Madame, »ich sorge für euch.«

Sie wohnen im Haus von Madame.

Madame bekommt Miete dafür.

50 Euro.

Am Tag.

Ihr Zimmer wird ihr Arbeitsplatz sein, sagt Madame. Das Zimmer ist einfach und klein. Ein Bett, ein Schrank, ein kleines Bad. Ein CD-Spieler, zwei Poster an der Wand, eine Packung Kondome. Wer sein Zimmer nicht in Ordnung hält, bezahlt.

An Madame.

Bego, der ›Good Boy‹, wie Madame ihn nennt, wird auf die Mädchen aufpassen. Dafür bezahlen sie ebenfalls. Nicht bei Madame. Direkt bei Bego. Mit ihrem Körper.

Bego zeigt ihnen den Platz auf der Straße, wo sie auf ihre Kunden warten.

Madame gibt ihnen Arbeitskleidung. Kurz, durchsichtig, dünn. Sie werden frieren. Solange sie auf Kunden warten. Wer nicht frieren will, sorgt schnell für Kunden. Das ist der Job. Sie bezahlen für die Arbeitskleidung bei Madame.

100 Euro.

Jede Woche.

Madame und der Good Boy kontrollieren sie. Wer sich

etwas zu Schulden kommen lässt, wird bestraft. Geschlagen. Unterdrückt. Vergewaltigt.

Hadé erkennt schnell: sie hat keine Rechte. Und sie muss Geld verdienen, sehr viel Geld.

50 Euro bekommt Madame für das Essen.

Manchmal kochen die Mädchen selbst. Mit afrikanischen Gewürzen. Das sind Festtage. Tage, die sie an zu Hause erinnern.

Madame droht. Wenn die Mädchen ungehorsam sind, leiden ihre Familien zu Hause, denn der Arm von Madame reicht bis nach Afrika. Ihre Macht ist groß. Sie besitzt nicht nur die Ausweise der Mädchen, sie kennt auch den Ju-Ju-Zauber, der auf ihnen lastet. Und sie weiß ihn für ihre Zwecke zu nützen.

Hadé zahlt.

Täglich für die Wohnung und das Essen, jede Woche für die Kleider. Und sie tilgt ihre Schulden.

Jeden Monat.

Arbeitet mit ihrem Körper.

Jeden Tag.

Das also ist das Paradies, das ihr Mahama in der Heimat verheißen hat.

Sie weiß, dass es in Wirklichkeit die Hölle ist.

Inzwischen heißt sie Nelly.

Diesen Namen hat Madame für sie ausgesucht, am Tag, als sie zu ihr kam. An jenem Tag, als ein Jahr und elf Monate seit ihrem Aufbruch aus Nigeria vergangen waren.

64

Alan Scott fühlte sich wie damals in Mathare Valley.

Doch heute würde die Begegnung nicht so glimpflich ausgehen. Es gab keinen Massai, der ihn retten würde. Immer mehr AK-47 waren aufgetaucht, und Alan war sich sicher, es mit organisierten Kriminellen zu tun zu haben. Eine Bande, die den Schmuggel der Elektroware vor Ort durchführte und ihre schmutzigen Finger sicher auch noch bei anderen Verbrechen im Spiel hatte.

Auf ein Menschenleben mehr oder weniger kam es hier nicht an.

Mahama – falls es der elegant Gekleidete war – wusste, weshalb er hier war. Dass sie ihm nur die paar Nuria abnehmen würden, die er bei sich trug, blieb als letzte Hoffnung. Doch Alan ahnte, dass sich das hier wohl kaum wie ein harmloser Überfall abspielen würde. Sein Leben hing an einem seidenen Faden, und der bestand in Ullas Hilfe. Wenn sie jedoch nicht sofort mit Johnny Cash hier auftauchen würde, hatte er nicht die geringste Chance, mit heiler Haut aus der Sache heraus zu kommen.

Während er jede der Bewegungen Mahamas taxierte, entgingen ihm die Angreifer, die von hinten über ihn herfielen, ihn mit Faustschlägen traktierten und zu Boden warfen. Die Übermacht war zu groß, um sich dagegen zu wehren. Alan schützte sein Gesicht mit den Händen, spürte einen heftigen Schlag zwischen rechter Schulter und Genick und fiel in ein tiefes Loch.

Linda dachte nach.

Auf Hadé zu hoffen, machte wenig Sinn. Selbst wenn

sie zum Container zurückkam, wie sollte sie ihr helfen? Außerdem war sie sicher so durcheinander, dass sie sich hilflos auf die Suche nach ihrer Tochter machte.

Sie schloss die Augen und lehnte den Kopf zurück. Strenger Geruch stieg ihr in die Nase, und sie zog ihre lange Jacke über ihre Beine, um sich gegen die Kälte des kahlen Gefängnisses zu schützen. Vermutlich hatten die Schleuser alles ausgeräumt, was diesen Container als Wohnraum auswies. Der Geruch war eine herbe Mischung aus Desinfektionsmittel und Urin, wie er in manchen öffentlichen Toiletten herrschte, und sie ahnte, dass der Container frisch gereinigt und desinfiziert worden war. Frische Luft schien jedoch nur über die Lamellen einzuströmen, die sie von außen in der Containerwand gesehen hatte.

Linda biss nervös auf ihre Unterlippe. Was, wenn Hadé Zoto in die Hände fiel? Was hinderte ihn und Reiter daran, die Afrikanerin einfach zu beseitigen, ihre Leiche im Baggersee zu versenken und Linda ihrem Schicksal zu überlassen?

Die Männer hatten schon einen Mord auf dem Gewissen, dessen war sie sich inzwischen sicher. Lene Grandel hatte ihre Neugier mit dem Leben bezahlt. Aber wie war sie über den Zaun gekommen? Dieses Geheimnis hatte die alte Frau wohl mit ins Grab genommen.

Lene Grandel war den Menschenschleusern auf die Spur gekommen.

Warum hatte sie sich nicht an die Polizei gewandt? Weil sie Reiter zuvor wegen des Elektroschrotts erpresst hatte?

Sie war hierher gekommen, um die Frauen aus dem Container zu befreien und hatte dazu das Brecheisen mitgenommen. Vielleicht war auch sie es gewesen, die den Zaun an der einen Stelle aufgeschnitten hatte. Die Reparatur war offensichtlich noch nicht sehr alt gewesen. Linda spann ihre Gedanken weiter.

Agim Zoto oder Horst Reiter – einer von beiden – hatte sie auf dem Weg zum Container überrascht, ihr das Brecheisen entwunden und sie niedergeschlagen, ihre Leiche in ihren Garten verfrachtet, um den Tatort zu vertuschen, und die Tat durch den späteren Schlag mit der Weinflasche Pulle in die Tasche geschoben. Ein perfider, ein fast perfekter Plan! Linda erschauderte.

Was sollte Zoto davon abhalten, mit ihr dasselbe zu machen? Oder noch einfacher: die Hunde auf sie zu hetzen. Sie war unbefugt auf dem Gelände des Reiterkieswerks unterwegs. Überall warnten Schilder vor dem Betreten und vor freilaufenden Hunden. Auf eigene Gefahr!

Wer außer Hadé wusste, dass sie hier war?

Würde sie zur Polizei gehen? Nein, wohl eher nicht, um sich und ihre Tochter nicht zu gefährden.

Hadé! Welche Chance hatte sie – selbst mit Pfefferspray – gegen die empfindlichen Nasen der Hunde? War sie noch hier innerhalb der Umzäunung? Dann würde Zoto sie schnappen, und sie würde auch hier landen. Er würde sie einfach in diesem Container verschmachten lassen. Einfach warten, bis sie beide tot waren, danach das Schloss entfernen, und die Erklärung wäre eine einfache: die Frauen hatten sich im Container zu schaffen gemacht, die Tür war zugefallen, der Riegel nach unten gerutscht und hatte sie eingeschlossen.

Sie sah Agim Zoto mit Unschuldsmiene vor Jens Bosch sitzen. Sorry, wer konnte denn wissen, dass da jemand drin war …?

Reiter würde seinen Kopf in jedem Fall elegant aus der Schlinge ziehen können – ein bedauerlicher Zwischenfall – doch wieso machte sich diese neugierige Journalistin auch ohne Erlaubnis auf dem Gelände zu schaffen? Vielleicht würde er seine Hunde einschläfern lassen, um die Öffentlichkeit zu beruhigen, ein bisschen Gras über die Sache wachsen lassen, und bald schon würde die nächste Ladung Elektroschrott von Bremerhaven aus ihren Weg nach Lagos antreten, und sich Madame wieder Frischfleisch aus dem Container abholen.

Linda schüttelte den Kopf.

Wieso hatte sie bisher niemandem von ihrem Verdacht erzählt? Niemand außer Alan wusste davon, nicht einmal Jens Bosch hatte sie sich anvertraut, weil sie erst einen endgültigen Beweis finden wollte.

Gut, Jens hielt nicht Pulle für Lene Grandels Mörder, doch was hatte er gegen Reiter oder Zoto in der Hand? Sie hatte ihm versprochen, ihm heute den Aufenthaltsort von Pulle zu verraten. Warum hatte sie es ihm nicht gestern schon gesagt? Dann wäre er jetzt auf dem Weg hierher, würde das Gelände durchkämmen und früher oder später auch auf den Container stoßen.

Ob er bei seinen Ermittlungen inzwischen auch auf Reiters dubiose Machenschaften gestoßen war? Sicher! Die Polizei hatte schließlich noch ganz andere Möglichkeiten als sie.

Linda stand auf und bewegte sich in ihrem Verlies. Tastete die Wände ab, soweit ihre Arme nach oben reichten. In der Ecke, in der sie die Lüftungslamellen gesehen hatte, versuchte sie, auf den Zehenspitzen stehend, mit ihren Fingern die Plastikabdeckung zu entfernen. Keine Chance, die Fingernägel splitterten und brachen ab wie poröses

Gestein. Werkzeug! Sie brauchte ein Messer, eine Nagelfeile, etwas Dünnes, was sie unter die Plastikumrandung des Lüftungsgitters schieben konnte.

Sie tastete ihre Taschen ab. Nichts. Kein Kugelschreiber – der hätte eh nichts genützt – keine Haarnadel, keine Büroklammer, selbst die Gürtelschnalle war aus Plastik und zu dick. Doch selbst wenn, was würde es nützen? Das Loch in der Wand bot vielleicht genügend Platz, um die Hand durchzustrecken und weiter? Sie würde mit ihrem Gesicht nicht einmal in die Nähe der Öffnung kommen, um gezielt nach Hilfe zu rufen. Und wer sollte sie hören?

Hadé?

Zoto?

Resignierend ließ sie sich wieder auf den kalten Boden gleiten.

Als Alan Scott zu sich kam, pochte sein Kopf, und er öffnete zögernd die schweren Lider. Es war dunkel, nur ein paar schummrige Laternen verströmten gelbliches Licht. Die Erinnerung kam schlagartig zurück: der Hafen von Lagos!

Er hatte den Container entdeckt und fotografiert. Dann war er überfallen worden. Und Ulla? Hatte sie es bis zu Cashs Taxi geschafft? Wie lange er ohnmächtig gewesen war, wusste er nicht.

Die Nacht war hereingebrochen. Wo war er? Seine Augen erfassten die Umgebung, und er erkannte, dass er sich noch immer in Tin Can befand. Das Eisentor, der Container, die Männer dort drüben. Sie hatten ihn zusammengeschlagen, das erzählte ihm sein lädierter Körper. Er versuchte Arme und Beine zu bewegen und stellte erleichtert fest, dass es, wenn auch unter Schmerzen, gelang. Sie hatten ihn nicht gefesselt. Nur seine rechte Schulter und die Halswirbelsäule taten höllisch weh, und er erinnerte sich an den Schlag, der ihn außer Gefecht gesetzt hatte.

Vorsichtig tastete er sein linkes Hosenbein ab. Das Messer! Sie hatten sein Tauchermesser, das er an der Innenseite seines Unterschenkels unter der Hose befestigt hatte, nicht entdeckt.

Blinzelnd erkannte er die Silhouette eines Mannes, der vor ihm zu knien schien. Alan versuchte, den länglichen Gegenstand zu erkennen, den er ihm entgegenhielt. Es war eine der Schnellfeuerwaffen, wie er sie schon bei den anderen Rebellen entdeckt hatte.

Die Männer waren noch mit dem Entladen des Containers beschäftigt, und er erkannte, dass sie ihn auf der Ladefläche des Pickup zwischen abgegriffenen Tastaturen und zerkratzen Monitoren abgelegt hatten. Der Pickup selbst stand im Schatten der Lagerschuppen, kein Lichtstrahl reichte bis hierher.

»Hey du!«, raunte er, und sein Wächter sah ihn an. »Kann ich was zu trinken haben?«

»Du brauchst nichts mehr zu trinken!«, höhnte der. »In einer halben Stunde sind nur noch Einzelteile von dir übrig, und die holen sich die Geier von Lagos!«

Er lachte.

Alan versuchte einen anderen Weg.

»Willst du Geld?«

»Geld? Dein Geld? Wir haben dir alles abgenommen. Auch deinen Pass, deine Uhr. Wenn sie dich morgen früh von der Straße kratzen wird kein Mensch je herausfinden, wer du mal warst!«

»Soso«, säuselte Alan und gab sich überlegen. »Du

meinst also, ihr hättet mir alles abgenommen? Aber hier habt ihr nicht nachgesehen!«

Alan klatschte sich auf seine Wade und fuhr mit einer Hand an der Stelle unter das Hosenbein, wo der Messerriemen befestigt war.

Der andere ging ihm in die Falle. Er erhob sich, kletterte über die Elektroteile zu ihm herüber und hatte dabei Mühe, mit seinem langen Kaftan nicht das Gleichgewicht zu verlieren. Alan nützte die Sekunde, als sein Gegner wankte, riss das Messer aus der Scheide, hechtete auf ihn zu und setzte ihm die Klinge an den Hals.

»Waffe her, und keinen Ton! Los, gib' schon!«, zischte Alan, griff nach der AK47 und riss den Mann auf die Ladefläche. Schwer atmend lauschte er zum Container. Dort herrschte durch das Entladen der PC-Teile und das Schwatzen und Lachen der Männer ein solcher Lärm, dass ihnen die Geräusche vom Pickup nicht aufgefallen waren.

»Wie heißt du?«, fragte Alan.

»Yakubu.«

»Okay, Yakubu. Ein falsches Wort von dir und du bekommst eine Kugel zwischen die Beine. Ja, genau da! Jetzt ruf Mahama! Das ist doch dieser Typ im Anzug, nicht wahr? Mach schon!«

Alan Scott ließ sich auf die Ladefläche des Pickup zurückfallen und zielte auf seinen Wächter.

»Mahama soll herkommen, möglichst nah!«, zischte er und lud die AK-47 durch.

»Mahama!«, rief Yakubu.

»Was ist?«, rief einer zurück.

»Er ist wach! Er will mir dir sprechen!«

Drüben am Container war es leise geworden, Schritte kamen auf den Pickup zu. Alan fragte:

»Kommt er allein?«

Yakubu bejahte.

»Bewaffnet?«

»Kann ich nicht sehen. Ist zu dunkel.«

Sekunden verstrichen. Alan hörte die Schritte näher kommen und starrte auf Yakubu. Plötzlich hielten die Schritte an, Alan erhob sich aus seiner Deckung, das Gewehr im Anschlag, und legte auf Mahama an. Der Lauf des AK-47 zielte genau auf seinen Kopf, als Mahama die Bewegung auf dem Pickup wahrnahm.

»Keinen Schritt weiter, sonst bist du tot!« Alan richtete sich ein Stück weit auf, und Mahama erfror in seiner Bewegung. Alan sprang von der Ladefläche und stand mit einem Satz direkt vor dem Bandenführer. Der Mündungsfeuerdämpfer der Schnellfeuerwaffe bohrte sich in die Haut unterhalb seines Ohrs und verursachte ihm Schluckbeschwerden.

»Eine falsche Zuckung und du hast ein Loch im Hals!«, drohte Alan. Mahama riss die Augen auf.

Alans Kiefermuskeln mahlten. Er war aufs äußerste angespannt. Die Situation war richtig scheiße! Er sah trotz des schlechten Lichts, dass sich die Männer am Container zusammenrotteten und sich einige in die Dunkelheit der Lagerschuppen zurückzogen. Wenn es ihnen gelang, sich in seinen Rücken zu schleichen, bevor er mit Mahama im Wagen saß, hatte er schlechte Karten, lebendig hier heraus zu kommen. Doch es war einfach zu dunkel, um alle im Auge zu behalten.

65

»Wir haben was gefunden, das dich interessieren könnte«, sagte Reuschke am Telefon. Der Kriminaltechniker hatte Jens Bosch zu Hause angerufen, da er in der Kriminalaußenstelle Singen nicht mehr zu erreichen war.

»Das muss ja höllisch wichtig sein«, murrte der und schaltete den Krimi aus, auf den er beim Zappen gestoßen war. »Schieß los!«

»Mehr oder weniger ein Glücksgriff, nachdem die Fahrzeuge aus Reiters Fuhrwerk, die wir uns heute vorgenommen hatten, nichts erbracht haben. Als Letztes war ein alter Passat dran, Baujahr 87, außen ziemlich verdreckt, aber innen quasi klinisch rein. Das hat uns stutzig gemacht und wir haben uns mächtig ins Zeug gelegt.«

»Jetzt fasel nicht so rum, was habt ihr gefunden?«

»Schnegglisand!«

»Schnegglisand? Und dafür musstet ihr euch mächtig ins Zeug legen? Schnegglisand gibt's doch am Bodensee in Hülle und Fülle!«

»Ja, schon. Aber nicht in einem Wagen, der von außen nur so von Lehm und sonstigem Dreck strotzt. Um es kurz zu machen, auf dem Fußabstreifer auf der Fahrerseite findet sich Schnegglisand. Außen am Fahrzeug findet sich aber nicht ein Gramm davon. Also muss jemand das Fahrzeug samt Bereifung vor kurzem ordentlich sauber gemacht haben. Der Kofferraum ist übrigens ebenfalls klinisch rein, offensichtlich gründlich ausgewaschen und gesaugt. Danach ist jemand mit dem Polo wie eine Wildsau durch Lehmpfützen und Drecklachen gefahren, wir haben an den Reifen noch Feuchtigkeit gemessen, obwohl es eine ganze Woche nicht geregnet hat.«

Bosch hatte dem Kriminaltechniker interessiert zugehört, doch von Schnegglisand als Beweis für einen Mord war er noch nicht überzeugt.

»Und – weiter!«, sagte er daher, als Reuschke eine Pause machte. Da musste doch noch was kommen!

Er hatte sich nicht getäuscht.

»Wir haben im Kofferraum Werkzeug gefunden. Unter anderem einen Handfeger, mit dem der Kofferraum ausgefegt wurde, das beweisen Faserspuren. In diesem Besen finden sich ebenfalls Reste von Schnegglisand.«

»Und was ist mit DNA? Spuren von Lene Grandel? Das ist es, was ich brauche, um beweisen zu können, dass die Leiche in dem Polo lag!«

»Damit können wir nicht dienen. Da haben die Reinigungskräfte leider zu professionell gearbeitet.«

Jens Bosch verdrehte die Augen. Schnegglisand im Handfeger!

»Aber jetzt halt dich fest!«, sagte Reuschke. »Erinnerst du dich, dass die Tote nur einen Ohrring trug, so ein Klippteil, also keinen zum Durchstechen?«

»Ja!« Er wagte nicht zu glauben, woran er dachte.

»Wir haben den zweiten! Er lag zwischen Rückenlehne und Kofferraum in einem schmalen Spalt. Die Jungs haben ihn erst gefunden, als sämtliche Sitze ausgebaut waren. Der Vergleich stimmt. Lene Grandels zweiter Ohrring lag in Reiters Polo!«

»Dann haben wir ihn!«, jubelte Jens Bosch. »Dann wissen wir jetzt wenigstens, dass die Leiche in seinem Wagen lag.«

»Die Leiche oder die lebende Lene Grandel«, ergänzte Reuschke.

Alan Scott schwitzte.

Seine Finger klebten, und er merkte, wie sein Arm, der die schwere Waffe hielt, zitterte. Die Schulter schmerzte höllisch, und er fühlte den Krampf kommen, Sekunden bevor er ihm wie kalter Stahl in den Arm fuhr. Der Lauf der AK47 senkte sich zu Boden, ohne dass er etwas dagegen unternehmen konnte.

Mahama stand immer noch vor Schrecken starr, doch Yakubu in seinem Rücken hatte Alans Schwäche bemerkt, einen der alten PC-Monitore ergriffen und schleuderte ihn mit voller Wucht auf Alan.

Das schwere Geschoss traf ihn im Kreuz, und er ging zu Boden. Im selben Moment war Mahama über ihm, entriss ihm die AK47 und drosch mit dem Gewehrkolben auf ihn ein.

Was folgte, war ein Schwall unerträglicher Schmerzen am ganzen Körper, Mahama und Yakubu traten und schlugen ihn, Stiefelspitzen hackten in seine Weichteile, der Kolben der AK47 brach ihm das Handgelenk, Fausthiebe das Nasenbein, Fußtritte zerquetschten seine Rippen, und die Masse von Yakubus Körper presste ihm, als er mit voller Wucht auf den am Boden Liegenden donnerte, die letzte Luft aus den Lungen.

Als die beiden Männer endlich keuchend von ihm abließen, hörte Alan Scott nicht mehr, was Mahama befahl. Röchelnd schmeckte er das Blut in seinem Mund und spürte es aus Nase und Ohren rinnen. Gequält und geschunden lag er am Boden, nicht fähig, sich zu bewegen, nahe daran, zu ersticken, bis sich wieder Luft durch den gequetschten

Brustkorb bahnte. Und während er sich bemühte, Sauerstoff in seine Lungen zu saugen, schwanden ihm die Sinne.

»Nimm ihn mit und wirf ihn für die Geier auf die Straße! Aber sieh zu, dass es nach einem Unfall aussieht!«, gebot Mahama.

Eine Leiche im Dreckrand der Autobahn fiel in Lagos nicht weiter auf. Zu viele wurden überfahren und verbluteten am Straßenrand, wurden ausgeplündert und ihrer Klamotten beraubt, lagen oft noch tagelang verwesend im Staub, bevor sich Köter und Schildraben über sie hermachten.

Für den weißen Schnüffler war das die beste Entsorgung.

Plötzlich war der Gedanke da! Natürlich – es konnte funktionieren!

Sie zog den Ledergürtel aus ihrer Hose, fädelte ihn geschickt in die Lücke zwischen den ersten beiden Lamellen des Lüftungsschachts und versuchte, ihn auf der anderen Seite wieder zwischen zwei Lamellen herauszufischen. Ihre Finger waren zwar zu dick, um sie zwischen die Lamellen zu stecken, doch nach vielen Versuchen lugte die Lederspitze des Gürtels aus einem der Schlitze heraus, und es gelang ihr, sie zu fassen und den Gürtel durchzuziehen und in die Schnalle einzufädeln.

Jetzt konnte sie mit ihrer ganzen Kraft an der Schlaufe ziehen und die Abdeckung des Lüftungsschachts aus ihrer Einfriedung reißen. Mit einem Knacken gab das Plastik nach, und ihre Finger befühlten den handgroßen Schacht in der Wand. Auch an der Außenseite des Containers war der Lüftungsschacht abgedeckt, und Linda begann, nach oben zu hüpfen und von innen dagegen zu schlagen. Wieder und wieder.

Plötzlich hielt sie inne.

Hatte sie ein Geräusch gehört? Ein Kratzen an der Tür. Kam Zoto zurück?

Der Riegel kreischte, die Tür ging ein Stück weit auf! Linda fuhr hoch. Der Strahl einer großen Taschenlampe tauchte den Raum in ein gleißendes Licht. Gegen den Nachthimmel hob sich die Silhouette Zotos ab.

Linda überlegte einen Augenblick, ob sie nach vorne schnellen und an Zoto vorbei aus dem Container stürmen sollte, dann erkannte sie einen zweiten Schatten, den der Bosnier an sich vorbei in den düsteren Raum schob. Kurz streifte die Taschenlampe die gebückte Gestalt, und Linda erkannte Jakob Eberle.

»Da hast du Gesellschaft!«, höhnte Zoto. »Und wundert euch nicht, wenn es ein bisschen ungemütlich wird. Wir ziehen um heute Nacht!«

Er gab Pulle einen Stoß, dass dieser zu Boden taumelte, und schloss die Tür.

Der Riegel rastete ein.

Stille.

Ulla hatte die Suche im Hafen von Tin Can Island verzweifelt abgebrochen. Johnny Cash hatte nicht mehr gewartet, die vereinbarte Zeit war um gewesen. Inzwischen war es dunkel geworden und der Wächter an der Einfahrt – es war ein anderer als am Nachmittag – hatte sie nicht mehr auf das Gelände gelassen.

Fast eine halbe Stunde hatte sie gebraucht, bis sie ein Schlupfloch entdeckt hatte. Als sie auf Umwegen zurück zum Container kam, fand sie keine Spur mehr von Alan, die Männer und Fahrzeuge waren verschwunden.

Von den Arbeitern, die sich noch in der Umgebung herumtrieben, hatte keiner etwas gesehen, die Antworten, die sie bekam, waren knapp, die Stimmen klangen feindselig. Ulla war nahe daran, zu resignieren.

Sie hatte keine Chance, Alan zu erreichen; sein Handy steckte in ihrer eigenen Hosentasche, und in seinem Hotel hatte sie schon drei Mal angerufen. Bisher war er dort nicht aufgetaucht. Wie sollte sie ihn finden, einen verschwundenen Weißen, vielleicht verletzt, allein in diesem Moloch?

66

Nur der Atem zweier Menschen.

Keuchend und röchelnd der eine, leise und gleichmäßig der zweite. Linda lauschte.

War Pulle schon eingeschlafen?

Sie tastete sich zu ihm vor, setzte sich neben ihn auf den Boden und fragte:

»Sind Sie okay?«

Das Grunzen sollte wohl ›ja‹ bedeuten.

»Warum bringen die Sie hierher? Hat Zoto irgendwas gesagt?«

»Nein«, antwortete es im Dunkeln. »Keine Ahnung. Er hat nur was von einem kleinen Ausflug gesagt und mich aus dem Schuppen gezerrt. Dann sind wir hierher gefahren.«

»Ich glaube, die wollen uns verschwinden lassen. Hat Reiter eine Ahnung davon, was Sie wissen? Ich meine, was Lene Ihnen erzählt hat.«

»Nein. Er weiß nur, dass ich ihr Geldbote war. Sie hat ihm sicher nicht auf die Nase gebunden, dass ich ihr Mitwisser bin.«

»Stimmt«, Linda dachte nach. »Sonst hätte er Sie gleich mit umbringen müssen.«

»Wer?«

»Na, Reiter oder Zoto. Oder wer von den beiden Lene erschlagen hat. Dass Sie es nicht waren, ist mir schon lange klar.«

»Und wie kommen Sie darauf, dass es Reiter oder Zoto war?«, fragte er, und seine Stimme klang auf einmal wach und hell. Er suchte etwas in seinen Manteltaschen, und Linda hörte das Ploppen eines Korkens und sein glucksendes Schlucken.

»Wer denn sonst? Alles deutet darauf hin, dass sie irgendwo auf dem Kieswerksgelände, wahrscheinlich hier im Wald, umgebracht und ihre Leiche danach in ihren Garten geschafft wurde. Mit der Weinflasche haben die beiden den Verdacht auf Sie gelenkt.«

»Das ist soweit alles richtig«, meinte Pulle und trank erneut.

Linda bemerkte, wie ihm das Sprechen schwerer fiel, seine Sätze langsamer und holpriger wurden.

»Keine Ahnung, warum sie das gemacht haben. Aber umgebracht haben die die Lene nicht.«

»Nein? Wie kommen Sie darauf?«

Pulle schwieg. Nur das Gluckern der Flasche war zu hören.

»Herr Eberle, bitte. Sie müssen die Wahrheit sagen. Was wissen Sie? Wer hat Lene umgebracht?«

Pulle setzte die Flasche ab, holte tief Luft und rülpste lautstark.

»Sie hat nicht oft darüber gesprochen. Aber ich weiß, dass sie ihr Testament ändern wollte.«

»Und? Weiter? Jetzt hören Sie doch bitte mit der Sauferei auf und erzählen Sie mir, was Sie wissen!«

Lindas Tonfall verriet ihre Ungeduld.

»Irgend so ein Vermächtnis für die Natur. Hat sie mir mal erzählt. Sie wollte sich da noch genauer informieren. Alles, was ich habe, bekommen mal die Tiere, hat sie gesagt.«

»Und wann war das?«

»Erst vor wenigen Tagen. Aber sie hatte die Unterlagen daheim liegen.«

»Und Sie meinen, ihr Tod hängt damit zusammen?«

»Ich hab die Frau gesehen«

»Welche Frau? Hadé? Die Afrikanerin?«

»Nein. Ihre Nichte. Die hat sie vor ein paar Tagen besucht. Die hätte mit dem neuen Testament ganz schön alt ausgesehen.«

»Ihre Nichte? Sie kennen Stefanie Makesch?«

»Ja. Die erbt jetzt Lenes ganzes Geld, weil sie's nicht mehr geschafft hat mit ihrem Testament für die Natur. Kann ich jetzt noch mal 'n Schluck trinken?«

»Meinetwegen. Und was wissen Sie noch?«

»Lene wollte das Geld von dem Reiter nicht mehr. Seit sie wusste, dass der im Menschenhandel steckt, wollte sie mit dem Erpressen aufhören. Ich hab' ihr gesagt, sie soll mal mit ihm reden, wie weit er geht. Das hat sie auch gemacht. Aber dann wollte sie die Menschen befreien. Sie hat in der Zeitung gelesen, dass irgendwo 25 Leute in so einem Container erstickt sind.«

Die Zeitung auf Lene Grandels Tisch! *Flüchtlingstod im Container*.

Pulle fuhr fort: »Als Lene in den Wald ging, wollten wir uns hier am Container treffen. Ich sollte ihr helfen, die Gefangenen zu befreien.«

»Und? Weiter?«

»Ich hab' nur den Schrei gehört. Die Lene hat geschrieen. Dann hat eine andere Frau gekreischt. Und plötzlich war's ruhig. Da hab' ich die Frau türmen sehen.«

»Haben Sie sie erkannt?«

»Nein. War zu viel Gestrüpp dazwischen. Und der Nebel.«

»Und warum erzählen Sie das nicht der Polizei?«

Er lachte scheppernd. »Weil die mir so was glauben würden? Hallo! Bei denen war doch gleich mal ich der Täter!«

»Und was war weiter?«

»Nichts. Zoto ist aufgetaucht, mit den Hunden. Ich hab mich versteckt und bin zurück geschlichen. Als ich am nächsten Tag mit dem Geld aus Stein bei der Lene vorbeischauen wollte, hab' ich sie gefunden. Tot. Ich konnt's erst gar nicht glauben.«

Linda hörte, wie er die Flasche leerte.

»Und Sie meinen, ihre Nichte …?«

»Ich weiß nicht. Zoto hat jedenfalls nur die Leiche da weghaben wollen. Und mir eins auswischen.«

»Wir müssen zur Polizei! Los, sehen wir mal, wie wir hier herauskommen! – Hören Sie das auch? Was ist das für ein Lärm?«

Das Dröhnen, das sie durch die Containerwand erreichte, klang wie ein röhrender Bulldozer, der durch den Wald brach. Es kam näher, wurde lauter, und durch das kleine vergitterte Fenster sahen sie gelbliches Licht, das sich durch die Waldnacht fraß.

Linda stand auf und versuchte hinaus zu spähen. Sie erkannte nur zwei Scheinwerfer und den Schatten eines großen Fahrzeugs. Was hatten die vor? Sie erschauderte. Das Klirren ließ sie herumfahren. Pulle hatte eine zweite Flasche entkorkt, auf seine Weise.

Der Motor wurde leiser. Sie hörte das Rasseln von Ketten, das Aufeinanderschlagen von Metall, spürte Schritte, die sich auf dem Dach des Containers bewegten, starrte zur Decke und fühlte plötzlich den Boden unter sich schwanken. Sie stürzte, knallte gegen die Wand und lag auf dem Boden, als der Container sich in Bewegung setzte. Das Schaukeln wirbelte Pulle herum, Linda griff in die Glasscherben des zertrümmerten Flaschenhalses und fühlte Blut an ihren Fingern, dann schien der Container zu schweben.

»Scheiße!«, schrie Linda panisch. »Was machen die da?«

Sie trommelte mit ihren Fäusten gegen die Metallwand, doch das Geräusch war in dem Lärm da draußen sicher nicht wahrzunehmen. Und wenn? Es würde wohl kaum Eindruck machen.

Das Schwanken nahm zu, sie schienen an einem Seil oder einer Kette über dem Waldboden zu schweben. Linda versuchte, sich im Sitzen auszubalancieren, ihre Augen waren entsetzt auf das Fenster an der gegenüber liegenden Längsseite gerichtet, wo die Äste der Bäume wie gespenstische Arme vorbei zu tanzen schienen, Baumkronen drehten sich im Scheinwerferlicht, das Dröhnen des Motors hatte zugenommen, ein Poltern setzte ein, ein Reiben von Metall auf Metall, ein harter Schlag von unten, dann erstarrte jede Bewegung.

Sie hatten aufgesetzt.

Linda richtete sich auf und versuchte noch einmal, durch das Fenster etwas zu erkennen. Das Fahrzeug war nicht mehr zu sehen, doch plötzlich setzte sich der Container wieder in Bewegung, doch diesmal wie ein Zug beim Anfahren. Dann ein gleichmäßiges Holpern und Rumpeln, das sie an eine Fahrt über die Wellblechpisten Afrikas erinnerte.

Ulla fand die Handynummer von Johnny Cash in Alans Namensregister.

Warum war sie nicht gleich darauf gekommen? Doch auch er hatte keine Ahnung, wo sie Alan finden konnten.

»Nach allem, was ich mitbekommen habe, ist er einer verdammt heißen Sache auf der Spur! Sich mit Schmugglern im Hafen von Lagos einzulassen, ist lebensgefährlich. Wenn sie ihn töten wollen, haben sie 1000 Möglichkeiten«, meinte er, und seine Worte versetzten Ulla einen Stich ins Herz.

»Die brauchen keinen Grund, um dich zu töten. Es reicht schon, wenn ihnen dein Gesicht nicht gefällt. Entweder er hat es geschafft, auszubüchsen, oder sie haben ihn entsorgt. Wenn er im Hafenbecken von Tin Can liegt, kommen wir zu spät. Aber die meisten Leichen liegen in Lagos auf den Straßen. Dort würde er am wenigsten auffallen.«

Johnny Cash war bereit, sie am Hafen abzuholen. Er hatte einen Gast nach Surulere gefahren und würde sich durch den abendlichen Berufsverkehr einen Weg nach Tin Can Island bahnen.

Ulla verständigte die Polizei. Es klang jedoch nicht so, als hätte sie von dort in irgendeiner Form Hilfe zu erwarten.

Tote waren in Lagos an der Tagesordnung, Vermisste wurden wahrscheinlich nicht einmal registriert.

Sie war den Tränen nahe, als sie sich wie ein Häuflein Elend an der Hafeneinfahrt auf den Boden setzte, den Kopf an die Mauer lehnte und verzweifelt die Augen schloss.

Horst Reiter stand unter der Aufbereitungsanlage und beobachtete, wie der Containertransport den Fuhrweg am See entlang kam und in der Nähe der Silos zwischen den nach Körnung und Gemisch sortierten Kies- und Sandhalden parkte. Minuten später war der Container abgeladen und stand an seinem Bestimmungsort unter dem Ende eines der Förderbänder, wo vor Kurzem eine komplette Rohkieshalde abgetragen und verladen worden war.

Zotos Einfall war wirklich genial. Da im Kieswerk Reiter Nachtverladung angeboten und von einigen Kunden regelmäßig genutzt wurde, war die nächtliche Aktion auf dem Werksgelände nichts Ungewöhnliches.

Mit Hilfe der elektronisch gesteuerten und programmierbaren Förderbandanlage, die den Kies aus den Betonsilos wie groben Hagel herabregnen ließ, würde der Container in kürzester Zeit unter seinem Steingrab verschwunden sein, und nicht eine Spur würde mehr an das ehemalige Gefängnis und seine Insassen erinnern.

An die beiden Personen, die jämmerlich verschmachten würden, verschwendete Reiter keinen Gedanken. Er hatte es sich abgewöhnt, sein Gewissen mit dem Tod anderer Menschen zu belasten. So war es ihm auch ziemlich egal, wer Lene Grandel wirklich ermordet hatte, solange sie ihm persönlich nichts nachweisen konnten.

Reiter beobachtete, wie Zoto den Schlüssel in der Armatur drehte und sich das Förderband in Bewegung setzte. Der Kies aus dem Silo rollte heran.

Reiters Alibi war wasserdicht. Da hatte auch dieser neugierige Hauptkommissar, der ihn vor einer Stunde in der Mangel gehabt hatte, nichts ausrichten können.

Bei Zoto war das anders. Er konnte in der Tatnacht überall gewesen sein, hatte etwas von einer Frau gefaselt – nicht Lene Grandel – die er auf dem Werksgelände beobachtet hatte. Sollte er der Polizei erzählen, was er wollte, und wenn Zoto die Alte erschlagen hatte, war das nicht sein Problem. Doch zuerst mussten die Bullen ihn finden.

Zeit für Feierabend, dachte Reiter und verließ das Gelände der Kieswerk Reiter GmbH & Co. KG.

67

Alan Scott kam durch die Schläge wieder zu sich.

Jedes Mal, wenn der Pickup in eines der zahlreichen knöcheltiefen Löcher geriet, war es ihm, als erhielte er einen Hieb mit der stumpfen Seite einer Axt auf die Schulter oder ins Kreuz. Er wurde auf der harten Ladefläche des Wagens hin- und hergeschleudert, krachte mal mit dem Rücken gegen die harten Ecken der Rechner, mal mit dem Schädel gegen die scharfen Kanten des Pickup, hüpfte wie ein Spielball in die Höhe und knallte wieder hart auf das Bodenblech, wenn die Reifen von Schlagloch zu Schlagloch ratterten.

Mit Mühe gelang es ihm, sich mit seiner unverletzten Hand festzuhalten, um nicht auch noch wie auf einem

Kindertrampolin von der Rücken- in die Bauchlage, vom Schulterblatt aufs Steißbein zu prallen. Der Fahrer raste, wo die Strecke frei war, wie ein Besessener, wechselte mit quietschenden Reifen die Spur und legte Vollbremsungen hin, wenn andere Fahrer vor ihm dasselbe taten.

Alans Körper war ein einziger Schmerz, Nase, Mund und Schläfe bluteten, die gebrochene Hand pochte, jeder Atemzug drückte gegen die geprellten Rippen, ihm war kotzübel, und er spürte den sauren Magensaft in seinem Rachen. Unfähig, sich zu bewegen, hing er zwischen den aufgetürmten PCs und Monitoren, hilflos wie ein Fisch auf dem Trockenen.

Die Plane, die sich über das Gestänge der Ladefläche wölbte, hatte zahlreiche Risse, durch die die Lichter entgegenkommender Fahrzeuge wie kleine Blitzlichter aufleuchteten, und durch die Öffnung am Heck, wo die Folie mit einem Strick provisorisch verknotet war und einen breiten Streifen frei ließ, fraßen sich die Scheinwerfer der Lastwagen, die sie überholt hatten, bis zur wild aufeinander getürmten Ladung, kletterten an seinen Beinen empor, beleuchteten in mattem Gelb seine Hose und das blutverschmierte Hemd.

Erst jetzt bemerkte Alan, dass er nicht allein auf der Ladefläche war. Neben ihm saß ein Mann, der sich mit beiden Händen an den Metallverstrebungen festhielt, die am hinteren Ende des Fahrerhauses angebracht waren.

Er erkannte den Kahlgeschorenen, der ihn am Container so unfreundlich empfangen hatte. Jetzt grinste er ihn schadenfroh an, als freue er sich auf die Vollstreckung des Urteils, das Mahama über ihn verhängt hatte.

Mit seinem Schlagstock klopfte er jetzt gegen die Scheibe, durch deren Schmutz das Führerhaus nur vage zu erkennen war. Er gab dem Fahrer ein Zeichen, indem er sich mit der flachen Hand über den Hals fuhr, und Alan ahnte, was es zu bedeuten hatte. Der Pickup verlangsamte seine Fahrt und blieb auf der Randspur.

Der Kahlgeschorene erhob sich und bahnte sich einen Weg zum Heck. Er entknotete den Strick, der die beiden Seiten der Plane zusammenhielt, die jetzt unruhig knatternd im Fahrtwind flatterte.

Plötzlich erhob sich eine zweite Gestalt, die Alan ebenfalls nicht wahrgenommen hatte, zwischen dem E-Schrott, kam auf ihn zu, fasste ihn grob unter der Schulter und zerrte ihn zum Heck. Es war Yakubu. Alan, der vor Schmerz aufschrie, hatte keine Chance, sich zu wehren, alles um ihn herum begann, sich zu drehen, auf Knien erreichte er das Ende der Ladefläche, die beiden Männer drückten seinen Oberkörper nach vorne, und sein müder Blick registrierte den vorbeirasenden löchrigen Belag der mehrspurigen Straße direkt unter sich.

Der Fahrer gab Gas, setzte zum Überholen an, der dröhnende Diesel war jetzt auf gleicher Höhe, ein Tanklastzug, ein graues Ungetüm, dessen Scheinwerfer die Straße aufzureißen schienen, als der Pickup vor ihm wieder einscherte. Der Abstand zwischen den beiden Fahrzeugen betrug keine zehn Meter.

»Go!«, schrie Yakubu und die beiden Männer versetzten Alan einen Stoß, der ihn in hohem Bogen von der Ladefläche auf die Straße katapultierte. Die Lichter blendeten, das Hupen des Trucks, der auf den Fallenden zuschoss, zerriss ihm das Trommelfell, er hatte keine Chance, den Aufprall auf dem harten Asphalt abzufedern, überschlug sich unkontrolliert wirbelnd und sah, während sein Körper nach einer letzten wilden Drehung auf den Boden klatschte, die schwarze Masse des Giganten wie eine Tsunamiwand auf sich zurasen.

Linda registrierte das dröhnende Trommeln auf der Decke des Containers zunächst als einen ungeheuer heftigen Regen, doch als das Geräusch binnen weniger Sekunden zu einem ohrenbetäubenden Prasseln anschwoll und sie durch das Fenster hühnereigroße Kieselsteine zu Boden fallen sah, erfasste sie panische Angst.

»Die schaufeln uns zu! Die begraben uns lebend! Mensch, Pulle, hilft uns denn keiner?«

Pulle antwortete nicht. Er hatte sich in einen tiefen Schlaf getrunken und schnarchte.

Das Prasseln war in ein rauschendes Grollen übergegangen, ein Geräusch, das sie ihr Leben lang nicht mehr vergessen würde, so ihr Leben denn noch mehr als ein paar grausame Stunden des Verdurstens und Verhungerns dauern würde. Der Lärm ging etwas zurück, als das Dach des Containers von der ersten Kiesschicht bedeckt war und die Steine nicht mehr direkt auf das hohle Metall donnerten.

Wie lange würde es dauern, bis der Container unter der Kieshalde verschwand? Wie lange, bis das letzte Licht des kleinen Fensters in der ewigen Nacht des steinernen Grabs erlosch? Wie lange, bis sie erstickt, verdurstet oder verhungert waren?

Oder zunächst einfach verrückt vor Panik? Wer von ihnen würde zuerst über den anderen herfallen, seine Zähne in das Fleisch des anderen schlagen, das Blut trinken, nur um noch zu überleben?

Linda ließ sich mit dem Rücken zur kalten Metallwand zu Boden sinken und heulte hemmungslos.

68

Der Frontspoiler des Tanklastzugs zerschmetterte beim Aufprall seinen Brustkorb bevor er ihn überrollte, dann zermalmten die schweren Räder, die Dutzende Tonnen an Gewicht transportierten, seine Beine, der Rest seines Körpers wurde von der über ihn rasenden Gewalt des Ungetüms erfasst und wie im Auge eines Taifuns hin- und hergeschleudert, zerschlagen, zertrümmert, zerbrochen und zerlegt.

Er spürte keinen Schmerz, sah nur sein Ende kommen, wartete auf die Bilder seines Lebens, die in Sekundenbruchteilen an ihm vorbeiziehen würden. Doch die Bilder kamen nicht. Wurden ebenso wenig Realität, wie sein zerschmetterter Brustkorb oder die zerquetschten Beine Realität waren.

Das Glück, nach dem Sturz vom Pickup längs auf der Fahrbahn liegen geblieben zu sein, hatte ihn gerettet. Eine Kniescheibe war zertrümmert und er wusste nicht, wie die anderen Knochen den Aufprall überstanden hatten. Im Reflex hatte er sich auf die Straße gepresst, die Fingerspitzen hatten sich in die Unebenheiten des rissigen Asphalts gekrallt, wie ein mit dem Gesicht zum Boden Gekreuzigter lag er dort, während ihn der Unterboden des Tanklastzugs wenige Zentimeter über seinem Rücken fast streifte und ihn der Sog der dröhnenden Masse mitzureißen drohte.

Plötzlich endete die Dunkelheit, stattdessen blendete ihn grelles Licht, Scheinwerfer erfassten ihn, und zwei Autos wichen der am Boden liegenden Gestalt mit quietschenden Reifen aus. Der Fahrtwind des zweiten, der ihn fast berührt hatte, erfasste ihn und legte ihn schräg zur Fahrbahn. Entsetzt registrierte er, dass ein Bus auf ihn zuraste.

Im selben Augenblick wurde ihm klar, dass Sekunden zwischen Leben und Tod entschieden, es blieb keine Zeit, über Vergangenes nachzudenken oder Zukünftiges zu planen, es gab nur eine Entscheidung, und zwar jetzt!

Alle Schmerzen ignorierend rollte er sich über seine heile Schulter ab Richtung Straßenböschung, zwei weitere Drehungen, und er landete unsanft im Dreck zwischen Glasscherben, Plastikresten und Kleiderfetzen, der Bus raste ratternd keine zwei Meter entfernt an ihm vorbei.

Stöhnend blieb er liegen, zu keiner weiteren Bewegung fähig. Sein Atem ging schwer, auf Lippen und Zunge lag trockener Staub, ein fingerlanger Tausendfüßer machte sich daran, den vor ihm liegenden Berg zu überqueren und kletterte über die Stiefel das Hosenbein entlang.

Der Verkehr auf der Lagos Badagry Road rollte ungebremst an der bewegungslosen Gestalt vorbei, Scheinwerfer streiften den Körper für Sekunden, erfassten die hellen, blutverschmierten Klamotten, doch die Fahrer ignorierten ihn.

Zoto betrachtete sein Werk mit glänzenden Augen.

Tonne um Tonne ratterte der grobkörnige Kies über die mehr als 60 Meter lange Förderbandanlage aus dem Silo und ließ das Material aus einer Abwurfhöhe von fast zehn Metern auf das Containerdach prasseln, von wo es über die vier Wände zu Boden glitt und eine immer höher steigende Halde bildete.

Über die Förderbandwaage hatte Zoto Menge und Körnung des Materials ständig unter Kontrolle, laufend wurden die Daten mittels Bandgeschwindigkeit und Gewicht des durchlaufenden Gesteins neu berechnet und im digitalen Fenster des Auswertesystems angezeigt.

Agim Zoto war fasziniert. 250.000 Tonnen Kies waren die Jahresleistung des Förderbands. Wenige Minuten reichten, um einen kompletten Container und seine Insassen für immer verschwinden zu lassen.

Das kleine Fenster des Containers war jetzt schon fast erreicht, immer mehr Kies rutschte über die schräge Kegelspitze, die sich auf dem Dach gebildet hatte, nach unten, Stein um Stein wuchs das kalte Grab am Ufer des Sees.

Zoto hatte den Platz bewusst gewählt und mit Reiter besprochen, den Hügel später mit Erdaushub abzudecken und verwuchern zu lassen, eine natürliche Böschung zu schaffen, die von den Naturschützern bald schon als neu gestaltetes Biotop Anerkennung fände.

Schon in zwei Stunden würde niemand dort zwei Menschen in einem Container vermuten.

Johnny Cash fluchte.

Die A1 Richtung Verkehrsknoten von Lagos Mainland und Tin Can war dicht. Das Gehupe und Geschrei auf der überfüllten Autobahn machten ihn aggressiv.

Er hatte nachgedacht und gab eine Beschreibung Alans an seine Zentrale durch. Binnen weniger Minuten hatten alle Taxifahrer, die für dasselbe Unternehmen fuhren, die Meldung, dass sie nach ihm Ausschau halten sollten.

Johnny Cash bog von der Ikorodu Road ab und verließ sich auf seine Ortskenntnis. Über schlammige Wege, die kaum Straßen zu nennen waren, über dreckige Gassen, in denen schmale Bretter über Schlammsuhlen und Unratpfützen führten, kam er schneller voran als auf der verstopften Stadtautobahn.

Hupend und mit hastigen Lenkbewegungen bahnte er sich den Weg zwischen schimpfenden Händlern und hastig davon springenden Kindern.

»Oh mein Gott, Jakob, tun Sie was! Die schütten uns zu!«

Sie rüttelte ihn an seinem Kragen und versuchte, ihn aus dem Tiefschlaf zu reißen, doch der alte Mann verharrte in seiner Lethargie.

Lindas Stimme war ein hysterisches Kreischen, sie sah den endlosen Steinregen durch die schmale Fensterluke, die jetzt von unten zuzuwachsen begann.

Sie hatte aufgehört zu poltern und zu trommeln, es gab da draußen nur einen, der sie hören konnte.

Der schaufelte ihr Grab.

Als der Tausendfüßer den Hemdkragen erreichte und über den Nackenschild der Kappe wieder zu Boden glitt, streifte er das Ohr des Schwerverletzten. Alan schrak für eine Sekunde hoch, schüttelte das Tier ab, schloss die Augen und sank erschöpft in die Schwerelosigkeit des schmerzfreien Schlafs.

Der Goldschakal, der den Blutgeruch wahrgenommen hatte, kam witternd aus seiner Höhle, die vom Straßengraben unter die Fahrbahndecke führte. Er war an den Lärm und die Lichter gewöhnt, dies war sein Revier, in dem er sich bei Tag die überfahrenen Hunde und Ziegen mit Schildraben, Marabus und Waranen teilte.

Die Jungen in seinem Bau hatten Hunger, die tote

Katze, die er am Mittag entdeckt hatte, war in den Mägen der übermächtigen Geier gelandet.

Bei Nacht gehörte die Beute ihm.

Ihm und den Hyänen.

69

Die schmächtige Gestalt bewegte sich mit der Geschmeidigkeit einer Ginsterkatze über das nächtliche Gelände. Der Lärm wies ihr den Weg.

Vor ihr ragten die Silos, Förderbandanlagen und Gesteinshalden in den Himmel, dann erkannte sie den Lastwagen, der den Container aus dem Wald hierher transportiert hatte. Am Ufer des Sees sah sie zwischen hohen Schotterhalden die helle Containerwand leuchten, halb zugeschüttet von Kieselsteinen, die sich bereits meterhoch rings um den Metallblock häuften.

Wie durch Zauberhand regnete es von oben ständig neuen Kies auf das Dach, und von dort rutschte er an die Seiten des Containers. Schon verschwand das kleine Gitterfenster, durch das sie selbst schon in die vermeintliche Freiheit gestarrt hatte, hinter der Kieswand.

Vorsichtig schlich sie näher. Ihre Schritte blieben unhörbar im Lärm der Maschine, die Büsche und Bäume, Metallgestänge, Halden und Steinlager versteckten ihre Gestalt, die sich trotz des bunten Tuchs, in das sie gewickelt war, im Dunkel der Nacht kaum von ihrer Umgebung abhob.

Unbemerkt kam sie in die Nähe des Containers, hielt

sich aus dem Lichtkegel der LKW-Scheinwerfer und schlich sich von hinten an den Mann heran, dessen Finger die Richtung und Intensität des Steinregens von einem Armaturenbrett aus zu steuern schienen.

Ihr Fuß stieß an eine Schaufel, die achtlos liegen gelassen worden war. Sie ergriff den Stiel, wuchtete die Schaufel über ihre rechte Schulter, und mit der ganzen Kraft ihrer Arme, ihrem aufgestauten Hass und ihrer unbändigen Wut ließ Hadé das Schaufelblatt auf den Hinterkopf des Mannes krachen.

Endlich fühlte sie die Erfüllung der Rache für jahrelange Unterdrückung und Qual.

Agim Zoto ging mit einem kurzen Aufschrei zu Boden und blieb regungslos liegen. Hadé verharrte keuchend.

Hatte sie ihm das Genick gebrochen?

Wenn schon! Er hatte es nicht anders verdient.

Verzweifelt versuchte sie, die Förderbandanlage anzuhalten. Doch welchen Knopf sie an dem blinkenden unübersichtlichen Terminal, das zuvor Zoto bedient hatte, auch drückte – nichts geschah. Endlos ratternd ergossen sich die Kiesmassen auf den Container.

Hadé wusste, dass Eile geboten war. Da sah sie an der Seite des Terminals einen Schlüssel stecken. Die Beschriftung im Feld darüber konnte sie in der Dunkelheit nicht erkennen. Mutig drehte sie ihn nach hinten – das Rattern des Förderbands hörte auf, die Maschine stand still, der Steinregen stoppte.

Rasch umrundete sie den Container bis zu seiner Längsseite, wo gerade noch mehr als zwei Drittel der Tür zu erkennen waren. Sie polterte mit ihren Fäusten dagegen, um Linda die nahende Hilfe zu signalisieren. Rhythmisches Klopfen antwortete von innen.

Aus physikalischen Gründen war der Kies von oben zunächst über die Längsseiten des Containers gerutscht, an den beiden Schmalseiten lag er gerade mal knietief. Hadé machte sich mit der Schaufel daran, den Kies wegzuschieben, um die Tür frei zu bekommen. Ihre Bewegungen erlahmten schnell, da der Kies schwer war, doch Hadé schaufelte ohne Pause.

Als die Tür frei gelegt war, eilte sie zu Zoto, der immer noch regungslos am Boden lag. Sie suchte in seinen Taschen nach dem Schlüsselbund, stand rasch wieder an der Tür und hatte innerhalb einer Minute das Sicherheitsschloss geöffnet.

Sie schob den schweren Riegel nach oben, zog die Tür nach außen und trat einen Schritt zurück.

Er hatte gerade Apapa erreicht, als der Funkspruch kam.

Das Rauschen und Krächzen verschluckte die einzelnen Worte, doch Jonny Cash hatte den Kern der Botschaft verstanden. Einer der Taxifahrer hatte am Straßenrand der Lagos Badagry Road stadtauswärts eine Leiche entdeckt, auf die seine Beschreibung passte.

Johnny Cash fragte noch einmal nach, um die Position sicher zu haben, und kehrte um.

Die Lagos Badagry Road führte stadtauswärts nach Westen Richtung Benin und war an diesem Abend ebenso stark befahren wie alle anderen Straßen. Doch der Verkehr rollte hier zügig, und das Taxi kam rasch voran.

Als er die Gegend erreichte, die ihm der Kollege genannt hatte, kurbelte er das Fenster auf der Beifahrerseite herunter, um den Straßenrand besser erkennen zu können und nahm den Fuß vom Gas. Der nach ihm fahrende Truck hupte, doch das war Cash egal. Er fuhr mit zwei Rädern auf den schmalen Seitenstreifen, der Lastwagen überholte und hüllte das Taxi in eine dichte Staubwolke ein.

Nachdem sich der Dunst lichtete, erfassten seine Scheinwerfer eine Gestalt, die in einiger Entfernung am Boden lag. Regungslos. Oder waren es nur achtlos weggeworfene Kleidungsstücke? Langsam fuhr das Taxi näher.

Johnny Cash erkannte das khakifarbene Hemd. Doch er war sich nicht sicher. Dann sah er die Mütze.

Der Mann, der dort lag, war Alan Scott!

»Scheiße!«, schrie Johnny, hielt trotz des vorbeirauschenden Verkehrs an und ignorierte das Hupen der LKWs, die dem mit einer Hälfte auf der Fahrbahn stehenden Taxi auswichen. Rasch stieg er aus und noch während er auf den leblosen Körper zueilte, rief er die weiße Frau an, die im Hafen von Tin Can auf ihn wartete.

»Ich habe ihn! Melde mich gleich wieder!«, war alles, was er sagte.

Sekunden später tasteten seine Finger am Hals des Weißen nach dem Puls.

Linda hörte nur, wie das Prasseln allmählich leiser wurde. Das liegt sicher an der mächtigeren Kiesschicht auf dem Dach, die das Geräusch dämpft, dachte sie.

Im Container war es stockfinster geworden, seit der Kieshaufen über das Fenster geklettert war, und Linda hatte verzweifelt im Dunkeln nach einem Ausweg gesucht.

Jetzt hörte sie über den Lüftungsschlitz einen Schrei. Zoto? Sie tastete sich bis in die Ecke durch und rief laut

»Haaallo!« Dann steigerte sich ihre Stimme zu einem hysterischen Hilfeschrei.

Kurz darauf setzte das Prasseln des Kiesregens aus, und jemand pochte gegen die Tür. Linda eilte in die Richtung und polterte von innen dagegen.

Dann war ein Kratzen und Scharren von Metall auf Kies zu hören, und Linda ahnte, dass jemand die Tür frei schaufelte.

Nahte Rettung? Aber was war mit dem Bosnier? War er außer Gefecht gesetzt worden? Linda dachte zunächst an Jens. Doch dann kam ihr Hadé in den Sinn. Diese Frau steckte voller Überraschungen.

Plötzlich hörte sie das Öffnen des Riegels, gleich darauf ging die schwere Metalltür auf und sie stürzte nach draußen. Pulle lag schnarchend am Boden und hatte von der dramatischen Rettung überhaupt nichts mitbekommen. Linda drückte Hadé weinend an sich, umarmte sie wieder und wieder.

»Ich dachte schon, wir werden lebendig begraben. Oh mein Gott, wenn du nicht gewesen wärst, wären wir jetzt unter dem Kies verschwunden, kein Mensch hätte uns dort gefunden«, schluchzte sie und trocknete ihre Tränen.

»Was ist mit dem?«, fragte sie und zeigte auf Zoto, der so, wie ihn Hadés Schlag niedergestreckt hatte, im Dreck lag.

»Hast du ihn niedergeschlagen?«

Hadé nickte.

»Mit Schaufel. Hat nicht anders verdient.«

»Ist er tot?«

»I don't know. Wäre das beste.«

»Hat er dich erkannt?«

»No. Ich komme von hinten.«

Linda ging zu dem Bosnier, tastete nach seinem Puls und stellte fest, dass er atmete.

»Er lebt, scheint aber ohnmächtig zu sein. Wir sollten einen Notarzt rufen. Hast du ein Handy?«

»Notarzt?«, fragte Hadé, »for him? Soll verrecken, geschieht ihm recht! Kommt auch gleich Polizei, sie mich festnehmen!«

Linda sah die Schaufel liegen. Und sie sah Hadé. Und ein anderes Bild tauchte vor ihrem inneren Auge auf …

»Warte«, beruhigte sie Linda. »Wer spricht von Polizei? Wir können ihn nicht einfach so liegen lassen, das wäre unterlassene Hilfeleistung. Und wenn er stirbt, wärst du wegen Mord dran.«

»Also doch Polizei!«, zischte Hadé. »Fuck! Mach was willst, ich hau ab!«

Sie nahm die Schaufel, an deren Stiel sich ihre Fingerabdrücke befanden, lief zum See und schleuderte sie wie einen Speer ins Wasser.

»I have to find Doudou! Wenn das Schwein lebt, ask him, where she is!«

»Hadé!«, flehte Linda, »warte doch. Wo willst du denn hin? Lass uns doch zusammen überlegen, was zu tun ist! Bitte!«

»Ich muss hier weg! Wenn Bullen mich schnappen, ist für Doudou zu spät. I call you! Soon.«

Sie eilte davon, ohne Linda noch einmal angesehen zu haben. Linda dachte nach. Wahrscheinlich hätte sie genauso gehandelt. Die Polizei würde sie festnehmen, selbst wenn sie aus einer Notsituation heraus gehandelt hatte. Sie ging zurück in den Container und bückte sich zu Pulle, der noch immer regungslos zu schlafen schien. Sie sah keinen anderen Ausweg, als ihm die letzten Tropfen aus der Rotweinflasche ins Gesicht zu spritzen. Er schüttelte sich angewidert und schlug die Augen auf.

»Jakob, hören Sie bitte zu!«, schrie sie und packte ihn am Kragen. Doch Pulle war schon wieder weggetreten.

Linda richtete sich auf.

Niemand würde von ihr erfahren, was hier geschehen war! Sie würde die Afrikanerin aus der Sache heraushalten. Ich weiß nicht, wer uns befreit hat, Punkt. Die Tür hat sich geöffnet, und ich habe Schritte gehört. Als ich raus kam, war niemand da, nur Zoto lag dort drüben. Kein Wort von der Schaufel, kein Wort von Hadé.

So würde sie es auch Jens Bosch erzählen.

Sie musste Hadé schützen. Sie sollte wenigstens Gelegenheit haben, ihre Tochter zu finden, bevor man sie aufgriff und abschob. Linda würde alles tun, um von Zoto den Aufenthaltsort von Doudou zu erfahren.

Sie bückte sich noch einmal zu Pulle hinunter und versuchte, ihn aufzuwecken. Vergeblich.

»Ich gehe zur Wohnung meiner Kollegin, um einen Krankenwagen zu rufen«, rief sie Pulle zu, der es aber nicht registrierte.

Sie hatte keine andere Möglichkeit, Hilfe zu holen. Das Risiko, Zoto allein bei dem Schlafenden zu lassen, musste sie eingehen. Wahrscheinlich kam keiner der beiden zu sich, und sie würde gleich wieder zurück sein.

Sie verließ das Gelände auf dem schmalen Pfad, den sie schon so oft gegangen war, und erreichte die Straße. Als sie zehn Minuten später oben zu Käthe Besseres Haus kam, hörte sie vom Werkstor her das Aufheulen der Ducati.

›Mist!‹, dachte sie.

Agim Zoto türmte.

Johnny Cash hatte es geschafft, den schweren, scheinbar leblosen Körper in das Taxi zu hieven.

Alle Knochen, die er berührte, schienen gebrochen zu sein, zertrümmert wie morsches Holz. Die Beine hingen wie eine lose Masse Fleisch in der Luft, krumm und unförmig wie eine fette Python, weich und wabernd wie ein mit nassem Schlamm gefüllter Sack, blutverschmiert und vor Dreck starrend.

Er hatte einen schwachen Puls gefühlt, festgestellt, dass der Schwerverletzte atmete, und ihm etwas Wasser eingeflößt.

Vorsichtig bettete er ihn jetzt auf die Rückbank, schwang sich ans Steuer und fuhr langsam los.

Während sich Johnny Cash in den Verkehr einfädelte und die nächste Ausfahrt nahm, um wieder in die Stadt zurückzufahren, schepperte sein Handy.

»Er lebt«, sagte er zu der weißen Frau. »Aber er sieht schlimm aus!«

»Wo bringst du ihn hin? Kennst du ein gutes Krankenhaus?«, fragte sie.

»Ich nehme das nächstgelegene!«, rief Johnny Cash und setzte zum Überholen an. »Ich versuche, zum Lagoon Hospital zu kommen. Das ist in der Marine Road in Apapa. Ich muss jetzt aufhören und Gas geben. Sonst schaffe ich es nicht!«

70

»Habt ihr etwas gefunden, was ihr gegen Reiter und Zoto verwenden könnt?«, fragte Linda.

Der Kriminalhauptkommissar schüttelte den Kopf. »Keine wirklich verwertbaren Spuren.«

»Und der Container?«

»Der wurde so gründlich gereinigt, dass er nur so vor Chemie stinkt. Nichts, was darauf hin deutet, dass er als Gefängnis für illegale Einwanderer gedient haben könnte. Da waren Profis am Werk.«

»Aber diese ganze Aktion! Ich meine, die wollten Pulle und mich da drin umbringen. Ihr habt doch unsere Spuren im Container!«

»Das schon, aber du stehst mit deiner Aussage gegen die von Reiter. Er behauptet, nichts von eurer Anwesenheit in dem Container und der Aktion Zotos gewusst zu haben. Und solange der verschwunden ist und sich euer großer unbekannter Retter nicht meldet …«

»Und was ist mit Pulle?«, unterbrach ihn Linda.

Jens Bosch lachte.

»Der war so sturzbesoffen, dass er sich an überhaupt nichts mehr erinnern kann. Er weiß ja nicht mal, wie Zoto sich davongemacht hat, während du die Einsatzkräfte verständigt hast. Mit seiner Aussage wirst du nicht rechnen können.«

Linda verzog das Gesicht. Solange Hadé sich nicht meldete und bereit war, auszusagen, hatte sie wohl keine Chance gegen Reiter.

»Und was den Mord an Lene Grandel angeht«, unterbrach Jens Bosch ihre Gedanken, »Horst Reiter hat für die

Tatzeit ein astreines Alibi. Wir haben zwar Beweise, dass die Frau in einem seiner Fahrzeuge transportiert wurde, aber Agim Zoto, der als Täter in Frage kommt, ist flüchtig. Wir gehen davon aus, dass er sich nach Bosnien abgesetzt hat. Wir werden einen europäischen Haftbefehl auf ihn ausstellen, aber die Chancen sind schlecht. Es gibt kein Auslieferungsabkommen mit Bosnien.«

»Heißt das«, fragte sie, » dass es zu überhaupt keinem Prozess gegen Reiter und Zoto kommen wird?«

»Das kann ich nicht beurteilen. Du könntest Reiter wegen Freiheitsberaubung verklagen, aber er wird sich winden wie ein Wurm und alles auf Zoto abwälzen. Da du dich ohne Befugnis auf seinem Gelände aufgehalten hast, müsstest du beweisen, dass er dich absichtlich in den Container einsperren und verschütten ließ.«

»Scheiße«, fluchte sie und atmete tief durch.

»Dieser Pulle«, sagte sie, »hat mir, bevor er den Rotwein in sich reinschüttete, was von einer Frau erzählt, die er am Tag der Tat in der Nähe des Containers gesehen haben will. Zusammen mit Lene Grandel.«

»Da muss er sich wohl geirrt haben«, meinte der Kommissar, »Lene Grandels Nichte hatte zur Tatzeit eine Lesung in Rottenburg am Neckar.«

›Okay, dann wäre das auch geklärt‹, dachte Linda und wechselte das Thema:

»Was ist eigentlich mit meinem Handy?«, fragte sie.

Vielleicht war wenigstens Alan in der Sache mit dem E-Schrott weitergekommen. Dafür musste man Reiter doch wenigstens belangen können! »Du sagtest, ihr habt es bei Reiter sichergestellt?«

»Ja. Du bekommst es, sobald die KTU mit der Auswertung der Spuren fertig ist. Offensichtlich hat Reiter deinem Freund in Nigeria eine Nachricht zukommen lassen. Sie wurde zwar gelöscht, aber der Sendebericht ist noch da. Du hast nichts mehr von ihm gehört?«

»Wie denn?«, knurrte sie, »seine Nummer ist in meinem Handy eingespeichert, da komm ich nicht ran. Weißt du denn, ob er mich mal angerufen oder sich gemeldet hat?«

Der Kommissar schüttelte den Kopf.

»Haben wir denn wenigstens eine Chance, Reiter wegen seines illegalen Elektroschrotthandels dran zu kriegen?«

»Das überprüfen die Kollegen von der Wirtschaftskriminalität. Leider haben wir auf dem Gelände keinen Schrott mehr gefunden, außer ein paar Kabeln und alten Handys, die aber nichts beweisen. Reiter behauptet, dass die Geräte, die er nach Nigeria transportierte, funktioniert haben. Er wird sich auf alle Fälle einen guten Anwalt leisten, falls es zu einem Prozess kommt.«

»Wenn dieses Schwein ungeschoren davonkommt, dann verstehe ich die Welt nicht mehr …«

»Das wäre nicht das erste Mal. Reiter ist nur ein kleines Rädchen in einem gigantischen Netzwerk. Und er ist gerissen, hat alles gut getarnt und dafür gesorgt, dass es keine Zeugen gibt. Die Kollegen von der Sitte sind gerade dabei, das Bordell in Stuttgart auseinanderzunehmen. Doch die Frauen, die dort arbeiten, schweigen beharrlich.«

»Ist doch klar. Die haben Angst vor Leuten wie Zoto oder diesem Bodybuilder. Und vor den Strafen von Madame. Wenn sie aus Afrika kommen, sogar vor der Zauberkraft der Ju-Ju-Priester. Oh Mann, Jens, was ist das für ein Teufelskreis?«

Linda schluchzte verzweifelt.

»Gibt es eigentlich etwas Neues von Doudou?«, fragte

sie schließlich. Sie hatte Jens inzwischen von Hadé und der Suche nach ihrer Tochter erzählt.

»Nein. Wir haben nichts gefunden. Vermutlich haben die Schleuser sie ins Ausland verschleppt. Es gibt vage Spuren, die nach Belgien führen, mehr nicht.«

»Okay«, Linda gab auf. »Letzte Frage: was wird aus Hadé, wenn ihr sie findet?«

»Sie wird abgeschoben, daran gibt es keinen Zweifel«, lautete die knappe Antwort.

»Auch wenn sie aussagen würde?«, hakte Linda nach.

Jens Bosch atmete durch. »Glaubst du, sie würde sich da auf einen Deal einlassen? Bei all dem, was sie inzwischen erfahren hat?«

Linda schüttelte den Kopf. »Nein«, sagte sie leise, »das glaube ich nicht.«

Aber sie würde sie fragen …

71

Linda Roloff schreckte hoch, als es an der Haustür klingelte.

Sie hatte am PC gesessen und verzweifelt nach einer Möglichkeit gesucht, in Lagos jemanden zu finden, der ihr bei der Suche nach Alan Scott helfen konnte. Sie hatte einige Hotels und Polizeistationen abtelefoniert, jedoch ohne Erfolg. In ihrer Verzweiflung hatte sie keinen Schlaf gefunden, sich einen Whisky eingeschenkt und war schließlich am Schreibtisch sitzend eingenickt.

Sie schlurfte müde zur Türsprechanlage. Wer wollte um diese Zeit noch etwas von ihr. 23.12 Uhr zeigte ihre Swatch.

»Ja bitte?«, sagte sie und hörte die krächzende Antwort von unten.

»Hier ist Jakob Eberle.«

»Jakob?«, fragte sie noch einmal nach. Pulle hier in Tübingen? Sie drückte auf den Türöffner und ging zum Wohnungseingang.

Schleppende Schritte kamen die Treppe hoch, schwerer Atem, leises Keuchen, Husten. Dann stand er vor ihr.

»Entschuldigen Sie die späte Störung, Frau Roloff«, stammelte er.

Ein paar Minuten später saßen sie in Lindas kleinem Wohnzimmer, auf dem Couchtisch standen zwei Gläser Mineralwasser.

»Ich will das Zeug nicht mehr«, hatte Pulle gesagt, als sie ihm vorsichtig einen Schluck Rotwein angeboten hatte. »Der Kommissar hat gemeint, wenn ich nicht so besoffen gewesen wäre, könnten wir Reiter hinter Gitter bringen. Aber ich weiß doch überhaupt nichts mehr von dem Container und so.«

Dann hatte er ihr erzählt, dass er von Singen aus mit dem Zug über Horb hergefahren sei und sich in Tübingen zu ihrer Adresse durchgefragt habe. »Ich hatte ja noch ein paar Franken von der Lene, das hat gerade für die einfache Fahrt gereicht«, hatte er gegrinst.

Jetzt starrte Linda auf ihr Handy, das auf dem Couchtisch lag. Jakob Eberle hatte es aus seiner Manteltasche gezogen und verschmitzt lachend dort hingelegt.

»Mein Handy?«, fragte sie ungläubig. »Woher haben Sie es?«

Pulle verzog sein bärtiges Gesicht zu einem schiefen Grinsen, und seine Äuglein funkelten listig.

»Gemopst!«, flüsterte er und kicherte.

»Sie haben es gestohlen?«, fragte Linda gespielt vorwurfsvoll. »Bei wem?«

»Bei der Polizei!«

Jetzt prustete der Alte laut los und lachte aus vollem Hals. Als er sich beruhigt hatte erzählte er, und in seiner Stimme klang eine Mischung aus Stolz und Schadenfreude:

»Ich war noch mal bei der Polizei, bei diesem Kommissar Bosch. Musste meine Aussage unterschreiben. Da hab' ich aus einem Telefongespräch mitbekommen, dass es sich bei dem Handy, das da auf seinem Tisch lag, um Ihres handelt. Der Kommissar sagte so was wie: das geb' ich ihr zurück, wenn ich es für richtig halte. Und als er kurz aus dem Zimmer ging, hab ich es einfach eingesteckt.«

»Aber Jakob, das muss er doch gemerkt haben!«

»Hat er nicht! Ich bin ja nicht bescheuert. Ich hab ihm 'n anderes hingelegt. Sah fast so aus wie Ihres.«

»Und woher hatten Sie ein anderes Handy?«

»Aus'm Kieswerk. Da lagen doch immer jede Menge rum. Hab' mir irgendwann mal eines eingesteckt, das noch getan hat. Damit darf der Kommissar jetzt spielen. Ich dachte mir, Sie brauchen Ihr Handy sicher mehr als der!«

Linda lächelte und nickte.

»Eigentlich schon. Ich danke Ihnen sehr.«

»Kein Problem. Sie hatten genügend Scherereien wegen mir. Und jetzt kommt Lenes Mörder nicht mal hinter Gitter, nur weil ich nichts aussagen kann!«

»Da machen Sie sich mal keine Vorwürfe«, versuchte Linda den Alten zu beruhigen. Vielleicht ist es ja besser so, dachte sie …

Linda hatte Pulle angeboten, auf der Couch zu übernachten und ihn am nächsten Morgen nach Singen zurück zu fahren.

Sie ging ins Schlafzimmer, setzte sich auf ihr Bett, lehnte sich auf das Kopfkissen zurück und suchte im Display ihres Handys nach neuen Mitteilungen oder entgangenen Anrufen. Nicht eine Nachricht von Alan Scott.

Nervös suchte sie seinen Eintrag im Namensregister und drückte die grüne Taste.

Freizeichen. Das ungewöhnliche Tuten in Afrika, das wie ein europäisches Besetztzeichen klang. Dann ging endlich jemand ran.

Gott sei Dank!

»Hallo?« Linda hörte die Frauenstimme und erstarrte.

Sie klang jung.

Sympathisch.

»Hallo?«, sagte die Stimme noch einmal. Und: »Wer ist denn da?«

Eine Sekunde überlegte Linda, ob sie etwas sagen sollte.

Dann legte sie auf.

Ulla legte das Handy wieder zurück auf den kleinen weißen Tisch neben Alans Bett.

Die Kabel und Schläuche, die ihn am Leben hielten, machten ihr Angst. Noch mehr Angst hatte ihr der Blick des Arztes gemacht, mit dem er sich nach der letzten OP von ihr verabschiedet hatte.

»Wird er es schaffen?«, hatte sie ihn gefragt und keine Antwort bekommen. Nur diesen fragenden Blick und ein leichtes Schulterzucken.

Sie nahm das Handy und rief die unter dem Namen *Linda* abgespeicherte Nummer mit der deutschen Vorwahl zurück.

Anruf abgelehnt, signalisierte das Display.

72

Das Africa-Restaurant im ehemaligen Tübinger Schlachthof war dieses Mal ihr Treffpunkt. Linda kannte sich dort aus, im Brechtbau nebenan hatte sie Germanistik studiert und auf der anderen Straßenseite, im Hegelbau, Geschichte. Das Restaurant, das von einem sympathischen äthiopischen Wirt mit seiner Familie geführt wurde, lag direkt hinter dem Neuophilologikum im Universitätsgelände an der Ammer, die an der kleinen Terrasse vorbei floss.

Man konnte dort hervorragend afrikanisch essen, von Springbock und Strauß bis zur Kochbanane und Cous-Cous reichte die Auswahl, besonders gerne wählte sie aber die äthiopische Spezialität, ein Fladenbrot namens *Injera* mit den dazu angebotenen Gemüse- und Fleischbeilagen. Das Ambiente entsprach dem Namen des Restaurants, ein äthiopisches Kaffeeservice fehlte ebenso wenig wie arabische Wasserpfeifen, zahlreiche Porträts afrikanischer Menschen, von Samburu über Himba bis zu den Mönchen des Tanasees, zierten die Wände.

Sie hatten auf einer der Eckbänke Platz genommen, und Hadé fiel kaum auf unter den Gästen, die an diesem Sonntag hierher gekommen waren, um afrikanisch zu essen. Studenten, die übers Wochenende in der alten Universitätsstadt geblieben waren, zwei äthiopische Familien und ein Ehepaar mit einem afrikanischen Mädchen, das offensichtlich adoptiert war und aus Äthiopien oder Eritrea stammte.

Getu, der freundliche Besitzer des afrikanischen Restaurants, zeigte Verständnis, als die beiden Frauen nur Getränke bestellten und Linda ihm sagte, dass sie vielleicht später noch Injera essen wollten.

»Hast du etwas über Doudou herausgefunden?«, fragte Linda als Erstes.

Tränen traten in Hadés Augen, als sie den Kopf schüttelte.

»Nothing. Madame hat verboten, weiter zu suchen.«

»Du bist wieder zu ihr zurück?«, fragte Linda erstaunt.

Hadé nickte. »Was soll ich sonst machen? I need the money! Aber bald Schluss. Aufenthaltsgenehmigung ist abgelaufen.«

»Das war doch bisher kein Problem!«, empörte sich Linda.

»Jetzt schon. Polizei war bei Madame. Ich jetzt werde abgeschoben, sagt Madame. Sie droht, mich zu schlagen, wenn ich was sage.«

»Und wirst du etwas sagen?«

Hadé schüttelte den Kopf.

»Keine von uns wird was sagen. Wir wissen, was dann passiert. Keine will in den Nächten Bäume zählen. Mahama ist stärker als Polizei.«

»Du fürchtest dich vor dem Ju-Ju-Zauber?«

Hadé nickte und trocknete ihre Tränen.

»Das war in der letzten Nacht in meinem Bett!« Sie reichte Linda einen kleinen, faustgroßen Gegenstand. Sie erschrak, als sie die kleinen verdorrten Beinchen und Ärmchen erkannte, die aus dem borstigen vertrockneten Haarklumpen hervorragten. Dann erkannte sie das Gesicht, die runzlige Fratze des toten Äffchens, und unterdrückte einen Schrei.

»Das ist Mahamas Ju-Ju«, erklärte Hadé. »Heute Pavianbaby und morgen Doudou!«

Mit Mühe schluckte sie ihre Tränen, und Linda gab ihr Zeit, wieder zu Atem zu kommen.

»Und jetzt?«, fragte sie schließlich vorsichtig, obwohl sie die Antwort schon kannte.

»Ich muss zurück«, schluchzte Hadé. »Madame schickt mich weg. Es war alles umsonst. Meine Reise, die Wüste, das Meer, das Leben bei Madame. Und Doudou bleibt hier …«

Ihre Worte erstarben in Tränen. Linda suchte nach Worten, mit denen sie trösten konnte, doch es fielen ihr keine ein. Was sollte sie ihr sagen, der Frau aus Afrika, deren Träume vom europäischen Paradies zerplatzt waren, deren Leben keine Zukunft zu haben schien, deren Reise von vorne begann.

»I don't give up. Never!«, stammelte Hadé schließlich. »Ich habe 500 Euro, von denen Mahama nichts wissen kann. Damit fange ich an, zu arbeiten. Und dann ich komme zurück und hole Doudou. Ich finde sie, ich bin ihre Mutter.«

Linda staunte über die Zuversicht in ihren Worten. Welche Kraft steckte in dieser Frau, und welcher Wille, wenn sie hier, ganz unten, ganz am Ende den Neuanfang beschloss?

»Ich habe dir damals versprochen, dir zu helfen, deine Tochter zu finden«, sagte Linda, »und das werde ich auch weiterhin tun. Sie kann nicht spurlos verschwunden sein!«

Hadé nickte dankbar.

Alan spürte keine Schmerzen, als er zu sich kam.

Er spürte überhaupt nichts, keine Arme, keine Beine, keine Finger, keine Zehen.

Sein Körper schien taub, er versuchte, sich zu bewegen, doch es schien, als drückten ihn zentnerschwere Gewichte nieder.

Was er sah, war wie durch einen milchigen Schleier getrübt.

Der Raum war hell und still. Er hörte nur ein seltsames Blubbern und Röcheln und vermutete, dass es das Geräusch seines eigenen Atems war. Die Luft, die in ihn strömte, schien seltsam frisch und kühl zu sein.

Er versuchte, klarer zu sehen und erkannte eine Gestalt, die neben ihm saß, sah den Schatten einer Hand, die sich auf seine Stirn zu legen schien. Fühlen konnte er es nicht.

Er hörte eine Stimme, ohne die Worte zu verstehen. Es war die sanfte Stimme einer Frau, die seinen Namen flüsterte.

Seine Lippen formten ein Wort, nur zwei Silben, einen Namen.

Lin-da …

Er versuchte zu lächeln.

Ulla ergriff seine Hand. Dann schlief er wieder ein.

Linda ließ etwas Zeit verstreichen. Sie hatte vor, mit Hadé noch über etwas anderes zu sprechen, etwas, was ihr nicht aus dem Kopf gegangen war, seit sie mit ihr bei dem Container über den Zaun gestiegen war. Doch sie wollte versuchen, Hadé selbst den Anfang machen zu lassen.

»Hast du …«, begann sie vorsichtig, »mir nicht noch etwas zu sagen? Etwas, was ich vielleicht schon längst weiß …?«

»Was?«, fragte Hadé. »Keine Ahnung.«

»Du kannst mir vertrauen. Von mir wird niemand etwas erfahren. Ich glaube nämlich nicht, dass du Lene Grandel mit Absicht erschlagen hast!«

Hadé stockte der Atem. »Du weißt? Aber woher?«

»Denk doch mal nach«, sagte Linda sanft. »Woher kanntest du den Weg über den Zaun? Das war so eindeutig! Du musstest schon einmal da gewesen sein. Ich habe darüber nachgedacht, während ich allein im Container festsaß. Außerdem: Pulle, der Mann, den die Polizei zuerst verdächtigte, hat dich gesehen, aber nicht erkannt.«

Sie schwieg und ließ Hadé Zeit, zu antworten. Sie wollte sie nicht in die Enge treiben, sondern ihr Gelegenheit geben, von selbst zu erzählen, was geschehen war.

»Es stimmt«, begann Hadé schließlich. »Ich habe die alte Frau erschlagen. Aber nicht mit Absicht. Es ging so schnell.«

»Willst du es mir erzählen? So wie du mir deine ganze Geschichte erzählt hast?«

Hadé nickte …

73

Es hat Nebel gegeben am See, wie schon so oft in diesem Frühjahr.

Nebel, der sich in der Nacht gebildet hat und den ganzen Tag über nicht gewichen ist, bis sich die Nacht wieder herein gesenkt hat. Die Afrikanerin hat sich auf das Gelände am Baggersee geschlichen, solange die Hunde noch im Zwinger sind.

Sie vertraut auf ihr Gedächtnis und auf den Instinkt, den sie sich in all den Jahren bewahrt hat, den Instinkt einer Mutter auf der Suche nach ihrer Tochter. In ihrem Gedächtnis hat sich der Weg eingegraben, den sie damals gegangen sind, den Weg durch das Tor im Zaun, durch den Wald bis zu dem Platz, wo der Wagen auf sie wartete. Und dann weiter durch den Wald bis zum See, an den Kieshalden vorbei und hinaus auf die Straße.

Es ist wie ein Film, den sie abrufen kann, und jetzt lässt sie ihn rückwärts laufen. Vorbei an den Kieshalden, den Fuhrweg um den Baggersee herum und in das hügelige unwegsame Waldgelände hinein. Sie braucht keine Spuren, keine Wegmarken, sie findet den Pfad in den Wald, den sie damals gefahren sind.

Einer der breiteren Kieswege, der bergauf in den Wald hinein führt und wie ein Hohlweg in die enge Schlucht mündet. Eine Kurve noch und die Schranke vor der Lichtung, die ringsum von Buchenwald umgeben ist.

Hadé weiß, sie ist fast am Ziel.

Ihre Hände umschließen die kalte Eisenstange, die sie auf dem Kieswerkgelände gefunden und mitgenommen hat. Noch hat sie keine Ahnung, wie sie den Container öffnen soll, um Doudou zu befreien, doch mit dem Werkzeug kann sie die Tür vielleicht aufbrechen.

Sie übersteigt die Schranke und folgt dem Weg, der schon nach wenigen hundert Metern vor einem breiten Gittertor endet, von dem aus ein Zaun zu beiden Seiten in den Wald hinein führt. Das Schloss ist nicht zu knacken, die Stacheldrahtschlaufe auf dem Zaun nicht zu überwinden.

Hadé blickt den Zaun entlang und entscheidet sich für links. Nach einigen Metern ist das Drahtgeflecht aufgeschnitten. Das Schlupfloch ist eng und schmal. Wer hat sich hier Zugang verschafft?, fragt sich Hadé. Der Boden ist matschig, und sie sieht die Spuren in der feuchten Erde. Auch sie würde hier Spuren hinterlassen. Hadé zögert. Vielleicht gibt es noch einen anderen Weg?

Nach der nächsten Biegung des Zauns sieht sie einen Baum, der schräg gewachsen ist, ein breiter Ast ragt wie eine natürliche Brücke über den Zaun.

Hadé klettert nach oben, legt ihr breites Tuch über den Stacheldraht und springt auf der anderen Seite des Zauns zu Boden. Sie findet zwei Baumstümpfe, rollt sie zum Zaun, richtet sie auf und baut so eine Treppe, mit der sie und Doudou später den Zaun von innen überwinden können. Niemand wird ihre Spuren an dem Schlupfloch finden und ihnen so auf die Schliche kommen.

Leise huscht sie weiter und erreicht die Lichtung, in deren Mitte der Container steht.

Hadé jubiliert vor Freude. Sie hält das Brecheisen wie eine Waffe in beiden Händen, ihr Blick ist konzentriert auf das Gefängnis gerichtet, aus dem sie in wenigen Minuten ihre Tochter befreien wird, als sie das Geräusch herumfahren lässt. Hinter ihr steht die Gestalt, aus dem Nichts aufgetaucht.

Was nun geschieht, wird sie nie erklären können. Später wird sie es für einen schlechten Traum halten, es wird sie aus dem Schlaf reißen, ihr Gewissen plagen, und sie wird sich wünschen, nie zugeschlagen zu haben. Doch in dem Augenblick, als es passiert, als das schwere Eisen niederfährt, ist sie nicht Herr ihrer selbst, sie handelt im Affekt, ohne zu denken, ohne die Chance, den Schlag auszubremsen.

Ja mehr noch, sie selbst sieht sich in der Rolle eines Zuschauers, der von außen die Tragödie verfolgt, ohne eingreifen zu können. Der Mensch, dessen Hände das Eisen führen, ist geblendet vor Angst, fühlt sich ertappt, überrascht, angegriffen und bedroht. Ohne zu zögern schlägt dieser Mensch zu, während seine Augen entsetzt auf die Gestalt starren, die sich hinter ihr aus dem Unterholz erhoben hat.

Als die Stange niederfährt und die Gestalt einen Schrei ausstößt, kommt Hadé zu sich, will den Schlag auffangen, doch es ist zu spät. Mit ungebremster Wucht zertrümmert das Brecheisen die Schädeldecke des vermeintlichen Angreifers und spaltet ihm die Hirnschale. In diesem Moment erkennt Hadé das Gesicht einer Frau, deren weit aufgerissene Augen sie anklagen, deren dünnlippiger Mund noch vom letzten Schrei geöffnet ist, die blutüberströmt zu Boden sinkt und deren Leben erlischt. Regungslos liegt sie vor ihr. Tot. Jetzt ist es Hadé, die kreischt.

Hadé hat sie getötet.

Panisch vor Angst wirft sie die Mordwaffe ins Unterholz und prescht davon. Den Weg zurück, den sie gekommen ist. Sie flieht vor sich selbst, vor ihrer Tat, alles dreht sich um sie, der Wald beginnt zu leben, die Bäume um sie herum zu tanzen. Der Wind, der am Abend aufgefrischt ist und durch die kahlen Wipfel fegt, ruft ihren Namen. Mörderin, ruft er, schreit er, brüllt er.

Sie hält sich die Ohren zu und stolpert durch das Unterholz, Zweige peitschen ihr ins Gesicht, Dornengestrüpp zerkratzt ihr die Hände, sie steigt auf die Baumklötze, klettert irgendwie über den Zaun, rennt, stolpert, fällt, rennt weiter, schneller, immer schneller, hastig geht ihr Atem, die Lungen brennen, die nass geweinten Augen auch. Sie hat ihr Ziel aus den Augen verloren – Doudou bleibt bei der toten Frau zurück.

Sie sieht den alten, zerlumpten Mann nicht, der sie durch das dichte Gestrüpp beobachtet hat.

Der Nebel verhindert, dass er sie erkennt.

74

»Du gehst nicht zur Polizei?«, fragte Hadé, als sie geendet hatte.

Linda schüttelte den Kopf.

»Davon wissen nur du und ich. Es ist zwar nicht richtig, aber ich werde dich nicht verraten. Es kann nicht sein, dass du ins Gefängnis kommst, und die wahren Täter wie Reiter, Zoto, Bego und Madame kommen ungeschoren davon.«

Hadé nahm Lindas Hand und drückte sie dankbar.

»Wie viel Geld brauchst du, um in Nigeria ein kleines Geschäft zu eröffnen? Eine Boutique?«, fragte Linda. »Reichen 3000 Euro?«

»Das ein Vermögen in meinem Land.«

»Dann werde ich dir dieses Geld geben. Ich will, dass du es nimmst und etwas aus deinem Leben machst.«

»Aber wenn ich nicht zurückzahlen kann?«

»Dann werde ich 3000 Euro weniger besitzen, wenn ich sterbe«, sagte Linda und spürte, dass ihr Handy vibrierte.

Ulla hatte Alans Handy genommen und erneut die Nummer Lindas aufgerufen.

Hastig hatten ihre Finger eine Kurzmitteilung getippt.

Als Linda Roloff Sekunden später die wenigen Worte las, wurde ihr schwarz vor Augen.

»Du besuchst mich in meiner Heimat?«, fragte Hadé und holte sie aus ihren Gedanken.

Linda sah sie irritiert an.

»Du siehst dann, was ich mit deinem Geld mache, versprichst du mir?«

Linda nickte verstört.

»Ja«, sagte sie. »Ich muss dringend nach Afrika.«

Die drei Worte auf dem Display ihres Handys verschwammen vor ihren Augen, als sie die kurze Botschaft noch einmal las.

EPILOG

Das Verfahren gegen den Kieswerkbetreiber Horst Reiter wegen illegalem Schrotthandel nach Afrika wurde aus Mangel an Beweisen eingestellt. Sein Anwalt konnte dem Gericht glaubhaft versichern, dass es sich bei den ausgeführten Computern ausschließlich um funktionstüchtige gebrauchte Geräte handelte, die für Schulen und Wildhüterstationen in Nigeria und Ghana gedacht waren.

Die Verhandlung gegen Madame und ihre Mitarbeiter endete nach Kosten sparendem Prozessverlauf – da die Opfer sich weigerten, vor Gericht auszusagen – mit einer Bewährungsstrafe der Angeklagten.

Eine Beteiligung an Menschenhandel und Zwangsprostitution konnte ihnen nicht nachgewiesen werden, die Prostituierten zeigten während der Gerichtsverhandlung erstaunliche Solidarität mit Madame und ihrem Helfer Bego.

Das Bordell in Stuttgart ist nach wie vor in Betrieb.

Der Mordverdacht gegen Jakob Eberle wurde fallengelassen.

Der Kieswerkbetreiber Horst Reiter, auf dessen Grundstück die Tat begangen worden war, hatte für die Tatzeit ein Alibi.

Der Hauptverdächtige, Agim Zoto, konnte sich einer Festnahme durch Flucht ins Ausland entziehen. Er lebt heute in einer Villa in einem Dorf in Bosnien und betreibt ein gut gehendes Restaurant mit Tanzbar. Er wird mit internationalem Haftbefehl gesucht.

Die SOKO *Rotwein* wurde aufgelöst, ihr Leiter, Erster Kriminalhauptkommissar Jens Bosch von der Kriminalpolizeiaußenstelle Singen zum Landeskriminalamt nach Stuttgart versetzt.

Von Doudou fehlt bis heute jede Spur. Vermutlich wurde sie unter falschem Namen innerhalb Europas weitergeschleust und arbeitet bis zur Abzahlung der von Mahama geforderten Summe als Zwangsprostituierte in Belgien oder den Niederlanden.

Ihre Mutter Hadé wurde in ihre Heimat Nigeria abgeschoben. Das Angebot, sich einen Rechtsanwalt zu nehmen und gegen Reiter, Zoto und die Madame vor Gericht auszusagen, lehnte sie aus Angst um ihre Tochter ab. Sie lebt aus Furcht vor Mahamas Rache unter fremdem Namen in einer Stadt namens Abeokuta nördlich von Lagos. Dort hat sie eine kleine Boutique eröffnet.

Sie will wieder zurück nach Europa, um nach ihrer Tochter zu suchen. Und sie hat noch immer die Handynummer einer guten Freundin, die als einzige ihr Geheimnis kennt …

ENDE

Ich danke der Polizeidirektion Konstanz, besonders der Pressestelle, für die freundliche Unterstützung bei der Recherche. Außerdem gewährte mir der SWR-Dokumentarfilm ›Die Menschenhändler von nebenan‹ wertvolle Einblicke in die regionale Rotlichtszene und das Buch ›Ware Frau – Auf den Spuren moderner Sklaverei von Afrika nach Europa‹ (Ecowin-Verlag) diente als reale Inspirationsquelle für die Geschichte Hadés.

Edi Graf

Edi Graf
Leopardenjagd
978-3-89977-778-9

»Graf erzählt versiert, spannend, geradlinig und weiß Atmosphäre zu schaffen ...«

Er tötet seine Opfer wie ein Leopard. Die Leichen versteckt er auf Bäumen, seine todbringende Spur zieht sich vom Bodensee über den Schönbuch bis nach Afrika. Die Polizei jagt einen Mörder, der den Namen »Chui« – Leopard – trägt, und nur ein Ziel zu kennen scheint: Rache.

Auf der Liste seiner Opfer taucht auch der Name der Tübinger Journalistin Linda Roloff auf. Sie ahnt, dass nur einer sie retten kann: der kenianische Safariführer Alan Scott, der weiß, wie »Chui« denkt. Doch Scott ist seit Wochen in Afrika verschwunden ...

GMEINER

Wir machen's spannend

Edi Graf
Elefantengold
978-3-89977-691-1

Unsere Lesermagazine

2 x jährlich das Neueste aus der Gmeiner-Bibliothek

24 x 35 cm, 32 S., farbig; inkl. Büchermagazin »nicht nur« für Frauen

10 x 18 cm, 16 S., farbig

Alle Lesermagazine erhalten Sie in Ihrer Buchhandlung oder unter www.gmeiner-verlag.de.

GmeinerNewsletter

Neues aus der Welt der Gmeiner-Romane

Haben Sie schon unsere GmeinerNewsletter abonniert?

Monatlich erhalten Sie per E-Mail aktuelle Informationen aus der Welt der Krimis, der historischen Romane und der Frauenromane: Buchtipps, Berichte über Autoren und ihre Arbeit, Veranstaltungshinweise, neue Literaturseiten im Internet und interessante Neuigkeiten.

Die Anmeldung zu den GmeinerNewslettern ist ganz einfach. Direkt auf der Homepage des Gmeiner-Verlags (www.gmeiner-verlag.de) finden Sie das entsprechende Anmeldeformular.

Ihre Meinung ist gefragt!

Mitmachen und gewinnen

Wir möchten Ihnen mit unseren Romanen immer beste Unterhaltung bieten. Sie können uns dabei unterstützen, indem Sie uns Ihre Meinung zu den Gmeiner-Romanen sagen! Senden Sie eine E-Mail an gewinnspiel@gmeiner-verlag.de und teilen Sie uns mit, welches Buch Sie gelesen haben und wie es Ihnen gefallen hat. Alle Einsendungen nehmen automatisch am großen Jahresgewinnspiel mit attraktiven Buchpreisen teil.

GMEINER

Wir machen's spannend